MICHELLE MARLY

DIE DIVA

aufbau taschenbuch

MICHELLE MARLY

DIE DIVA

MARIA CALLAS –
die größte Sängerin ihrer Zeit
und das Drama ihrer Liebe

ROMAN

atb aufbau taschenbuch

MIX
Papier aus verantwortungsvollen Quellen
FSC® C083411

ISBN 978-3-7466-3522-4

Aufbau Taschenbuch ist eine Marke
der Aufbau Verlag GmbH & Co. KG

3. Auflage 2020

Gesetzt aus der Adobe Devanagari
durch die LVD GmbH, Berlin
Druck und Binden CPI books GmbH, Leck, Germany
Printed in Germany

www.aufbau-verlag.de

»Ich lebte für die Kunst,
ich lebte für die Liebe.«

Aus »Tosca« von Giacomo Puccini

KAPITEL 1

Venedig
3. September 1957

Ich bin so froh, dass du dem nasskalten Edinburgh den Rücken gekehrt hast, um bei meinem kleinen Fest zu sein«, sagte Elsa und zog ihre Freundin Maria Callas zur Begrüßung an ihre üppige Brust. Die mit Perlen besetzte, goldschimmernde Dogenmütze, wahrscheinlich ein Original aus dem 16. Jahrhundert oder noch früherer Zeit, verrutschte leicht auf Elsas Kopf. »Du bist heute Abend meine Hauptperson.«

»Das kleine Fest« war der Herbstball Elsa Maxwells, ausgerichtet im noblen Hotel Danieli, Höhepunkt der Filmfestspiele von Venedig und frequentiert von allem, was Rang und Namen hatte. Maria brauchte sich nicht umzusehen, um zu wissen, dass sie in dem Renaissancesaal umgeben war von Prominenz aus Hollywood, Geldadel sowie Prinzessinnen und Prinzen tatsächlich blauen Geblüts. Doch sie war zweifellos die Berühmteste von allen: die *Diva assoluta*. Eine Sopranistin, deren Name selbst all jenen Menschen bekannt war, die sich nicht für die Oper interessierten. Die bekannteste Frau der Welt, vierunddreißig Jahre alt, attraktiv, wohlhabend, wahrscheinlich auf dem Höhepunkt ihrer Karriere, obwohl der Himmel natürlich trotzdem noch weit war.

Ihre bereits vierundsiebzig Jahre alte, vollschlanke Freundin war die Gesellschaftsreporterin der internationalen Bühne, als Kolumnistin entschied Elsa Maxwell über Aufstieg und Fall angehender Größen des Showbusiness und der High Society, sie war ebenso in Europa zu Hause wie in den Vereinigten Staaten, organisierte Veranstaltungen von Pferderennen über Segeltörns bis zu Partys, schmiedete romantische und geschäftliche Allianzen und war definitiv niemand, deren Einladung man ausschlug, wenn einem die eigene Karriere am Herzen lag. Und dennoch war die Callas an diesem Abend nicht nur hier, um mit ihrer Anwesenheit zu glänzen – Maria war tatsächlich zutiefst dankbar, einen Grund gehabt zu haben, dem schottischen Nieselregen zu entfliehen.

Es war ein anstrengender Sommer gewesen. Die Strapazen ihrer Auftritte und zudem eine Reihe gesellschaftlicher Verpflichtungen hatten Maria schon vor einigen Wochen an den Rand eines Zusammenbruchs gebracht. Obwohl ihr Arzt dringend davon abriet, reiste sie dennoch mit dem Ensemble der Mailänder Scala zum prestigeträchtigen Edinburgh Festival. In Schottland feierte sie Triumphe – und fühlte sich täglich schlechter. Vier Abende hielt sie durch, ihre Stimme machte ihr zu ihrer größten Erleichterung keine Probleme. Als jedoch überraschend eine fünfte Vorstellung angesetzt wurde, sagte sie ab. Nicht nur, dass sie mit einem Mal von Schüttelfrost, heftigen Kopfschmerzen und Kreislaufschwäche heimgesucht wurde – da war der Herbstball von Elsa Maxwell, der mit dem neuen Termin kollidierte. Maria war sich sicher, dass sie den Kraftakt eines weiteren Auftritts nicht durchstehen würde, und flog nach

Mailand, um sich in der Wärme ihres Refugiums am Lago di Garda zunächst einmal zu erholen.

Gestärkt von ein paar ruhigen Tagen und umringt von Elsas Gästen, schwebte sie nun die mit einem roten Teppich belegte, jahrhundertealte Steintreppe hinauf zu den Räumen, in denen ein exquisites Dinner gereicht werden sollte. Sie war schon so viele Bühnentreppen hinauf- und hinuntergeschritten, dass sie kaum auf ihre Füße achten musste und sich mit atemberaubender Eleganz bewegte – und eigentlich sah sie ohne Brille ohnehin nicht genau, wohin sie trat, deshalb brauchte sie auch gar nicht erst hinzuschauen. Die relativ schlichte, aber sehr vorteilhafte Garderobe, die sie für diesen Abend gewählt hatte, ließ sie sich so in Einklang mit sich selbst fühlen wie sonst nur während einer Opernarie: ein hautenges weißes Oberteil und einen weit schwingenden Rock aus weißem Satin mit schwarzen Punkten, dazu eine breite weiße Schärpe und lange schwarze Handschuhe. Auf eine spektakuläre Kopfbedeckung hatte sie verzichtet, ihre einzige Verbeugung vor dem Motto des Abends waren im Licht der Hunderten von Kerzen funkelnde Smaragde und Diamanten, die sie in ihr aufgestecktes Haar hatte flechten lassen. Sie fühlte sich wunderbar, vor allem, weil ihr Spiegelbild verriet, dass sie an diesem Abend ihrem Idol optisch sehr nahekam. Denn Maria schwärmte für die Filmschauspielerin Audrey Hepburn. Sie wusste zwar, dass sie niemals deren rehgleiche Zartheit erreichen würde, aber mit eiserner Disziplin hatte sie es vor vier Jahren geschafft, innerhalb von zwölf Monaten fast vierzig Kilogramm abzunehmen, seitdem bewahrte sie eine sehr schlanke Figur. Zuvor hatte sie bei einer Körpergröße von einem Meter dreiundsiebzig stattliche einhundertzwanzig Kilo auf die Waage gebracht. Inzwischen unterstützte ein Schweizer Arzt ihre Diäten mit Hormontabletten, Schilddrüsenmedikamenten und Entwässerungspillen, was noch hilfreicher war, als nur mit den Augen zu essen. Um den Erfolg ihrer Mühe stets im Blick zu behalten, hatte sie Portraits von sich anfertigen lassen, auf denen sie wie eine Schwester Audrey Hepburns wirkte. Als sie die Fotos betrachtete, hatte sie ein bis dahin unbekanntes Glücksgefühl ergriffen: Zum ersten Mal in ihrem Leben fühlte sich Maria wohl in ihrer Haut. Dass die Hungerkur nichts an der Stämmigkeit ihrer Beine änderte, war der einzige Wermutstropfen, ließ sich jedoch gut mit langen bauschigen Röcken kaschieren wie dem, den sie heute Abend trug.

Sie neigte hoheitsvoll den Kopf, grüßte, lächelte. Die Gäste scharten sich um sie, buhlten um ihre Aufmerksamkeit. Die Diva hielt Einzug.

Der Mann an ihrer Seite nahm von dem Tablett eines Kellners eine Champagnerflöte und reichte sie ihr. »Du möchtest dich sicher an einem Glas festhalten«, meinte Giovanni Battista Meneghini wohlwollend.

Er wusste besser als jeder andere, wie Maria ihre tief in ihrem Innersten verankerte Schüchternheit überspielte, denn sie trank so gut wie nie. Seit zehn Jahren war Meneghini ihr Manager, seit acht Jahren ihr Gatte. Er war dreißig Jahre älter und deutlich kleiner als sie, kahlköpfig, rundlich und sehr vermögend. Sein Geld hatte der Bauunternehmer, der ein großer Liebhaber der Oper war, mit Ziegeleien gemacht, seine Berufung indes hatte er in seiner Ehe mit der Callas gefunden. Doch Maria fürchtete manchmal, dass die Frau in ihr in dieser Beziehung auf der Strecke blieb. In letzter Zeit hatte sie immer häufiger das Gefühl, von seiner Fürsorge erstickt zu werden. Zwar kümmerte er sich um alles, was nötig war, damit sie ihre Auftritte in der für sie üblichen Perfektion absolvieren konnte, aber wenn sie sich auf ihre Rollen vorbereitete und sich mit den glückseligen Gefühlsstürmen und dunklen Passionen ihrer Protagonistinnen auseinandersetzte, fragte Maria sich bisweilen, wie es denn eigentlich um die Leidenschaft in ihrem eigenen Leben bestellt war.

»Siehst du den Herrn dort hinten?« Elsa war neben ihr aufgetaucht, sie schien die Honneurs beendet zu haben, und Maria fühlte die Nerzstola, die Elsa über ihrem Abendkleid aus bestickter Spitze trug, seidig weich an ihrem Arm. »Das ist Aristoteles Onassis, der reichste Mann der Welt. Seine Freunde nennen ihn Ari.«

Einer Frau wie Maria, die gern in Klatschzeitungen blätterte und sich überdies unter den oberen Zehntausend bewegte, war Elsas Gast kein Unbekannter. Maria hatte Fotografien von ihm gesehen, begegnet war sie ihm allerdings noch nie. Als sie ihn nun von der Ferne betrachtete, von Männern und Frauen umringt, die offenbar seine Bekanntschaft suchten, stellte sie fest, dass ihm die Bilder nicht gerecht wurden. Er war zwar kleiner, doch deutlich attraktiver, als sie sich diesen so einmalig erfolgreichen Geschäftsmann aus Kleinasien vorgestellt hatte. Und Onassis trug den Smoking mit der Eleganz eines Cary Grant – dieser Mann hatte etwas an sich, das ihn erstrahlen ließ wie einen Fixstern zwischen Sternenstaub.

»Zumindest sieht er nicht aus, als käme er aus Anatolien«, entfuhr es Maria.

»Warum sollte er so aussehen?«, fragte Elsa überrascht. »Er stammt doch aus Griechenland. Wie du.«

Maria schüttelte den Kopf. »Ich habe gelesen, dass er in der Türkei geboren wurde. Es gab dort zwar einmal eine große griechische Kolonie, aber die Leute von dort sind nicht wie die vom Peloponnes oder vom griechischen Festland. Wir nennen sie *Tourkosporos*, was ganz sicher kein Kompliment ist. Weißt du, wegen der jahrhundertelangen Besetzung Griechenlands durch die Osmanen sind wir den Türken gegenüber nicht besonders aufgeschlossen.«

»Oje!« Elsa blickte Maria mit großen, treuen Augen an. »Meinst du, ich habe einen Fehler gemacht, als ich ihn als deinen Tischherrn auswählte? Ich dachte, die berühmteste Griechin und der berühmteste Grieche der Welt würden gut zusammenpassen ... Oh, da ist die Marquise de Cadaval! Schau dir ihren wunderbaren Kopfschmuck an.« Tatsächlich trug die genannte Dame die Nachbildung eines venezianischen Campanile auf ihrem Haupt spazieren.

Maria ließ sich gern ablenken. Natürlich brachte niemand die Tischordnung von Elsa Maxwell durcheinander – nicht einmal eine Primadonna. Dann würde sie eben neben dem schwerreichen Reeder sitzen, das Dinner hätte schließlich irgendwann ein Ende, und dann gälte die festgelegte Sitzordnung ohnehin nicht mehr. Maria bedauerte eher, dass sie auf Battista an ihrer Seite verzichten musste – oder besser, er auf sie. Ihr Mann sprach außer Italienisch keine anderen Sprachen und tat sich deshalb schwer im Kreis ihrer internationalen Freunde. Auch der mit Elsa auf Englisch geführten Unterhaltung hatte er nicht folgen können.

Er lächelte sie fragend an.

»Elsa hat mir nur gesagt, wo ich zum Essen Platz nehme«, erklärte Maria auf Italienisch. Sie hob ihr Glas. »Auf einen schönen Abend.«

Meneghini stieß mit ihr an, und sie gönnte sich einen winzigen Schluck des köstlich prickelnden Champagners. Heimlich flogen ihre Augen dabei zu dem Mann, den Elsa ihr eben gezeigt hatte.

Der Stuhl neben Marias knarzte, als sich Aristoteles Onassis schwungvoll darauf niederließ. »Es tut mir leid, aber die Kunst ist nicht mein Metier«, gestand er, nachdem er sich vorgestellt hatte. Er redete schnell und im Gegensatz zu den anderen Gästen Elsas, die sich überwiegend auf Englisch oder Französisch unterhielten, in aktzentfreiem Griechisch. »Meine Geschäfte lassen mir wenig Zeit, und die verbringe ich meistens auf dem Wasser, bei angenehmen Gesprächen, einem guten Essen und mit einer vorzüglichen Zigarre. Zumindest diese Vorliebe spricht gegen den Besuch einer Oper, denn in Ihren heiligen Hallen darf ich nicht rauchen.« Er strahlte sie an, als habe er der Sopranistin gerade ein großes Kompliment gemacht.

»Wie ich höre, sind Sie gar kein richtiger *Tourkosporos*«, gab sie in seiner Sprache zurück. Als ihre Muttersprache verstand sie das Englische, Griechisch hatte sie erst gelernt, als sie als junges Mädchen nach Athen ziehen musste, beherrschte es jedoch so perfekt, dass sie Onassis problemlos Kontra geben konnte – und gegebenenfalls auch in der Lage war, wie ein Fischhändler in Piräus zu fluchen. Das Schimpfwort für Griechen aus Kleinasien, die nach den Massakern durch die Türken zu Beginn der zwanziger Jahre in Scharen nach Griechenland geflohen waren, passte eher in die weniger vornehme Kategorie. Sie hatte Elsa vorhin verschwiegen, dass die abfällige Bezeichnung so viel wie »Abkömmling vom Sperma eines Türken« bedeutete, was wohl durchaus als Beleidigung verstanden werden konnte. Oder als Antwort auf seine Bemerkung über die Oper, die er aus so profanen Gründen mied. Was für ein Ignorant.

Offensichtlich kannte Onassis den Begriff. Er starrte sie an, aber sie konnte seinen Blick nicht genau deuten. Das Licht der Kristalllüster über ihnen brach sich in seinen funkelnden Augen. »Ich wurde in Smyrna geboren, ja, aber viele berühmte Griechen stammen aus Kleinasien: Achilles, Homer, Herodot …«

Natürlich kannte sie die Namen, die er für sie aufzählte, wenngleich ihre Schulbildung eher bescheiden war. Sie hatte seit ihrem dreizehnten Lebensjahr keine weiterführende Schule mehr besucht, in Athen war ihre Gesangsausbildung stets vorrangig gewesen. Sie hatte vor allem die wichtigsten Frauenrollen für ihre Stimmlage studiert, während ihr Geschichtsunterricht sich auf die Historie der Opern und Grundbegriffe ihrer griechischen Heimatkunde beschränkt hatte. Insofern hatte sich ihr Allgemeinwissen seit ihrer Jugend nur weiterentwickelt, wenn sie etwas nachlas, was ihr beachtenswert und notwendig schien. Allerdings beeindruckte Maria nicht Onassis' Kenntnis der Antike, sondern die Leidenschaft, mit der er seine Heimat verteidigte.

»Ich wollte Sie nicht beleidigen«, unterbrach sie ihn nun. »Ich bin nur überrascht, wie authentisch Sie sind. Ein echter Grieche.«

»Aber natürlich bin ich das!«, rief er lachend aus. Er war dabei so laut, dass die anderen Gäste in ihrer Nähe kurz die Köpfe drehten.

Maria fing den fragenden Blick ihres Ehemannes auf, der gegenüber von ihr neben Tina Onassis, Aris Ehefrau, saß. Offensichtlich bemühte Meneghini sich, Bruchstücke ihrer Unterhaltung mit Onassis aufzuschnappen, doch natürlich verstand er kein Wort. Die Geräuschkulisse um sie herum, das Klappern von Besteck und Gläserklirren und das Gemurmel der Gäste waren so laut, dass er den Worten selbst dann nur mit Mühe hätte folgen können, wenn sie auf Italienisch gefallen wären. Der Arme. Vermutlich langweilte er sich bereits. Auch seine Tischdame hatte anscheinend den Versuch der Konversation aufgegeben, denn die junge, zwar puppenhaft schöne, aber etwas zu freizügige Tina neigte den Blondschopf, auf dem eine Haube mit den zweieinhalb Meter langen Federn eines Silberreihers thronte, zu dem Herrn zu ihrer Rechten.

»Können Sie sich etwa vorstellen«, fuhr der griechische Millionär neben Maria gut gelaunt fort, »dass ich mich so nobel aufführen würde wie ein Brite?«

Sie schenkte ihm wieder ihre ungeteilte Aufmerksamkeit.

Und er belohnte sie mit einer kleinen Einlage. Affektiert legte er den Kopf schief, streckte die Brust raus und spitzte die Lippen. In einem leicht näselnden Tonfall fügte er in perfektem Upper-Class-Englisch hinzu: »Es ist mir eine große Freude, mit Ihnen über die letzten Aufführungen in Covent Garden zu sprechen, Madam. Allerdings habe ich leider gar keine Ahnung von dem, worüber wir reden, weil ich nur so tue, als würde ich mich für etwas anderes als den Pferdesport interessieren.«

Sie brach in schallendes Gelächter aus. Er war wirklich komisch. »Bleiben Sie lieber Grieche«, bat sie ihn wiederum in seiner Sprache.

»Auch wenn ich kein Kenner der schönen Künste bin?«

»Wenn ich mich mit denen unterhalten wollte, hätte ich beim Edinburgh Festival bleiben und mich mit dem Direktor der Scala auseinandersetzen können. Stattdessen sitze ich hier neben Ihnen.«

»Oh, ich las davon. Ich war kurz in London und wie geblendet von den Schlagzeilen über ›die Callas‹, von der man sich ungerecht behandelt fühlt. Ihre Absage wurde von der britischen Presse zu einem Skandal hochgeschrieben.« Amüsiert lächelnd schüttelte er den Kopf. »Als mir die Schmach der Briten bekannt wurde, wusste ich natürlich noch nicht, dass wir uns heute Abend begegnen würden.« Er legte eine kleine Pause ein, dann: »Ich bin dankbar, dass Sie sich für Venedig entschieden haben.«

Sie war es auch. Vor allem war sie dankbar für diesen unterhaltsamen Tischherrn. Während sie ihn mit Anekdoten aus der

Welt der Oper zum Lachen brachte, stimmte er sie mit seiner Geschichte nachdenklich. Onassis erzählte von seiner Geburtsstadt Smyrna, die im Griechisch-Türkischen Krieg Anfang der zwanziger Jahre fast vollständig zerstört worden war. In seinen Schilderungen wurde die einzigartige, untergegangene Metropole lebendig, in der zur Hälfte Christen und Moslems mit den unterschiedlichsten Wurzeln Seite an Seite gelebt hatten. Als Sohn eines griechischstämmigen Unternehmers hatte er eine privilegierte Kindheit gehabt und die Evangelische Schule besucht – bis seine Welt buchstäblich verbrannte. Gerade einmal sechzehn Jahre alt, musste er seine Heimat verlassen. Mit nur sechzig Dollar in der Tasche bestieg er später ein Schiff nach Buenos Aires, um in Argentinien sein Glück zu versuchen. Den Grundstein seines Vermögens verdiente er dann mit dem Handel sogenannten türkischen Tabaks.

»Nun verstehen Sie«, sagte er schmunzelnd und spielte mit der Zigarre in seinen Fingern, die er sich nach dem Hauptgang angezündet hatte, »warum ich am Tabak hänge – er verhalf mir zum Aufstieg aus dem Nichts.«

»Ich habe gehört, die besten Zigarren kommen aus Kuba«, gab sie zurück.

Er grinste. »Sie haben recht. Eine gute Havanna wie diese Montecristo hier ist nicht zu überbieten.« Er zog genüsslich daran, bevor er weitererzählte. »Und dann ist da noch der feine Unterschied, dass es Zigaretten waren, die mir weiterhalfen. Oder sagen wir so: Ich habe zur Geschmacksbildung der Argentinier beigetragen. Die Südamerikaner kannten bis dahin nur amerikanischen und kubanischen Tabak, Sorten, die nicht so mild sind wie die aus Thrakien und Mazedonien. Ich importierte also Tabak und exportierte im Gegenzug Rinderhäute nach Europa. Irgendwann entschied ich mich, ein eigenes Schiff zu kaufen. Daraus sind inzwischen neunhundert Schiffe geworden.«

»Erstaunlich«, erwiderte Maria. Sie blickte ihn an und merkte, dass sie eine Mischung aus Sympathie und Respekt für diesen Mann empfand. Es war nicht die Lebensleistung, die er vollbracht hatte, sondern die Ähnlichkeit der Wege, die sie beide gegangen waren, die sie faszinierend und durchaus anziehend fand.

Sie dachte an die vielen privaten Konzerte, zu denen ihre Mutter sie als Kind gezwungen hatte und die schließlich zu einem ersten Auftritt vor Publikum an Bord jenes Schiffes führten, das sie an der Seite ihrer Mutter und Schwester fort aus New York, fort von ihrem Vater nach Griechenland brachte. Danach wurde die Musik zu ihrem alles dominierenden Lebensinhalt. Freunde hatte sie kaum, weil ihre Mutter dies auf beiden Seiten des Atlantiks nicht zuließ, und auch keine anderen Hobbys. Genau genommen hatte sie außer dem Singen – nichts. Zumal sie schon früh begriff, dass andere Menschen ihre damals nicht besonders schöne Gestalt nur nicht übersahen, wenn sie sang. Im selben Alter, in dem Aristoteles Onassis in Buenos Aires den Grundstein für sein Imperium legte, stand sie zum ersten Mal auf der Bühne der Athener Oper, fünf Jahre später brillierte sie erstmals als Tosca. Das war der Beginn ihrer Karriere.

»Wir haben beide bei null angefangen und die Spitze erreicht«, sinnierte sie, »und das allein dank unserer Willenskraft und unserer Fähigkeiten. Wahrscheinlich liegt diese Begabung in unseren griechischen Wurzeln – wir sind ziemlich starrköpfige Menschen.«

»Als Griechin lieben Sie sicher das Meer, wie könnte es anders sein.« Sein Ton wurde noch eine Nuance lebendiger als bei seinen Berichten aus Smyrna. »Ich bin ein großer Verehrer von Odysseus, und Segeln ist meine Leidenschaft. Was halten Sie von einer Kreuzfahrt auf meiner Yacht? Ich würde Sie und Ihren Mann gern einladen.«

»Irgendwann … vielleicht …«, murmelte sie vage. Die Vorstellung, auf seinem Schiff über das Mittelmeer zu gleiten, war wunderbar. Aber es war ein ferner Traum. Ihre Termine ließen kaum einen längeren Urlaub zu, außerdem vertrug Meneghini Seegang nicht besonders gut.

Für einen Moment wirkte Onassis irritiert. Maria bemerkte es an einem Aufflackern in seinen Augen. Offenbar war er es nicht gewohnt, dass man ihn zurückwies.

Eine schwere Stille senkte sich zwischen sie, während das Geplauder um sie her ununterbrochen anhielt. Onassis' Hand führte die Zigarre zum Mund, er zog daran, drehte den Kopf, um den Rauch nicht in ihre Richtung zu blasen. Im Hintergrund wechselte das Orchester: Die Zeit der Tischmusik war vorüber, die Streicher räumten ihre Plätze für eine Tanzkapelle.

Nach einer Weile blickte er wieder zu ihr hin. »Bitte nehmen Sie wenigstens mein Motorboot als Fahrzeug hier in Venedig an«, schlug er mit dieser ruhigen, gut gelaunten Gelassenheit vor, die sie in den vergangenen Stunden an ihm kennengelernt hatte. Seine erneute Lockerheit zeugte von seiner Gewissheit, dass ihm am Ende doch niemand etwas abschlagen könnte. »Ich möchte Ihnen die Riva für die Dauer Ihres Aufenthalts zur Verfügung stellen.«

Natürlich besaß er den Rolls-Royce unter den Motorbooten. Unwillkürlich musste sie schmunzeln. Er ist interessant und ein angenehmer Gesellschafter, dachte sie. Warum also sollte sie sein Angebot während ihres einwöchigen Aufenthalts in Venedig nicht annehmen und auf diese Weise vermutlich auch Zeit mit ihm und seiner Frau verbringen? Sie nickte zustimmend. »Gern.«

»Und wenn es in den kommenden Monaten nicht sein soll, gehen wir eben nächstes Jahr alle auf Kreuzfahrt durch die griechische Inselwelt«, entschied er strahlend. »Unsere Freundin Elsa kann uns begleiten, wenn sie möchte.«

Man reicht ihm den kleinen Finger, und er nimmt die ganze Hand, fuhr es ihr durch den Sinn. Doch sie war ihm nicht böse, seine Beharrlichkeit amüsierte sie. Um ihn nicht zu enttäuschen, nickte sie noch einmal – genau wissend, dass es zu keiner gemeinsamen Reise kommen würde.

Maria verbrachte fast den ganzen Abend an der Seite von Aristoteles Onassis. Später stellte er sie seiner schönen, jungen Frau vor. »Tina versteht so gut wie kein Griechisch«, vertraute er ihr vorher an. »Ihr Vater, der Reeder Livanos, zog es vor, sie zu einer amerikanischen Prinzessin zu erziehen. Sie sagt immer, sie habe in England sprechen gelernt, in New York zu denken und in Paris, wie sie sich anzieht. Griechenland hat für sie keine große Bedeutung. So ist sie.« Er lächelte mit einem gewissen Besitzerstolz, aber dann verfinsterte sich sein Blick, als störe er sich an irgendetwas.

Die Party war ein voller Erfolg, die ganze Nacht hindurch wurde gefeiert. Aufmerksame Kellner erneuerten die heruntergebrannten Kerzen in den Kandelabern auf den Tischen, öffneten ohne Unterlass Champagnerflaschen und füllten immer wieder Gläser auf. Zu später Stunde hatten sich die Reihen etwas gelichtet, doch als sich Elsa Maxwell an das Klavier setzte und die Finger in einem schnellen Swingrhythmus über die Tasten fliegen ließ, scharten sich die Gäste vor der Gastgeberin und den Musikern in ihren schneeweißen Anzügen. Auch Maria und ihr Mann sowie Onassis und seine Gattin standen auf der Tanzfläche und lauschten dem prominenten Solo. Elsa spielte schnelle und melancholische Songs aus den dreißiger Jahren und der Kriegszeit, deren Entstehung sie damals als Reporterin in Hollywood zweifellos miterlebt hatte. Irgendwann gab sie den Musikern ein Zeichen, die zu ihren Instrumenten griffen und die Pianistin unterstützten. Dann winkte sie Maria zu sich.

Ein Trompetensolo, ein paar Akkorde auf dem Flügel, und die Melodie des Songs »Stormy Weather« erfüllte den Saal. Elsa spielte etwas leiser, nickte Maria zu – und im nächsten Moment erklang der berühmteste Sopran der Welt und sang von einer enttäuschten Liebe. Maria trug das Lied mit der für sie typischen spielerischen Dramatik, aber eine Oktave tiefer als eine Arie vor. Um sie herum war es plötzlich so still, dass jedes noch so leise Gläserklirren wie das Angelusläuten von San Marco klang.

Maria sank auf den Rand des Podiums, auf dem die Band platziert war, und gab sich ganz ihrer Begeisterung für den Jazz hin. Es machte ihr nichts aus, so spontan aufzutreten, ihr Publikum war überschaubar, und es waren keine Musikkritiker darunter, die nur darauf warteten, dass sie die hohen Töne nicht halten konnte. Sie brauchte das Versagen ihrer Stimme nicht zu fürchten, da sie sich an die tiefe Stimmlage der Interpretin Lena Horne hielt.

Es war ein wundervolles Gefühl, einfach nur aus Freude an der Musik zu singen. Ihre Augen streiften ihr exklusives Publikum, das nicht weniger begeistert war als die Opernfans in den großen Häusern. Ihr Blick blieb an Onassis hängen, der einen Arm um seine Frau gelegt hatte und wie gebannt von Marias Gesang zu sein schien.

Während sie die Textzeile »There's no sun up in the sky« intonierte, überzogen hinter den hohen Fenstern pastellfarbene Schlieren den Himmel über Venedig, und apricotfarbene und violette Strahlen kündigten den Sonnenaufgang an.

KAPITEL 2

Elf Jahre später

Über den Wolken, Anfang August 1968

Noch vor dem Start zog Maria den lichtundurchlässigen Sichtschutz vor das Flugzeugfenster. Ein südlicher, romantischer Sonnenuntergang war das Letzte, was sie in diesem Moment beobachten wollte. Die Augen hinter einer dunklen Sonnenbrille in ihrer Sehstärke verborgen, starrte sie auf die Leuchtanzeige in der Ersten Klasse der Air-France-Maschine und wartete auf das Anschnallzeichen.

Natürlich hatte sie keinen Flug mit der Olympic Airways, Aristoteles Onassis' eigener Fluglinie, gebucht. Als sie seine Yacht wutschnaubend verließ, wollte sie nur schnell fort von ihm. Da sie befürchtete, er würde den Start möglicherweise verhindern, wenn sie einen Platz in einer seiner Boeings reservierte, hatte sie sich für die Reise mit der französischen Airline entschieden. Erst als sie die Gangway emporstieg, wurde ihr bewusst, dass sie sich umsonst gesorgt hatte. Wenn Onassis gewollt hätte, dass sie zu ihm zurückkehrte, hätte er sie ohne Probleme am Flughafen von Athen aufhalten lassen können. Aristo, wie sie ihn nannte, verfügte über viele Instrumente, um seine Überlegenheit zu demonstrieren. Das Hoheitszeichen einer Verkehrsmaschine war kein Grund für ihn, seinen Willen nicht durchzusetzen. Wenn er es nur wollte. Was offensichtlich nicht der Fall war.

Diese Erkenntnis traf sie wie ein Faustschlag und ließ sie kurz ins Taumeln geraten. War es ein Fehler, Aristo im Zorn zu verlassen, statt sich seinem Willen zu beugen und auszuharren, bis die neue Affäre Vergangenheit war? Möglich, aber letztlich ging es ihr nicht allein darum, dass eine andere Frau im Spiel war. Es ging um sie selbst, um Aristos und ihre große Liebe. War ihre Zuneigung stark genug, um alles zu verkraften, was er in einem ihn verblendenden Napoleonkomplex tat? Marias Freund Lawrence Kelly, ein Zeuge ihres unrühmlichen Abschieds, hatte sicher recht, als er ihr versicherte, dass es hier auch um die Callas ging – um die Würde der Diva, die gewahrt bleiben müsse.

Vielleicht stimmte, was der französische Kaiser behauptet hatte, dass im Krieg und in der Liebe alles erlaubt sei. Denn im Krieg wurde vor allem um Ehre und Macht gekämpft, und wenn es in der Liebe ebenso war, wollte Maria dieses Schlachtfeld Aristo nicht überlassen, wollte nicht kapitulieren. Dennoch musste sie sich fragen, was sie mit ihrem Verhalten erreicht hatte, außer dass es ihr hundsmiserabel ging. Ein Pyrrhussieg, bei dem sie nicht einmal wusste, in welcher Hinsicht sie überhaupt triumphiert haben sollte. Immerhin hatte Aristo sie ohne Abschied von Bord gehen lassen. Woher sollte sie nun wissen, ob ihr Abgang ihn verletzt hatte? Zugegeben, sie würde sich weniger elend fühlen, wenn sie wüsste, dass es ihm nur annähernd so schlecht ging wie ihr. Doch sie sollte vernünftig sein und nicht darauf hoffen.

Die Schubkraft beim Start drückte sie in den weichen Ledersitz. Der Platz neben ihr war leer geblieben. Ein Glück, dass kein Fremder dort saß. Es wäre ihr allzu unangenehm gewesen, in ihrer Verfassung beobachtet oder gar in ein Gespräch verwickelt zu werden. Anders wäre es, wenn Larry bei ihr geblieben wäre. Doch der Freund hatte wider Erwarten eine andere Maschine nehmen müssen.

Am Flughafen in Athen hatte Larry ihr gestanden, dass sich ihre Wege dort trennen würden: Er müsse nach Rom zu einem lange vereinbarten Termin.

»Ich komme nach«, versicherte er ihr zerknirscht. »Nächste Woche bin ich bei dir in Paris.« Er klang wie Aristo.

»Ich komme nach«, hatte auch der gesagt. »Im September bin ich bei dir in Paris.«

Obwohl die Zeitspanne länger war, hatte sie an Aristos Worten ebenso wenig gezweifelt wie an Larrys Versprechen. Doch ohne jeden Zweifel stellte sie Aristos Treue in Frage, Larrys Loyalität hingegen nicht. War das ein Fehler? Hatte sie sich womöglich vorschnell überreden lassen, gegen den Mann aufzubegehren, den sie liebte? Dass sich Aristo mit Jacqueline Kennedy treffen wollte, war schließlich nur eine Vermutung von ihr. Mit etwas Abstand betrachtet, musste sie zugeben, dass sie es nicht mit Sicherheit wusste. Hatte sie überreagiert, während sich Aristo vielleicht nur mit ein paar Kumpels austoben wollte? Aber wenn ihm nach männlicher Gesellschaft war, setzte er sich für gewöhnlich in irgendwelche Kaschemmen in den Häfen am Rande seiner Mittelmeerkreuzfahrten, trank mit den Fischern Ouzo, redete mit ihnen, wie es Kerle untereinander tun, und spielte mit ihnen Tavli, das traditionelle griechische Brettspiel. Häufig saß Maria dabei an Aristos Seite – und genoss die Begegnungen. Die Herzlichkeit dieser Menschen, ihre Unabhängigkeit von der Welt des materiellen Wohlstands und ihre pure Lebensfreude zogen sie zunehmend an, sie genoss dieses unbeschwerte Beisammensein umso mehr, je häufiger sie sich in den Reihen der internationalen High Society bewegte. Es war eine Freiheit, die sie sonst nur auf See empfand. Warum hatte sie all das, ohne zu überlegen, aufgegeben?

Weil Aristo gelogen hat, antwortete eine Stimme in ihrem Hinterkopf. Der Besuch der unbekannten Freunde an Bord konnte wohl nur in einer Hinsicht tatsächlich eine Männerangelegenheit sein, wie er es genannt hatte. Sie war sich sicher: Er wollte Maria aus dem Weg haben, wenn die Witwe des amerikanischen Präsidenten John F. Kennedy zu ihm an Bord kam.

»Darf ich Ihnen vor dem Menü ein Glas Champagner servieren?«, unterbrach die Stewardess Marias Gedanken.

Sie wandte ihren Kopf zu der jungen Frau, die die Passagiere in der Ersten Klasse betreute. Durch die Gläser ihrer Sonnenbrille sah sie zu ihr auf. »Nein. Vielen Dank, keinen Champagner – und auch nichts anderes«, erwiderte Maria. »Ich möchte auch nichts essen.«

Ich möchte sterben, dachte sie.

KAPITEL 3

Ionisches Meer
Am selben Tag, zuvor

Die See war so spiegelglatt und durchscheinend wie der Lago di Garda im Frühling, das Wasser glitzerte in einem dunklen Saphirton, unter dem sich Erhebungen von Felsen und Seegras abzeichneten. Der Himmel war so tiefblau, als habe ihn Uranos eigens für diesen Sommertag frisch angemalt, keine Wolke störte die perfekte Farbe. Vor diesem fast verstörenden Ultramarin erhoben sich am Ufer der Insel Skorpios dunkel eine Reihe von Zypressen, die weiche Bergkulisse dahinter schimmerte in allen Grüntönen, Tausende junge Bäume reckten ihre Äste der Sonne entgegen. Aristo hatte sie gepflanzt, nachdem die Landschaft fast fünfhundert Jahre lang unter dem Kahlschlag der Venezianer gelitten hatte. Er hatte die Aufforstung natürlich nicht allein bewerkstelligt, wohl aber einen ersten Spatenstich, den Beginn der Wiederherstellung einer wunderschönen Natur, und er war für eine lange Zeit jeden Morgen auf der Insel angelandet, um den Tag mit den Architekten und Arbeitern zu verbringen und an ihrer Seite mit freiem Oberkörper zu planen und zu fachsimpeln.

Sagte man nicht von jenen Menschen, die die Natur liebten, sie hätten eine grüne Seite und diese sei die beste an ihnen?

Während Maria gedankenverloren die kostspielige Waldpflanzung am Horizont betrachtete, ging ihr diese Frage durch den Sinn. Besaß der Eigentümer der Insel, ihr Geliebter, tatsächlich diese besondere Charaktereigenschaft – oder wollte er mit der Rekonstruktion des Waldes nur zeigen, dass er in der Lage war, auch die Natur zu beherrschen? So, wie er fast allen Menschen seinen Willen aufzuzwingen versuchte?

Auf gewisse Weise hatte Aristoteles Onassis auch Maria gefügig gemacht. Sie war seinem Charme erlegen, seiner charismatischen Persönlichkeit, und glaubte an eben die guten Seiten an ihm. Dafür ertrug sie seine Launen und seine gelegentlichen Affären. Schließlich wusste sie, dass er sie niemals absichtlich verletzen wollte, sondern immer nur darauf aus war, zu triumphieren, Bestätigung zu erhalten. Und manche dieser Frauen waren für ihn wohl nichts anderes als Trophäen in dieser Zeit, in der Sexualität immer offener gelebt wurde. Maria ließ ihn schmunzelnd gewähren, denn sie wusste, wie wichtig es für ihn war zu beeindrucken – womit auch immer. Aristo wollte nicht nur der reichste Mann auf Erden sein, sondern auch jener, der am meisten bewundert wurde. Womöglich besaß er also gar keine grüne Seite, sondern nur ein etwas diffiziles Selbstwertgefühl. Etwas, das sie beide enger verband, als ihr lieb sein konnte.

»Ich habe gehört, dass Pier Paolo Pasolini einen Film über den Medea-Mythos drehen will …«

Sie nahm die Stimme ihres Freundes wie das sanfte Plätschern des Swimmingpools auf dem Sonnendeck des vor Skorpios ankernden Schiffs wahr, auf dem sie waren. Das Poolwasser glitzerte in einem tiefen Blaugrün, eine Reflexion des Himmels und des Mosaiks auf dem Boden, das eine Reproduktion des Stierkampffreskos aus dem Minotaurus-Palast in Knossos war. Die elektrisch betriebenen Fontänen am Rande des Beckens waren so eingestellt, dass sie nur gelegentlich aufspritzten und ihre Tropfen wie eine feine Gischt über die Schiffsaufbauten verteilten.

Seit geraumer Zeit redete Larry im Liegestuhl neben Maria auf sie ein, wobei sie ihm jedoch nur mit halbem Ohr lauschte. Wenn sie es genau bedachte, hatte sie nicht die geringste Ahnung, worüber ihr alter Freund eigentlich sprach. Sicher etwas Geistreiches. Lawrence Kelly war Mitbegründer mehrerer großartiger Musiktheater in den Vereinigten Staaten und hatte die Karriere von Maria Callas dort vom ersten Höhepunkt an begleitet. Dreizehn Jahre war das her, und der Impresario war noch immer ein gut aussehender Mann, viel kleiner als die hochgewachsene Maria, aber ebenso wenig wie bei Aristo fiel das ins Gewicht. Auch Larry besaß sehr viel Charisma, und er war ein wichtiger Mann in den Opernhäusern auf der anderen Seite des Atlantiks.

»Keine hat die Medea so wundervoll gesungen wie du«, fuhr Larry fort. Er schien nicht zu einem Ende zu kommen, musste während seines Monologs anscheinend nicht einmal Luft holen. »Deshalb empfiehlst du dich für die Hauptrolle …«

»Ich glaube nicht daran, dass irgendjemand Theater in Film verwandeln kann«, unterbrach sie matt. Es war Zeit für einen Einwand geworden.

Doch der Redefluss ließ sich nicht stoppen: »Franco Zeffirelli hat Shakespeares ›Der Widerspenstigen Zähmung‹ gerade ganz wunderbar mit Elizabeth Taylor und Richard Burton in den Hauptrollen verfilmt«, insistierte der Impresario.

Maria richtete sich in ihrem Liegestuhl auf und schob ihre Sonnenbrille in ihr dichtes schwarzes Haar. »Das ist keine seiner Operninszenierungen«, stellte sie klar. Sie mochte es generell nicht, wenn ihr jemand widersprach, und zu vieles auf dieser Kreuzfahrt zermürbte sie. Die Hitze machte ihr zu schaffen, erklärte sie sich ihr Unwohlsein. Dass sie sich eigentlich mehr über Aristo als über die Sonne ärgerte, wollte sie sich nicht eingestehen. Ihre Nerven waren zum Zerreißen gespannt, so dass sie harscher reagierte, als es der ihr treu ergebene Freund verdiente: »Musikbühne und Leinwand vertragen sich nicht. Basta.« Dann legte sie sich wieder zurück.

Sie schloss ihre Augen, die seltsam brannten, als ihr bewusst wurde, dass sie Larry nicht so hätte anfahren dürfen. Nicht diesen liebenswerten, ihr stets zugeneigten Mann. Niemand hatte es weniger verdient, ihrer Ruppigkeit ausgesetzt zu sein. Doch an ihrer Dünnhäutigkeit war die schlechte Laune ihres Geliebten schuld, seine Fahrigkeit, die Gedanken- und Taktlosigkeit, mit der er Maria in diesen Tagen behandelte. Dabei hatte sie geglaubt, die in den vergangenen Monaten aufflammenden Streitigkeiten zwischen ihnen wären beigelegt. Eine Zeit lang schien doch wieder alles gut zwischen ihnen zu werden …

»Du solltest wieder regelmäßig Stimmübungen machen.«

Marias Kopf fuhr hoch. »Was?«

»Ich kann dir sofort einen Auftritt in den USA vermitteln.

Eine ganze Tournee, wenn du willst. Dein Comeback würde bejubelt werden.«

Als wenn sie das nicht wüsste.

»Im Moment mache ich Urlaub«, wich sie aus.

Sie wollte ihm nicht erzählen, dass sie zwar ihre Übungen vernachlässigt haben mochte, aber natürlich nicht aufgegeben hatte, ihre Stimme zu alten Höhen zurückzuführen. Monatelang hatte sie ihren Gesang auf Tonband aufgenommen, um diese Aufnahmen mit ihren alten Schallplatten zu vergleichen. Auf diese Weise hoffte sie herauszufinden, was nicht mit ihr stimmte, warum sie die hohen Töne nicht mehr in der dreigestrichenen Oktave halten konnte. Bis sie ihre öffentlichen Auftritte mehr oder weniger aufgab, hatte sie mehr als einen Skandal verursacht, weil sie mitten in einer Arie versagte. Es war ein ständiges Auf und Ab. Doch seit geraumer Zeit hatte sie das Gefühl, mit ihrer Kunst in einem Abwärtsstrudel gefangen zu sein. Und da sie einstweilen auf den Jubel des Publikums verzichten musste, versank sie im verschwenderischen, rastlosen Leben des internationalen Jetsets. Dabei kam sie sich vor wie der schiffbrüchige Odysseus, der auf seiner Reise nach Hause so viele Abenteuer hatte überstehen müssen, erbauliche wie lebensgefährliche. Marias Heimat war die Bühne – und wenn sie dorthin zurückfinden wollte, musste sie sich wahrscheinlich auch erst in eine antike Heldin verwandeln. Jedenfalls kam es ihr manchmal vor, als verlange die Darbietung einer Arie übermenschliche Kräfte.

Doch Larry hatte recht. Sie hatte zwar eigentlich immer nur eine Hausfrau sein wollen, die ihren Mann und ihren Hund umsorgte, aber sie sollte wieder singen. Es war das einzige Mittel gegen ihre innere Unruhe und die geheimen Sorgen, die sie umtrieben. Aber noch wusste sie weder, wie sie ihre Stimme trainieren sollte, um das alte Niveau zu erreichen, noch, ob ihre Ängste, dass ihr Geliebter sie verlassen könnte, berechtigt waren oder nicht. Bis sie sich darüber im Klaren war, würde sie sich niemandem anvertrauen. Nicht Larry. Und auch keinem anderen Menschen.

»Lass uns später reden«, bat sie und schenkte ihm ein Lächeln. »Bei der Hitze ist mir nicht nach ernsten Themen.«

Um ihre Worte zu unterstreichen, langte sie zu dem Zeitungsstapel, den ein Steward neben ihrem Liegestuhl platziert hatte. Sie zog wahllos eine Illustrierte hervor und begann darin zu blättern, ohne wirklich auf die Überschriften, Artikel und Fotos zu achten, in denen von der bevorstehenden Hochzeit von Kronprinz Harald von Norwegen mit der bürgerlichen Sonja Haraldsen oder der Scheidung von Frank Sinatra und Mia Farrow berichtet und die Herbstmode am mageren Körper des britischen Fotomodells Twiggy gezeigt wurde. Doch nichts davon interessierte Maria. Erst der Seite mit den Kochrezepten schenkte sie ihre volle Aufmerksamkeit. Essen war schon immer ein Seelentröster für sie gewesen, selbst wenn sie seit nunmehr fünfzehn Jahren vor allem mit den Augen aß. Eine strenge Diät hielt sie seitdem auf den Idealmaßen eines Rehs. Im Großen und Ganzen erging es ihrem Magen damit nicht anders als derzeit ihrem Herzen – er bekam nur Brosamen.

Ein Schatten fiel über die aufgeschlagenen Seiten der Illustrierten Anabelle. Maria sah auf. Ohne dass sie es bemerkt hatte, war Aristo neben ihren Liegestuhl getreten. Beim Anblick des Geliebten glitt ein Lächeln über ihr Gesicht.

Aristoteles Onassis erwiderte dieses Lächeln nicht. Dennoch konnte sich Maria seiner Anziehungskraft nicht erwehren. Mit seinen einhundertfünfundsechzig Zentimetern war er kein großer Mann im Sinne der Maßeinheit, dennoch überragte seine Ausstrahlung jeden Efendi von zwei Metern Höhe. Im Grunde sah er nicht einmal gut aus mit den dunklen Schatten unter seinen Augen, der kräftigen Nase und dem sinnlichen, aber fast zu breiten Mund. Doch seine Persönlichkeit und sein unvergleichliches Charisma machten den Zweiundsechzigjährigen für sie zum schönsten Mann der Welt. Wie sehr sie ihn liebte. Er war der Erste und Einzige, der ihre Person unabhängig von ihrer Stimme sah – Maria ohne die Callas. Ich liebe dich, dachte sie. Für immer und ewig.

»Hast du deine Telefonate erledigt?«, fragte sie fröhlich, wartete seine Antwort nicht ab, da diese ja offensichtlich war, sondern fügte eilig hinzu: »Warum setzt du dich nicht zu uns? Larry schlug mir gerade vor …«

»Ich erwarte neue Gäste«, unterbrach der Schiffseigner ihren Redeschwall. Er klang so sachlich, als stünde er vor einem Geschäftsabschluss für eine seiner Reedereien oder für seine Fluggesellschaft, vor dem Kauf eines weiteren Öltankers oder eines Jets. »In einer Woche solltest du von Bord gehen, Maria.« Da er sich anscheinend nicht auf eine längere Unterhaltung einstellte, blieb er stehen. »Es ist eine reine Männerangelegenheit.«

Sie spürte mehr, als dass sie die Bewegung ihres Freundes Larry wahrnahm, wie dieser sich aufsetzte. Er stieß zischend den Atem aus. Diese Reaktion war jedoch so leise, dass sie fast im Plätschern der Wellen, die sich am Schiffsrumpf brachen, unterging. Für einen kurzen Moment ging Maria durch den Kopf, dass womöglich Delfine neben der Yacht spielten. Meer und Wind waren zu ruhig für hohe Wellenbewegungen. Für Letztere sorgte jedoch Aristos Aufforderung.

Nicht, dass Maria die *Christina* nicht in der Vergangenheit bereits verlassen hätte, weil sich ihre Anwesenheit als Geliebte nicht mit den Moralvorstellungen mancher Gäste vertrug, die Aristo wichtig waren. Der ehemalige britische Premierminister Winston Churchill und dessen Gattin etwa gehörten dazu. Das alte Ehepaar hätte sich durch das außereheliche Verhältnis so brüskiert gefühlt, dass die sonst wichtigste Frau an Bord klugerweise abreiste, bevor Churchills einschifften, obwohl Maria zu diesem Zeitpunkt längst den Status der Hausherrin auf dem Boot einnahm. Maria verband ihre Abwesenheit mit beruflichen Terminen und zeigte ein gewisses Verständnis für Churchills altmodische Moralvorstellungen, da er in der luxuriösen Yacht wohl noch immer das Kriegsschiff erkannte, das im Juni 1944 an der Landung der Alliierten in der Normandie teilgenommen hatte. Später hatte es Aristo in ein schwimmendes Schloss umbauen lassen, aber die Sentimentalität eines bedeutenden Staatsmannes sah über die nunmehr elegante Ausstattung wohl hinweg. Doch Winston Churchill war seit dreieinhalb Jahren tot, Marias privates und berufliches Leben hatte sich verändert – und sie beschlich plötzlich eine leise

Ahnung, dass Aristos Wunsch nichts mit Moral zu tun haben könnte.

»Wie bitte?«, fragte sie.

»Ich möchte, dass du nächste Woche abreist«, erklärte Aristo. »Flieg nach Hause, Maria.«

Maria wusste nicht, was sie mehr verärgerte – von der Yacht vertrieben zu werden, ihre Sommerferien beenden oder nach Frankreich zurückkehren zu müssen, wo in diesen Tagen völliger Stillstand herrschte. Kein Mensch, der bei Sinnen war, hielt sich im August in Paris auf, jedenfalls kein Pariser. Es sei denn, es handelte sich um eine verlassene Frau, die nicht wusste, wohin sie sonst hätte gehen können …

Entsetzen kroch in ihr hoch. Panik, Angst, Wut. Verständnis. Aber auch Unsicherheit und Verzweiflung. Eine Mischung der unterschiedlichsten Gefühle pulsierte in ihren Adern.

»Ich komme nächsten Monat nach«, versicherte er in verändertem, sanfterem Ton. »Im September bin ich bei dir in Paris.«

Im September ging das Leben in Paris wieder seinen gewohnten Gang. Maria bezweifelte, dass das auch auf Aristo und sie zutreffen würde, egal, was er sagte. Mit einem Mal wusste sie mit scharfsichtiger Gewissheit, warum sie gehen sollte und wer auf der Yacht an ihre Stelle treten würde. Es war wie ein Déjà-vu, eine Wiederholung derselben Szene, die sie damals womöglich verkannt hatte und die sie angesichts der drohenden Gefahr für ihre Liebe ins Schwanken geraten ließ. Was immer Aristo ihr versprach, sie glaubte ihm kein Wort.

Tränen traten ihr in die Augen. Sie schluckte sie herunter,

schwang die Beine herum und stand auf. Die Zeitung fiel auf den Boden, die aufgeschlagenen Seiten knisterten.

Maria überragte Aristo um einen halben Kopf – und zum ersten Mal in ihrer Beziehung spielte der Größenunterschied für sie eine Rolle. Sie sah auf ihn hinab.

»Ich hasse dich!«, zischte sie.

Ihr Herzschlag donnerte gegen ihre Brust. Ihr Puls schien im Widerspruch zu ihren laut hervorgestoßenen Worten aufzuschreien: Ich liebe dich!

»Maria …«, hob Aristo an.

Wütend auf sich selbst, auf ihn, seine Trophäensammlung und die andere Frau, die da kommen würde, lief Maria davon. Sie konnte Aristos Blick nicht ertragen, nicht Larrys Nähe neben sich spüren, nicht um die Anwesenheit der Besatzungsmitglieder irgendwo an Deck wissen. Vor aller Augen drohte die große Callas in ein dunkles Loch zu fallen. Das konnte sie nicht zulassen. Obwohl sie Liebe nicht mit Stolz verband, gab es doch den Verlust von Würde, der das Erträgliche aller Demütigungen überschritt.

Sie wollte allein sein und ihren Tränen freien Lauf lassen.

Das Schlafzimmer von Onassis und Maria an Bord war feudaler ausgestattet als jede Präsidenten- oder Fürstensuite in einem Grandhotel. An von Hand gefertigten und mit Blumenmotiven bemalten Möbeln aus Venedig war ebenso wenig gespart worden wie an mit meerschaumgrüner Seide bespannten und mit venezianischen Facettenspiegeln und byzantinischen Ikonen dekorierten Wänden. Die Armaturen in dem mit gelbem Siena-Marmor ausgestatteten Badezimmer waren aus Gold, und es fehlte nirgendwo an Luxus. Die Vierzimmerwohnung auf dem Brückendeck der *Christina* war – neben ihrer Wohnung in Paris – Marias zweites Zuhause, und sie trug ihren persönlichen Stempel: Auf einem Sideboard waren private Fotografien aufgestellt; es gab einen Plattenspieler, ein Aufnahmegerät und Stapel jener Zeitschriften, aus denen sie gern Kochrezepte ausriss und aufhob; im Safe warteten ihre Juwelen auf noble Partys und in den Schränken des Ankleidebereichs Garderobe für jede Gelegenheit. Es war die kleine Welt der drei Seelen in ihrer Brust: der einst entwurzelten, um Liebe singenden Mary, der großen Callas, die um ihre Karriere fürchtete, und der traditionsbewussten Griechin Maria, die fern aller Bühnenrollen so gern die perfekte Hausfrau gab und die Geschäftsfreunde ihres Liebsten und gemeinsame berühmte Freunde bewirtete. Und nun wollte Aristo, dass sie diesen Platz in ein paar Tagen für eine andere räumte. Auch wenn es nur vorübergehend wäre, tat es unfassbar weh.

Obwohl er niemals ein offenes Wort darüber verloren hatte, waren ihr in den vergangenen Monaten Gerüchte zu Ohren gekommen. Anfangs hatte sie sich geweigert, auf den Klatsch zu hören, Aristo werbe um Jacqueline Kennedy. Maria verschloss die Augen vor der Bedrohung, und als Aristo sie Mitte Mai nach ihrer jährlichen Karibikkreuzfahrt im Hafen von St. Thomas von Bord der *Christina* schickte, hielt sie sich an seinen Worten fest:

»Du solltest über New York nach Hause fliegen. Ich möchte dir die Überfahrt nach Europa ersparen. Siebzehn Tage nur Wind und Meer sind langweilig für dich. Wir sehen uns in Paris.« Sie wollte so sehr, dass er die Wahrheit sprach. Es dauerte jedoch nicht lange, bis sie das Gerede durch die Mitteilsamkeit sogenannter Freunde und sensationslüsterner Zeitungsmeldungen erreicht hatte: Aristoteles Onassis unternahm eine Karibikkreuzfahrt mit der amerikanischen Präsidentenwitwe.

Es gab keine gemeinsamen Fotos von Aristo mit seiner neuen Eroberung, die auf eine romantische Schiffsreise schließen ließen. Aber die ehemalige First Lady war derzeit die berühmteste Frau der Welt und zog daher viel Aufmerksamkeit auf sich; das Attentat auf John F. Kennedy vor fünf Jahren hatte Maria in dieser Skala auf den zweiten Platz verdrängt. Und Maria wurde von Eifersucht und Neid heimgesucht wie selten zuvor.

Sie konnte sich selbst nicht eingestehen, was sie mehr störte: dass die Präsidentenwitwe sechs Jahre jünger als sie war, tatsächlich um einiges eleganter und inzwischen ebenfalls eine Stilikone – oder dass der Mann, als dessen Frau sich Maria auch ohne Trauschein fühlte, sich so rücksichtslos nahm, was er haben wollte.

Wir sehen uns in Paris. Ich komme nach.

Sein sanfter Ton hallte in Marias Kopf nach, während sie ihr tränennasses Gesicht in den dicken Daunenkissen ihres großen französischen Betts vergrub.

Eigentlich war sie bereit, dem Mann, den sie liebte, alles zu verzeihen. Auch eine Affäre. Aber sie war nicht so abgehärtet, dass es ihr nichts ausmachte, ihn mit einer Frau zusammen zu wissen, die sie als Bedrohung empfand, weil die andere ihr auf gewisse Weise ebenbürtig, ja möglicherweise sogar überlegen war.

Als sie im Frühsommer die Ohren nicht mehr vor dem Klatsch verschließen konnte, ging es ihr immer schlechter. Maria hatte sich leer und hilflos wie nie zuvor gefühlt. Nicht nur, dass Aristo sie betrog, es gab keinen Ersatz für seine Nähe mehr durch ihr Publikum. Der Beifall war verhallt, vielleicht ebenso Vergangenheit wie seine Liebe. Vor allem die Stille hatte ihr das Herz gebrochen. Wahrscheinlich war das die schlimmste Erkenntnis an seiner Untreue – im Moment gab es nicht einmal mehr ihre Kunst, mit der sie den Betrug hätte erträglich machen können. Ihr Leben war mit seinem Leben verschmolzen, und seitdem sie nicht mehr sang, hatte sie das Gefühl, im Grunde nichts Eigenes zu besitzen. Die Aussicht, den August in Paris zu verbringen, wo die meisten Geschäfte und Fensterläden geschlossen waren, weil die Bewohner und Händler im Urlaub weilten, einen Monat, dessen Ruhe Maria nicht erfüllen konnte mit Stimmtraining, Proben und der Hektik vor einem Auftritt – diese Aussicht machte ihr furchtbare Angst und war wahrscheinlich noch schlimmer als das Bild Jackie Kennedys, das sie vor Augen hatte.

Ein vorsichtiges Klopfen unterbrach die Flut von Gedanken und Tränen, die auf sie einstürmten. Sie horchte auf, ihr Herz stolperte.

Er war gekommen, um sich zu entschuldigen. Um sie anzuflehen, an Bord zu bleiben.

So einfach wollte sie seine Entschuldigung jedoch nicht akzeptieren, auch wenn sich alles in ihr danach sehnte. Diesen Sieg würde sie für sich verbuchen.

Sie richtete sich auf, wischte über ihre Wangen, griff nach der Brille auf ihrem Nachttisch.

»Geh weg!«, schrie sie und klang dabei wie ein waidwundes Tier, das doch nur um Nähe flehte.

Das Klopfen wiederholte sich. Dann eine Stimme: »Ich bin es. Larry.«

Ihr sank das Herz. Sie begann am ganzen Leib zu zittern, als ihr bewusst wurde, dass Aristo nicht gekommen war, um sie um Verzeihung zu bitten, sondern ihr alter Freund Einlass begehrte. Wahrscheinlich wollte Larry sie trösten. Und sicher gab es wenig, das sie im Moment dringender brauchte als den Zuspruch und die Loyalität eines Freundes. Dennoch war sie erschüttert vom Verlust der Hoffnung, die kurz in ihr aufgewallt war. Unwillkürlich öffnete sie den Mund, um ihn fortzuschicken …

»Mary, bitte! Lass mich rein. Ich möchte mit dir reden.«

Dass er den Namen benutzte, unter dem sie vor vierundvierzig Jahren im Geburtenregister von New York City eingetragen worden war, zeigte Wirkung. Sie würde ihn nicht fortschicken. Vielleicht auch, weil er sie diesmal nicht nannte, wie Aristo und der Rest der Welt es für gewöhnlich taten. In diesem Moment fühlte sie sich tatsächlich wie Mary, das kleine Mädchen, das beschützt werden wollte. In ihrer Kindheit hatte sie jedoch vor allem unter den Plänen und der Maßregelung ihrer ehrgeizigen Mutter gelitten, behütet hatte sie sich nicht gefühlt. Manchmal vielleicht von ihrem Vater, doch der hatte selten Zeit für sie. Aber nun stand Lawrence Kelly vor der Tür, der Mann, auf den sie sich sicher mehr verlassen konnte als auf die beiden Männer, die sie mehr liebte als jeden anderen auf der Welt. Er war weder George Kalogeropoulos noch Aristoteles Onassis und wäre für sie da.

Deshalb stand sie auf, zog den Gurt ihres Bademantels straff, den sie sich vorhin über den Bikini geworfen hatte, ging durch die Suite und öffnete.

Larry breitete die Arme aus und kam herein, wobei er gleichzeitig mit einem Fußtritt hinter sich die Tür ins Schloss warf. Er zog Maria an sich, und sie fühlte sich klein und verletzlich, obwohl sie ihn überragte.

»Es tut mir so leid«, sagte er und hielt sie dabei fest. Die Aromen seines Rasierwassers, der salzigen Luft und seiner Sonnencreme stiegen ihr in die Nase. »Du hast nicht verdient, dass er dich so behandelt.«

Das hatte sie sicher nicht. Sie nickte stumm und senkte die Stirn auf seine Schulter unter einem weichen Baumwollshirt.

»Ich lasse nicht zu, dass du weiter unter seinen Beleidigungen leidest.«

Larrys Worte waren gut gemeint, doch etwas in Maria wehrte sich gegen den Trost, intuitiv regte sich in ihrem Innersten Widerspruch. Sie wollte nicht, dass er schlecht über Aristo sprach, dazu glaubte sie trotz allem zu sehr an ihre Liebe.

Bevor sie jedoch etwas erwidern konnte, fuhr Larry ebenso sanft wie auffordernd fort: »Du schaffst es, zu deiner alten Form zurückzukehren, glaube mir. Ich kümmere mich um dich, mach dir keine Sorgen.«

Sein Hinweis auf ihre Stimme brachte sie vollends aus der

Fassung und öffnete sämtliche Schleusen. Die geheimnisvollen Gäste, die Aristo ohne Maria an seiner Seite empfangen wollte, waren mit einem Mal nebensächlich geworden. Ihr Körper erbebte unter einem Weinkrampf. »Meine Karriere ist vorbei«, schluchzte sie.

»Nein, nein«, wehrte Larry ab und strich ihr so liebevoll über das Haar, wie es nur Männer konnten, die kein sexuelles Interesse an Frauen besaßen. »Alles wird gut. Wenn du wieder zu deiner Übungsroutine findest und dich auf die richtigen Auftritte vorbereitest, wird es dir gleich besser gehen. Dein Publikum in den Vereinigten Staaten wartet auf dich – es verlangt nach dir und wird dich feiern, wie du es gewohnt warst. Das habe ich dir doch vorhin schon gesagt.«

Der Brillenrahmen drückte schmerzhaft gegen ihren Nasenrücken. Maria löste sich aus Larrys Umarmung, schob die Sehhilfe in ihr Haar und strich mit den Händen über ihre Lider, versuchte, die Tränen fortzublinzeln. Ihr Blick war verschwommen, ihre Gedanken jedoch mit einem Mal ganz klar.

»Meinst du wirklich, ich könnte wieder auftreten?«

»Du bist die Callas«, erwiderte er zuversichtlich. »Die *Diva assoluta* – die größte Sängerin dieser Zeit. Und das hast du dir alles aus eigener Kraft erarbeitet. Selbst Ari Onassis kann dir das nicht nehmen.«

Wahrscheinlich nicht, dachte sie, aber an Aristos Seite hatten sich ihre Bedürfnisse verändert. Doch Larrys eindringliche Erinnerung an ihre Stellung in der Welt der Oper brachte eine Saite in ihr zum Klingen, die für eine Weile verstummt gewesen war: Sie war die Göttliche, keine andere sollte ihr diesen Rang streitig machen können, weder auf großer Bühne noch an Deck einer Yacht. Wenn Aristo glaubte, sie aus ihrem schwimmenden Paradies vertreiben zu können, musste er mit dem vergifteten Apfel leben. Sie würde nicht gehen, wie es ihm beliebte. Sie würde – ja, was eigentlich?

Als habe er ihre Gedanken gelesen, sagte Larry: »Du packst jetzt deine Sachen und fliegst nach Amerika. Dort wirst du wieder groß rauskommen. Vertrau auf deine Freunde, Mary!«

Die Vorstellung, Aristo mit einem Comeback für sein Verhalten zu bestrafen, gefiel ihr. Sie würde sich ihren einzigartigen Platz in der Welt zurückerobern und ihre Rivalin damit auf den zweiten Rang hinter sich verweisen. Und er würde verstehen, dass er einen Fehler begangen hatte. Ein Fehlgriff. Mehr wäre die andere dann nicht mehr.

In Marias Hinterkopf meldete sich eine leise Warnung, die ihr bedeutete, dass der Zeitfaktor gegen sie sprach. Ihre Stimme zu schulen und eine Tournee durch die USA zu organisieren dauerte länger als eine Kreuzfahrt durch die griechische Inselwelt, länger als ein einsamer Sommer in Paris. Doch sie wischte die stummen Zweifel mit einer Handbewegung fort.

Sie würde nicht an Bord bleiben, bis Aristo sie los sein wollte, und gute Miene zum bösen Spiel machen. Das ließ sie sich nicht bieten. Dieses eine Mal beugte sie sich nicht seinem Wunsch.

Als spielte sie gerade eine ihrer großen Rollen, holte sie tief Luft und setzte dann mit tiefer, bedeutungsvoller Stimme an: »Ich werde dafür sorgen, dass uns noch heute ein Schnellboot ans Festland bringt. Oder möchtest du lieber den Hubschrauber zum nächsten Flughafen nehmen?«

Larry schnappte nach Luft. Dann glitt ein Strahlen über sein Gesicht.

Obwohl ihr nicht so leicht ums Herz war, wie sie tat, lächelte Maria. Und mit dem Lächeln durchströmte sie Zuversicht. Sie war wieder die Diva. Die Primadonna. Sie war der Star. Die berühmteste Frau der Welt. Genauso, wie es damals bei ihrer ersten Begegnung mit Aristo in Venedig gewesen war. Es hatte sich nichts geändert. Sogar ihre Probleme als Künstlerin waren die gleichen, denn damals hatte sie zum ersten Mal mit schwerwiegenden Stimmproblemen zu kämpfen gehabt. Doch in jenem Jahr hatte sie es geschafft, diese zu überwinden, sie hatte sich wieder gefangen. Wenn sie Larrys Worten Glauben schenken durfte, würde das bald wieder der Fall sein.

Eine halbe Stunde später wurde die verborgene Tür zu dem an das Schlafzimmer angrenzenden Ankleidezimmer geöffnet. Doch diesmal wurde nicht geklopft. Onassis stieß die Tür in einer heftigen Bewegung auf und stürmte aus dem Funk- und Navigationsraum, der dahinter lag, herein. Abrupt blieb er stehen, als er sah, was Maria gerade tat.

Sie war damit beschäftigt, ihre persönlichen Dinge sowie das Nötigste an Kleidung zusammenzuraffen. Auf dem Bett lag offen eine Valextra-Tasche aus weichem dunkelblauem Leder, die höchstens genug Gepäck für ein Wochenende fasste. Es war ein Geschenk von Aristo, der dasselbe Modell besaß. Maria wanderte zwischen Ankleidebereich und Tasche hin und her und warf ihre Sachen achtlos hinein. Normalerweise übernahm das eine der Angestellten, aber dafür war keine Zeit. Sie bemühte sich, nicht auf den Eindringling zu achten, obwohl sie ihn am liebsten aufs Genaueste beobachtet hätte, um in seinen Zügen zu lesen, was in ihm vorging.

Vermutlich hatte er inzwischen durch Kapitän Zigomalas erfahren, dass sie fortwollte. Er war jedoch offensichtlich nicht als Bittsteller gekommen, der sie anflehen würde, an Bord zu bleiben. Anscheinend ärgerte ihn, dass sie die Konsequenzen aus seinen *Männerangelegenheiten* zog. Scharf stieß er hervor: »Was soll das?«

Sie zuckte gleichgültig mit den Achseln und schaffte es, weiterhin nicht den Blick auf ihn zu richten. »Das siehst du doch«, gab sie patzig zurück. »Ich reise ab.«

»Warum?«

Er wirkte aufrichtig erstaunt. Obwohl seine Frage womöglich ein Indiz für die Harmlosigkeit seiner erwarteten Freunde war, beschloss Maria, sich nicht mehr täuschen zu lassen. Sie erinnerte sich an Larrys Zuspruch, der ihr half, ihrem Verlangen, sich sogleich mit Aristo zu versöhnen, standzuhalten. Endlich sah sie ihn an. »Erwartest du allen Ernstes eine Antwort?«

»Ich habe Freunde eingeladen, mit denen ich ein paar Tage allein sein möchte.« Er fuhr sich mit der Hand durch das kurz geschnittene, ergrauende Haar. »Das ist nichts von Bedeutung. Worüber regst du dich auf?«

Sie presste die Lippen aufeinander, schüttelte den Kopf und

griff nach einem Seidenschal, als wäre es Aristo selbst, und zerdrückte den feinen Stoff in ihren Händen.

»Bleib noch ein paar Tage hier.« Es klang nicht flehend, war keine Bitte, sondern ein Befehl. Immerhin fügte er sanfter hinzu: »Du wirst dich beruhigen und …«

»Nein«, zischte sie. »Nein, das werde ich nicht!«

Er schnappte nach Luft, begann auf und ab zu laufen, ebenso, wie sie zuvor ihre Nervosität überspielt hatte. Doch Aristo war nicht nur erregt. Offensichtlich konnte er seinen aufsteigenden Zorn nur mühsam unter Kontrolle halten. Dann blieb er in einer Art Drohgebärde vor ihr stehen. »Ich habe dir gesagt, dass wir uns in Paris wiedersehen. Daran ändert sich nichts.«

Der Schal war noch nicht ganz in der Tasche abgelegt, ihre Finger strichen über das Material, fast wehmütig, als wäre es die Haut des Geliebten, die sie zärtlich streichelte. Plötzlich umschloss sie das Kleidungsstück, zerknüllte es wieder in ihrer Faust.

»Nein«, wiederholte sie und sah ihm wütend in die Augen. »Wir werden uns nirgendwo wiedersehen. Du wirst mich an keinem Ort der Welt mehr treffen. Du nicht.«

Und dann warf sie den Ball aus reiner Seide gegen seine Brust – eine theatralische Geste der Diva. Wie auf der Bühne. Die Callas gewann die Oberhand.

Für einen Moment fürchtete sie, Aristo würde ihre Gebärde der Gewalt, wenngleich sie ihm damit natürlich nicht wehtun konnte, mit einer ebensolchen beantworten. Sie sah das Aufflackern in seinen Augen, bemerkte, wie er die Faust ballte. In seinem Inneren tobte ein Kampf, das war unübersehbar.

Sie wich nicht zurück.

Ohne eine weitere Reaktion drehte er sich um. Er trat auf den Schal, dann stürmte er hinaus. Die Kabinentür schwang in den Angeln nach.

Sie hatte sich nicht gebeugt, nicht klein beigegeben. Ein Etappensieg. Aber zu welchem Preis?

Mit langsameren Bewegungen als zuvor packte sie ihre restlichen Sachen ein.

Erst als sie von Bord ging, fiel ihr ein, dass sie das Foulard nach Aristos Abgang neben dem Bett liegen gelassen hatte. Sie verließ ihn so überstürzt, dass sie sogar vergessen hatte, ihre Juwelen aus dem Safe zu nehmen. Egal. Einen Weg zurück gab es für sie nicht. Sie musste nach vorn schauen. Im Moment war ihr einerlei, was mit ihren Sachen geschah – ihr gebrochenes Herz erschien ihr kostbarer als alle irdischen Güter.

KAPITEL 4

Paris

August 1968

Von allen berühmten Partien, die sie gesungen hatte, gingen Maria die Worte der Amelia in Giuseppe Verdis »Ein Maskenball« nicht aus dem Sinn: »Was bleibt in einem unglücklichen Herzen?«, murmelte sie vor sich hin, während sie ruhelos durch ihre Wohnung schritt. »Was bleibt, wenn die Liebe gegangen ist?«

Ihre eigene Stimme erklang wie ein Echo aus den Lautsprechern der Stereoanlage in ihrem Arbeitszimmer. Es war der Mitschnitt einer Aufführung an der Mailänder Scala von vor elf Jahren. Sie hatte die Rolle in jener Zeit gesungen, als sie Aristo zum ersten Mal begegnet war. Doch nicht deshalb war ihr die Amelia in der ersten einsamen Nacht in Paris so präsent, sondern weil es in dem Libretto um Liebe und Verrat ging, um Eifersucht, Täuschung und Rache.

Nun, überlegte sie, handelten nicht alle Opern von diesen Themen? Es war doch immer eine verlorene Liebe, die die Hauptrolle spielte. Und endeten nicht fast alle diese Geschichten mit dem Tod der Protagonistin? Als Norma verbrannte Maria unzählige Male auf dem Scheiterhaufen, Violetta erlag in »La traviata« der Tuberkulose, Lucia di Lammermoor wurde wahnsinnig, und als Tosca hatte sie sich bislang über dreißig Mal von der Engelsburg gestürzt, fast genauso oft hatte sie sich als Medea einen Theaterdolch in die Brust gerammt – einzig Amelia überlebte den Tod des Geliebten. Seltsam, dachte Maria, warum starb ausgerechnet sie nicht an ihrem Schmerz?

Maria blieb vor der Anlage stehen, wollte die Aufnahme abstellen, doch ihre Hand blieb in der Luft hängen. Ihre Augen waren durch den Raum gestreift, der zu einem Zuhause für ihre Seele geworden war, als wäre sie auf der Suche nach einem Hinweis, was sie tun sollte. Doch statt auf eine imaginäre Antwort zu stoßen, traf ihr Blick auf die Fotografien, die in silbernen Rahmen auf dem mit einer üppig verzierten Marmoreinfassung versehenen Kaminsims standen. Ein Kinderfoto von ihr, Bilder von ihrer schönen, sechs Jahre älteren Schwester Iacinthy, Fotos von Auftritten, mit Freunden – und mit Aristo an Bord der *Christina*. Darüber die gerahmten Urkunden von Auszeichnungen, die sie im Laufe ihrer Karriere erhalten hatte.

Erinnerungsstücke an ihre Eltern fehlten. An ihre Mutter, die Iacinthy geliebt, Mary jedoch benutzt hatte, die sie ausgepresst hatte wie eine Zitrone, um ihre Eitelkeit zu befriedigen und ihre Verschwendungssucht zu finanzieren. Evangelia war sich nicht einmal zu schade gewesen, ein Buch herauszubringen, ein Pamphlet gegen ihre undankbare Tochter, mit dem sie auch noch Kasse machte. Selbst ihren Vater hatte Maria verdammt, nachdem der sich nach langjähriger Affäre für Alexandra Papajohn, seine Geliebte, und gegen seine Familie entschieden hatte. Seine Liebe zu der anderen Frau überdauerte alle Krisen, überstand auch die

Abneigung der Töchter aus erster Ehe. Und hier lagen die Unterschiede zwischen George und Alexandra und Aristo und Maria: Zwar waren die beiden Kinder von Aristoteles und Tina Onassis ebenfalls stets alles andere als angetan von der neuen Frau im Leben ihres Vaters gewesen – so viel Mühe Maria sich auch gegeben hatte, die Sympathien von Alexander und der kleinen Christina Onassis zu gewinnen. Aber das war ihr ebenso wenig gelungen, wie sie es vermocht hatte, ihre Beziehung zu Aristo zusammenzuhalten. Ihr Vater indes hatte seine Geliebte – zu Marias größter Bestürzung – irgendwann geheiratet, Onassis hatte sie jedoch niemals zum Traualtar geführt.

Sie schaltete das Tonbandgerät mit einer so heftigen Bewegung aus, dass es auf dem Regalbord ein paar Zentimeter weiter nach hinten rutschte. Ihre Stimme, die eben noch den Raum erfüllt und ihr auf gewisse Weise Trost gespendet hatte, verklang mitten in einer Arie. Stille senkte sich über sie. Unwillkürlich lauschte sie, versuchte, irgendetwas zu hören, doch nicht einmal das übliche Brausen des Straßenverkehrs auf der Avenue Georges-Mandel drang um diese Uhrzeit durch die hohen Doppelfenster des Hauses Nummer 36. Es war mitten in der Nacht, und sogar Paris schlief. Auch sie sollte endlich zu Bett gehen.

Ohne das Licht zu löschen, verließ sie ihr Arbeitszimmer. In ihrem Schlafzimmer wurde sie von Helligkeit empfangen. Bruna Lupoli, ihre langjährige Haushälterin, hatte am Abend alles zu Marias Bequemlichkeit hergerichtet: Das Bettzeug war aufgeschlagen, Marias Reisetasche ausgepackt und der Inhalt entweder in der Wäsche oder einzeln in Zellophan gehüllt, wie Maria es wünschte, im Schrank verstaut. Maria schätzte ein ordentliches Zuhause, wo jedes Teil seinen Platz besaß. So wie der große Koalabär aus Plüsch, der in einem Sessel neben dem reich mit Schnitzereien und Blumenranken verzierten Rokokobett saß und von dem Maria hoffte, dass er ihren Schlaf bewachte. Von ihrem Pudel erwartete sie das nicht unbedingt, der schnarchte selig in seinem Korb und hob nicht einmal bei ihrem Eintreten den Kopf. Die Rokokogarnitur – Bett, Sekretär, Beistelltischchen und Stuhl – war eines der wenigen Überbleibsel aus ihrer Ehe mit Meneghini, ein süßer Mädchentraum in der Farbe gelber Aprikosen. Sie hatte ihr Schlafzimmer mitgenommen, als sie vor zwei Jahren in diese Wohnung gezogen war.

Eigentlich hätte sie lieber ein Haus auf dem Land besessen, die Villa in Sirmione hatte ihr viel bedeutet, aber Aristo hielt eine Stadtwohnung für praktischer und hatte ihr diese gekauft. Natürlich hätte sie ihr neues Heim auch selbst bezahlen können, aber er wollte ihr die Wohnung unbedingt zum Geschenk machen. Wahrscheinlich wollte er vor allem die wichtige Entscheidung über ihre Zukunft treffen. Lange hatte sie geglaubt, Aristo habe auf diese Lage im vornehmen 16. Arrondissement bestanden, weil es keine eineinhalb Kilometer zu seiner Wohnung an der Avenue Foch Nummer 88 waren, aber wenn sie es bei Lichte betrachtete, waren die gut fünfzehn Minuten Fußweg durch die schönen Straßen von Chaillot in Richtung Nordwesten doch eine eher weite Strecke. Zu weit auf jeden Fall für ein nachbarschaftliches Verhältnis, das vielleicht einmal aus Liebe Freundschaft machen könnte. Zufällige Nähe würde sie bei der Lage ihrer Wohnungen nicht zusammenführen.

Der Schmerz über die Trennung war seit ihrer Abreise aus

Griechenland ihr ständiger Begleiter, und er wurde in Wallungen heftiger, nicht weniger. Sie stand in ihrem Schlafzimmer und erstarrte unter der Wucht der Erkenntnis: Sie würde Aristo nicht wiedersehen. Es war vorbei. Ihre Liebe war zerbrochen, ihr Herz entzweigerissen. Das Glück hatte sie verlassen, ihr Leben war zerstört.

Sie zitterte am ganzen Körper, als wäre es nicht eine viel zu schwüle Nacht in einem heißen Pariser August, sondern einer jener eiskalten Winterabende ohne wärmende Heizung, wie sie sie während des Krieges unter italienischer und deutscher Besatzung in Athen erlebt hatte. Damals hatte sie einige Vorteile für ihre Mutter, ihre Schwester und sich selbst ersingen können, etwa besseres Essen oder Geld für den Schwarzmarkt, wo es auch Brennmaterial gab. Mit nur achtzehn Jahren hatte sie in der griechischen Nationaloper zum ersten Mal die Tosca gegeben, eine Schülerin des Konservatoriums in Athen, die zwar noch ungelenk und hässlich, wie sie selbst sich fand, jedoch mit einer belastbaren Stimme, schauspielerischer Begabung und viel Disziplin gesegnet war. Wenn sie jetzt zurückdachte, fühlte sie noch ihre Erschöpfung nach ihrem Auftritt auf der Bühne des Kinosaals im »Cinema Palais«, wohin das Ensemble während des Krieges gezogen war, und hörte den Applaus ihres Publikums. Viel stärker noch war ihr der Neid ihrer Kolleginnen und Kollegen im Gedächtnis geblieben. Von Anfang an wurde Marias Erfolg zu ihrer größten Angriffsfläche. Sie hatte so viel dafür aufgeben müssen, letztlich ihre Kindheit und Jugend geopfert, doch nur wenige sahen die Schwerstarbeit, die hinter ihren formvollendeten Auftritten steckte, oder kannten die körperliche und geistige Anstrengung, deren es dazu bedurfte, aus eigener Anschauung. Die Menschen neideten ihr das große Glück des Beifalls umso mehr, je weniger sie verstanden, dass Talent allein nicht ausreichte, um in der Kunst besser als viele andere zu sein. Maria hatte nie ergründen können, was die Leute bewegte, hinter ihrem Rücken zu tuscheln oder sich ihr gegenüber abweisend zu verhalten, wo sie sich Freundlichkeit erhoffte.

Sie dachte an all die schlaflosen Nächte, die sie nach ihren Vorstellungen verbracht hatte. Denn der gewaltige Adrenalinausstoß zwischen Einsingen und Applausordnung, den Maria immer wieder erlebte, hielt sie wach und machte es ihr unmöglich, nach einer Vorstellung schnell wieder zur Ruhe zu kommen. Jahrzehntelang hatte sie sich wie eine Gesangsmaschine gefühlt. Zuerst hatte die Mutter sie angetrieben, später ihr Ehemann – bis Aristo in ihr Leben getreten war. Der einzige Mensch, der ihr nahestand und der sich für ihre Kunst eigentlich nicht interessierte – zumindest sehr viel weniger als für die Frau, die diese Kunst verkörperte. Er war der erste Mensch, der nichts nahm, sondern nur gab. Aristo, der sie fortgeschickt hatte, weil er ein paar Tage mit einer anderen Frau verbringen wollte. Für den die Callas nicht genug war. Für den Maria nicht genug war.

Sie fuhr sich mit der Hand über das Gesicht. Die Stille machte sie wahnsinnig. Wie mit einer Drohgebärde schien ihr die nächtliche Ruhe zu sagen, dass sie diesen schrecklichen Tag endlich beenden und schlafen gehen sollte. Doch sie fürchtete sich vor den Gedanken, die auf sie einstürmen würden, wenn sie die Lider schloss – und vor ihren Alpträumen. Das einzige Mittel dagegen waren ihre Tabletten. Sie sollte ein paar Schlaftabletten nehmen, die würden ihr helfen.

In ihrem Badezimmer befand sich ein kleines Schränkchen mit den Medikamenten, die sie regelmäßig nahm. Genau genommen war der Waschraum ihr Boudoir: riesig und mit roséfarbenem Marmor gefliest, mit unzähligen Spiegeln an den Wänden, einem Sofa, Hängepflanzen und einem Schallplattenspieler ausgestattet. Als sie eintrat, strömte ihr der Duft von Jasmin entgegen. Süß und verzaubernd. Es war das Parfüm von Skorpios. Nicht der Maiglöckchenduft von »Myrto«, dem Parfüm, das alle alten Griechinnen benutzten. Doch Aristo liebte Jasmin. Er hatte eine spezielle Sorte aus Kleinasien besorgen und auf seiner Insel anpflanzen lassen, und an manchen Abenden wehte die Brise diesen Duft auf die *Christina*, wenn sie dort vor Anker lag. Maria hatte die Pflanze als Reminiszenz an diese Momente inniger Zweisamkeit auch in ihr Badezimmer gebracht. Ebenso wie die goldenen Armaturen, die denen in der Ithaka-Suite glichen …

Immer wieder Aristo. Es kam Maria vor, als gäbe es kein Leben mehr für sie ohne diesen Mann.

KAPITEL 5

Paris

19. Dezember 1958

In ihrer Kehle stieg eine fürchterliche Angst auf und hinterließ einen bitteren Nachgeschmack auf ihrer Zunge. Es war nur ein Gefühl, doch sie spürte es so deutlich, dass es Maria wie ein starkes Sodbrennen vorkam. Seit der schlimmen Erkältung, mit der sie Anfang September vorigen Jahres aus Edinburgh nach Italien zurückgeflogen war, und dem Skandal, den die britische Presse aus ihrem Verzicht auf eine zusätzliche Vorstellung in Schottland machte, nahmen ihre Probleme in beängstigendem Maße zu. Ihre Stimme versagte ihr immer häufiger den Dienst, sie fühlte sich von Paparazzi verfolgt, die nichts anderes wollten, als sie bloßzustellen, und – schlimmer noch – ihr Publikum begann ihr die Gefolgschaft zu versagen.

Es war kein gutes Jahr, auf das sie zurückblickte. Es begann gleich am 2. Januar mit dem Abbruch ihrer Norma in Rom, setzte sich mit einer schweren Erkältung im Frühling an der Scala fort und fand einen Höhepunkt mit dem Rauswurf durch den Direktor der Metropolitan Opera in New York vor nicht einmal drei Monaten. Letztlich rührten die Streitigkeiten mit der jeweiligen Intendanz, die Buhrufe ihrer Fans und die schlechte

Presse doch nur daher, dass sie trotz Medikamenten nicht vermochte, eine Aufführung durchzuhalten. Aber stand der Callas keine Erkrankung zu? Durfte sie denn niemals Schwäche zeigen, was doch nur allzu menschlich war? Offenbar nicht. Die Menschen, die sie inzwischen wie eine Göttin verehrten, erwarteten von ihr unerschütterliche Gesundheit und immerwährende Perfektion. Dafür war die *Diva assoluta* schließlich eine Göttin. Und die Intendanten tolerierten keine Absagen, um nicht auf ihre Einnahmen verzichten zu müssen, oder – was noch akzeptabler gewesen wäre – weil sie sich vor der Enttäuschung der Opernbesucher fürchteten. Im April hatte Antonio Ghiringhelli die Scala vor dem Protest der Zuschauer durch eine Eskorte der Mailänder Carabinieri zu schützen versucht, da er einen Aufstand befürchtete, wenn die Callas als Anna Bolena versagte. Sie traf stets die richtigen Töne, aber das änderte nichts an der schlechten Stimmung, die ihr von allen Seiten entgegenwehte, und der ungewöhnlichen Präsenz der Polizei in Momenten, in denen es doch eigentlich darum gehen sollte, die Musik zu feiern.

Heute wird es anders, sagte sie sich zum x-ten Mal. Sie warf einen rastlosen Blick in den Spiegel und musste dabei ihren Hals recken, um sich über die vielen Blumensträuße hinweg betrachten zu können, die ihre Suite im Hotel Ritz zu füllen begannen wie abends die Sterne einen mediterranen Himmel. Alle Welt wünschte ihr Glück für die Gala in der Opéra Garnier. Doch Maria schien es, als würde jede weitere Rose ihre Nervosität noch steigern. Sie hatte keine Ahnung, hinter welcher Verneigung sich die ärgsten Kritiker verbargen, aber sie wusste, dass sie da draußen lauerten. Die Erwartungen an sie waren hoch. Nicht nur die des Publikums, sondern auch die von ihr selbst.

»*Radiodiffusion-télévision française* rechnet mit einhundert Millionen Zuschauern und Zuhörern für die Live-Übertragung deines Konzerts«, berichtete Battista Meneghini im Plauderton, während er die Billets sortierte, die mit den Blumen abgegeben worden waren. Als wären Rundfunk- und Fernsehsendung nicht Grund genug für Maria, aufgeregt zu sein, fügte er noch hinzu: »Dank der Eurovision ist eine Ausstrahlung gleichzeitig mit dem Konzert heutzutage möglich. Es handelt sich ja immerhin um eine Wohltätigkeitsveranstaltung zu Ehren der Fremdenlegion, die vom französischen Staatspräsidenten eröffnet wird. Da können sich Rundfunk und Fernsehen mal richtig anstrengen.«

Maria nahm den Schatten ihres Mannes im Spiegel wahr, und mit einem Mal wünschte sie, er wäre nicht da oder würde zumindest den Mund halten. Sie antwortete nicht, versuchte, seine Anwesenheit auszublenden und sich auf ihren bevorstehenden Auftritt zu konzentrieren. Es war ihr Debüt in Paris – und gleichzeitig das größte und aufsehenerregendste Konzert, das Europa seit Kriegsende gesehen hatte. Meneghini wurde nicht müde, ihr die Bedeutung dieses Auftritts zu versichern. Er rühmte sich der Organisation und zählte vor allem immer wieder die monetären Eckdaten auf: Angefangen bei ihrer sagenhaften Gage in Höhe von fünf Millionen Francs, die sie am Ende spenden wollte, bis zu den fast 2200 Eintrittskarten, die jeweils für 35 000 Francs in Windeseile verkauft worden waren, pro Loge wurden sogar 300 000 Francs bezahlt. Das waren überwältigende Summen, und prestigeträchtiger konnte ein Abend kaum sein.

»Der französische Staatspräsident Coty ist anwesend«, redete Meneghini weiter. »Aber das sagte ich ja bereits. Erwähnte ich auch, dass der Herzog und die Herzogin von Windsor zugegen sind? Die Rothschilds werden dir zuhören, Charles Chaplin aus Hollywood, die Begum Aga Khan, Signor und Signora Onassis …«

Sie presste die Lippen aufeinander, um nicht laut aufzuschreien. Doch sie nahm sich zusammen, um ihre Stimme zu schonen. Es dauerte nicht mehr lange, und sie würde zu ihrem Maskentermin abgeholt werden, eingesungen hatte sie sich schon vor Stunden.

Während ihr Mann gnadenlos die prominente Gästeliste herunterratterte, zählte sie im Geiste die Arien ihres Programms auf. Sie würde mit »Casta Diva« aus der Oper »Norma« von Vincenzo Bellini beginnen, dann zu Rossinis »Der Barbier von Sevilla« wechseln und vor der Pause noch etwas aus dem zweiten Akt von Verdis »Der Troubadour« bringen, der gesamte zweite Teil war für ihre Tosca reserviert …

Plötzlich horchte sie auf, wandte sich zu ihrem Mann um. »Was hast du gesagt?«

»Was meinst du?«, gab Meneghini zurück und begann von Neuem, die zu den Blumengrüßen gehörenden Karten zu sortieren. Wie ein Hasardeur, fand Maria, der sein Blatt abschätzt. Plötzlich schien ihm etwas einzufallen, und er wiederholte mit einem schmallippigen Lächeln: »Ich sagte, wenn jeder deiner

Fans an einem Tag drei Sträuße schicken würde, müssten wir einen Lagerraum anmieten.«

»Drei?« Maria war hellhörig geworden, und obwohl sie so kurz vor einem Auftritt ihre Stimme schonen sollte, fragte sie nach: »Wer macht denn so etwas?«

Meneghini trat neben sie an den Toilettentisch. Als handle es sich tatsächlich um Spielkarten, fächerte er die Billets in seiner Hand auf. »Nach der Größe der Bouquets und den griechischen Buchstaben zufolge nehme ich an, dass das Grüße von Aristoteles Onassis sind. Oder irre ich mich?«

Nach einem kurzen Blick auf die Handschrift nickte Maria. Sie zwang sich, Meneghini die Karten nicht aus der Hand zu reißen, denn es würde ihn umso neugieriger machen, je mehr sie sich für die Nachrichten von Onassis interessierte.

Und dennoch konnte sie es kaum erwarten, sie zu lesen. Sie hatte den Reeder seit ihrem gemeinsamen Aufenthalt in Venedig im September vorigen Jahres nicht wiedergesehen. Nach ihrer ersten Begegnung auf Elsa Maxwells Ball waren sie bald eine Art Vierergespann geworden: Meneghini und sie, Ari Onassis und seine Frau Tina. Sie waren durch die Gassen gebummelt, hatten sich am Lido gesonnt, in Harry's Bar getrunken, am Fischmarkt den neuen Fang begutachtet und waren in Onassis' Motorboot durch die Kanäle gebraust. Es war eine vergnügliche Woche, nach der sie wieder getrennter Wege gingen, ein leichtes, oberflächliches Miteinander, nichts, um eine tiefe Freundschaft zu beginnen oder gar zu forcieren. Dennoch hatte Maria immer wieder an Aristoteles Onassis gedacht. Sie hatte sich ihm nahe gefühlt, immer wieder die Verbindung in ihren Lebensläufen gespürt, die einander in mancher Hinsicht so ähnlich waren und ihre Sicht auf die Welt in gleicher Weise geprägt hatten. Nicht zuletzt hatte sie es als schicksalhafte Fügung gesehen, dass sie beide entwurzelte Griechen waren.

Meneghini legte eine Karte vor Maria auf den Tisch. »Was schreibt er? Das kam mit dem Strauß heute Morgen.«

»*Mit den besten Wünschen von Aristoteles Onassis*«, las sie vor.

Er legte die zweite Karte neben die erste. »Das kam mit einem exakt gleichen Strauß heute Mittag.«

»Oh!« Unwillkürlich glitt ein amüsiertes Schmunzeln über ihr Gesicht, als sie die Handschrift zum zweiten Mal entzifferte: »*Mit den besten Wünschen von Aristoteles Onassis.*«

»Vorhin wurde ein dritter Strauß mit dieser Karte abgegeben. Die Blumen sind übrigens eine Kopie der beiden Vorgänger.«

Ihre Augen weiteten sich. Diesmal las sie nicht gleich vor, was Onassis in griechischen Buchstaben niedergeschrieben hatte. »Wie romantisch!«, entfuhr es Maria.

»Was?«

Mit einem Lächeln, das sich vertiefte und ihr Herz mit ungewohnter Freude erfüllte, erklärte sie ihrem Mann: »Er sendet mir wieder die besten Wünsche, diesmal ohne Unterschrift. Er geht davon aus, dass ich weiß, von wem die Grüße stammen, das finde ich romantisch.«

»Tatsächlich?« Meneghini schien verwirrt, dann lachte er plötzlich erleichtert auf. »Nun, wenn dir Aly Khan dreimal Blumen und geheimnisvolle Karten schicken würde, müsste ich mir wahrscheinlich Gedanken machen. Aber bei Onassis dürfte das wohl nicht notwendig sein. Man braucht sich nur seine junge Frau anzusehen. Da kannst du natürlich nicht mithalten.«

Marias Lächeln erlosch. »Mit Rita Hayworth auch nicht«, spielte sie verärgert auf den wunderschönen Filmstar an, der einst mit dem Sohn des Aga Khan verheiratet gewesen war.

»Sicher, sicher«, murmelte Battista, mit seinen Gedanken schon wieder bei einem anderen Thema, und wollte wissen: »Hatte ich schon erwähnt, dass ein einziges Programmheft zweitausend Francs kosten wird? Die Gestaltung geht natürlich auf mein Konzept zurück …«

Als er bemerkte, dass sie die Karten anstarrte, unterbrach er sich und fügte hinzu: »Findest du nicht, dass es sowohl Geldverschwendung als auch recht phantasielos ist, dreimal den gleichen Blumenstrauß zu verschicken?« Er schien jedoch keine Antwort zu erwarten, sondern wandte sich kopfschüttelnd ab.

Maria schwieg – nicht nur, um ihre Stimme zu schonen.

Der Applaus machte sie dankbar und demütig. Sie stand in der Mitte der Bühne auf einem langen Läufer, die große Treppe, die sie gerade heruntergeschwebt war, im Rücken, den Chor zu ihrer Rechten und ihrer Linken. Sie saugte die Zuwendung, die ihr von dem Publikum entgegengebracht wurde, auf wie eine Biene den Nektar. Die linke Hand auf die Stelle gelegt, unter der ihr Herz pochte, gleichzeitig hielt sie damit die Stola fest auf ihren Schultern. Sie senkte hoheitsvoll den Kopf. Die schweren Ohrgehänge aus Diamanten ließen keine temperamentvolleren Bewegungen zu. Der Ohrschmuck und das Collier an ihrem Hals besaßen einen Wert von einer Million Dollar, beides war eine Leihgabe des Juweliers Van Cleef & Arpels und unterstrich ihre Prominenz ebenso wie den glanzvollen Charakter des Abends. Eine funkelnde Dekoration für die Fernsehsendung. Schade nur, dass die Zuschauer an den Bildschirmen in ganz Europa keine Farben sehen konnten und daher das unerhört schlichte Abendkleid, das sie trug, in einem Grauton wahrnahmen, obwohl es eigentlich von einem atemberaubenden Rot war.

Beim Klang der »Marseillaise« war sie hinter die Bühne getreten, wo es von *Schwarzen* wimmelte. Gemeint waren nicht Menschen einer bestimmten Hautfarbe, sondern jene hilfreichen Geister, die eine Aufführung aus dem Dunkeln heraus betreuten und in der Regel Kleidung in gedeckten Tönen trugen. Maria hatte den Eindruck, dass sich allein die Anzahl der Mitarbeiter des Inspizienten wegen der Rundfunk- und Fernsehaufnahmen verdoppelt hatte. Die Dimension dieser »Grande Nuit de l'Opéra« übertraf in der Tat alles bisher Dagewesene – was auch für ihr Lampenfieber galt. Sie versuchte, sich in ihrer Garderobe zu sammeln, konzentrierte sich – und dann stieg Ärger in ihr auf.

Sie hatte einen Blick in das dicke Programmheft geworfen. Es wog ein halbes Kilogramm, und wahrscheinlich waren zweitausend Francs, die von den Gästen pro Exemplar bezahlt werden mussten, gut angelegt. Beim Durchblättern war Maria bei ihrem

Portrait hängengeblieben, einem Foto von ihr, das sie mochte, aber darunter stand nicht wie gewohnt in fetten Lettern:

Maria Callas

Meneghini, der sich die Organisation des Abends auf die eigenen Fahnen schrieb und wohl tatsächlich ein Mitspracherecht bei jeder Detailfrage beanspruchte, hatte offensichtlich veranlasst, dass sie unter einem anderen Namen auftrat:

Maria Meneghini Callas

Ein neuer Name für die berühmteste Frau der Welt. Sie war die Callas. Nicht die Meneghini. Und auch nicht die Meneghini Callas.

Wie war ihr Mann dazu gekommen, seinen Namen in den Vordergrund zu stellen? Noch dazu vor dem prominenteren Namen seiner Frau? Diese Nennung war gänzlich unüblich, zumal eine verheiratete Italienerin grundsätzlich ihren Mädchennamen beibehielt, ganz gleich, ob sie Verkäuferin oder eine Operndiva war. Maria Callas und Battista Meneghini hatten nächsten April vor zehn Jahren in Verona nach italienischem Recht geheiratet – und deshalb hieß sie in ihren Papieren Maria Callas, verheiratete Meneghini. Ihr Geschäftsname ebenso wie ihr Künstlername war Callas. Was bezweckte ihr Gatte, indem er sich plötzlich – und ohne Rücksprache mit ihr – über Gesetz und Gepflogenheiten hinwegsetzte?

Der anfangs nur flüchtige Blick in das Programmheft steigerte sich zu einem Ärgernis. Maria fühlte sich wie in einem Würgegriff. Als würde sich eine Kobra um ihren Hals wickeln. Eine Schlange, die das Antlitz ihres Gatten trug.

Meneghini betrachtete sie als sein Eigentum, und das war ihr schon seit Längerem ein Ärgernis. Maria wusste, was sie ihm verdankte – dass er ihre Karriere gefördert hatte, als sie dieser Hilfe dringend bedurft hatte. Und solange die Bühne ihrer beider Lebensinhalt war, funktionierte auch ihre Ehe, die Arbeit für ihre Karriere schweißte sie zusammen. Doch nicht zum ersten Mal dachte Maria, dass ihre Liebe nur der Oper galt, nicht dem Partner, obwohl sich im Laufe der Jahre aus Respekt, Freundschaft und Bewunderung durchaus eine innige Zuneigung entwickelt hatte. Und nun fragte Maria sich, ob Battista Meneghini sie womöglich nur so lange liebte, wie ihre Stimme hielt – und sie damit Millionen verdiente. Gagen, die auf ihr gemeinsames Konto bezahlt wurden. Er war dreißig Jahre älter als sie, entstammte der Generation ihres Vaters – würde Battista sie eines Tages ebenso verraten wie George? Am Ende geht es immer nur um das Geld, sinnierte sie, und Bitterkeit stieg in ihr auf.

Aber es ging auch um ihre Stimme, um ihren Weg als Sängerin. Um die Liebe, die sie empfand, wenn sie sang. Maria riss sich zusammen. Sie würde diese Gedanken auf später verschieben. Sie durfte nicht weitergrübeln, durfte Meneghini schon gar nicht zur Rede stellen. Konzentriere dich auf deinen Auftritt, sagte sie sich stumm, und bete zur Mutter Gottes, dass du die hohen Töne triffst.

Ihre Augen glitten zu dem Bildnis der Heiligen Jungfrau mit dem Kinde, das sie immer mit sich führte. Das Gemälde hing in ihrem Zuhause in Sirmione über dem Bett, zuvor hatte es in der Villa in Mailand gehangen, und es reiste mit ihr von Opernhaus zu Opernhaus, jetzt lehnte es in ihrer mit Blumen geschmückten Garderobe in der ehrwürdigen Opéra Garnier an der Wand. Sie sandte eine kurze Bitte gen Himmel. Dann versank sie ganz in der Konzentration auf ihren Auftritt.

Und nun stand sie auf der Bühne im Lichte der Scheinwerfer und im Sucher der Kamera, unter den kritischen Blicken des Publikums – und wartete darauf, dass der Applaus abebbte und Georges Sébastian, der Dirigent, den Taktstock hob.

Ihr Herz trommelte gegen ihre Brust. Sie legte die rechte Hand über die linke auf ihrem Herzen, ihre Finger gruben sich in den Stoff ihrer Stola. Sie fokussierte sich auf ihren Atem und auf die Musik. Schließlich war da nur noch die Musik, an die sie dachte.

Der Regen trommelte unaufhörlich gegen die Fensterscheiben der Garderobe. »Alle sind durch dieses schlimme Wetter gelaufen, um dich singen zu hören«, sagte Meneghini. »Sogar der französische Staatspräsident. Er war wirklich da. Und mit ihm alle anderen Gäste von Rang und Namen. Man mag es kaum glauben, dass sich niemand die Chance auf diesen Abend entgehen ließ. Eine ausgewählte Gruppe von vierhundertfünfzig Parisern hat weitere fünfzehntausend Francs für ein Bankett bezahlt. Unglaublich, nicht wahr? Sie warten im Grand Foyer auf dich.«

Er verlor keinen Ton darüber, wie brillant sie gewesen war, was sie geleistet hatte.

Das Konzert im ersten Teil war schon großartig verlaufen, die Aufführung des zweiten Akts aus »Tosca« nach der Pause war dann zum Triumph für die Callas geworden. Maria hatte unendliche Erleichterung erfasst, als sie zwischen ihren Bühnenpartnern, dem Tenor Albert Lance und dem Bariton Tito Gobbi, vor den Vorhang getreten war. Sie hielt die Hände ihrer Kollegen fest umklammert, verbeugte sich und nahm den tosenden Beifall nicht einfach entgegen, sie saugte die Begeisterung förmlich auf. Sogar Präsident René Coty erhob sich von seinem Stuhl in der Mittelloge, was Maria mit ihren kurzsichtigen Augen und im blendenden Licht der Scheinwerfer zwar nicht sehen konnte, was ihr jedoch in einer kurzen Verbeugungspause auf der Bühne zugeflüstert wurde. Das ganze Auditorium stand. Im größten Opernhaus der Welt huldigte das Publikum der Diva. Und sie strahlte wie selten zuvor.

Mit der Rückkehr in ihre Garderobe ebbte das Glücksgefühl ab. Maria glaubte fast spüren zu können, wie sie von ihrer siebten Wolke langsam hinabglitt. Meneghinis Zusammenfassung des Abends mochte zwar korrekt sein, wirkte auf sie aber so kalt, dass ihre Haut unter den Puffärmeln ihres champagnerfarbenen Empirekleides tatsächlich von einem Schauder überzogen wurde. Die mit Zobelpelz eingefasste Schleppe, die sie über den Arm gelegt trug, lastete unangenehm schwer auf ihr. Sie betrachtete ihren rundlichen Ehemann und fragte sich unwillkürlich, wann Battista Meneghini seine wohlwollende Freundlichkeit aufgegeben und gegen die Bissigkeit eines Pfennigfuchsers eingetauscht hatte. Seit wann war er nicht mehr der Zuversicht und Geborgenheit ausstrahlende Liebhaber ihrer Kunst, dem sie bereitwillig ihr Leben anvertraut hatte? Er ist mein Gefängniswärter, fuhr es ihr durch den Kopf.

»Du redest nur vom Geld«, schleuderte sie ihm unvermittelt entgegen. Ihre Stimme klang nach dem strapaziösen Auftritt heiser. »Interessiert dich vielleicht auch noch, wie es mir geht?«

Verständnislosigkeit lag in dem Ausdruck, mit dem er ihren Blick erwiderte. »Warum sollte ich darüber reden? Ich sehe doch, dass es dir hervorragend geht.«

»Und was ist das?« Sie hob das schwere Programmheft von ihrem Toilettentisch und warf es in seine Richtung auf den Boden, wo es mit einem leisen Knall liegen blieb.

»Eine zweitausend Francs teure Broschüre«, gab er erstaunt zurück.

»Ich habe darin gelesen, dass heute Abend Maria Meneghini Callas singt. Wer ist das? Kein Mensch kennt Maria Meneghini!«

Er schüttelte ratlos den Kopf und bückte sich, um das Programmheft aufzuheben. Dabei machte er in seinem Frack keine sonderlich gute Figur. »Natürlich kennt dich die ganze Welt«, versicherte er ihr, sich wieder aufrichtend. »Wie kommst du darauf, an deiner Prominenz zu zweifeln?«

»Die Callas ist ein Begriff. Nicht Maria Meneghini!«

»*Ecco*«, murmelte er und gebrauchte dabei das italienische Wort mit so vielen Bedeutungen, dass er alles und nichts sagen konnte. Maria vermutete, dass er damit bestätigte, nunmehr zumindest verstanden zu haben, warum sie zornig war.

Sie schwieg, erwartete eine ausführlichere Antwort. Doch Meneghini sah sie nur stumm an.

Als sie die Stille nicht mehr aushielt, fragte sie schneidend: »Willst du mir ein neues Pseudonym verpassen?«

»Du bist meine Frau«, erwiderte er schlicht.

»Aber ich heiße nicht Maria Meneghini. Ich bin Maria Callas!«

Er seufzte, wog das Programmheft in seinen Händen, blickte kurz darauf, dann zu ihr. »Ich dachte, es wäre passend, da wir uns in Frankreich befinden, wenn du den Namen deines Mannes trägst, wie die meisten Französinnen.«

»Das ist Unsinn. Viele Frauen in diesem Land benutzen den Namen ihres Mannes zwar als Gebrauchsnamen, aber sie behalten rein rechtlich ihren eigenen Namen über die Eheschließung hinaus.« Maria hatte sich in der Pause bei der Maskenbildnerin nach den Gepflogenheiten erkundigt, während ihre Nase gepudert, ihre falschen Wimpern neu befestigt, ihre Lippen nachgezogen wurden – und Meneghini nicht in der Nähe war. Ihre Stimme hob sich um eine weitere Nuance, als sie hinzufügte: »Es bestand kein Anlass für diese Eigenmächtigkeit, Battista.«

»Seit wann interessierst du dich für diese Details?«, konterte er und bewies damit, dass er lediglich seinen eigenen Vorstellungen gefolgt war, was immer er auch mit der Namensänderung bezwecken wollte. »Bislang lief doch alles zu deiner Zufriedenheit, *ma primadonna*. Nach diesem Abend bist du endgültig auf der Spitze angekommen. Da spielt doch ein Name keine Rolle mehr.« Nun sah er sie wieder so freundlich und liebevoll an wie früher. Doch Maria fragte sich, ob es nur darum ging, sie zu besänftigen.

»Die Callas ist die *Diva assoluta*«, zischte sie. »Nicht die Meneghini und auch nicht die Meneghini Callas. Merk dir das. Ein für alle Mal.«

KAPITEL 6

Paris

August 1968

Madame …«

Die Stimme drang wie durch einen dichten Nebel zu Maria durch, kaum verständlich und seltsam dumpf. Es gelang ihr nicht einmal zu unterscheiden, ob es der Tonfall eines Mannes oder einer Frau war. Genau genommen konnte sie nicht nachdenken. Überhaupt nicht denken. Und nicht richtig hören. Sie war wie gefangen in ihrem Schlaf, der sie wie in einen tiefen Strudel zog, als wäre ihr Kopf unter Wasser.

Sie fühlte sich wie Odysseus, der zwischen Skylla und Charybdis hindurchzusegeln versuchte. Schiffe, die in den Sog des einen oder anderen Meeresungeheuers gerieten, waren verloren. Nicht einmal Poseidon konnte der Besatzung helfen …

Ich bin ebenso verloren wie die Gefährten des Odysseus, dachte Maria.

Seltsam. Sie erinnerte sich plötzlich, dass Odysseus auf seiner Irrfahrt die Begegnung mit Skylla und Charybdis überlebt hatte. Hatte er sich nicht an einem Feigenbaum festgehalten, um dem Tod zu entgehen?

»Madame …«

Ihre Muskeln waren wie gelähmt. Maria konnte sich nicht bewegen. Als sie es versuchte, stellte sie fest, dass ihr nicht einmal ihre Gesichtsmuskeln gehorchten. Auch ihre Stimmbänder versagten ihr den Dienst, ihre Zunge war schwer. Sie konnte nicht sprechen.

»O mein Gott, Madame ...«

Das Wasser über ihrem Kopf wurde seichter. Es gelang ihr, den aufgeregten Tonfall vage als den einer Frau zu identifizieren. Sie wusste, dass er ihr bekannt war, konnte ihn jedoch nicht sofort einordnen.

»Madame ... Mein Gott! Maria! Aufwachen!«

Warum sollte sie das tun? In ihrer Nähe befand sich doch kein Feigenbaum, an dem sie sich festhalten konnte.

KAPITEL 7

New York City
Juli 1929

»Mary! Aufwachen!«

Die Stimme ihrer Mutter klang schrill. Offenbar war sie ungeduldig. Das war sie meistens. Seit Mary eine Unterhaltung ihrer Eltern belauscht und gehört hatte, dass sie eigentlich ein Sohn hätte werden sollen, meinte sie zu verstehen, warum die Mutter so viel strenger und energischer mit ihr umging als mit ihrer Schwester Iacinthy. Sie war von Beginn an, gleich bei ihrer Geburt eine Enttäuschung für ihre Mamá gewesen. Sie war kein neuer Vassilios, niemand, der ihre Mutter für den frühen Tod des damals erst dreijährigen Sohnes entschädigte. Im Laufe der nächsten Jahre stellte sich überdies heraus, dass die kleine, inzwischen sechs Jahre alte Mary in Bezug auf ihre Erscheinung deutlich hinter der sechs Jahre älteren Tochter von Evangelia und George Kalogeropoulos zurückbleiben würde. Sie war stämmig, pummlig, vom dunklen Schlage ihres Vaters und würde niemals so elegant wie die Verwandten ihrer Mutter wirken. Letztere kannte sie allerdings vor allem nur vom Hörensagen. Die Familie Dimitriadis lebte in Athen, einer Stadt, die Mary so unfassbar schön wie die Smaragdstadt im »Zauberer von Oz«

und so weit entfernt wie der Mond zu sein schien. Fast so weit weg wie Florida, wo Mary vor Kurzem mit Mutter und Schwester einen wundervollen Urlaub verbracht hatte.

Sie waren zu Gast bei einer Cousine gewesen, die in einer Villa in Tarpon Springs lebte. Iacinthy hatte Maria erklärt, dass in diesem Küstenort am Golf von Mexiko die Schwammtaucher zu Hause waren, Einwanderer aus Griechenland wie ihre Familie, die im Gegensatz zu ihren Leuten jedoch von Inseln aus der Ägäis stammten, wo seit der Antike mit Badeschwämmen gehandelt wurde. Maria war beeindruckt von den Tauchern, aber vor allem faszinierte sie die Landschaft – der steinige, mit Palmen gesäumte Strand und die Wellen, die unentwegt gegen das Ufer schwappten. Die Mutter beaufsichtigte und gängelte sie nicht ständig, so dass sie, anders als in New York, mit anderen Kindern spielen durfte. Maria war glücklich. Zurück in Hell's Kitchen, wie das Viertel genannt wurde, in dem ihr Vater neuerdings eine eigene Apotheke betrieb, war dann wieder nur Iacinthy für sie da, die Schwester, die sie über alles liebte.

»Ich muss Ihnen die Wahrheit sagen, Mr. und Mrs. Kalogeropoulos«, drang eine fremde Stimme in Marias Wahrnehmung: »Wenn Ihre Tochter nicht bald wieder zu Bewusstsein kommt, können wir nichts mehr für sie tun. Meine Möglichkeiten als Arzt sind zwölf Tage nach dem Unfall nur noch begrenzt.«

Langsam dämmerte Mary, dass etwas Schlimmes passiert war. Klang ihre Mutter so schrill, weil sie sich sorgte? Um sie, um Maria Anna Sofia Cecilia, die jüngere Tochter, die von allen Mary gerufen wurde? Unvorstellbar!

Sie erinnerte sich, dass sie ihre Eltern angebettelt hatte, Iacinthy von der Schule abholen zu dürfen. Gerade hatte sie im Kindergarten einen neuen Reim gelernt – und den wollte sie ihr unbedingt sofort vortragen. Schließlich las ihr die große Schwester oft vor, und mit ihrer raschen Auffassungsgabe lernte Mary die Gedichte oder Liedtexte schnell auswendig. Sie war also an der Hand ihrer Eltern über den Bürgersteig spaziert – und dann hatte sie Iacinthy auf der anderen Straßenseite erspäht …

Das Bild in ihrem Kopf blieb stehen wie eine Fotografie, die nicht verrückt werden durfte. Wie die Aufnahmen von der Hochzeit ihrer Eltern und aus vergangener Zeit in Griechenland, die in deren Schlafzimmer über dem Bett neben den Hochzeitskränzen der Eltern und einer Ikone hingen. Mary durfte die Rahmen nicht anfassen, um sie ja nicht zu verschieben oder gar herunterfallen zu lassen. Mamá hatte immer solche Angst um ihre Erinnerungen – und nun wohl auch um sie, ihre kleine Tochter. Letzteres war höchst ungewöhnlich, aber ein angenehmes Gefühl. Zu dumm nur, dass sie nicht verstand, warum sich ihre Mutter dermaßen sorgte.

»Mary!« Ihre Mutter kreischte. »Wach endlich auf!«

Sie wollte ihr sagen, dass sie nicht mehr schlief. Sie versuchte, ihren Kiefer zu bewegen, doch da durchdrang ein Schmerz ihren Körper, der vom Kopf hinab in ihre Glieder schoss und bis in die Zehenspitzen zog. Alles tat ihr plötzlich weh.

»Mary!« Evangelia wurde lauter.

»Mrs. Kalogeropoulou, bitte!«, mahnte der fremde Mann, und Mary war beeindruckt, dass jemand es wagte, ihrer energischen Mutter zu widersprechen. »Ich verstehe Ihre Aufregung, aber Sie befinden sich in einem Krankenhaus. Ich muss Sie bitten, sich etwas zu mäßigen. Außerdem helfen Sie Mary nicht, wenn Sie sie anschreien.«

»Callas«, meldete sich endlich der Vater zu Wort. »Mrs. Callas und nicht mehr Mrs. Kalogeropoulou.« Evangelia schnalzte mit der Zunge, doch George fuhr unbeirrt fort: »Ich habe unseren griechischen Namen vereinfacht. So sieht es ein neues Gesetz vor. Deshalb die Änderung. Unsere Tochter heißt jetzt Maria Callas.«

Ein neuer Name. Das war spannend. Wenn sie wie eine richtige Amerikanerin hieß, würde sie vielleicht nicht mehr so streng nach griechischen Regeln erzogen werden und dürfte sich so frei bewegen wie die Mädchen amerikanischer Herkunft, die sie zutiefst beneidete. Ihr neuer Name klang ungewohnt, aber sie würde sich schon daran gewöhnen.

Maria Callas.

Mary schlug die Augen auf.

KAPITEL 8

Paris

August 1968

Das Piepen klang unangenehm, wenn auch in gleichmäßigem Rhythmus, ähnlich wie ein Metronom, nur heller. Der Ton passte nicht zu dem Traum, der Maria noch gefangen hielt, obwohl sie genau wusste, dass ihre Erinnerung an den Aufenthalt im Saint Elizabeth's Hospital in New York der fernen Vergangenheit angehörte. Aber sie sah sich noch in dem großen Krankenbett liegen, umsorgt von Nonnen und einem freundlichen Arzt, der sie *Lucky Mary* nannte. Ihre Mutter erklärte ihr mit einem gewissen Vorwurf in der Stimme, dass sie zwölf Tage lang nicht bei Bewusstsein gewesen war – wie hatte sie ihr das antun können? Evangelia hatte sich wohl tatsächlich Sorgen gemacht, aber wahrscheinlich mehr um sich selbst als um die Tochter. Wenn Maria heute über den Unfall nachdachte, der sie als Fünfeinhalbjährige fast das Leben gekostet hatte, nahm sie an, dass ihre Mutter es lediglich als Unannehmlichkeit betrachtete, wie sich ihre kleine Tochter von ihrer Hand losriss, um der Schwester auf der anderen Straßenseite entgegenzulaufen. Das Auto, das mit hoher Geschwindigkeit angebraust kam, hatte das Kind übersehen. Vielleicht hatte sie auch das Tempo unterschätzt, wie

Kindern das nun einmal passierte. Maria wusste es nicht. Bis heute kannte sie diesen Teil der Geschichte nur aus Erzählungen, ihre Erinnerung riss ab, als sie losstürmte.

Doch heute – was hieß das? In dem Dämmerzustand, in dem sie sich befand, gelang es ihr nicht, den Begriff einzuordnen. Sie hatte nicht die geringste Ahnung, was heute genau bedeutete, konnte weder den Wochentag noch annähernd ein Datum bestimmen. Das unmelodische Geräusch half auch nicht weiter. Der Takt des Pieptons passte nicht zu den großen Arien, Maria konnte sich jedenfalls nicht entsinnen, jemals eine Oper gesungen zu haben, in der dieser Ton eine Rolle spielte. Langsam dämmerte ihr, dass sie schon lange nicht mehr auf der Bühne gestanden hatte. Wie viel Zeit war von damals bis heute verstrichen? Wenn ihr das einfiel, würde wohl klar, was heute bedeutete.

Langsam verblasste der Traum. Dennoch hoffte sie, weiterschlafen zu können. Sie war so müde. Das Bett war zwar nicht sonderlich bequem, wie ihr gerade auffiel, und auch recht schmal, aber diese Unbequemlichkeit würde sie hinnehmen.

Im nächsten Moment wunderte sie sich ein wenig hellsichtiger über ihr Lager. Vorsichtig strich sie über das Bettzeug – und stellte fest, dass es von guter, aber deutlich anderer Qualität als gewohnt war. Plötzlich war nicht mehr nur die Frage entscheidend, welches Datum heute war, sondern vor allem, wo um alles in der Welt sie sich befand? Ihre Hand glitt weiter über die etwas raue Baumwolle.

»Endlich«, seufzte eine Männerstimme auf Englisch.

Seltsamerweise fiel ihr in diesem Moment ein, dass sie kürzlich nach Paris geflogen war. Wieso hörte sie ein englisches Wort und kein französisches? War sie doch wieder das kleine Mädchen, das in der Klinik in Manhattan lag? Doch sie spürte ganz deutlich, dass sie sich im Körper einer erwachsenen Frau befand. Verlor sie etwa den Verstand?

Erschrocken blickte sie auf.

Die Augen unter dem kahlen Schädel sahen sie liebevoll an. Sie gehörten zu ihrem Freund Larry Kelly. Sie erkannte den Impresario sofort. Aber sollte der nicht in Rom sein? Befand sie sich etwa in Italien?

»Willkommen im Leben.«

Maria fühlte sich von ihrer Schläfrigkeit wie niedergedrückt. Außerdem spürte sie ein schmerzhaftes Trommeln in den Schläfen, und Übelkeit stieg in ihr auf. Sie streckte die Hand nach Larry aus, was sich als schwierig erwies, weil der Schlauch einer Infusion an ihrem Arm hing. Ihr Hals war rau, und jedes Wort kratzte in ihrer Kehle, als sie flüsterte: »Wo bin ich?«

»Deine Haushälterin und dein Butler haben dich ins American Hospital bringen lassen. Gott sei Dank haben sie dich rechtzeitig gefunden. Sie waren so klug, alles in die richtigen Wege zu leiten. Hier sorgt deine Einlieferung für das geringste Aufsehen, du wirst mit äußerster Diskretion behandelt.«

Also bin ich in Paris, resümierte sie. Noch im Einfluss des Traumes, der nicht ganz aus ihrem Bewusstsein verschwunden war, fragte sie mit ihrer fremden, krächzenden Stimme: »Hatte ich einen Unfall?«

»So kann man es nennen.« Larry drückte zärtlich ihre Hand. »Du hast ein paar Tabletten zu viel erwischt.«

»Ach, das passiert mir andauernd«, entfuhr es ihr, ohne dass sie sonderlich darüber nachdachte. Sie nahm schließlich ständig Medikamente und achtete nicht immer akribisch auf die Dosierung. Bislang hatte es deshalb keine Probleme gegeben. Das heißt ... vor ein paar Jahren hatte sie sich auf diese Weise schon einmal in ernsthafte Schwierigkeiten gebracht. Da hatte sie versehentlich zu viele Schlaftabletten genommen – und am Ende war Aristo eine Nacht lang mit ihr durch ihre Wohnung gewandert, hatte sie festgehalten und dafür gesorgt, dass sie nicht einschlief, sondern sich bewegte. Damit hatte er ihr das Leben gerettet. »Wo ist Aristo?«

»Ich rufe die Schwester«, erwiderte Larry.

Er versuchte, sich ihrem festen Griff zu entziehen, doch sie hielt ihn fest. Es erstaunte sie selbst, welche Kräfte sie plötzlich mobilisieren konnte. »Weiß Aristo, dass ich im Krankenhaus bin?«

»Nein, Maria. Nein, er weiß es nicht. Jedenfalls hat ihn niemand verständigt, und bislang konnte verhindert werden, dass die Presse von deinem ... Unfall erfährt.«

Larry nahm seine zweite Hand zu Hilfe, um sich von Maria zu lösen. Er erhob sich von dem schlichten Schemel, auf dem er gesessen hatte, und läutete nach der Schwester. In seinem Rücken nahm Maria Fensterfronten statt Wände wahr und offene Türen, rechts neben ihrem Bett einen Wandschirm aus weißem Leinen. Hinter den Scheiben sah sie Schatten, die durch einen weiteren im Halbdunkel liegenden Raum huschten. Obwohl das Ambiente wie das Büro einer Versicherungsgesellschaft anmutete, befand sie sich offensichtlich auf einer Wachstation. Sie war anscheinend schwer krank. Und Aristo wusste nichts davon!

Er denkt, Aristo interessiere sich nicht dafür, was mit mir geschieht, fuhr es Maria durch den Kopf, während sie ihren alten Freund beobachtete. Aber Larry irrt sich.

»Ich schlage vor, dass du ihn schnellstmöglich benachrichtigst«, krächzte sie. »Falls doch irgendwelche Dinge an die Presse durchsickern, sollte Aristo aus erster Hand erfahren, was mit mir los ist. Ich möchte nicht, dass er sich Sorgen macht.«

Ich möchte, dass er sich Sorgen macht und deshalb sofort an mein Bett eilt, dachte sie.

Larry wurde einer Antwort enthoben, weil eine Krankenschwester in Marias Alter auf der Bildfläche erschien. Sie trug eine blütenweiße, gestärkte Tracht, und die kastanienbraunen Locken, die sich unter der Haube kringelten, waren bereits von grauen Strähnen durchzogen. »Madame Callas«, sagte sie mit der zwar freundlichen, aber etwas herrischen Stimme einer Gouvernante, »wie schön, dass Sie wieder bei uns sind.« Sie griff nach Marias Handgelenk, prüfte den Puls. »Ich werde den Doktor holen, damit er Sie untersuchen kann«, fügte sie hinzu, bevor sie wieder verschwand.

»Wenn der Arzt kommt, muss ich gehen.« Larry beugte sich hinunter, um ihr einen Kuss auf die Wange zu hauchen. »Ich komme morgen wieder, das verspreche ich dir. Dass ich dich allein nach Paris fliegen ließ, werde ich mir nie verzeihen.«

Er war so nett. Aber Larrys Liebenswürdigkeit interessierte sie im Moment nicht. »Bitte benachrichtige Onassis«, bettelte sie. »Er …«

»Maria … Mary …« Larry zögerte, dann versprach er so leise, dass sie sich anstrengen musste, seine Worte zu verstehen: »Ich kümmere mich darum.« Der schwache Ton und die vage Formulierung ließen vermuten, dass er es nicht tun würde.

Sie war zu müde, um zu insistieren. In ihrem Herzen jedoch steckte, gleich einem Dolch, die Gewissheit, dass es womöglich ein Fehler gewesen war, Aristo zu verlassen. Ja, die Szene stand ganz deutlich vor ihrem geistigen Auge: Sie hatte Onassis verlassen, genauso, wie sie seinerzeit Meneghini verlassen hatte. Die Diva war gegangen. Doch wie sollte sie mit dem Verlust ihrer großen Liebe weiterleben? Wie die Tage überstehen, an denen Aristo sich nicht meldete und um ihre Rückkehr bettelte?

Als habe er ihre Gedanken gelesen, hob Larry an: »Ich habe nachgedacht und finde, du …« Weiter kam er nicht, denn jetzt traten zwei Ärzte, die Krankenschwester und eine weitere Pflegerin ein.

»Madame Callas, ich freue mich, dass Sie wieder bei uns sind«, wiederholte der ältere der beiden Mediziner, den Maria für den Chefarzt hielt, die Worte seiner Mitarbeiterin. »Mr. Kelly, würden Sie uns bitte allein lassen?«

Larry nickte, tätschelte sanft und ein wenig hilflos Marias Schulter, als könne er sich nicht trennen. »Wenn du das Krankenhaus verlassen darfst, fliegen wir beide nach New York.«

»Was?« Obwohl es sie viel Mühe kostete, riss sie die Augen auf.

»Ich habe mit deiner Freundin Mary Mead in Dallas telefoniert. Auch sie hält es für das Beste, dass du nach Amerika reist, um ein wenig Abstand zu gewinnen. Wir sind alle für dich da,

Maria. Außerdem ist es sinnvoll, deine Auftritte, über die wir neulich sprachen, vor Ort vorzubereiten.«

Die USA-Tournee hatte Maria fast vergessen. Die Infusionsnadel pikte in ihrer Vene, als wollte sie ihr die Schwäche ihres Körpers demonstrieren. Ein einziger Auftritt allein war unmöglich, geschweige denn eine Rundreise. *Lucky Mary*. Es fühlte sich heute genauso falsch an wie damals. Sie war keine Maria im Glück.

»Ich weiß nicht, ob ein Überseeflug jetzt das Richtige ist«, murmelte sie.

Larry nickte dem Arzt zu. »Der Doktor wird entscheiden, was für deine Gesundheit am besten ist, und dann sehen wir weiter. Ich komme morgen wieder.« Mit einem zuversichtlichen Lächeln ging er rückwärts durch die offene Tür.

Eine Reise nach Amerika erschien Maria in diesem Moment wie eine moderne Version der Irrfahrten des Odysseus. Nicht einmal der Gedanke an die Bühne konnte sie aufrichten. Sie wollte eigentlich nur nach Hause und schlafen. Und auf Aristos Heimkehr warten – wie Penelope, Odysseus' Gemahlin. Zehn Jahre lang hatte die an ein und demselben Ort auf ihren geliebten Mann gewartet. Fast genauso lange, wie Marias Zusammensein mit Aristo gedauert hatte.

KAPITEL 9

London
Mitte Juni 1959

Nüchtern betrachtet, stellte Maria fest, war es gar nicht so schwierig, ihr eine Botschaft zu senden, ohne dass ihr Mann oder sonst jemand aus ihrer Entourage davon erfuhr. Es musste kein Hotelangestellter im Savoy bestochen, kein Mitarbeiter aus dem Covent Garden Opera House ins Vertrauen gezogen werden. Es genügte völlig, ihr eine Nachricht in griechischer Sprache und Schrift zuzuschicken. Ganz offiziell.

Wenn sie es jedoch mit den Augen einer Frau betrachtete, hätte sich Onassis ein wenig mehr Mühe geben können. Der riesige Strauß aus einer alten Sorte üppig blühender roséfarbener Rosen war von einem Pagen in ihre Suite gebracht worden. Als sich Meneghini erkundigte, von wem die Blumen stammten, antwortete sie wahrheitsgemäß und plötzlich ein wenig missgestimmt: »Von Aristoteles und Tina Onassis.« Dabei verschwieg sie den Text auf der beiliegenden Karte, den nur sie entziffern konnte. Für Diskretion hatte Aristo gesorgt, aber ihre Eitelkeit reklamierte prompt den fehlenden Aufwand.

»Diese beiden entwickeln sich zu regelrechten Kletten«, behauptete Meneghini. »Natürlich wird Onassis mit all seinem

Geld niemals so viel Glanz und Aufmerksamkeit auf sich ziehen wie du durch deine Auftritte. Deshalb sucht er unsere Nähe. Die dauernden Anrufe und Einladungen zu einer Sommerkreuzfahrt auf seiner Yacht kann man ja kaum noch als beharrlich bezeichnen, sie sind langsam aufdringlich.«

Obwohl sie es ungern zugab, musste Maria ihrem Mann zustimmen. Als sie sich nach dem Galakonzert in Paris im vorigen Dezember wiedersahen, hatten Aristoteles und Tina Onassis zwar die Einladung wiederholt, aber das allgemeine Durcheinander an diesem Abend hatte sie einer Antwort enthoben. Alle Welt wollte ihr zu dem wunderbaren Auftritt gratulieren, es schien, als suche jeder der honorigen Gäste ihre Nähe, wolle ein paar Worte mit ihr wechseln und sich im Glanz der Operndiva für einen kurzen Moment sonnen. Da blieb keine Zeit für ein ausführliches Gespräch mit Onassis. Ähnlich verhielt es sich bei dem Ball in Venedig, den die Tochter des Dirigenten Arturo Toscanini im Mai zu Ehren Marias veranstaltet hatte und bei dem er ebenfalls anwesend war. Einige Wochen später hatte an einem sonnigen Frühlingsnachmittag das Telefon im Arbeitszimmer ihrer Villa in Sirmione geklingelt.

»Ich rufe aus Monte Carlo an«, erklärte Onassis mit seiner tiefen, eindringlichen Stimme. »Tina und ich machen gerade Pläne für den Sommer. Sie sollten uns auf unserer Kreuzfahrt durch die griechische Inselwelt und entlang der türkischen Küste begleiten. Es wird phantastisch, Sie werden sehen.«

Er erwischte sie in einem völlig falschen Moment. Das konnte er natürlich nicht ahnen, aber Maria wollte nicht verhehlen, dass sie sich gestört fühlte. Sie hatte sich gerade mit dem Libretto von Luigi Cherubinis »Médée« beschäftigt, einer Rolle, die sie zwar seit sechs Jahren nicht nur auf der Bühne sang, sondern auch spielte, die aber immer wieder ihre volle Konzentration und viel Vorbereitungszeit beanspruchte. Dass ihre Haushälterin in dieser Arbeitsphase ein Gespräch durchstellte, lag vermutlich an dem dominanten Auftreten des reichsten Mannes der Welt.

Mit mir nicht, dachte Maria verärgert, mit mir kannst du nicht umgehen, als wäre ich dein Püppchen.

»Ich habe wirklich keinen Kopf für die Planung einer Schiffsreise«, erwiderte sie wenig freundlich. »Ich stehe kurz vor dem Abflug nach London, wo ich ein wichtiges Engagement zu erfüllen habe.« Kaum hatte sie es ausgesprochen, musste sie an die Schlagzeilen der britischen Presse vor zwei Jahren denken.

Bislang hatte sie diese Erinnerung erfolgreich verdrängt, doch nun stellte sich gleichzeitig auch das Bild ihrer ersten Begegnung mit Aristoteles Onassis auf Elsa Maxwells Ball in Venedig ein. So schmerzlich der Gedanke an das eine war, so stark war zugleich das Gefühl, sich in Onassis' Gesellschaft wohlzufühlen.

Sie schwankte kurz, doch dann wiederholte sie, wenn auch etwas sanfter: »Ich bin gerade nicht in der Verfassung, über eine Kreuzfahrt nachzudenken.«

»Wo werden Sie in London auftreten?«, erkundigte sich Onassis.

»In Covent Garden. Ich singe die Medea.«

Möglicherweise hatte er noch nie von dieser Oper gehört, denn er zögerte, dann: »Ich werde ein paar Karten kaufen und nach der Vorstellung einen Empfang zu Ihren Ehren im Hotel Dorchester geben. Ich hoffe, wir können mit Ihnen rechnen.«

Sie fühlte sich überrumpelt. »Ja. Natürlich … Wahrscheinlich … ja – ich meine, ich werde da sein.«

Am Klang seiner Stimme hörte sie, dass er lächelte. »Dann hole ich mir Ihre Antwort in London ab.« Ohne ein weiteres Wort legte er auf.

Verblüfft starrte sie den Hörer an. Welche Antwort meinte er? Seiner Premierenfeier hatte sie doch gerade zugestimmt. Erst ein paar Atemzüge später begriff sie, dass er die Einladung zu der Kreuzfahrt meinte.

Als sie rund vier Wochen später im Hotel Savoy auf die Karte in ihrer Hand blickte, brauchte sie nicht zu überlegen, worauf er sich bezog:

Sie schulden mir noch eine Antwort.
Wann kann ich sie mir abholen?

Einen zauberhaften Moment lang fühlte sie sich geschmeichelt. Doch der nächste Atemzug brachte Ernüchterung. Was versprach sich Onassis von einem Tête-à-Tête? Etwas anderes schien seine Frage nicht auszudrücken. Benahm er sich alles in allem nicht reichlich aufdringlich? Wollte er sich in Marias Ruhm sonnen, statt ihre Freundschaft zu achten? Oder war er nur ein Verehrer ihrer Kunst wie viele andere auch?

Ihre Wangen begannen zu glühen, als ihr bewusst wurde, dass

sie kurz an mehr geglaubt hatte. Wie albern von ihr. Geradezu lächerlich. Onassis war verheiratet, noch dazu mit einer schönen jungen Frau. Tina nahm es mit der ehelichen Treue zwar wohl nicht so genau, wie Elsa Maxwell hinter vorgehaltener Hand behauptete, und ein Grieche ließ sich nicht gern Hörner aufsetzen, aber ebenso wenig würde er Tina wegen eines Seitensprungs freigeben, er würde sie wahrscheinlich lieber einschließen, als einem Geliebten zu überlassen.

Und überhaupt, dachte Maria plötzlich, ich bin selbst verheiratet. Sie erschrak, weil ihr das erst in diesem Moment wieder bewusst wurde. Als hätte sie ihre Ehe über den Gedanken an einen Flirt mit Onassis vergessen.

Kurzerhand riss sie die Karte in Fetzen.

Seit ihrer Ankunft belagerte eine Meute von Pressefotografen die schmale Straße, die zum Savoy führte. Manchmal, wenn ihr das Blitzlichtgewitter zu viel war, huschte Maria durch einen Hintereingang nach draußen. Dieses Versteckspiel betrieb sie jedoch selten, da sie ohnehin meist erkannt und dann eben an einem anderen Ort fotografiert wurde, sei es auf dem Weg zu einer Probe, in einem Restaurant oder beim Einkaufsbummel bei Marks & Spencer oder Selfridges. Heute hatte sie sich ganz bewusst für das Hauptportal entschieden, davor wartete ein Rolls-Royce auf sie, der immerhin einem Mitglied der britischen Königsfamilie gehörte. Das Blitzlichtgewitter setzte prompt ein, kaum dass sie die Drehtür passiert hatte.

Sie trug ein lindgrünes Reisekostüm und einen Hut aus lackiertem Stroh mit breiter, nach innen gebogener Krempe. Das perfekte Outfit für die Fahrt in ein sonniges Wochenende auf dem Land. Deshalb posierte Maria neben dem Wagen, während der Chauffeur geduldig die Tür für sie aufhielt und sich Meneghini durch das Gedränge auf die andere Seite schob, um sich ohne Hilfe in den Fond zu setzen. Sie lächelte geduldig, weil sie wusste, wie wichtig eine gute Presse mit ansprechenden Fotos war. Bilder einer erzürnten Diva hinter der Bühne, die es durchaus bei Aufführungen gegeben hatte, als ihre Nerven ebenso versagt hatten wie ihre Stimme, hinterließen bei ihr stets ein vages Gefühl von Schuld. Als wäre sie noch immer das kleine Mädchen, das von seiner Mutter zurechtgewiesen wurde. Eine negative Berichterstattung hinterließ auch keinen guten Eindruck bei ihrem Publikum. Das wusste sie nur zu gut.

Doch nun schien die Sonne, und auch wenn Maria sich selbst vermutlich nie wirklich schön finden würde, wusste sie doch, dass sie heute gut aussah, und sie freute sich auf die Einladung des Earls of Harewood auf dessen Familiensitz in West Yorkshire. Eigentlich sollte sie so kurz vor der Premiere ihrer Londoner Medea zwar solchen Verabredungen nicht nachgehen, aber George Lascelles war der wohl wichtigste Förderer der Oper in Großbritannien – und des englischen Fußballs. Maria mochte den Vetter der Queen nicht nur, weil er ein echter Experte der Opernwelt war, sondern insgeheim auch, weil er eine gewisse Ähnlichkeit mit Gary Cooper besaß. Außerdem war er charmant und klug und mit einer großartigen Pianistin verheiratet. Sie stieg in den Wagen, den er ihr geschickt hatte, mit der Aussicht auf zwei unterhaltsame Tage.

»Was gibt es Langweiligeres als ein Wochenende in England auf dem Land?«, bemerkte Meneghini, als der Rolls-Royce langsam vorwärtsglitt. »Pferde, Hunde, der Garten und schlechtes Essen werden die Hauptthemen sein – und bei keinem Gesprächsstoff kann ich mitreden.«

Das Lamento ihres Mannes ärgerte Maria. Er verdarb ihr die Freude auf das Wochenende in West Yorkshire. Überdies war es der Auftakt einer Diskussion, die sie schon etliche Male bei anderen Gelegenheiten geführt hatten. Sie nestelte nach ihrer Brille, setzte sie auf und sah Meneghini scharf an. »Ich glaube nicht, dass bei George Lascelles ausschließlich über Klischees gesprochen wird. Er war Direktor des Royal Opera House, wie du sehr wohl weißt, und er hat einen bedeutenden Opernführer geschrieben.«

Doch Meneghini ließ sich nicht von seinen Vorurteilen abbringen. »Italienisch ist die Weltsprache der Oper, aber die anderen Gäste von Lord Harewood werden sicher nur Englisch sprechen.«

»Du hättest Fremdsprachen lernen können«, gab sie genervt zurück. Sie beugte sich vor, blickte demonstrativ aus dem Seitenfenster. Der Wagen rollte am Victoria Embankment entlang, dem Uferdamm der Themse, so dass Maria an diesem klaren Samstagmorgen einen herrlichen Blick auf den Fluss hatte. Sie begann sich gerade wieder etwas zu entspannen, als Meneghini erneut zu klagen begann: »Wie soll ich mich um deine Auftritte kümmern, wenn ich nicht mit den Leuten reden kann?«

»Wenn du nicht mehr mein Manager sein kannst« – ihr Kopf fuhr zu ihm herum, ihre Augen blitzten zornig –, »dann lass es!«

»Nach allem, was ich für dich getan habe, ist das nicht sehr nett«, knurrte er und wandte den Blick ab.

Auf seiner Seite tauchte in der Ferne der berühmte Uhrturm von Big Ben auf. Doch Maria war sich sicher, dass Meneghini nicht die historischen Gebäude auf ihrem Weg zum Flughafen bewunderte.

Als sie in Heathrow ankamen, registrierte Maria überrascht, dass der Chauffeur sie nicht zum vertrauten Terminal der Ersten Klasse fuhr, sondern auf einen von den Flughafenhallen abgewandten Hangar zusteuerte. »Wo fahren wir hin?«

»Mr. Onassis hat Ihnen für den Flug nach Leeds seine Privatmaschine zur Verfügung gestellt.«

»Oh!« Ein kleines Lächeln umspielte ihre Lippen. Offenbar gab er sich also doch Mühe, sie zu beeindrucken. »Wird Mr. Onassis mit uns nach Leeds fliegen?«, fragte sie.

»Nein, Madam. Nach meinen Informationen sind nur Sie und Mr. Meneghini an Bord.«

Ihr Lächeln erlosch. Schade. Mit Ari Onassis würde der Flug sicher unterhaltsamer verlaufen als mit ihrem Ehemann, der seit der Unstimmigkeit noch kein weiteres Wort mit ihr gewechselt hatte. Beim nächsten Atemzug wurde sie sich jedoch bewusst, dass Onassis womöglich bereits auf Harewood House weilte und dort auf sie wartete. Sie hätte den Chauffeur gern gefragt, ob er informiert war, wer die anderen Gäste wären, behielt ihre Frage jedoch lieber für sich.

Harewood House war ein beeindruckendes Gebäude aus hellem Sandstein mit einem säulenbewehrten Portal, umgeben von englischem Rasen, der wirkte, als würde er von den Gärtnern mit der Nagelschere geschnitten und regelmäßig mit leuchtend grüner Farbe begossen. Der Rasen mündete in einer eleganten Anpflanzung aus Buchs und Buchen, die sich in der hügeligen Landschaft und einem Wald verlor, über den sich ein blassblauer Sommerhimmel spannte. Hätte Maria die Parkanlage nicht mit eigenen Augen gesehen, sie hätte den Anblick für eine retuschierte Ansichtskarte gehalten.

Meneghini schlug den Kragen seines Regenmantels hoch. »Es zieht. Dieser kalte Wind in Nordengland ist nichts für unsereins. Du musst auf dich achtgeben, Maria, damit du keine Erkältung bekommst.«

Unwillig schüttelte sie den Kopf. Sie fand die Brise eher lau als kühl und ausgesprochen angenehm. Die Weite des Geländes vermittelte ihr ein Gefühl von Freiheit, wie sie es sonst nur am Meer empfand. »Du kannst dich ja im Haus ausruhen, ich möchte einen Spaziergang unternehmen.«

»Maria Callas!« George Lascelles kam mit ausgebreiteten Armen die Freitreppe herunter. Ihm folgte seine Frau Marion, eine sehr attraktive, brünette Österreicherin. »Welche Freude, Sie als unseren Ehrengast begrüßen zu dürfen.«

Sofort schlüpfte Maria in die Rolle der Diva. Wie auf der Bühne, wo sie ihren Rollen auch durch ihr schauspielerisches Talent das gewisse Etwas verlieh, gab sie sich als mondäner, weltgewandter Gast. Sie überspielte ihre Schüchternheit, schwebte zwischen ihren Gastgebern ins Haus, ließ sich die Einrichtung und die Gemäldegalerie zeigen – und sah doch kaum etwas, weil sie ihre Brille inzwischen abgenommen hatte. Der Hausherr unterhielt sie mit der Geschichte des Anwesens, die bis ins 18. Jahrhundert zurückreichte, und der Grafen von Harewood, die damals für die Einrichtung den Möbeltischler Thomas Chippendale beauftragt hatten, dessen Stücke inzwischen Seltenheitswert besaßen. Maria lauschte interessiert, stellte bei den richtigen Gelegenheiten interessierte Fragen, aber das, was sie wirklich wissen wollte, behielt sie für sich. Selbst als Marion Stein Lascelles auf die anderen Gäste zu sprechen kam, die sich gerade im Garten zu einem Tennismatch oder einer Partie Pétanque versammelten, erkundigte sie sich nicht nach dem Ehepaar Onassis. Stattdessen versprach sie, gleich zu den anderen zu stoßen, nachdem sie sich ein wenig frisch gemacht habe.

»Du solltest dich besser ausruhen«, mahnte Meneghini, nachdem sie die beiden, durch eine Tapetentür verbundenen Schlafzimmer bezogen hatten und sich das Personal zurückzog. Maria hatte die Bedienstete, die ihren Koffer auspacken wollte, auf später vertröstet.

Maria legte ihren Hut auf das Himmelbett, das mit einem

Überwurf aus Brokat und Samt abgedeckt war. »Ich sagte bereits, dass ich einen Spaziergang unternehmen möchte«, zischte sie. Zum Tennis oder Boccia würde sie sich nur gesellen, um herauszufinden, wer die anderen Gäste waren. An dem Spiel teilnehmen wollte sie nicht. Aber das würde sie ihrem Mann nicht sagen, denn es störte sie, dass sie sich dafür rechtfertigen musste, nach der Reise ihre Beine vertreten zu wollen.

»Denk daran, dass du für die Aufführung in bester Verfassung sein musst«, erwiderte Meneghini mehr im Ton des Probleme fürchtenden Managers als in dem des liebevollen Ehemanns. »Eine weitere Absage kannst du dir nicht leisten. Das könnte zu Tumulten führen. Die Menschen standen schon drei Tage vor Beginn des Kartenverkaufs vor dem Royal Opera House Schlange, und innerhalb von drei Stunden war alles restlos ausverkauft. Du schuldest deinem Publikum hundertprozentige Präsenz.«

»Ich werde das Gefühl nicht los, dass du meinst, ich schulde dir etwas«, gab sie zurück. »Wenn du müde bist, ruh dich aus. Ich bin hellwach und möchte in den Park … allein«, fügte sie vorsichtshalber hinzu, falls Meneghini Anstalten unternehmen sollte, sich ihr anzuschließen.

Er zögerte. »Ich halte es nicht für richtig, dass du so wenig auf deine Gesundheit achtest.«

»Spielst du dich jetzt auch noch als mein Vormund auf?« Da es eine rhetorische Frage war, setzte sie gleich nach: »Ich weiß selbst am besten, was gut für mich ist.«

»Hoffentlich«, murrte er, zog sich jedoch zurück. Mit einem dumpfen Geräusch fiel die Tür ins Schloss.

Maria atmete tief seufzend aus. Erst jetzt bemerkte sie, dass sie die Luft angehalten hatte.

Sie zog sich in Windeseile um, als befürchte sie, Meneghini würde noch einmal auftauchen, um sie doch von ihrem beabsichtigten Spaziergang abzuhalten. Da sie sich nicht die Zeit nehmen wollte, ihre Haare neu aufzustecken, band sie einen breiten Seidenschal um ihren Kopf, was ihr, wie sie bei einem Blick in den Spiegel feststellte, ganz hervorragend stand. Der weite Rock ihres zitronengelben Sommerkleides schwang herrlich leicht um ihre Beine, gleich einem Sinnbild ihrer gerade erkämpften, wenn auch wahrscheinlich nur kurzen Freiheit. Sie legte sich eine Strickjacke um die Schultern, schlüpfte in bequeme Schuhe und verließ ihr Zimmer.

Auf der Terrasse traf sie auf Randolph Churchill, den Sohn des ehemaligen britischen Premierministers. Churchill junior hielt ein Glas in der Hand, das sicher mit Whisky gefüllt und wahrscheinlich nicht sein erster Drink des Tages war. Als er Maria bemerkte, erhob er sich aus dem Rattansessel, in dem er gemütlich über den Garten geblickt hatte. »Maria Callas, die Göttliche! Sie bringen Glanz und Leben in diese Hütte. Lascelles hat einen Haufen Nachbarn eingeladen, und die sind so langweilig, wie der britische Landadel nun einmal ist. Ich fühle mich geehrt, eine so besondere Person wie Sie zu sehen.« Er verbeugte sich, wobei er leicht schwankte.

Maria kannte seine spitze Zunge und hütete sich, die Frage zu stellen, die ihr am meisten auf der Seele brannte. »Wo sind denn die anderen?«, erkundigte sie sich in einem vollkommen unaufgeregten Ton.

Er wedelte so temperamentvoll mit der Hand, dass sein Getränk über den Glasrand spritzte. »Irgendwo im Park. Man gibt sich der sportlichen und geistigen Ertüchtigung hin – man spielt Tennis oder Boule. Folgen Sie nur dem Ploppen der Tennisbälle oder dem Klacken der Eisenkugeln, und Sie werden sie finden.« Er fiel zurück in seinen Sessel und streckte die Beine aus, als habe ihn das Sprechen über Gebühr angestrengt. Mit dem Fuß zog er einen zweiten Korbstuhl heran. »Aber wollen Sie sich nicht zu mir setzen?«

»Später werde ich das sicher gern tun«, versicherte sie höflich, obwohl ihr nichts ferner lag, als ihre Zeit mit einem zynischen Trunkenbold zu verbringen, »aber im Moment möchte ich etwas spazieren gehen.«

Churchill junior nickte. Er hatte sein Interesse an ihr anscheinend schon wieder verloren, denn er widmete sich mit halb geschlossenen Lidern erneut dem Whisky.

Sie wandte sich von den barocken Elementen der Blumeneinfassungen zu Füßen der Treppe ab und ging langsam eine Allee entlang, die weiter in den englischen Landschaftsgarten mit seinen typischen Rasenflächen, Büschen und niedrigen Mauern hineinführte. Im Schatten der Buchen war es kühl, und sie zog ihre Strickjacke fester um die Schultern. Randolph Churchills Wegbeschreibung war zutreffend: In der Ferne vernahm sie den typischen dumpfen Knall eines Tennisaufschlags, kurz darauf etwas näher das Klackern einer Pétanque-Kugel und einen begeisterten Ausruf, dem bewunderndes Murren folgte. Sie entschied sich, den Sandweg zu den Boule-Spielern zu nehmen. Sie mochte dieses Spiel, die Ruhe, die darin lag, und die Präzision. Leider war sie zu bekannt, um sich den Boccia-Spielern bei sich zu Hause in Sirmione anzuschließen; ihre Anwesenheit sorgte stets für zu viel Aufsehen und eine angespannte Stimmung. Das war hier unter den Freunden des Earl of Harewood etwas anderes: Man betrachtete die Callas zwar als Berühmtheit, war sich jedoch der eigenen gesellschaftlichen Stellung viel zu sehr bewusst, um in Ehrfurcht zu versinken.

Maria verbrachte die folgenden Stunden in ausgelassener Stimmung mit einem halben Dutzend britischer Landadeliger, die sie nicht annähernd so langweilig fand, wie der Sohn des früheren Premierministers oder ihr Mann es ihr vorausgesagt hatten. Sie warf die Kugel, schaute beim Tennis zu, lachte und unterhielt sich glänzend. Weder Tina noch Aristoteles Onassis befanden sich unter ihren neuen Bekannten, aber sie erfuhr, dass am Abend weitere Gäste erwartet würden. Namen wurden nicht genannt, und über der fröhlichen, entspannten Atmosphäre vergaß sie schließlich ihre stille Neugier. Ein ungewohntes Gefühl von Freiheit erfüllte sie an diesem sonnigen, hellen Nachmittag, an dem der leichte Wind die Enden ihres Schals zum Schwingen brachte und mit dem Saum ihres Sommerkleides spielte. Zum ersten Mal seit langer Zeit hatte Maria wieder das Gefühl, sie selbst zu sein – oder zumindest etwas, was dem sehr nahekam.

Als sie in ihre Suite zurückkehrte, stand die Verbindungstür zu Meneghinis Schlafzimmer offen. Sie betrachtete einen Moment lang stumm ihren Gatten, der an dem Sekretär saß und sich Notizen machte. Er war alles andere als ein schöner Mann, klein und dicklich, siebenundzwanzig Jahre älter als sie und niemand, der in die mondäne Umgebung des Enkels der britischen Königin Mary oder in die Nähe eines Weltstars zu passen schien. Bis zu ihrer Heirat hatte er mit seiner Mamma in Verona gelebt, ein fleißiger Bauunternehmer und leidenschaftlicher Besucher der Oper. Er war kein Beau, aber auch kein Casanova – und das Beste, das ihr bis dahin begegnet war.

Vielleicht würde sie ihn heute nicht noch einmal heiraten, dachte Maria, aber er hatte ihr die Bühne zu Füßen gelegt und ihr Geborgenheit geschenkt, als sie beides mehr benötigte als alles andere. Sie sollte nicht an ihrer Ehe zweifeln, bloß weil er ihrem Bedürfnis nach ein wenig Abwechslung und ganz banalen Vergnügungen wie Sport und Tanz nichts abgewinnen konnte. Unstimmigkeiten dieser Art gab es doch in jeder Beziehung. Sie setzte ein Lächeln auf und klopfte gegen den Türrahmen.

Meneghini sah auf. »Da bist du ja. Hattest du einen angenehmen Tag?«

»Ja. Ich wünschte, du wärst mitgekommen und hättest dir den Park angesehen.«

»Tut mir leid. Ich war müde. Außerdem vertrage ich das Klima hier nicht so gut.« Er hüstelte demonstrativ.

Sie lehnte sich gegen die Wand und ignorierte seinen Einwand: »Weißt du, ich habe mir überlegt, dass ich viel mehr Zeit in der Natur verbringen sollte. Ich fühle mich erschöpft von den vielen Verpflichtungen und würde mir gern ein wenig mehr Ruhe gönnen. Gerade merke ich ja, wie gut mir ein paar ausgelassene Stunden in so schöner Umgebung tun.«

»Daran solltest du gar nicht erst denken. Du musst auftreten wie bisher«, gab Meneghini zurück, den es anscheinend nicht sonderlich interessierte, was ihre Bedürfnisse waren. »Du musst Geld verdienen, um deinen Lebensstil zu halten, Maria.«

»Ach, ich habe doch in der Vergangenheit so viel verdient, dass …«

»Davon ist nichts mehr da«, unterbrach er sie.

»Wie bitte?«

»Es ist alles aufgebraucht«, wiederholte er ernst.

Maria hatte das Gefühl, ihr würde der Boden unter den Füßen weggezogen. Sie richtete sich auf, suchte mit der Hand Halt am Türrahmen. Die Schwere eines aufziehenden Sommergewitters legte sich auf ihre Stimmung. »Was heißt das?«

»Nun, es mussten Kredite zurückgezahlt werden, die ich aufgenommen hatte, um in den Aufbau deiner Karriere zu investieren. Als du damals noch nicht ausreichend verdient hast, hatten wir enorme Ausgaben – die mussten irgendwie finanziert werden, nicht wahr?«

Vor ihr geistiges Auge trat ein kleines Mädchen, das keine eigenen Spielsachen besaß, weil der Vater immer wieder in finanzielle Schwierigkeiten geriet und nichts kaufen konnte, was den Bedürfnissen seiner Jüngsten entsprach. Seit ihre Mutter erkannt hatte, wie begabt die jüngere Tochter war, sah sie ohnehin keinen Sinn mehr darin, das Wunderkind einfach spielen zu lassen. Sie setzte alles daran, Maria zu einer regelrechten

Gesangsmaschine zu machen, die ihr Talent auf Abruf unter Beweis zu stellen hatte. Ein Zwang, der sich in Marias Leben fortsetzte. Jetzt war es ihr eigener Ehemann, der ihren Wunsch nach Ruhe nicht zuließ, damit sie sang und sang und immer nur sang.

Eben noch einigermaßen ruhig, verlor sie nun die Fassung: »Das kann nicht wahr sein. Wo ist mein Geld? Wohin sind meine Gagen geflossen?«

»Natürlich auf mein Konto, wie wir es besprochen hatten.« Er seufzte, Bedauern spiegelte sich in seiner Miene, aber auch Unverständnis. »Wir waren uns doch einig, dass ich mich um die finanzielle Seite deiner Arbeit kümmere. Das war unsere Vereinbarung, Maria!« Sein sonst so freundlicher Tonfall nahm plötzlich einen seltsam bedrohlichen Klang an. Er hatte sich zu ihr umgedreht, war aber an dem Sekretär sitzen geblieben und sah sie durchdringend an. »Ich habe immer nur das Beste für dich im Blick.«

Ihr erster Impuls war, ihn anzuschreien. Einfach ihrem Ärger Luft zu machen, wie sie es sonst tat, wenn ihr etwas nicht passte. Doch sie biss sich auf die Lippen. Ihr wurde plötzlich klar, dass sie klug handeln und sich besonnen zeigen musste. Es kam ihr vor, als säße ein Engel auf ihrer Schulter, der ihr die Kraft zu einer Entscheidung verlieh. Statt ihrer aufflammenden Panik nachzugeben und Meneghini entgegenzuschleudern, dass sie künftig Einblick in ihre Finanzen wünschte, ging sie in ihrem Kopf erstaunlich kühl ihre nächsten Verpflichtungen durch. Nach ihrem Engagement in London würde sie zum Holland-Festival nach Amsterdam reisen, anschließend nach

Belgien. Sie musste dafür sorgen, dass ihr Mann nicht länger Zugriff auf ihre Gagen hatte. Es musste ihr etwas einfallen, um zu verhindern, dass er mit ihren Einnahmen umging, wie es ihm beliebte.

Sie nahm wahr, dass er unter ihrem Schweigen nervös wurde. Seine Finger trommelten auf das Notizbuch vor ihm. Ob er darin ihre Einnahmen und Ausgaben vermerkte? Sie hatte ihn niemals kontrolliert, nicht ein einziges Mal gefragt, was er mit ihrem Geld tat. Genau genommen hatte sie sogar angenommen, dass es sein Vermögen gewesen war, das er in ihr gemeinsames Leben und ihre Karriere investiert hatte. Jedenfalls anfangs. Damals, als sie sich kennenlernten und er ihr Manager wurde. Sie hatte im wahrsten Sinne des Wortes nicht damit gerechnet, dass er zur Finanzierung irgendwelche Darlehen aufnehmen musste. Die Villa in Mailand, das Haus in Sirmione – wem gehörte ihr Zuhause? Maria wurde schwindlig bei all den Gedanken, die plötzlich durch ihren Kopf sausten. Trotzdem sprach sie keinen einzigen davon aus.

Sie löste sich von ihrem Platz und trat zurück in ihr Zimmer. Ohne ein weiteres Wort schlug sie die Tapetentür zu.

Anfangs hatte Maria befürchtet, dass es sie anstrengen würde, das Wochenende mit mehr oder weniger fremden Menschen zu verbringen. Nach der Auseinandersetzung mit Meneghini war sie jedoch dankbar für die ständige Präsenz der anderen, die verhinderte, dass sich ihnen außerhalb ihrer Suite die Gelegenheit für ein weiteres unangenehmes Gespräch bot. Bis zum Dinner sorgte sie dafür, dass der Zugang zu ihren Räumlichkeiten verschlossen blieb. Sie sah ihren Mann erst wieder, als sie sich beide im Flur trafen, um gemeinsam zur Cocktailstunde aufzubrechen. Die Maria zugeteilte Bedienstete hatte diesen Termin überbracht und auf Marias Geheiß an Meneghini weitergegeben.

Eine der schweren Türen ein paar Schritte weiter den Gang hinauf öffnete sich, eine tiefe Männerstimme nuschelte eine Bemerkung, die Maria nicht verstand. Aber sie hielt automatisch in der Bewegung inne, wandte sich um und sah, wer da gerade das Zimmer verließ – das Ehepaar Onassis.

»Es hätte mich gewundert, wenn diese Leute nicht auch hier wären«, murmelte Meneghini in Marias Rücken.

Sie blickte kurz zu ihrem Mann und sah das eingefrorene Lächeln in seinem Gesicht. Er würde sich heute Abend wahrscheinlich nicht halb so gut amüsieren, wie sie es sich in der Gesellschaft von Onassis erhoffte – der sich nun nicht mehr länger vertrösten lassen und auf eine Antwort auf seine Einladung drängen würde.

»*Kalispéra*«, wünschte Maria lächelnd auf Griechisch und fügte auf Englisch in Tina Onassis' Richtung hinzu: »Guten Abend.«

»O hallo«, zwitscherte Tina, umarmte Maria, als wären sie beste Freundinnen, und küsste sie nach französischer Art auf beide Wangen. »Wie schön, Sie wiederzusehen.«

»Ja, das finde ich auch.«

Onassis führte Marias Hand an seine Lippen. »*Kalispéra*«, sagte er schlicht.

»Ich muss Ihnen danken«, plauderte sie, obwohl sie ein wenig beklommen registrierte, dass er ihre Rechte viel zu lange umschlossen hielt. Ihr fiel im ersten Moment gar nicht auf, dass sie wieder Griechisch sprach – und als sie es bemerkte, war es zu spät, um elegant in eine andere Sprache zu wechseln. »Es war sehr nett von Ihnen, uns Ihre Privatmaschine zur Verfügung zu stellen.«

»Ich hoffe, der Flug hat Ihnen gefallen«, antwortete Onassis galant. »Es ist die bequemste Art zu reisen. Außer natürlich mit einem Schiff.«

Sie entzog ihm ihre Hand. »Natürlich«, versicherte sie lächelnd.

Langsam schritt sie an seiner Seite auf die große Freitreppe zu. Sie blickte sich nicht um, aber sie war sicher, dass Meneghini sich dazu genötigt fühlte, Tina Onassis den Arm zu bieten, um seiner Frau und dem Mann der anderen zu folgen.

Um den Verbleib seiner Gemahlin schien sich Aristoteles Onassis nicht zu kümmern. Unterstrichen von lebhaften Gesten erzählte er Maria, dass seine Maschine nach ihrer Ankunft nach London zurückgeflogen sei, um ihn und Tina abzuholen und schließlich ebenfalls nach Leeds zu bringen. »Wir sind gerade erst angekommen und haben die sportlichen Amüsements verpasst, denen man sich am Wochenende auf dem Land in West Yorkshire hingibt. Spielen Sie Tennis?«

»Nein«, erwiderte sie. »Und ich reite nicht.«

»Wunderbar.« Er grinste. »Ich auch nicht.«

Maria raffte ihr langes smaragdgrünes Abendkleid, um die ersten Stufen zu nehmen. Obwohl ihr klar war, dass Onassis mit ihr flirtete, wollte sie seine Annäherungsversuche nicht so recht ernst nehmen. Ihr Zwiegespräch erschien ihr fast ein wenig albern, schließlich befanden sich ihre Ehepartner direkt hinter ihnen. Aber wenn sie tief in sich hineinhorchte, gefiel es ihr, wie er sie ansah, wie er jede Gelegenheit für eine zufällige Berührung nutzte, wie er nichts unterließ, ihr zu signalisieren, was er wollte. Dieses Verlangen eines anderen Mannes nach ihr zu spüren kam ihr nach der Freiheit, die sie im Park von Harewood House empfunden hatte, vor wie das Sahnehäubchen.

Unwillkürlich erschien vor ihrem geistigen Auge das Bild ihres Mannes, gebeugt über ein Notizbuch, in das er womöglich Zahlenreihen notierte, und die Erinnerung an ihre angeblichen finanziellen Probleme drohte ihr die Laune zu verderben. Um sich abzulenken, suchte sie bei dem bestmöglichen Thema Zuflucht, das ihr für eine Konversation mit Onassis einfiel: »Haben Sie schon gehört, dass Benjamin Britten nach dem Dinner seine neueste Komposition vorspielen wird?«

»Ja – leider. Ich bin kein großer Freund moderner Musik. Nicht einmal die großen klassischen Symphonien liegen mir.«

Sie erinnerte sich, wie er ihr erzählt hatte, wie wenig er mit der Hochkultur anfangen konnte. »Dennoch besuchen Sie Opernaufführungen …«

»Nur, wenn Sie singen«, sagte er. »Ich habe auch dreiunddreißig Karten für Ihre ›Medea‹ in Covent Garden gekauft.«

»Das ist keine leichte Kost«, warnte sie.

Wieder dieses charismatische, charmante Grinsen. »Ich weiß.«

Inzwischen waren sie am Fuß der Treppe angelangt, wo sie von den Gastgebern und einigen der Nachbarn erwartet wurden, die Maria bereits am Nachmittag kennengelernt hatte. Bei der Begrüßung wurde sie von Onassis getrennt, der sich an die Seite seiner Frau begab, und Maria sah sich automatisch nach Meneghini um, der wie immer etwas linkisch in ihrem Schatten stand. Sie gab sich alle Mühe, ihren Groll auf ihn zu überspielen, lächelte ihm hin und wieder zu, übersetzte das eine oder andere Gespräch, neigte sich zu ihm und gestattete sich, von seinen Horsd'œuvres, die mit dem Aperitif gereicht wurden, eine ganz kleine Ecke abzubeißen. Eine sehr vertraute Geste, die in den Menschen um sie herum wahrscheinlich die Meinung nährte, dass die Callas eine glückliche Ehe führte. Und das war gut, denn es war genau das, was sie die Öffentlichkeit wissen lassen wollte.

Da Maria als Ehrengast die Tischdame von George Lascelles war und Onassis am anderen Ende der Tafel neben Marion Platz nahm, blieb während des Dinners die erhoffte Unterhaltung mit ihm aus. Manchmal fühlte sie einen Blick auf sich ruhen, dem sie anfangs keine Bedeutung zumaß, weil sie meinte, dass es Meneghini war, der sie anstarrte. Doch dann fiel ihr auf, dass Onassis hin und wieder zu ihr rübersah. In diesen Momenten erstarb das Stimmengemurmel der Gespräche um sie zu leiser Hintergrundmusik, und sie dachte an die Blumen und die Nachrichten, die er ihr im Laufe der Zeit geschickt hatte. Kam es dem reichsten Mann der Welt wirklich nur darauf an, sich mit ihr zu schmücken wie mit einer Trophäe? Meneghini behauptete es und führte an, dass Onassis sich ebenso mit seinen Freundschaften zu Winston Churchill, Margot Fonteyn oder Greta Garbo brüstete. Aber war seine Galanterie wirklich nur Ausdruck eines Emporkömmlings, der – aus welchen Gründen auch immer – die Nähe zu der berühmtesten Frau der Welt suchte? Oder steckte da auch das Begehren eines Mannes dahinter, eines Griechen obendrein, dem sie gefiel? Sie selbst – und nicht ihre Stimme.

Er hatte vorhin gesagt, dass er Opernaufführungen nur besuchte, wenn sie sang, was eindeutig Schmeichelei war. Aber wenn Maria es sich recht überlegte, musste es wohl doch ihre Stimme sein – und nicht sie als Frau –, die Onassis beeindruckte. Wie bedauerlich.

Mit einem freundlichen Lächeln sah sie wieder zu George Lascelles und nahm ihren Gesprächsfaden auf, in dem es um die kommende Opernsaison ging. Maria erzählte von den Schallplattenaufnahmen, die für den September in der Scala geplant waren, dann sollte sie »La Gioconda« singen. Unwillkürlich ging ihr durch den Sinn, dass es die Oper war, mit der sie vor zwölf Jahren ihr Debüt in Italien gegeben hatte. Am Rande der Arena von Verona hatte sie seinerzeit Battista Meneghini kennengelernt, der ihr Herz auch mit seiner Begeisterung für ihre Stimme gewonnen hatte. Doch sie schob diese Erinnerung sofort in den hintersten Winkel ihres Gedächtnisses. Dorthin, wo ihr Bedauern über Onassis' vermeintliches Interesse an ihr bereits lauerte.

Marion Stein Lascelles hob die Runde schließlich auf. Während sich die Damen plaudernd in den Salon begaben, wo um den Flügel herum einige Stuhlreihen aufgebaut waren, trafen sich die Herren auf eine Zigarette oder Zigarre auf der Terrasse. Keine halbe Stunde später gesellten sich die Ehemänner zu ihren Gattinnen, doch Maria fiel auf, dass Tina Onassis allein blieb. Die schien ihren Mann jedoch nicht zu vermissen, strahlte vielmehr den gut aussehenden Komponisten Benjamin Britten an. Maria belächelte diese Beobachtung. Elsa Maxwell hatte ihr erzählt, dass die Reedersgattin ein Faible für Männer hatte, die äußerlich etwas gefälliger waren als ihr eigener. Allerdings schien Tina noch nicht die Bekanntschaft des Tenors Peter Pears gemacht zu haben, des Lebensgefährten von Benjamin Britten. Von der Gastgeberin wurde Maria zu einem Stuhl in der Nähe von Tina in der ersten Reihe geleitet. Der wohl für Onassis vorgesehene Platz neben ihr blieb auch während des nun folgenden Konzerts leer. Doch Maria wurde schließlich so von der ebenso kraftvollen wie melodischen Komposition Brittens gefangen genommen, dass sie das Fehlen ihres Landsmannes vergaß.

Später bat sie Meneghini, ihr die Nerzstola aus ihrem Zimmer zu holen. Mit dem wärmenden Accessoire ausgestattet trat sie auf die Terrasse hinaus, um etwas Luft zu schnappen. Die anderen Gäste diskutierten den musikalischen Vortrag oder tauschten die üblichen Belanglosigkeiten eines Abends, der sich seinem Ende zuneigte, aus. Maria indes wollte die wundervollen Töne in der Stille der Nacht noch ein wenig nachklingen lassen. Sie wollte einen Moment allein sein, mit ihren Gedanken dem Himmel nah und fern von ihrem Ehemann, dessen Unzulänglichkeiten ihr immer deutlicher vor Augen traten. Gerade hatte sie sich von ihm fortstehlen können, aber sie war sicher, dass er gleich nach ihr suchen würde.

Durch die hell erleuchteten Fenster fielen Lichtstreifen auf die Terrasse, der Garten schimmerte silbern im Mondlicht. Der Himmel wirkte verstörend hell, ganz anders als um dieselbe Uhrzeit in Italien oder Griechenland. Die Luft war klar, frisch und doch fast seidig. Maria atmete tief durch und lehnte sich an die Brüstung. Die Steinumfassung lag kühl unter ihren Händen.

»Da sind Sie.«

Sie brauchte sich nicht umzudrehen, um zu wissen, wer ihr Gesellschaft leisten wollte. Außer Onassis sprach sie niemand in diesem Haus auf Griechisch an. Stumm wartete sie darauf, dass er neben sie trat. Der Qualm seiner Zigarre streifte sie und verflüchtigte sich in hellgrauen Schwaden über dem Garten. Sie hustete.

»Verzeihen Sie«, sagte Onassis. Er warf seine eben erst angerauchte und wahrscheinlich sehr teure Zigarre auf den Boden, zertrat die Glut.

»Ich muss meine Stimme schonen«, erklärte sie.

»Natürlich. Entschuldigen Sie. Ich habe mich benommen wie ein … ein …« Er suchte nach dem richtigen Wort. Dann fügte er hinzu: »Wie ein *Tourkosporos.* Sie hatten ganz recht.«

Obwohl sie noch immer hüstelte, musste sie schmunzeln. »Daran erinnern Sie sich noch?«

»An jedes Wort von Ihnen.«

Sie hatte sich nicht getäuscht, er flirtete tatsächlich mit ihr.

Um ihr Herzflattern, das auf diese Erkenntnis folgte, wieder in vertraute Bahnen zu lenken, rettete sie sich in die Musik: »Sie haben vorhin ein großartiges Konzert verpasst. Benjamin Brittens neue Komposition ist wundervoll. Wie haben Sie es geschafft, sich aus der Affäre zu ziehen, ohne unhöflich zu wirken?«

»Ich wurde von meinem Büro angerufen«, erklärte er.

»Wie günstig für jemanden, der kulturelle Veranstaltungen nicht über alle Maßen schätzt.«

»Es ist die Wahrheit. Wenn der Fürst von Monaco meinen Rat benötigt, nehme ich mir die Zeit dafür, egal, wann und wo. Als Hauptaktionär der Société des bains de mer de Monaco ist mir sehr daran gelegen, dass Fürst Rainier das Richtige tut. Alles andere wäre teuer für mich und würde nur die Interessen Frankreichs nähren, das Fürstentum zu schlucken. Also ist Rainier auf meine Meinung angewiesen.«

Es war die gelassen klingende Rede eines weltgewandten Mannes, der sich auf dem Parkett der großen Politik als Strippenzieher und die Herrscher der jeweiligen Länder als Marionetten betrachtete. Maria kam nicht umhin, beeindruckt zu sein. Im Laufe ihrer Karriere hatte sie viele bedeutende Männer kennengelernt, doch keiner war ihr jemals so nahegekommen wie Aristoteles Onassis. Überhaupt beschränkte sich ihr Kontakt mit dem anderen Geschlecht vor allem auf die Mitglieder ihrer Familie, auf Bühnenpartner, Regisseure und Intendanten, auf eine zaghafte Liebelei mit einem wesentlich älteren Tenor in ihrer Jugend an der Oper in Athen und natürlich auf ihren Ehemann. Unwillkürlich dachte Maria an Meneghini, der sie erstaunlicherweise in diesem Moment in Ruhe ließ, und daran, dass dieser Mann nicht mehr zu der Frau passte, die sie in den letzten Jahren geworden war – vielleicht nie gepasst hatte.

Sie wandte den Kopf zu Onassis, der neben sie getreten war und ebenso wie sie auf die Schatten im Garten hinabblickte. Ohne sie anzusehen, fuhr er fort: »Es ist ziemlich ungerecht, mir zu unterstellen, ich wäre vor dem Konzert geflohen. Ich mag Musik. Wirklich. Aber was mich berührt sind andere Melodien als das, was in den Konzerthäusern und bei eleganten Dinnerpartys aufgeführt wird.«

»Keine moderne und keine klassische Musik«, fasste sie zusammen. »Was also gefällt Ihnen?« Bevor er antworten konnte, hob sie die Hand und fügte lächelnd hinzu: »Sagen Sie jetzt bitte nicht, dass Sie ein Opernfan sind. Das würde ich Ihnen nicht glauben.«

Er lachte leise. »Soll ich Ihnen etwas verraten? In der Regel verlasse ich jede Aufführung bereits in der Pause. Meist ertrage ich es nicht, bis zum Schluss still zu sitzen.«

»Da verpassen Sie eine ganze Menge.« Für einen Moment fragte sie sich, ob sie über diesen Kulturbanausen lachen oder weinen sollte. Sie entschied sich für ein Lächeln.

»Genau genommen hält mich eigentlich nichts auf dem Stuhl. Aber ich tanze gern«, vertraute er ihr an. »Am liebsten Rembetiko und Tango.«

»Du lieber Himmel!«, rief sie fassungslos. »Was für eine Mischung.«

Er sah sie an. Da er eine getönte Brille trug, konnte sie nicht in seinen Augen lesen. »Zu einem Griechen aus Smyrna, der in

Argentinien groß geworden ist, passt das doch sehr gut. Finden Sie nicht?«

»Immerhin handelt es sich in beiden Fällen um Volksmusik mit starken Melodien – und sehr nachdenklichen, melancholischen Texten.«

»Daran erkennen Sie, dass ich nicht der oberflächliche Geldmensch bin, für den Sie mich zweifellos halten.«

Sie schnappte nach Luft. »Oh, das tue ich ganz gewiss nicht …«

»Es würde mich glücklich machen«, warf er leise ein, »wenn es nicht so wäre.«

Wenn sich Maria diese Szene später vor Augen führte, konnte sie sich nicht erklären, wieso ihre Hände plötzlich so dicht nebeneinander auf der Terrasseneinfassung lagen, dass sie sich so zart wie der Flügelschlag eines kleinen Vogels berührten. In der aufziehenden Nacht konnte sie seine Finger, auf die sein Körper einen Schatten warf, nicht erkennen. Aber sie spürte die maskuline Kraft, die von ihnen ausging. Die feinen Härchen auf seinen Händen hinterließen ein elektrisches Prickeln, das durch ihre Muskeln zog. Irgendetwas in ihrem Rücken spannte sich wie die Saite einer Violine.

»Maria!« Meneghinis Stimme. »Maria, wir sollten schlafen gehen.« Seine Worte tönten als Dissonanz in ihren Ohren.

Sie fuhr herum, sah die Silhouette ihres Mannes in der doppelflügeligen Glastür stehen. »Natürlich, es ist schon spät«, rief sie ihm in einem aufgesetzt fröhlichen Ton zu, der netter war als alles, was sie in den vergangenen zwölf Stunden zu ihm gesagt hatte.

»Ich muss morgen sehr früh nach London fliegen«, bemerkte Onassis neben ihr. »Aber ich werde dafür sorgen, dass meine Maschine Sie am Nachmittag in Leeds abholt.«

»*Efcharistó*. Danke.« Als sie sich von ihm löste, bemerkte sie, dass ihre Knie zitterten. Meneghini hat recht, fuhr es ihr durch den Kopf, ich bin müde. Aber in ihrem tiefsten Inneren ahnte sie, dass es etwas anderes war, das ihren Körper so reagieren ließ. Und es würde sie in dieser Nacht um den Schlaf bringen, wenn sie darüber nachdächte. Was für ein Glück, dass sich immer eine Tasche mit ihren Medikamenten in ihrem Gepäck befand, Schlafmittel gehörten ebenso dazu wie die Tabletten zur Gewichtsreduktion.

»Wir sehen uns nach Ihrer Premiere«, rief Onassis ihr nach.

Sie nickte und nahm den Arm ihres Mannes.

Die Oper »Medea« von Luigi Cherubini beruhte auf der Argonautensage der griechischen Mythologie. Es war die Geschichte der Zauberin Medea, die sich in den Königssohn Jason verliebt, diesen heiratet und zwei Kinder von ihm bekommt, bis er sie nach Jahren des Zusammenseins für eine andere Frau verlässt. Getrieben von Eifersucht und Rachegelüsten, taucht Medea kurz vor der Hochzeit der beiden auf, tötet die Rivalin und sogar ihre eigenen Kinder, um Jason zu bestrafen. Am Ende richtet sie sich selbst und fährt in einem Flammenmeer in die Unterwelt hinab. Ein großartiges Finale. Maria hatte die Rolle schon mehrmals gesungen und Triumphe gefeiert. Es schien das perfekte Werk für ihr Talent zu sein, die Arien nicht nur zu singen, sondern auch zu spielen und der Protagonistin damit eine ganz besondere Authentizität und Kraft zu verleihen. Dennoch trieb Maria, wie meist in den letzten Jahren, die Furcht um, ob ihre Stimme halten würde. Jedenfalls bis zu dem Moment, in dem sie die Rampe betrat, die sie auf dem Weg von ihrer Garderobe zu ihrem Auftritt und ihrem Publikum brachte.

Als die Callas schließlich, verhüllt in einen schwarzen Schleier, auf die Bühne des Royal Opera House trat, gewann die Konzentration die Oberhand im Wettstreit ihrer Gefühle, und jede Unsicherheit war verflogen. Da stand sie, ganz allein auf der riesigen Bühne, eingerahmt von zwei Säulen, das Gesicht halb bedeckt von dem Umhang, die dunklen Augen schwarz geschminkt, dämonisch und mystisch zugleich. Und je mehr sie in den folgenden zweieinhalb Stunden spürte, wie sie die Zuschauer fesselte, sie ganz und gar in ihren Bann zog, desto besser und ausdrucksstärker wurde sie. Es gelang ihr, eine Spannungskurve aufzubauen, die in einem fulminanten Ende mündete: Auf einem von Schlangen umschlungenen Streitwagen verkündete sie, dass sie durch das Blut ihrer Kinder gerächt sei. Ihr Gesang kündete von Verzweiflung und Hass, Liebe und Tod, und das in den wundervollsten hohen Tönen, die sie aus ihren Stimmbändern quälen konnte. Schweiß rann ihren Nacken und ihren Rücken hinab – sie fühlte sich körperlich erschöpft wie nach einem Marathonlauf, und zugleich wusste sie mit Gewissheit, dass sie ihrem Anspruch von Göttlichkeit selten so genügt hatte wie bei dieser Vorstellung.

Nach ihrem umjubelten Abgang, nicht enden wollenden Verbeugungen, kaum mehr zu zählenden Vorhängen und zahllosen Glückwünschen hinter der Bühne saß Maria endlich in ihrer Garderobe und versuchte, ein wenig zur Ruhe zu kommen. Doch ihr Herz raste, ihre Atemlosigkeit drückte ihr die Luft ab, ihre Gedanken flogen zwischen ihrer Rolle, dem Erfolg und dem Wunsch, der geistigen wie körperlichen Erschöpfung nachzugeben und für einen Moment nur Maria und nicht die Diva sein zu dürfen, hin und her. Sie schloss die Augen, die noch mit dem dramatischen Make-up geschminkt waren, öffnete sie jedoch gleich wieder – und blickte auf eine Einladung, die vor ihr auf dem Toilettentisch lag.

Offiziell hatte sie das Billet als Erinnerung aufbewahrt. Tatsächlich weilten ihre Gedanken bei der Betrachtung der gedruckten Karte an einem anderen Ort und einem berührenden, amüsanten Gespräch. Es tat ihr wohl, sich der Bewunderung dieses Mannes bewusst zu werden. Nur ein Verehrer ihrer Kunst würde eine Party ihr zu Ehren veranstalten – oder aber ein Verehrer ihrer Person. Die Möglichkeiten verschmolzen zu einem angenehm wärmenden Feuer.

Mr. und Mrs. Aristoteles Onassis
würden sich freuen, Sie zu einer Abendgesellschaft
am Mittwoch, dem 17. Juni 1959, um 23.15 Uhr
im Hotel Dorchester begrüßen zu dürfen.

Letztlich spielte keine Rolle, was Onassis antrieb, ihre Nähe zu suchen. Das, was da zwischen ihnen war, dieser kleine Austausch unter griechischen Landsleuten, war eine wohltuende Abwechslung von Marias Alltagsproblemen, für die Meneghini im Moment mehr denn je sorgte.

Sie wünschte, dem forschenden Blick ihres Mannes, dem ihre Augen in diesem Moment im Spiegel begegneten, entgehen zu können. Ihr wurde klar, wie sehr sie sich wünschte, er wäre nicht ständig um sie herum und würde sie nicht ebenso oft daran erinnern, dass sie auch für ihn nur eine Gesangsmaschine war – die Callas, die perfekt zu sein hatte, zu jeder Zeit und an jedem Ort. Sie wollte in dem Applaus baden, den sie sich heute Abend ersungen hatte, wollte ihren großen Moment genießen und nicht daran denken müssen, dass sie niemals aufhören durfte zu brillieren, weil die finanzielle Absicherung ihres Lebens auf dem Spiel stand. Sie wollte die Euphorie so lange wie möglich erhalten, die sie seit dem Schlussvorhang wie auf Wolken trug.

»Ich möchte nicht abgeschminkt werden«, erklärte sie der Maskenbildnerin, die im Hintergrund auf ihren Einsatz wartete. »Ich gehe mit dem Bühnen-Make-up auf die Party. Wo ist mein Abendkleid?«

Mit dem dramatischen Gesicht von Medea, eingehüllt in einen Chinchilla-Mantel, zelebrierte die Diva ihren Auftritt im Ballsaal des Dorchester. In dem riesigen, mit cremefarbenem Marmor und goldenen Säulen im Stil des Art déco ausgestatteten Raum hatten sich bei ihrer Ankunft bereits rund zweihundert geladene Gäste eingefunden, deren Namen ein klangvolles Who's Who des internationalen Parketts waren. Ein Meer aus rosafarbenen Rosen verströmte einen betörenden Duft, und die

Kellner füllten unaufhörlich Gläser mit Champagner rosé. Maria überlegte, wie Onassis zu der Annahme kam, dass ein helles Pink ihre Lieblingsfarbe sein könnte. Denn das war Türkis, aber das machte nichts angesichts des überwältigenden Ambientes. Ihr Blick fiel auf den mehrstöckigen Champagnerbrunnen, der sich in den Spiegeln an den Wänden dutzendfach wiederholte. Der war nicht weniger beeindruckend als die in Abendrobe und Frack oder Smoking erschienene Prominenz.

Die allgemeine Unterhaltung und das Gelächter erstarben bei Marias Eintritt und verwandelten sich in ohrenbetäubenden Beifall.

Huldvoll neigte die Callas ihr Haupt.

Onassis trat zu ihr heran und führte ihre Hand an seine Lippen. »Es ist mir eine ganz besondere Ehre, Sie heute Abend begrüßen zu dürfen.«

»*Efcharistó*«, erwiderte Maria. »Danke.«

»Hören Sie nur, wie sehr Sie das Publikum liebt. Und ich kann jeden einzelnen verstehen. Ich habe noch nie eine so intensive Darstellung auf der Bühne erlebt wie Ihre Medea.«

»Bis zur Pause«, warf sie amüsiert ein.

Er schüttelte den Kopf. »Sie waren phantastisch. Sie haben mich gefesselt. Ich bin bis zur letzten Minute geblieben.«

Überrascht hob sie die Brauen. Sie hatte vor der Aufführung kurz geschwankt, ob sie den Inspizienten bitten sollte, zu beobachten, wann Onassis ging. Doch dann hatte sie ihre Neugier besiegt, indem sie sich sagte, dass er seine Meinung nicht verheimlichen würde. Er verließ ein Theater, wenn er sich langweilte, und deswegen ging er wahrscheinlich spätestens in der Pause. Im Nachhinein tat es ihr leid, dass sie den Inspizienten nicht doch gefragt hatte. Aber dass Onassis bis zum Ende geblieben war, erfüllte sie mit einem strahlenden Glücksgefühl.

Dennoch antwortete sie schlagfertig: »Da haben Sie sich aber ganz schön viel zugemutet.«

»Eine starke Frau fasziniert mich eben. Auf der Bühne – wie im Leben.«

Sie tat ihm nicht den Gefallen, ihm zu gestehen, dass es ihr mit einer bestimmten Sorte Männer ebenso erging.

Inzwischen drängten Freunde, Bekannte und Bewunderer an ihre Seite. Sie wurde von Elsa Maxwell umarmt, von George Lascelles begrüßt, und die wohlhabende texanische Geschäftsfrau Mary Mead, mit der sie seit einem Auftritt an der Met in New York vor ein paar Jahren eng befreundet war, flüsterte ihr zu: »Ich habe ganz weiche Knie, weil ich mit Gary Cooper in einem Raum sein darf. Hat es je einen attraktiveren Mann gegeben?«

Maria hatte noch nie ein besonderes Faible für gut aussehende Männer gehabt und war dem Charme des Filmstars daher nicht vollends erlegen. Ihr fiel der Film *Ariane – Liebe am Nachmittag* ein, in den sie nur deshalb gegangen war, weil die von ihr so sehr verehrte Audrey Hepburn die weibliche Hauptrolle neben Cooper spielte. Doch als er ihr nun vorgestellt wurde, fühlte sie sich in ihr Idol hineinversetzt, und es war ein wundervolles Gefühl.

Eine Band spielte zur Untermalung eingängige Melodien, vor allem Filmtitel aus Hollywood und französische Chansons.

»Gefällt Ihnen die Musik?«, erkundigte sich Onassis. »Wenn Sie etwas anderes hören möchten, müssen Sie es mir nur sagen.«

Sie blickte über den Rand ihres Champagnerglases, an dem sie noch nicht einmal genippt hatte, zu ihm hinunter. Bevor sie den Gedanken zu Ende gedacht hatte, entfuhr ihr: »Tango. Ich würde mich über einen Tango freuen.«

»Das ist gesellschaftlich wahrscheinlich angemessener, und eine echte griechische Bouzouki wird die Band ohnehin nicht im Repertoire haben.« Er schenkte ihr ein verschwörerisches Lächeln. Dann löste er sich von ihrer Seite, um den Kapellmeister zu instruieren.

Auch ohne Champagner war Maria wie berauscht, und der Glanz des Abends und das Charisma ihres Gastgebers machten sie trunken. Die Party im Dorchester war wie eine Fortsetzung ihres Triumphs in Covent Garden – ein nicht enden wollender Erfolg. Alles, was sie in den vergangenen Monaten und Wochen bedrückt hatte, fiel von ihr ab. Sie wurde gefeiert und schwebte wie auf Wolken, lachte, scherzte und spürte gleichzeitig ganz unmittelbar die Verehrung der Menschen um sie herum. In dieser Nacht war sie alles, wovon sie immer geträumt hatte – schön und brillant, erfolgreich, berühmt und begehrt. Es kam ihr vor wie ein Ausflug in ihr Paradies, das ganz auf sie zugeschnitten war.

Dieses ausgelassene Glücksgefühl trug mehr als zu jeder anderen Zeit dazu bei, dass sich ihr Blick auf Aristoteles Onassis veränderte. Er war nicht mehr nur der ihr freundschaftlich verbundene Landsmann, sie nahm ihn immer mehr als einen Mann wahr, der seinen Charme wohldosiert einzusetzen verstand und ihr Träume schenkte, die sie sonst nur in ihrer Kunst, in den großen Arien ausleben konnte. Es war wie ein Spiel mit den Möglichkeiten, das sie auskostete. Dabei war sie sich sowohl der Anwesenheit seiner Gattin als auch der ihres Mannes absolut bewusst. In dem Wissen, dass diese Nacht irgendwann in die Dämmerung überginge und der Morgen sie zurück in den Alltag der ehrgeizigen Diva, fort von der nach Liebe und Aufmerksamkeit lechzenden kleinen Mary bringen würde, gab sie sich ihren Sehnsüchten hin. Es war ja nur für den Augenblick. Ein Gebot der Stunde. Schließlich war sie keine Kurtisane wie La traviata.

Sie ließ zu, dass Onassis seinen Arm um sie legte. Als sie um drei Uhr aufbrach, weil ihre Müdigkeit ihre Feierlaune besiegte, begleitete er sie eng umschlungen zum Eingang des Ballsaals.

»Sie schulden mir noch eine Antwort«, raunte er ihr zu.

»O mein Gott – die Kreuzfahrt! Die habe ich ganz vergessen«, gestand sie. In gespieltem Erschrecken legte sie die Fingerspitzen an ihre Lippen.

Er trat ganz nah an sie heran, nahm ihre Hand und küsste sie dort, wo sie ihren Mund berührt hatte. »Ich werde warten. Aber ich warne Sie – ich bin nicht sehr geduldig.«

Im selben Moment spürte Maria, wie ihr Mantel auf ihre Schultern fiel. Obwohl der Chinchilla federleicht war, sank er wie ein schweres Gewicht auf sie. Meneghini hatte ihn ihr von hinten umgelegt, und nun streckte er über Marias Schulter seine Linke aus, um nach Onassis Rechter zu greifen. Vielleicht wollte er die Hand des anderen Mannes von ihr lösen, womöglich nur seine Dankbarkeit mit einem Abschiedsgruß zeigen. Doch es war eine seltsame Geste, die Maria zwischen die beiden Männer wie in einen Schraubstock fesselte. Irritiert blickte sie auf Onassis vor sich.

Hinter der Tür lauerte eine Gruppe von Fotografen auf die prominenten Gäste. Als zwei Bedienstete in Livree den Eingang öffneten, leuchteten die Blitzlichter auf.

Das Foto, das in den nächsten Tagen und Wochen in den verschiedensten Zeitungen und Zeitschriften erschien, spiegelte wider, wie unangenehm Maria die Situation gewesen war. Es zeigte eine müde Callas, eingezwängt zwischen Ehemann und Gastgeber. Keine Diva, sondern eine verwirrte Frau, die anscheinend nicht wusste, wohin sie gehörte. Dieser Eindruck berührte sie peinlich, zumal sie sich eingestand, wie viel Wahrheit darin steckte.

Sie beschloss, das, was da zwischen ihr und Onassis wach wurde, zu beenden. Natürlich schmeichelte ihr sein Interesse, aber sie musste ihre Gedanken dringend in andere Bahnen lenken. Zunächst sollte sie sich darum kümmern, dass ihre Gagen künftig nicht mehr an Meneghini ausbezahlt wurden. Danach würde sie ihr Privatleben ordnen. Bis dahin würde sie sich verleugnen lassen, wenn Ari Onassis sich telefonisch meldete. Sie brauchte einen klaren Kopf, um ihre Zukunft selbst in die Hand zu nehmen.

KAPITEL 10

Paris

August 1968

Warum denken alle, ich hätte mich umbringen wollen?, fuhr es Maria durch den Sinn. Sie hatte doch nur ein paar Schlaftabletten mehr genommen, weil sie die Auseinandersetzung mit Aristo vergessen und ein paar ruhige Stunden verbringen wollte, ohne darüber grübeln zu müssen, was sie falsch gemacht haben könnte. Womöglich hatte sie bei der Dosis übertrieben. So etwas passierte bei der Menge an Medikamenten, die sie täglich einnahm, nun einmal. Sie übersah gelegentlich, was notwendig war und was nicht. Genauso wenig wusste sie, was in diesem Moment richtig war und was nicht. Sie wurde auch heute noch – Jahre nach ihren Triumphen auf den bedeutendsten Bühnen der Welt – als Göttin gefeiert, aber eigentlich fühlte sie sich gerade mehr wie ein gefallener Engel. Und die Frage, was sie getan hatte, um von dem Mann, den sie liebte, aus dem gemeinsamen Paradies vertrieben zu werden, brachte sie tatsächlich fast um. Mehr, als es das Pulver vermocht hatte, das aus ihrem Magen gepumpt worden war.

»Hat jemand für mich angerufen?«, wandte sie sich wieder und wieder an die Krankenschwester.

Die junge Frau in Ordenstracht zögerte jedes Mal. Dann wiederholte sie, gleich einer hängen gebliebenen Schallplatte: »Niemand außer Monsieur Kelly, Madame.«

Es waren ein paar Tage vergangen, seit sie aus der Bewusstlosigkeit erwacht war. Die Ärzte hielten einen einwöchigen Klinikaufenthalt für notwendig und kontrollierten mit all ihren modernen Maschinen und ständiger Blutabnahme, ob ihre Organe wieder so funktionierten, wie sie sollten. Maria fühlte sich schlecht, aber der Doktor meinte, es gehe ihr den Umständen entsprechend gut. Vermutlich war ein gebrochenes Herz auf einem EKG nicht erkennbar.

Offensichtlicher waren ihre Halsschmerzen, die durch den Schlauch herbeigeführt worden waren, mit dem man ihren Magen ausgepumpt hatte. Die Spülung hatte ihre Luftröhre belastet, und die Furcht, dass ihre Stimmlippen beschädigt worden waren, verfolgte die Callas bei jedem heiseren Wort, das sie sprach, obwohl ihr versichert wurde, dass der Eingriff mit äußerster Vorsicht vorgenommen worden war und keinerlei Verletzungsrisiko bestanden hatte. Mit etwas Erholung, wurde ihr versichert, wäre sie bald wieder genesen. Doch was wussten die Ärzte und Pflegerinnen im Amerikanischen Krankenhaus schon? Die hatten keine Ahnung, wessen es bedurfte, damit es Maria wieder gut ginge.

Als sie entlassen wurde, holte Larry sie ab.

Sie wartete, bis sie hinter den verdunkelten Scheiben einer gemieteten Limousine das Klinikgelände verließen, um ihm die Frage zu stellen, die ihr auf der Seele brannte: »Hast du etwas von Aristo gehört?«

Larry zögerte. »Er hat mich nicht angerufen – nein.«

Ihre Hände flatterten umher wie die Flügel eines aufgescheuchten Vogels. »Vielleicht ist er zu beschäftigt und weiß noch gar nicht, dass ich krank war. Er …« Sie brach ab, weil Larry neben ihr im Fond des Wagens nach ihren Handgelenken griff und diese fest umschloss.

»Maria, hör mir zu.« Er schwieg einen Moment, als wolle er sichergehen, dass sie ihm auch wirklich zuhörte, dann sagte er: »Onassis ist in der Tat sehr beschäftigt. Offenbar feiert er rauschende Feste. Das *Time Magazine* meldet, dass Jacqueline Kennedy und ihr Schwager Edward Kennedy auf der *Christina* von ihm bewirtet werden. Anscheinend sind das die Gäste, die erwartet wurden.«

Sie widersprach nicht. Warum auch? Ihr war ja von Anfang an klar gewesen, dass es Aristo um eine Affäre mit der Präsidentenwitwe ging. Dass es ihn nach einer neuen Trophäe verlangte. Maria Callas war nicht mehr die berühmteste Frau der Welt, das war nun eine andere. Und die nahm er sich, weil er ein Mann war, den die Zierde einer solchen Frau sich besser fühlen ließ. Maria dachte, dass sie ihm sein Spielzeug hätte lassen sollen, bis es ihn langweilte.

Maria starrte aus dem Fenster. Der Wagen hielt an der roten Ampel, und ihr Blick fiel auf den Zeitungskiosk, der an der Ecke stand. Es war eine dieser für Paris typischen dunkelgrünen Buden mit einem ornamentreichen Zierstreifen aus Metall und einer kleinen Kuppel auf dem Dach. Die Seitenwände waren unter den aufgehängten französischen und internationalen Zeitungen und Zeitschriften kaum zu erkennen, in dem Wettstreit um Leserinnen und Leser schien eine Schlagzeile die andere zu übertreffen.

Obwohl sich Maria nicht für solche Geschichten interessierte, wusste sie sicher, dass ständig und überall auf der Welt Skandale ausgegraben und notfalls aufgeblasen wurden, sofern sie nicht skandalös genug waren. Dieser Gedanke brachte sie zu der Erkenntnis, dass Aristos Seitensprung eine andere Dimension erhielte, sobald die Presse darüber berichtete. Sein Verhalten verletzte nicht nur Maria als seine Lebensgefährtin, die öffentliche Zurschaustellung seiner Untreue würde die große Callas in unerhörtem Maße beschädigen. Und es wäre ihr unendlich peinlich, vor den Augen der Welt betrogen zu werden.

Nein, sie konnte ihm dieses Verhalten nicht durchgehen lassen.

Doch was sollte sie ohne ihn tun? Aristoteles Onassis war ihr Leben. Ihres. Nicht das von Mrs. Kennedy.

Sie entzog sich Larrys ebenso sanftem wie beharrlichem Griff und legte ihre Hände in ihren Schoß. »Aristo wird sich melden, sobald er Zeit hat«, erklärte sie heiser, bevor sie die Lippen stoisch aufeinanderpresste. Sie wollte so gern an ihre Worte glauben. Eine innere Stimme sagte ihr zwar, dass der Geliebte nicht anrufen würde. Aber sobald sie ihre Hoffnung ausgesprochen hatte, klang sie schon ein bisschen wahrhaftiger als nur in ihren sehnsuchtsvollen Gedanken.

»Ja, sicher«, murmelte Larry.

Maria war dem Freund dankbar, dass er nicht widersprach.

In ihrer Wohnung angekommen, fühlte Maria plötzlich eisige Leere. Bruna hatte sich zwar viel Mühe gegeben, sie in jedem Zimmer mit frischen Blumen willkommen zu heißen, doch trotz der Augusthitze in Paris war ihr kalt. Schlimmer noch. Die mit opulenten antiken Möbeln wie eine Opernbühne ausgestatteten Salons ließen sie nicht erstrahlen wie eine liebende Aida, sondern verwandelten sie zu einem kläglichen, fröstelnden Gegenentwurf zu der äthiopischen Prinzessin. Die Arme um ihren zarten Leib geschlungen, wanderte sie umher und wünschte sich eigentlich nur in ihr Bett, die Decke über dem Kopf. Doch für einen erlösenden Tiefschlaf brauchte sie Tabletten – und die Wahrscheinlichkeit, dass sie von Neuem eine Überdosis erwischte, war ziemlich groß. Sie hatte jedoch nicht die Absicht, noch einmal mit ausgepumptem Magen in einer Klinik aufzuwachen.

Larry wartete in ihrem Arbeitszimmer auf sie. Er stand neben dem Bücherregal und blätterte in einem Bildband über die Scala in Mailand. Als sie eintrat, sah er auf und lächelte ihr aufmunternd zu. »Sobald du dich erholt hast, stehen dir wieder die Bühnen aller Opernhäuser der Welt offen«, prophezeite er und klappte das Buch mit einem dumpfen, endgültig wirkenden Knall zu.

Ihre Hand fuhr an ihren Hals. »Vielleicht sollte ich mich auf ein anderes Fach verlegen. Schauspielerei, zum Beispiel.«

»Warum nicht?« Larrys Lächeln wurde breiter. »Wenn du an deine Zukunft denkst, ist alles gut. Bevor du anfängst, konkrete Pläne zu machen, solltest du dich aber erholen. Die letzten Wochen waren für dich … strapaziös.«

Maria begann in ihrem Arbeitszimmer auf und ab zu laufen, dabei berührte sie Möbelstücke und Gegenstände, als wolle sie sie nach langer Abwesenheit begrüßen. Tatsächlich spürte sie eine gewisse Verwunderung darüber, dass alles an seinem gewohnten Platz stand, obwohl doch ihr Inneres zerbrochen war. Die tiefe Verzweiflung, die sie bis eben erfasst hatte, wich einer unbändigen Wut, als sie sich bewusst machte, wie sehr der Geliebte ein wichtiger Teil ihres Zuhauses war, nicht nur ihres Lebens. Wie konnte Aristo es wagen, ihr nicht nur ihren Frieden, sondern der Callas auch noch in aller Öffentlichkeit die Würde zu nehmen? Der kleine Ausblick in die Zukunft, den sie eben noch gewagt hatte, verschwand hinter einer dunklen Gewitterwolke.

Natürlich hatte ihr alter Freund recht. Sie musste erst einmal zur Ruhe kommen, durfte sich nicht weiter von ihren Zweifeln und ihrem Zorn zerfleischen lassen. Doch eigentlich wollte sie jetzt nicht ihre berufliche Entwicklung überdenken. Genau genommen wollte sie nichts anderes, als wieder bei Aristo zu sein. Mit ihm zusammen zu sein.

»Ja«, murmelte sie halbherzig, »ja, Larry.«

»Du brauchst Urlaub.«

Auch damit lag er sicher richtig. Allerdings verbrachte kein Mensch, der etwas auf sich hielt, seinen Urlaub im August in Paris. Wenn sie es früher im Sommer am Gardasee nicht aushielten, fuhren Maria und Meneghini an den Lido von Venedig. An Aristos Seite hatte sie diese Jahreszeit in der Regel auf dem Wasser verbracht, höchstens unterbrochen von einem Aufenthalt in seiner Wohnung in Monte Carlo. Aber weder Italien noch

Südfrankreich waren eine Option, die griechische Inselwelt erst recht nicht. Die Gefahr, dass die *Christina* irgendwo anlegte und Maria ihrem untreuen Geliebten in die Arme lief, war zu groß.

»Es gibt keinen Ort auf der Welt, zu dem es mich hinzieht – an dem ich mich sicher fühlen würde.« Vor Jacqueline Kennedy, fuhr ihr durch den Kopf.

»Komm mit mir in die Staaten«, bat Larry mit eindringlicher Stimme. »Deine Freunde dort warten auf dich. Wir wollen uns alle um dich kümmern. Erlaube uns, dir zu helfen.«

Das Land der Kennedys war eigentlich nicht das Ziel, an das Maria dachte, wenn sie sich Ruhe und Frieden wünschte. Andererseits waren die USA groß genug, um der Präsidentenwitwe aus dem Weg gehen zu können. Denn Maria war ihrer Rivalin nie zuvor begegnet. Dabei hätte sich die eine oder andere Gelegenheit dazu durchaus ergeben. Aber damals war Jacqueline Kennedy die betrogene Frau, die sich aus Scham über ihren Mann und Marilyn Monroe aus dem Licht der Öffentlichkeit zurückzog. Die Callas hatte dieses Verhalten Jackie Kennedys damals nicht verstanden – doch nun fragte Maria sich, ob sie vielleicht ebenso gehandelt hätte? Verhielt sie sich womöglich gerade genauso?

KAPITEL 11

New York City
19. Mai 1962

Es war phantastisch.

Das Publikum jubelte. Der frenetische Applaus wollte nicht abreißen, zu begeistert waren die mehr als fünfzehntausend Zuschauer im Madison Square Garden. Die beiden Arien aus der Oper »Carmen«, die die Callas vorgetragen hatte, rissen zahlreiche von ihnen von den Stühlen, und die Arena bebte unter den trampelnden Füßen, was Maria wie auf einer Woge wieder und wieder ins Scheinwerferlicht trug. Sie verbeugte sich, ging ab, trat erneut vor, verbeugte sich, legte die rechte Hand auf ihr Herz, das wild pochte.

Noch nie hatte sie vor so vielen Menschen gesungen. Noch nie hatte sie diesen Beifall der Massen erlebt. Ihre Stimme hatte gehalten, selbst die höchsten Töne waren ihr gelungen, und auch ihr Gehör funktionierte heute Abend einwandfrei. Das war nach den vielen wiederkehrenden Nebenhöhleninfektionen, unter denen sie nun schon so lange litt, nicht mehr selbstverständlich. Die Gäste dieses Konzerts waren auch deshalb wie Balsam für ihre Seele. Atemlos nahm sie die Ovationen nach dem kräftezehrenden Auftritt entgegen und fühlte nichts als Glück. Es war ein Höhepunkt in ihrer Karriere.

Und dieser Abend war in jeder Beziehung besonders. Der amerikanische Präsident beging seinen fünfundvierzigsten Geburtstag mit einer Wohltätigkeitsveranstaltung für seine Partei, die Demokraten. Zu diesem Anlass, der zehn Tage vor dem eigentlichen Datum gefeiert wurde, hatte sich in Manhattan alles versammelt, was in den Vereinigten Staaten Rang und Namen besaß, Glanz und Geld verkörperte. Obwohl sie sich mehr als Griechin fühlte, wurden Maria wieder einmal die Vorteile ihres amerikanischen Passes bewusst, den sie ihrer Geburt in New York verdankte, denn mit einer anderen Staatsbürgerschaft wäre sie wohl kaum eingeladen worden, zu Ehren John F. Kennedys aufzutreten. Andererseits wäre das Programm gewiss nicht vollendet gewesen, wenn die berühmteste Sopranistin des Jahrhunderts gefehlt hätte. Nun hatte sie brilliert, war eins geworden mit der Musik – und sie fühlte sich wundervoll. Sie wünschte, sie könnte ewig hier im Scheinwerferlicht stehen und einfach nur genießen …

Schade, dass Aristo ihren Auftritt nicht hatte erleben können. Ihr Lebensgefährte war nicht eingeladen worden. Er bemühte sich zwar schon seit Längerem, den US-Präsidenten persönlich kennenzulernen, bislang jedoch vergeblich. Nach dem heutigen Abend würde ihm Maria diese Ehre voraushaben, was sie insgeheim amüsierte: Sie wusste, dass sie John F. Kennedy später vorgestellt werden und die mächtigste Hand der westlichen Welt würde schütteln dürfen. Nur seine Hand. Die First Lady glänzte durch Abwesenheit. Jacqueline Kennedy war verhindert, wie es hieß, was Maria verwunderte. Sie verstand nicht, wieso eine Ehefrau bei einer Veranstaltung wie dieser ihre eigenen Wege ging und nicht an der Seite ihres Mannes war. Was konnte die First Lady nur dazu bewogen haben, den Besuch im Madison Square Garden abzusagen? Natürlich hätte sie Jackie Kennedy, die – wie Maria sehr wohl registriert hatte – dabei war, ihr den Rang als bekannteste Frau der Welt streitig zu machen, gern einmal aus der Nähe gesehen. Andererseits vielleicht auch nicht, denn die geradezu legendäre Eleganz der Jüngeren würde gewiss ihre Eifersucht anstacheln – und damit wäre nichts gewonnen. Nicht für sie selbst. Und für Aristos geschäftliche Interessen auch nicht.

Aus ihren Augenwinkeln beobachtete Maria, wie Peter Lawford am Rand der Bühne nervös von einem Fuß auf den anderen trat. Der Filmschauspieler und Schwager Kennedys wollte seine Moderation fortsetzen, doch die Beifallsstürme für die Callas ebbten nicht ab und hielten das Programm auf. Maria musste abgehen.

»Habt ihr Marilyn schon irgendwo gesehen?« Mit diesen Worten trat Lawford wieder in den Mittelpunkt. Er ließ den Blick übers Publikum schweifen. »Marilyn kommt ja noch später, als ich befürchtete.«

Aus dem Applaus für Maria Callas wurde grölendes Gelächter über den Scherz, den Lawford nun schon zum x-ten Mal wiederholte. Die Unpünktlichkeit von Marilyn Monroe war allgemein bekannt, auch Maria hatte davon gehört, sie hatte jedoch ziemlich wenig Verständnis für jede Form von Disziplinlosigkeit. Der billige Witz des Moderators machte es nicht besser, denn er vermittelte ihr den Eindruck, den Beifall zu beschneiden, der eigentlich ihr gehörte.

Schweißperlen rannen ihren Nacken hinunter, die mehr ihrer Anstrengung als der noch immer herrschenden brütenden Hitze an diesem bisher heißesten Tag des Jahres geschuldet waren. Zu ihrem abflauenden Lampenfieber und der Erleichterung gesellte sich nun Wut über den ihrer Ansicht nach reduzierten Applaus, was keine gute Kombination war. Gerade wollte sie zornig die helfenden Hände beiseitewischen, die sich ihr wie nach jedem Auftritt in den Kulissen entgegenstreckten, als etwas sie mitten in der Geste innehalten ließ.

Ein glitzerndes Etwas huschte an ihr vorbei, gefolgt von einem Pulk von Sicherheitsleuten, Maskenbildnern, Garderobieren und Bühnentechnikern. Die leise geführten Gespräche im Hintergrund schwollen an. Selbst die *Schwarzen*, die dunkel gekleideten Mitarbeiter hinter der Bühne, ja sogar selbst die, die auf Maria gewartet hatten, wandten sich interessiert dem Neuankömmling zu.

Da war sie also – die Monroe. In einem hautengen, hautfarbenen und üppig mit Strass besetzten Kleid, das sie mehr aus- als anzog, das platinblonde Haar in sanfte Wellen onduliert, der Blick ein wenig glasig und verschwommen, als habe sie getrunken. Sie konnte sich in dem Kleid kaum bewegen, trippelte auf den hohen Absätzen wie eine alte Chinesin auf ihren bandagierten Füßen. Eine Schneiderin eilte hinter ihr her, verknotete im Gehen zwei Fäden in ihrem Rücken, anscheinend nähte sie die Robe noch im letzten Moment zusammen. Irgendjemand half Marilyn in eine hüftlange Hermelinjacke, die die funkelnde

Blöße zwar bedeckte, den etwas halbseidenen Eindruck jedoch noch verstärkte.

Bei allen Heiligen, fuhr es Maria durch den Kopf, welche Rolle soll Marilyn Monroe denn hier spielen? Sie sah aus wie ein … Maria suchte nach dem richtigen Wort, aber es fiel ihr eigentlich nur eine Bezeichnung ein. Unwillkürlich blickte Maria an sich hinunter: Sie trug eine an den Ärmeln und Hüften bauschige Seidenrobe, angemessen für die Callas, die Garderobe einer Diva, nicht das – wenn auch wahrscheinlich sehr teure – Fähnchen einer Hure. Warum zwängte sich die Monroe in ein Outfit, das keine Fragen offenließ?

»Mister President, Marilyn Monroe …«, hallte die Stimme von Peter Lawford durch die Lautsprecher, doch die Angesprochene trat nicht aus dem Schatten am Fuße der Bühnentreppe. Das Gelächter des Publikums erfüllte die Arena.

Die Menge im Hintergrund teilte sich. Zwei junge Männer in weißer Arbeitskleidung erschienen auf der Bildfläche, ihre Kochmützen leuchteten im Halbdunkel, die geröteten Gesichter darunter zeugten nicht nur von ihrer sicherlich großen Aufregung, sondern auch von der Anstrengung, mit der sie eine Art Trage schulterten, auf der eine überdimensionale fünfstöckige Cremetorte darauf wartete, von dem Geburtstagskind angeschnitten zu werden. Als würden sie einer Braut mit ihrer Hochzeitstorte folgen, bildeten die Konditoren mit ihrer schweren Last die Nachhut zur Monroe.

Maria war so in den Anblick des riesigen Kuchens vertieft, dass sie die weitere Moderation nur noch wie eine Untermalungsmusik wahrnahm. Auch die Menschen um sie herum, die leise auf sie einredeten, interessierten sie nicht. Ihre Konzentration war einzig auf die Süßigkeit gerichtet. Eine Verführung, mehr noch als die Monroe in ihrem peinlichen Kleid. Maria liebte jede Form von Patisserie, obwohl sie sich stets nur ein paar Krümel davon erlaubte, um ihr Gewicht zu halten. Aber auch wenn sie sie nicht essen konnte, genoss sie den Anblick umso mehr, und so verschlang sie mit ihren Augen gierig die aus Baiser oder Marzipan hergestellten Säulen, die das Dach dieses Traums aus Zucker und Sahne trugen. Dann wanderten ihre Blicke abwärts, wo der Inspizient die fünfundvierzig Geburtstagskerzen entzündete.

Aus dem Publikum wehte tosender Applaus herüber. Erst jetzt bemerkte Maria, dass Marilyn Monroe die Treppe hinauf und ins Rampenlicht geklettert war, gefolgt von ihrem Pianisten.

Kurz darauf erklang unter dem Jubel der Menge ein gehauchter Sprechgesang: »Happy Birthday to you, Happy Birthday to you, Happy Birthday, Mister President …«

Der Charakter des Vortrags war so seltsam, dass Maria darüber den Anblick der Torte fast vergaß.

Die Stimme der Monroe schien zu brechen, sie wirkte außer Atem und ein bisschen so, als befände sie sich in ihrem Schlafzimmer, möglicherweise nach einem Liebesakt noch im Bett. Als sich dieser Gratulation eine umgetextete Version von »Thanks for the Memory« anschloss, blieb die Frage gewiss nicht mehr nur für Maria offen, für welche Art Erinnerung sich Marilyn Monroe bei John F. Kennedy bedankte.

Ein Affront gegen die Ehefrau. Sollte die Präsidentengattin

im Vorfeld von dem Engagement erfahren haben, war nur allzu verständlich, dass sie dem Konzert fernblieb. Oder auch nicht …

Unwillkürlich fragte sich Maria, wie sie in derselben Situation reagieren würde. Eine Frau gehört an die Seite ihres Mannes, fuhr es ihr sofort durch den Kopf. Sie hatte ihrer Mutter nie verziehen, dass diese Marias Vater wegen einer Affäre verlassen hatte. Später hatte Maria die Ehebrecherin dann eigenhändig aus dem Bett ihres Vaters vertrieben. Dennoch waren ihre Eltern getrennt geblieben. Und, ja, ihre Mutter hatte zuvor viele Jahre lang die Augen vor den Liebschaften ihres Mannes verschlossen. Basierte die Ehe der Kennedys auf derselben Entscheidung, den Blick von den Verfehlungen des anderen abzuwenden? Wohl kaum, resümierte Maria, dann wäre Jackie hier.

Ihr Verständnis für die betrogene Ehefrau reduzierte sich mit jedem Ton, der von der Bühne in die Katakomben des Madison Square Garden hallte, und schließlich dachte Maria nicht länger darüber nach, wie es der Fremden in diesem Moment wohl erginge. Denn nun winkte der Inspizient alle Mitwirkenden zu sich. Eine Diva wie die Callas trat natürlich nicht einfach auf die Bühne, sie schwebte regelrecht herbei, um im Chor mit gut fünfzehntausend anderen Menschen »Happy Birthday, Mr. President« zu singen. Die Kerzen auf dem Kuchen, der von den beiden jungen Konditoren wie der gefeierte Sieger eines Sportwettbewerbs geschultert und in die Arena getragen wurde, flackerten fröhlich.

KAPITEL 12

New York City
August 1968

Wenn Maria zurückdachte, war ihre freudigste Heimkehr nach Manhattan die im Herbst 1945 gewesen, acht Jahre nachdem sie die Stadt auf Geheiß ihrer Mutter verlassen musste. Sie war damals so glücklich gewesen, unter den Wartenden am Überseekai ihren Vater anzutreffen, obwohl sie ihn über ihre Ankunft nicht informiert hatte. Später erfuhr sie, dass er ihren Namen in einer Passagierliste entdeckt hatte, denn die aus Europa anlegenden Schiffe wurden regelmäßig in den Zeitungen angekündigt. Doch Marias Euphorie legte sich in dem Moment, in dem sie die Wohnung in Washington Heights betrat, die einst das Zuhause Marias, ihrer Schwester und ihrer Mutter gewesen war: Zu ihrer größten Enttäuschung musste sie feststellen, dass ihr Vater nicht allein lebte. In der mit Spitzen umsäumten, weißen Bettwäsche, der einstigen Mitgift von Evangelia, und unter den an der Wand aufgehängten Hochzeitskränzen ihrer Eltern schlief Alexandra Papajohn, seit Langem die Geliebte ihres Vaters. Maria war außer sich – und sorgte dafür, dass die andere Frau die Wohnung verlassen musste. Damals hatte sie geglaubt, dass ihr Vater sich für immer von Alexandra trennte, ihre Mutter nachkommen würde und sie wieder eine Familie werden könnten. Doch darin irrte sie.

Als sie nach etlichen Besuchen in ihrer Geburtsstadt diesmal auf dem John F. Kennedy Airport landete, fühlte sie sich elend wie nie zuvor. Dass dieser Flughafen den Namen des ermordeten Präsidenten trug und damit auch den ihrer Nebenbuhlerin, machte die Sache nicht besser. Aber immerhin wartete auch heute hinter der Einreisekontrolle ein bekanntes Gesicht auf sie: Anastasia Gatsos ließ es sich nicht nehmen, Maria in die Arme zu schließen. Ihre Freundin war die Frau von Costa Gatsos, der ein enger Vertrauter Aristos und der Geschäftsführer der Onassis-Gesellschaften in den USA war. Maria hatte die beiden über ihr Kommen informiert und gern die Einladung angenommen, während ihres Aufenthalts Gast der Gatsos an der Upper East Side zu sein. Larry meinte, es sei gut, wenn sie nicht allein in einem Hotel irgendwo in Manhattan wohnte, sondern stattdessen von ihren griechischen Landsleuten umsorgt wurde. Tatsächlich gefiel ihr dieses Arrangement, da sie sich auf diese Weise sicher sein konnte, dass Aristo erführe, wo sie sich befand. Wenn er erst eingesehen hatte, was für einen großen Fehler er beging, würde er sie anrufen. Daran klammerte sie sich. Die innere Stimme, die sie davor warnte, dass sie sich womöglich irren könnte, überhörte sie.

Die erste Enttäuschung bestand in einer Absage Mary Meads. Am Telefon beteuerte die Freundin, dass sie es bedauere, aber nicht aus Dallas wegkönne, da der Schulanfang ihrer Kinder unmittelbar bevorstünde. Maria gab Verständnis vor und war insgeheim zutiefst verletzt. Sie hatte sich darauf gefreut, mit Mary shoppen zu gehen. Nicht zu Saks an der 5th Avenue oder zu Bergdorf Goodman, nicht in die luxuriösen Einkaufstempel, sondern viel simpler zu Woolworth. Seit sie sich kannten, liebte Maria es, mit Mary Sonderangebote zu kaufen, die meist hübsch, aber vor allem unnütz waren. Diese Dinge gerieten schnell in Vergessenheit, der Rausch der albernen Schnäppchenjagd und das dazugehörende Gekicher blieben den beiden Freundinnen jedoch in steter Erinnerung. Es wäre eine schöne Abwechslung. Anastasia Gatsos hingegen war eine viel zu schillernde Gestalt der New Yorker High Society – die lehnte einen Bummel durch ein Billigkaufhaus erfahrungsgemäß ab.

Maria verkroch sich in ihrem wie ein französisches Boudoir eingerichteten Zimmer. Sie nahm den Blick auf den sommerlich prachtvollen Central Park kaum wahr, ließ stattdessen fast ununterbrochen den Fernseher laufen und sah sich alte wie neue Folgen von »Bonanza« und »Rauchende Colts« an. Für gewöhnlich besaß sie ein Faible für Western, doch konnte sie sich kaum darauf konzentrieren. Immer wieder trat ihr Aristos Bild vor Augen, verdrängte die Cartwrights und das Geschehen in Dodge City. Aristos Züge und Haare vermischten sich mit dem grau melierten Kopf von Lorne Greene, bis sich der Schauspieler vom Familienoberhaupt in einen griechischen Reeder verwandelte.

Ihre Augen wurden feucht, als sie sich bewusst wurde, wie sehr sie sich in Gedanken an den Geliebten klammerte. Um sich abzulenken, trat sie an das Fernsehgerät und wählte ein anderes Programm. Die Nachrichten, die seit Tagen über den Einmarsch sowjetischer Truppen in Prag berichteten, hoben ihre Stimmung ganz gewiss nicht. Sie drückte auf den entsprechenden Knopf und suchte nach einer Sendung mit einem etwas erfreulicheren Inhalt. Zufällig landete sie in der Merv Griffin Show.

Die Dekoration der Bühne ähnelte einem modernen Wohnzimmer. Die Prominenten in der Gesprächsrunde saßen auf Sofas und Stühlen um den Gastgeber herum, der hinter einem stilisierten Schreibtisch thronte. Neben Merv Griffin hatte eine Frau Platz genommen, die Maria auf den ersten Blick für Doris Day hielt. Erst ein paar Sätze später begriff sie, dass es sich um die Bestsellerautorin und Klatsch-Kolumnistin Doris Lilly handelte, die dem Filmstar zum Verwechseln ähnlich sah. Nicht sonderlich interessiert, aber auf der Suche nach Zerstreuung verfolgte Maria das Interview.

Merv Griffin hielt in der einen Hand eine Zigarette, in der anderen eine Ausgabe der New York Post. »Was halten Sie von den Gerüchten über eine Verlobung von Mrs. Kennedy und Aristoteles Onassis?«, fragte der Talkshow-Moderator.

»Das können Sie demnächst in der Zeitung lesen«, erwiderte Doris Lilly strahlend.

Maria sog scharf die Luft ein.

»Spannen Sie uns bitte nicht auf die Folter, Doris! Geben Sie uns einen Tipp. Was glauben Sie: Werden die beiden heiraten?«

Marias Kinn sank herab. Mit offenem Mund starrte sie auf den Fernseher.

Doris Lilly gestattete sich eine kleine Kunstpause. Dann verkündete sie: »Ja, ich denke schon, dass Jacqueline Kennedy ziemlich bald Mrs. Onassis sein wird.«

Noch bevor sie über die Bedeutung dieser Aussage nachgedacht hatte, begann Maria zu schreien. Sie tat es ganz automatisch, denn sie fühlte sich wie in einem Fahrstuhl, der ungebremst aus der 86. Etage des Empire State Building nach unten sauste. In einer Mischung aus Ohnmacht und Aggression sank sie zu Boden und trampelte mit den Füßen, als müsste sie eine Rattenplage ausmerzen. Sie schlug die Hände vor ihr Gesicht, so dass die Schmerzensschreie dumpfer klangen, aber einen Schutz vor den Tränen, die aus ihren Augen strömten, gaben sie ihr nicht.

Sie wusste nicht, wie lange sie sich in diesem Stadium tiefster Verzweiflung befand. Irgendwann klopfte es energisch an ihre Tür. »Maria?« Es war die Stimme von Anastasia Gatsos. »Maria? Geht es dir gut?«

Da sie keinen vernünftigen Laut von sich geben konnte, wurde das Klopfen stärker.

Nach einer Weile drückte Anastasia die Klinke herunter und öffnete die Tür.

»O mein Gott! Maria!«, stieß ihre Gastgeberin hervor.

Maria schluckte, schluchzte, schnappte nach Luft. Sie war nicht fähig, ihren Tränen Einhalt zu gebieten oder etwas zu sagen. Aber sie schrie nicht mehr und hörte auch zu trampeln auf, als Anastasia sich neben sie kniete und ihren bebenden Leib mit den Armen umschloss. Sie gab sich dem Trost der Freundin hin und ließ ihrer Verzweiflung freien Lauf.

Im Hintergrund plauderten Merv Griffin und Doris Lilly weiter über den neuesten Klatsch aus der Welt der oberen Zehntausend.

Maria stellte den Cognacschwenker, an dem sie gerade genippt hatte, auf die Glasplatte des Couchtisches. »Ich habe mit Aristo die schönsten Jahre meines Lebens verbracht«, sagte sie mit einer vom vielen Weinen erstickten, monotonen Stimme, die ihrer Ehrlichkeit Nachdruck verlieh. »Aber jetzt mache ich die schlimmste Zeit meines Lebens durch.« Seufzend lehnte sie sich auf dem Sofa in Gatsos' Wohnzimmer zurück.

»Wahrscheinlich ist das alles nur Gerede«, beschwichtigte Anastasia. Sie sah ihren Mann scharf an. »Oder weißt du etwas, Costa?«

Der verbarg seine Miene hinter dem dichten Rauch der Zigarre, an der er zog. »Ich war immer der Meinung, Ari sollte Maria heiraten«, nuschelte er. »Er hängt sehr an dir, und du bist die Richtige für ihn.«

Ein schwaches Lächeln umspielte Marias Lippen. »Vielleicht ist es ja tatsächlich ein Irrtum. Aristo wird sich bei mir melden und alles aufklären, nicht wahr?« Sie sah ihre Freunde mit glänzenden Augen an. Hoffnung flutete durch ihre Adern wie aus einer warmen Quelle.

»Du solltest nicht hier in New York sitzen und auf einen Anruf warten«, meinte Larry sichtlich empört. Anastasia hatte ihn nach Marias Zusammenbruch angerufen, und er war sofort zu

Maria geeilt. »Wir wollten doch Pläne für dein Comeback schmieden.«

»Ja, das wollten wir«, stimmte Maria zu. Doch das Einzige, was sie im Moment wirklich wollte, waren nicht die nächsten Karriereschritte, sondern eine Zukunft mit Aristoteles Onassis. Das behielt sie allerdings für sich.

Larry wechselte einen kurzen, besorgten Blick mit Anastasia, der Maria nicht verborgen blieb. Dann wandte er sich an Maria: »Was hältst du davon, wenn wir nach Dallas fliegen? Wir könnten Mary Mead besuchen und gleichzeitig erste Termine im Opernhaus organisieren?«

Warum wollten die Freunde sie plötzlich aus New York loseisen? Sie war doch erst ein paar Tage hier. Maria zögerte. Andererseits wusste sie als Gast der Gatsos' auch nicht so viel mit sich anzufangen. Manhattan im August war fast ebenso langweilig wie Paris. Deshalb erschien ihr ein Besuch bei Mary in Dallas plötzlich verlockend. Dennoch war viel zu bedenken. Etwa, ob Aristo sie auch in Dallas anrufen würde …

»Ich lasse es mir durch den Kopf gehen«, versprach sie.

Larry schien sich ihrer Zustimmung bereits sicher. Er schlug sich vor übertriebener Begeisterung auf die Schenkel. »Dann lass uns Mary anrufen. Warum bin ich nicht gleich darauf gekommen, zu ihr zu fliegen, als sie uns sagte, dass sie wegen ihrer Kinder nicht verreisen kann?«

Ein Flug nach Dallas würde bedeuten, dass ihr Leben im Fluss bliebe. Nur keinen Stillstand, fuhr es Maria durch den Sinn. Und erreichbar wäre sie überall. Genauso wie Aristo auf der *Christina*. Maria würde zwar nicht mit einem Schiff über das

Mittelmeer kreuzen, aber eine Rundreise durch die Vereinigten Staaten erschien ihr mit einem Mal eine adäquate Alternative zu sein. Erholung und Abenteuer zugleich. Sie gestand sich ein, dass Larry womöglich recht hatte. Gleichzeitig wusste sie mit absoluter Sicherheit, dass sie die Freiheit, die sie an Aristos Seite an Bord der *Christina* verspürt hatte, nirgendwo sonst jemals wiederfinden konnte.

KAPITEL 13

Amsterdam
Anfang Juli 1959

Und ich sage dir noch einmal, Maria: Unser Zusammenleben ist sinnlos, wenn ich nicht die Kontrolle über alles habe, was dich betrifft.«

Meneghinis Worte hallten in Maria nach wie ein böser Fluch. Sie fühlte sich wie ein weiblicher Rigoletto, obwohl sie trotz ihres Zorns weniger mordlüstern war. Im Gegensatz zu Verdis trauriger Operngestalt ging es bei ihr nicht um einen Liebesreigen, sondern um Geld. Betrug und Verrat standen jedoch auf dem gleichen Niveau. Die Frage war, ob sie am Ende – anders als Rigoletto – nicht vielleicht doch die Oberhand gewinnen konnte. Dafür wollte sie ihren Mann natürlich nicht umbringen. Aber ihr war inzwischen mit aller Deutlichkeit klar geworden, dass sich ihre finanziellen Wege trennen mussten.

Das Thema verfolgte sie ohne Unterlass. Seit sie London verlassen hatte, grübelte sie darüber nach, wo sie ein Bankkonto eröffnen konnte, ohne dass Meneghini Zugriff darauf oder überhaupt nur Kenntnis davon erhielt. Doch das war für eine Frau alles andere als selbstverständlich, vor allem in Italien.

In der Oper wimmelt es von Figuren, die wahnsinnig werden,

dachte Maria, als ihr bewusst wurde, wie sehr ihre Gedanken um ihre wirtschaftliche Unabhängigkeit kreisten, ohne dass sie dabei jene Überlegung zuließ, um die es dabei doch eigentlich ging – dass dieser Schritt der erste wäre auf dem Weg, ihren Mann zu verlassen. Verlor auch sie gerade den Verstand? Im Sonnenschein des lebendigen Leidseplein inmitten von Amsterdam drehte sich ihr schon der Kopf vor lauter Zahlen und Möglichkeiten, die sie erwog, während sie die wesentlichste Frage hintanstellte: Was würde aus ihr und Meneghini werden, wenn sie ihre Gagen nicht mehr auf das gemeinsame Konto überweisen ließ?

Sie hatte Peter Diamand, den Leiter des Holland-Festivals, um ein Gespräch unter vier Augen gebeten und sich mit der Behauptung, sie habe einen Massagetermin, von Meneghini fortgeschlichen. Warum war ihr früher nie aufgefallen, dass sie praktisch niemals allein war? Meneghini bewegte sich immer irgendwo in ihrem Schatten, sah alles, hörte alles und kontrollierte auf diese Weise ihren Tagesablauf und ihre Nächte. Er wusste, mit wem sie redete, wen sie ansah, wen sie anschrie, wann sie die Fassung verlor. Momente wie in Harewood House, als sie allein zu einem Spaziergang aufgebrochen war und sich später ungestört auf der Terrasse mit Onassis unterhielt, waren selten geworden. Meneghini war zunehmend aufmerksam geworden, denn natürlich hatte er begriffen, dass Onassis interessiert an seiner Frau war, aber der war verheiratet und kam daher als Partner für sie nicht infrage.

Das Thema Trennung oder gar Scheidung war heikel für Maria, denn sie war keine Carmen, die sich die Männer nahm, wie es ihr gefiel. Im Grunde ihres Herzens war sie immer bodenständig geblieben und nie von den Grundsätzen ihrer griechischen Erziehung abgerückt. Die klassische Rollenverteilung in einer Ehe hätte sie daher niemals infrage gestellt. Doch dazu gehörte für sie, dass ihr Mann ihr gegenüber stets loyal war und sie achtete, ebenso wie er sie begehrte. Und genau diese Ausgewogenheit war in ihrer Ehe in Schieflage geraten. Zu sehr hatte sie sich daran gewöhnt, dass andere über ihr Schicksal bestimmten, und nun fand sie selbst keinen Ausweg aus ihrem privaten Dilemma. Hinzu kam, dass sie sich vor den gesellschaftlichen Folgen fürchtete, die eine Scheidung mit sich brachte. In amerikanischen Kreisen waren Trennungen längst nicht mehr ungewöhnlich, schon gar nicht in Künstlerkreisen, aber in Italien – ebenso wie in Griechenland – ging für eine Frau damit immer eine gewisse gesellschaftliche Ausgrenzung einher. Genau genommen war eine Ehescheidung in Italien – im Gegensatz etwa zu den USA – rechtlich gar nicht möglich. Und wie würde das doch oft sehr konservative Opernpublikum auf den Wunsch der Diva nach persönlicher Freiheit reagieren? Stand einer als »Göttliche« gefeierten Sängerin überhaupt zu, den eigenen Sehnsüchten zu folgen? In manchen Momenten erschienen Maria ihre Probleme unlösbar.

Peter Diamand wartete am Bühneneingang auf sie. Er war ein attraktiver Mann mit dunklem, im Nacken lockigem Haar und einer scharf geschnittenen Nase in einem freundlichen Gesicht. Das Sonnenlicht brach sich in den Gläsern seiner Brille, als er ihr lächelnd beide Hände entgegenstreckte.

»Was für ein ungewöhnlicher Augenblick«, rief er begeistert. »Ein heimliches Rendezvous mit Maria Callas!«

Sie küsste ihn auf die Wange. »Danke, dass Sie Zeit für mich haben.«

»Kommen Sie, lassen Sie uns ein wenig spazieren gehen.«

Sie hakte sich bei ihm unter und folgte ihm über den Leidseplein. Die Stadsschouwburg war ein im klassizistischen Stil errichtetes Backsteingebäude, das Maria mit seinen Zinnen und Türmen immer ein wenig an den Louvre in Paris erinnerte. Davor tummelten sich Einheimische und Touristen, schleckten Eis, staunten, lachten, eilten an ihnen vorüber. Eine amerikanische Reisegruppe, die gerade die Schaukästen des Stadttheaters betrachtete und an den Fähnchen am Hut der Reiseleiterin einzuordnen war, erkannte Maria trotz Kopftuch und Sonnenbrille und stürzte auf sie zu. Geduldig gab sie Autogramme – bis Diamand sie sanft mit sich in Richtung Kanalbrücke zog.

»Ich möchte Ihnen das Bad in der Menge nicht nehmen, aber vielleicht sollten wir weitergehen.«

»Ach«, warf sie ein, »eigentlich fühle ich mich zwischen vielen Menschen ohnehin nie sehr wohl. Aber diese Leute waren nett und höflich.«

»Viel dringlicher erscheint mir im Moment, von Ihren Sorgen zu erfahren«, eröffnete Peter Diamand das Gespräch.

»Woher wissen Sie, dass ich welche habe?«

»Sie hätten mich nicht um dieses Treffen gebeten, wenn es anders wäre«, antwortete er pragmatisch. Ohne eine Antwort abzuwarten, fügte er hinzu: »Unser gemeinsamer Freund George Lascelles erwähnte neulich, dass Sie ein wenig … unruhig waren, als sie ihn und Marion in Harewood House besuchten.«

»Unruhig?«, wiederholte Maria überrascht. Sie schob die Sonnenbrille auf ihrer Nase zurecht, als könne sie durch die klarere Sicht auch besser in ihr Innerstes blicken. Nach einer Weile sagte sie: »Ich glaube, ich bin an einem Scheideweg angelangt.«

»Eine Richtungsentscheidung also«, konstatierte Diamand verständnisvoll. »Meine Liebe, wie kann ich Ihnen dabei helfen?«

Maria schluckte. Jetzt war der Moment gekommen, an dem sie zum ersten Mal laut aussprach, was ihr seit geraumer Zeit durch den Kopf ging. Man konnte ein Vorhaben noch so oft und gut überlegt haben, wenn man es laut aussprach, nahm es eine ganz andere Gestalt an, wurde ungleich konkreter. Noch konnte sie alles beim Alten belassen, konnte sich weiterhin ihrem Mann ausliefern und in die Rolle der stets perfekten und auf Abruf funktionierenden Sängerin ohne eigene Bedürfnisse, ohne Sehnsüchte zurückkehren, zu der sie ihre Mutter gemacht hatte, seit diese seinerzeit die besondere Begabung der damals achtjährigen Mary erkannte. Es würde sich nichts ändern, wenn sie Diamand in diesem Moment mit einer Ausrede abspeiste. Andere Themen gab es genug, nicht zuletzt ihre Gesundheit.

»Halten Sie meine Gage zurück«, brach es aus ihr heraus. »Halten Sie das Geld zurück, bis Sie von mir hören.«

Diamand zögerte, dann nickte er. »Selbstverständlich lasse ich alles so veranlassen, wie Sie es wünschen.«

Bevor sie darüber nachgedacht hatte, was sie eigentlich sagte, redete sie weiter. Über ihr bogen sich die Wipfel hoher Bäume, die Sommerbrise rauschte leise in den Blättern, der Kies auf dem Weg des Vondelparks, den sie gerade erreicht hatten, knirschte unter ihren Füßen, von einer Wiese wehte das glückselige Geschrei spielender Kinder herüber. Es war eine heimelige Atmosphäre, die sie aussprechen ließ, was sie sich sogar zu denken verboten hatte, ihr jedoch plötzlich unausweichlich erschien: »Ich beabsichtige, einige Veränderungen in meinem Leben vorzunehmen.«

Wieder schwieg Diamand eine Zeit lang. Als er antwortete, klang er sanft und ein wenig besorgt: »Sie müssen gut auf sich achtgeben, Maria.«

»Ich weiß. Ich denke zurzeit viel über meine Gesundheit nach. Und über manch anderes auch, das damit zusammenhängt.«

Ihr gingen Meneghinis Worte durch den Sinn, als sie ihm eine Auftrittspause vorgeschlagen hatte. Wie kalt er reagiert hatte. Ihr Gatte schien nur Interesse daran zu haben, das Potenzial der Callas voll und ganz ausschlachten zu können, nicht jedoch an der seelischen und körperlichen Verfassung von Maria. Wenn sie es recht bedachte, disqualifizierte er sich damit für alle Zeit als Ehemann, und sie fragte sich, warum sie eigentlich so lange auf diesen Schritt gewartet hatte.

»Machen Sie Urlaub, Maria«, schlug Diamand vor und fügte hinzu, als wisse er, was sie bewegte: »Am besten fahren Sie an die See. Ferien am Meer werden Ihrem Körper und Ihrem Geist guttun, und mit ein wenig Abstand lassen sich wichtige Entscheidungen meist besser treffen.«

Sie atmete tief durch, als wolle sie ihre Lungen mit der heilsamen Luft der Nordsee füllen. »Versprechen Sie, dass Sie mein Freund bleiben werden, was auch immer geschieht?«

Er nickte, drückte impulsiv ihre Hand an seinem Arm. »Sie können sich auf mich verlassen.«

In der Halle des Hotel De L'Europe thronte Elsa Maxwell zwischen dem sie bedienenden Hotelpersonal und zwei Assistentinnen, trank Kaffee, rauchte Zigarre und überflog ein endlos lang wirkendes Papier, das sie vor sich ausrollte, anscheinend ein Telex. Sie hob in dem Moment ihren Blick, als Maria durch das Foyer zur Rezeption schritt, um ihren Zimmerschlüssel abzuholen. Mit großer Geste winkte die Kolumnistin ihre Freundin zu sich.

Maria öffnete den Knoten ihres seidenen Kopftuchs und trat näher. »Hallo Elsa, arbeitest du?«

»Ich lese die Nachrichten«, seufzend ließ Elsa die Papierrolle fallen, nach der sich unverzüglich eine ihrer Mitarbeiterinnen bückte. »Die Redaktion in New York hat mir ein Fernschreiben mit allen Neuigkeiten geschickt, die gerade weltbewegend sein sollen. Aber was interessiert mich der Besuch Vizepräsident Nixons bei Chruschtschow in Moskau? Und auch die für die Bayreuther Festspiele geplanten neuen Inszenierungen der Wagner-Opern sind nicht amüsanter. Erzähl lieber du mir etwas.«

»Leider habe ich nichts erlebt, das in seiner Bedeutung auch nur annähernd mit deinen Nachrichten vergleichbar wäre«, erwiderte Maria und hockte sich auf die Lehne des ausladenden Fauteuils, in dem Elsas kleine, rundliche Gestalt fast versank.

»Papperlapapp«, widersprach die Kolumnistin. »Du wirkst so zufrieden, Maria. Was ist passiert? Sag es mir!«

Maria schüttelte den Kopf. Es gab nichts zu berichten. Dass sie nunmehr auf dem schmalen Grat ihrer Entscheidungen balancierte, war kein Thema für Elsa Maxwell, obwohl es sie vermutlich brennend interessiert hätte.

»Ich habe gerade einen sehr entspannenden Spaziergang mit Peter Diamand gemacht.«

»Wie langweilig!«

»Überhaupt nicht.« Maria räusperte sich. Sie spielte gedankenverloren mit ihrem Kopftuch, bevor sie mit einer fast unbeteiligten Stimme wissen wollte: »Kannst du mir verraten, wo ich Mrs. Onassis telefonisch erreichen kann?«

Sie war über ihre Frage nicht weniger überrascht als Elsa. Seit sie sich von Diamand verabschiedet hatte, ging ihr sein Vorschlag, Ferien am Meer zu machen, nicht aus dem Sinn. Natürlich bot sich ein Urlaub am Lido in Venedig an. Aber warum sollte sie ihre freien Tage nicht stattdessen auf dem Meer verbringen? Meneghini wäre nicht glücklich darüber, aber was machte ihren Mann schon froh? Spätestens seit ihrem Spaziergang durch den Vondelpark war ihr bewusst, dass sie und ihren Mann nichts mehr verband, was eines Ehepaares wert gewesen wäre. Es gab keine Pläne, die sie zusammen schmiedeten, keine Träume oder Wünsche, die sie teilten – nichts, das abseits ihrer Bühnenkarriere Ausdruck ihrer Zweisamkeit gewesen wäre. Entweder folgte sie seinen Vorschlägen – oder er den ihren, was deutlich seltener vorkam, und wenn, behielt er dabei stets die Erfordernisse ihrer Karriere im Blick. Niemals jedoch ihre persönlichen Bedürfnisse.

»Du willst mit Tina reden?«, gab Elsa sichtlich erstaunt zurück. »Warum das?«

»Ich möchte mich erkundigen, welche Garderobe man auf einer Yacht trägt.« Maria lächelte. Seit dem Gespräch mit Diamand und seinem Hinweis auf die positiven Einflüsse des Meeres auf Körper und Geist wurde sie den Gedanken an Onassis' Einladung nicht mehr los. Sie glaubte an die Macht des Schicksals – und es war nicht zu übersehen, dass die Fügung sie in eine bestimmte Richtung lenken wollte.

Elsa schnalzte mit der Zunge. »Oh, là, là! Willst du tatsächlich mit Tina und Ari in See stechen?«

»Keine Ahnung. Ehrlich gesagt weiß ich im Moment nicht, was ich wirklich will.« So viel Aufrichtigkeit konnte sie der Freundin gönnen, ohne allzu viel von ihren Plänen zu verraten. »Erst einmal möchte ich wissen, was man auf einer Kreuzfahrt anziehen sollte. Und dann werde ich entscheiden, ob das mein Stil ist.«

»Hm.« Elsa überlegte, und Maria fragte sich, ob ihre Freundin gerade über die Kleiderfrage nachdachte oder darüber, was Maria bewegte. Gewiss war der klugen Elsa klar, dass sie mit ihrer Antwort womöglich die Büchse der Pandora öffnete. Nach einer Weile sagte sie: »Die beiden dürften in Monte Carlo sein. Ich werde dir die Telefonnummer heraus…«

»Danke«, warf Maria rasch ein. »Die habe ich bereits.« Onassis hatte ihr längst seine Karte mit allen Adressen und Telefonnummern zukommen lassen, unter denen er erreichbar war, einschließlich des Funkkontaktes zu seiner Yacht.

»Oh!« Elsa machte einen Schmollmund.

»Sei nicht beleidigt«, Maria beugte sich hinab und hauchte Elsa einen schwesterlichen Kuss auf das graue Haar. »Es geht wirklich nur um die Garderobe.«

»Hm«, machte Elsa Maxwell noch einmal. »Weißt du eigentlich, dass Tina Onassis eine ziemlich heiße Affäre mit Porfirio Rubirosa hatte? Ich bin mir nicht sicher, ob sie nicht noch immer vernarrt in ihn ist. Er ist der Exmann von Barbara Hutton, der Woolworth-Erbin. Das sind doch die Kaufhäuser, in denen du in den Staaten immer so gern einkaufst, nicht wahr?«

»Wenn ich das nächste Mal in New York bin, werde ich bestimmt wieder bei Woolworth einkaufen.« Marias Gesichtsausdruck zeigte keine Regung. Sie ließ sich nicht anmerken, wie sehr sie die Nachricht von Tina Onassis' Untreue überrumpelte. Und wie sehr es sie freute, davon zu hören. Sie lächelte Elsa unverbindlich an. »Nun werde ich mich ein wenig hinlegen.«

»Nein. Wirst du nicht«, sagte die andere. »Du wirst telefonieren.«

Maria zuckte mit den Schultern und wandte sich ab.

»Tina hat eine Schwäche für Männer wie Rubirosa«, rief Elsa ihr nach. »Na ja, das hatten Marilyn Monroe, Ava Gardner, Joan Crawford und Jayne Mansfield schon vor ihr. Und Zsa Zsa Gabor. Ach, es waren so viele …«

Als Maria in ihre Suite zurückkehrte, telefonierte Meneghini im Salon gerade mit Veranstaltern in Deutschland, was sie an seiner bedachten, akzentuierten Aussprache erkannte, auf die er sich immer verlegte, wenn er mit Kontakten im Ausland verhandelte. Und sie hatte den Namen der Stadt Hamburg fallen hören. Sein Gespräch würde gewiss noch eine Weile dauern.

Erleichtert, ihm aus dem Weg gehen zu können, schloss sie die Schlafzimmertür hinter sich, streifte im Gehen ihre Schuhe ab und ließ sich dann angezogen auf ihr Bett sinken. Im Liegen öffnete sie ihre Tasche und tastete nach der Visitenkarte, die sie darin in einem Seitenfach verstaut hatte. Eine Weile drehte sie das Papier gedankenverloren zwischen ihren Fingern. Dann warf sie sich entschlossen auf die Seite, hob den Hörer des Telefons auf ihrem Nachttisch ab und ließ sich von der Hotelzentrale mit dem Anschluss in Monte Carlo verbinden.

»*Âllo, c'est qui?*«, meldete sich eine tiefe Männerstimme.

»*Bonjour*«, antwortete sie und fuhr auf Französisch fort: »Ich möchte Madame Onassis sprechen. Hier ist Maria Callas.«

»*Kaliméra*«, kam die prompte Antwort auf Griechisch. »Wie geht es Ihnen?«

»Danke. Gut.« Ein stilles Lächeln umspielte Marias Lippen. »Ich wollte eigentlich mit Ihrer Frau sprechen.«

»Sie müssen mit mir vorliebnehmen. Tina ist nicht da.«

»Oh …« Maria zögerte.

»Was möchten Sie von Tina? Ich stehe Ihnen für alle Fragen zur Verfügung.«

»Ich … Nun … ja … ich …« Es war ihr unangenehm, sich bei

Onassis zu erkundigen, was auf dem Mittelmeer gerade Mode war.

»Ja?«, unterbrach er ihr Stammeln.

Maria, die noch immer auf der Seite lag, rollte sich auf den Rücken, den Telefonhörer am Ohr. Sie schloss die Lider, und sofort stellte sich vor ihrem geistigen Auge das Bild von im hellen Sonnenlicht silbrig glitzerndem Wasser ein. Unwillkürlich veränderte sich ihre Stimme, wurde tiefer und sanfter, als sie fragte: »Es interessiert mich, was man auf einer Kreuzfahrt für Garderobe braucht.«

Er lachte leise auf. »Ist das eine Zusage, Maria?«

»Nein.« Mit einem schelmischen Grinsen öffnete sie ihre Augen, blickte an die Zimmerdecke, an der die durch das Fenster hereinfallenden Lichtkreise mit den Schatten spielten. »Nein. Nein, nein. Es ist nur die Frage, was man auf einer Yacht anzieht.«

»Sie können alles tragen, was Sie möchten …«

Typisch Mann, dachte Maria amüsiert. Sehr hilfreich.

»… nehmen Sie ein paar Pullover mit und etwas zum Schwimmen. Mehr brauchen Sie eigentlich nicht an Bord.«

Ihr Lächeln erstarb. Pullover und Badeanzüge gehörten nicht unbedingt zu ihren bevorzugten Kleidungsstücken.

Natürlich bemerkte er ihr Schweigen. Er ging jedoch nicht darauf ein, sondern fuhr lachend fort: »Kaufen Sie sich etwas Schönes. Ich erwarte Sie am Einundzwanzigsten hier in Monte Carlo. Am nächsten Tag sticht die *Christina* in See – und ich will Sie an Bord haben, Maria.«

»Ja, aber …«, hob sie an.

Doch Onassis hörte sie nicht mehr. Er hatte bereits aufgelegt.

Nein, dachte sie und setzte sich am Bettrand auf. Sie legte den Hörer auf die Gabel und starrte nachdenklich auf das Telefon. Nein!

Sie würde nicht mit ihm auf Kreuzfahrt gehen. Den Preis, ihren Körper in einem Pullover zu verpacken und in einem Badeanzug ihre stämmigen Beine neben der elfengleichen Tina zu präsentieren, würde sie nicht bezahlen. Er war zu hoch. Aristoteles Onassis sollte seine Schiffsreise unternehmen mit wem auch immer – mit der Callas jedenfalls nicht.

Marias Augen füllten sich vor Enttäuschung mit Tränen.

KAPITEL 14

Mailand
Mitte Juli 1959

Maria hastete die Via Monte Napoleone entlang und hoffte, nicht ständig von Autogrammjägern oder Bewunderern aufgehalten zu werden. Dank der dunklen Gläser ihrer Sonnenbrille übersah sie die Passanten um sich herum geflissentlich, achtete jedoch darauf, niemanden anzurempeln. Ihre Augen flogen zwischen den Schaufenstern mit edlen, luxuriösen Auslagen hin und her. Sie kannte keine Straße auf der Welt, die an das phantastische Angebot heranreichte, das die Modeschöpfer auf wenigen hundert Metern in dieser relativ schmalen, von neoklassizistischen Palazzi gesäumten Straße feilboten. Nicht einmal auf der 5th Avenue in New York oder der Avenue Montaigne in Paris konnte man in einen solchen Kaufrausch geraten wie hier in Mailand. Und Maria beabsichtigte, so viel Geld wie nötig für die perfekte Garderobe auszugeben.

Denn Onassis' Beharrlichkeit hatte schließlich dazu geführt, dass sie seine Einladung annehmen musste. Immerhin hatte sie alles versucht, sich dagegen zu wehren. Dabei war sie so lange noch standhaft geblieben. Zurück in Sirmione von der gelungenen, aber überaus anstrengenden Konzerttournee durch Holland und Belgien, war sie überzeugt, dass sich ihre Wege endgültig trennen mussten. Doch dann hatten seine Anrufe alles verändert.

Sie saß im Schatten der Loggia bei einem Tee und blätterte in einer Zeitschrift, ein Moment des innigen Friedens und der Seelenruhe, den selbst Meneghinis Anwesenheit nicht störte. Wohl aber die Meldung ihrer Haushälterin: »Signor Onassis ist am Telefon und möchte Signora Callas sprechen.«

Meneghini blickte Maria scharf an, sagte jedoch nichts.

Sie atmete tief durch. Irgendein törichtes Verlangen drängte sie, mit ihm zu reden, obwohl sie es doch eigentlich gar nicht wollte. Sie wusste, was er sie fragen würde. In exakt einer Woche stach er von Monaco aus in See. Es muss ein Ende haben, fuhr es ihr durch den Kopf. »Sagen Sie Signor Onassis, ich bin nicht da.«

»Am besten, Sie sagen ihm«, fügte ihr Mann, der gerade Zucker in seinen Kaffee schüttete, hinzu, »wir sind in Mailand.«

»Sehr wohl, Signor Meneghini.«

Die schöne Stimmung, die Maria erfasst hatte, verflüchtigte sich wie der Sonnenschein hinter den Zypressen in ihrem Garten. Es war vernünftig, Onassis abzuwimmeln, und absolut richtig, nicht weiter mit ihm zu diskutieren. Sie musste sich gegen seine Aufdringlichkeit wehren. Aber im Grunde gab es nichts, das sie lieber tat, als mit ihm über die bevorstehende Kreuzfahrt zu sprechen. Pläne zu schmieden. Sich in einem Traum zu wiegen. Doch dieser Traum hatte nichts mit ihrer Realität zu tun.

»Wann fahren wir an den Lido nach Venedig?«, erkundigte sie sich bei ihrem Mann.

»Sobald ich dem Excelsior mitteile, wann du anzureisen gedenkst. Wann wir wollen also.«

»Dann lass uns vielleicht noch ein wenig Zeit. Ich bin sehr froh, hier zu sein.« Sie neigte den Kopf und blätterte blicklos in der Zeitschrift, weil sie nicht wollte, dass Meneghini in ihren Zügen las, dass sie plötzlich ganz anders empfand, als es ihre Worte ausdrückten.

»Wir sollten bald fahren«, erwiderte Meneghini nachdrücklich. Fast kam es ihr vor, als ignoriere er ihren Wunsch absichtlich. »Der Arzt hat dir Seeluft empfohlen. Vor deinen nächsten Verpflichtungen musst du dich erholen, Maria.«

»Ja«, antwortete sie, mehr würde sie zu diesem Thema nicht sagen.

»Entschuldigung, Signora.« Die Haushälterin räusperte sich. Sie stand in der Balkontür und rang die Hände. »Signor Onassis ist noch einmal am Telefon und bittet, mit Ihnen zu sprechen.«

Maria warf die Zeitschrift auf den Fliesenboden. Ihre Nerven waren so angespannt wie eine Saite für den höchsten Ton. »Haben Sie ihm nicht gesagt, dass wir nicht da sind?«

»Doch, Signora. Natürlich. Aber Signor Onassis hat anscheinend in Mailand angerufen und dort erfahren, dass Sie hier in Sirmione sind. Er wünscht Sie unbedingt zu sprechen.«

»Ich. Bin. Nicht. Da.«

»Sagen Sie ihm, die Signora ist unpässlich«, schlug Meneghini gelassen vor.

»Sehr wohl, Signor.«

Warum hat Aristoteles Onassis diese Wirkung auf mich?, fragte sich Maria verstört. Er war weder im klassischen Sinne attraktiv, noch entsprach seine Körpergröße den Maßen eines Adonis. Dazu schien er ein echter Kulturbanause zu sein. Und dennoch war sie wie gefangen von seiner Persönlichkeit, fand ihn charmant, klug und witzig und mochte es, in seiner Gesellschaft zu sein. Und seine Beharrlichkeit gefiel ihr, er ließ nicht darin nach, sie zu umwerben, egal, wie sehr sie ihn auch brüskierte. Wen aber begehrte er tatsächlich – war es Maria oder die Callas? Wenn sie ihm nachgab, würde alles anders sein. Vielleicht nicht für ihn, aber sie würde nicht unbeschadet aus einer Romanze mit Onassis herauskommen, dessen war sie sich sicher. Denn was sie begehrte, war nicht einer der reichsten Männer der Welt – es war, wie sie nun begriff, der Mann, an dessen Seite sie sich anders als bei jedem anderen Mann fühlte, der nichts von ihr wollte außer der Person Maria.

Ich bin verrückt, entschied sie im Stillen. Er ist verheiratet und hatte seine Einladung bislang immer auch im Namen seiner Frau ausgesprochen. Anscheinend tolerierte er Tinas Affären. Und sowohl als Retourkutsche als auch als Trophäe war sich Maria zu schade.

Die frohe Stimmung, mit der sie diesen Tag begonnen hatte, war endgültig dahin. Ihre Nervosität ließ ihre Muskeln vibrieren, sie wippte mit den Füßen und trommelte mit den Fingern auf die schmiedeeiserne Lehne ihres Gartenstuhls.

Sie spürte Meneghinis erstaunten Blick, bevor sie zu ihm hinübersah. Da sie ihm nicht erklären wollte, was mit ihr los war, sprang sie auf. Genau genommen wagte sie nicht einmal, sich selbst einzugestehen, warum sie plötzlich so unruhig wurde.

»Ich gehe auf mein Zimmer«, erklärte sie und marschierte davon.

Weil sie sonst nichts mit sich anzufangen wusste, stellte sie den Radioapparat ein und warf sich auf ihr Bett. Der Rundfunksender spielte die Hits dieses Sommers: Domenico Modugno sang von einer langen, einsamen Nacht, Adriano Celentano davon, wie umwerfend ein Kuss war, und die Platters schmachteten »Smoke Gets in Your Eyes«. Maria mochte diese Songs in ihrer Schlichtheit und warmen Emotionalität, aber an diesem Tag war genau das nicht dazu geeignet, sie auf vernünftige Gedanken zu bringen. In ihrem Kopf rotierte ein Karussell an Gefühlen, Möglichkeiten, Ängsten und Enttäuschungen, bis es sich in ein Kaleidoskop verwandelte, durch das sie nur noch ein buntes Allerlei sah. Dennoch schaltete sie die Musik nicht ab.

Eine Nachrichtensendung und etliche Hits später klopfte es an ihre Tür. »Ich bin's«, sagte Meneghini.

Rasch setzte sie sich auf den Bettrand, fuhr sich mit den Händen über das Haar und sah sich nach etwas um, was sie beschäftigt aussehen lassen könnte. Sie fand nichts.

Da sie ihn nicht länger warten lassen wollte, rief sie: »Komm rein.« Sie legte ihre Hände in den Schoß.

Im Radio schmetterte Frankie Avalon »Venus«.

Kaum hatte Meneghini das Zimmer betreten, trat er an das Rundfunkgerät und schaltete es ab. »Was hörst du nur für einen schrecklichen Sender?«, murmelte er, während er sich zu ihr umwandte.

»Willst du mir auch noch meinen Musikgeschmack vorschreiben?«

»Ich schreibe dir nichts vor, Maria, ich meine es nur gut mit dir.«

Sie verschränkte ihre Hände. Noch ein Wort und ich kratze ihm die Augen aus, dachte sie.

»Onassis hat noch zwei Mal angerufen«, erklärte ihr Mann.

Sie sog die Luft ein.

»Beim ersten Mal wurde ihm wieder gesagt, dass du nicht da bist«, fuhr Meneghini fort. Er sprach nicht, er dozierte. »Beim zweiten Mal hat er nach mir verlangt, und ich war nicht bereit, mich ebenfalls verleugnen zu lassen.«

Wie mannhaft!, dachte sie ironisch. Sie biss sich auf die Zunge, bevor sie ihm sagen konnte, dass er sich wie ein wahrer Held benommen hatte. Um ihn – und vielleicht auch sich selbst – vor ihrem Sarkasmus zu schützen, schwieg sie.

»Ich habe mit Signora Onassis gesprochen, nicht nur mit ihm. Und ich habe der Kreuzfahrt auch in deinem Namen zugestimmt.«

Maria starrte ihren Mann an. Für einen Moment wusste sie nicht, ob sie lachen oder weinen sollte. Unwillkürlich sprang sie auf. Sie breitete ihre Arme in einer fast verzweifelten Reaktion aus. »Was hast du getan?«

Er schenkte ihr sein halbherziges, humorloses Lachen, das seine Augen niemals erreichte. »Worüber regst du dich auf? Onassis lässt sich nicht abwimmeln, und der Arzt hat dir Seeluft empfohlen. Dann gehen wir eben auf dieses Schiff. Onassis hat seinen Willen, und du atmest das Meer. Jedem ist damit gedient.«

»Du hast mich nicht gefragt«, fuhr sie ihn an.

»Warum sollte ich?«, fragte Meneghini sichtlich überrascht. »Ich entscheide doch ohnehin immer, was das Beste für dich ist.«

Sie schnappte nach Luft, doch bevor sie ihn anschreien konnte, fügte er erstaunlich sanft hinzu: »Im Übrigen können wir jederzeit nach Hause fahren. Wenn es dir auf der Kreuzfahrt nicht gefällt, reisen wir eben vom ersten Hafen, in dem Onassis anlegt, wieder ab und fahren nach Venedig.« Diese Option schien ihn vollends zufrieden zu stellen.

Nicht aber Maria.

Sie sank sprachlos auf ihr Bett zurück. Der Grund für Meneghinis Kehrtwende war ihr schleierhaft. Vielleicht meinte er es wirklich gut mit ihr, möglicherweise war er Onassis' Überzeugungskraft erlegen. Doch eigentlich interessierte es sie gar nicht mehr, was ihren Mann bewogen hatte, die Einladung anzunehmen, nachdem er anfangs so sehr dagegen gewesen war. Viel wichtiger war, dass die Entscheidung nun getroffen war.

»*Moira*«, murmelte sie in sich hinein.

Es war das griechische Wort für Schicksal.

Dieses Schicksal führte sie nun also am nächsten Tag nach Mailand und in die Via Monte Napoleone. Sie hatte es eilig, denn es blieben ihr gerade einmal fünf Tage für die Zusammenstellung und Anfertigung einer kreuzfahrttauglichen Garderobe, Sonntag eingeschlossen. Eigentlich waren es also nur vier Tage.

Maria war aufgeregt wie eine New Yorker Debütantin vor ihrem ersten Ball – oder wie eine Gesangselevin vor ihrer ersten Hauptrolle in der Oper. Das eine hatte sie nie erlebt, an das andere mochte sie sich lieber nicht erinnern. Lampenfieber begleitete sie jedoch seit jenem Tag im April vor genau zwanzig Jahren vor jedem Auftritt. Als sie damals in Athen die Santuzza in der Oper »Cavalleria Rusticana« singen sollte, schnappte sie zufällig das hämische Getuschel einer Sängerin aus der dritten Reihe auf – sie selbst war nur die Zweitbesetzung –, die sich über Marias Angst lustig machte. Maria rechtfertigte sich nicht, schimpfte nicht, sondern versetzte der anderen kurzerhand eine schallende Ohrfeige. Anschließend brillierte Maria Kalogeropoulou, wie sie sich auf Geheiß ihrer Mutter in Griechenland wieder nennen musste, in ihrer Rolle und gewann sogar einen Preis. Später schlug sie ihre Konkurrentinnen nicht mehr, aber das Lampenfieber und vor allem ihre gelegentlichen Wutausbrüche hafteten ihr als Markenzeichen an. Sie verlor hinter der Bühne nun einmal rasch die Geduld, wenn nicht alles so lief, wie sie es sich vorstellte. Schließlich arbeitete sie zu hart, um Nachlässigkeiten zu tolerieren. Aber natürlich beabsichtigte sie nicht, Biki Bouyeure mit Gewalt zu nötigen, sie termingerecht für eine Mittelmeerkreuzfahrt einzukleiden.

Energisch stieß sie die Tür zu dem Palazzo auf, in dem sich das Atelier der Modeschöpferin befand. Biki, die eigentlich Elvira hieß, war die Enkeltochter des Opernkomponisten Giacomo Puccini, und Maria war ihr von Wally Toscanini vorgestellt worden. Maria, damals noch deutlich üppiger als heute, hatte sich bei der hübschen, alterslos wirkenden Frau vom ersten Moment an wohlgefühlt; Bikis Geschmack und Talent schienen an ihrem Körper wahre Wunder zu vollbringen. Und seit sie schlanker geworden war, schneiderte die quirlige Biki der Callas einen atemberaubenden Stil auf den Leib.

Sie war diejenige, auf die Maria heute zählte. Denn sie befand sich in größter Not, nichts war für sie so schrecklich wie die Vorstellung, an Bord dieses Schiffes zu gehen und nicht angemessen angezogen zu sein. Ein Kleid war für Maria mehr als nur Garderobe – sie trug es gleich einem Panzer gegen Verletzungen. Ein Schutz vor dem Gelächter ihrer Schulkameraden über ihre Figur, das ihr Leben lang in ihren Ohren hallen würde, wenn sie in den Spiegel blickte. Später hatten sich neidische Sängerinnen über ihre Fülligkeit lustig gemacht, schließlich hatte der begnadete Opernregisseur Luchino Visconti darauf gedrängt, dass sie abnahm; andernfalls wolle er nicht mit ihr arbeiten. Außerdem – und das gestand sie sich nur ungern ein – wollte sie bei Aristoteles Onassis den bestmöglichen Eindruck hinterlassen.

Maria wurde von Biki Bouyeures Directrice empfangen und in den Salon gebeten. Einen Atemzug später tauchte Alain Reynaud auf, ein hochgewachsener, dunkelhaariger Mann mit einer schwarzen Hornbrille, der Schwiegersohn und Modezeichner von Biki, zuvor Assistent von Jacques Fath in Paris. Erleichtert über seine Anwesenheit ließ sich Maria von ihm auf beide Wangen küssen. Er war genau der Mann, den sie in ihrer Situation brauchte. Vor Jahren hatte ihr Reynaud beigebracht, wie sie sich nach ihrer Gewichtsabnahme mit mehr Grazie und

Eleganz bewegen sollte, wie sie richtig ging – nein, schritt – und sich am vorteilhaftesten anzog und stilsicher die passenden Accessoires auswählte. Er würde ihr auch beibringen, was sie auf einer Kreuzfahrt zu tragen hatte. Sicher würde er ihr Gepäck nicht auf Pullover und Badeanzüge reduzieren.

»Biki kommt gleich«, sagte Reynaud nach der herzlichen Begrüßung. »Sie sagte mir, Sie hätten am Telefon sehr aufgeregt geklungen. Was ist los? Schütten Sie mir Ihr Herz aus, liebe Maria, dafür bin ich da.«

Während sie die Sonnenbrille gegen helle Gläser tauschte, gab sie die Fakten preis, nicht aber ihre Gefühle. »Wir wurden zu einer privaten Mittelmeerkreuzfahrt auf eine Yacht eingeladen, in fünf Tagen sollen wir an Bord gehen – und ich habe nichts anzuziehen.«

Nachdenklich ließ Reynaud seinen Blick über sie gleiten. »Ihr Gastgeber ist nicht zufällig Ari Onassis?«

»Oh … woher wissen Sie das?« Maria war sichtlich irritiert.

»Ich lese alles über meine Kundinnen«, behauptete Reynaud lächelnd. »Und die Zeitungen waren voll mit Fotos von Ihnen beiden bei dieser Party in London.« Er klatschte in die Hände. »Gut, gut. Dann werde ich sehen, was wir tun können, um Sie adäquat auszustatten, meine Liebe.«

Biki Bouyeure erschien in einem eleganten, schlichten Kleid mit mehrreihiger Perlenkette. Sie ließ Maria einen Kaffee bringen und scheuchte ihre Hausmannequins mit den passenden Kreationen der Sommerkollektion durch den Raum. Maria saß in einem Louis-seize-Sessel und betrachtete Hosen, Blusen, Jacken, Kleider und Mäntel mit ebenso großem Staunen wie

Unbehagen. Die Trapez- und Fasslinie – Reynaud benutzte diese Begriffe – der Jacken und Kleider wurden in der Taille mit einem breiten Gürtel zusammengerafft, was sehr kleidsam wirkte und Marias Stil entsprach. Mehrere Kleider waren wie zu Zeiten des Empire mit einem zarten Band unter den Brüsten gefertigt, doch anders als vor rund hundertfünfzig Jahren fiel das Unterteil nicht fließend auf die Knöchel, sondern war mit einem Petticoat unterlegt. Die Röcke waren deutlich kürzer als in der vorigen Saison, ihr Saum ging gerade mal über das Knie, und die sportlichen Hosen endeten über den Fesseln. Nicht besonders kleidsam für ihre Beine, befand sie zerknirscht. Besser waren die modischen Pastellfarben, die gut mit Marias schwarzem Haar harmonierten.

»Für den Herbst wird alles wieder dunkler«, berichtete Biki, »aber vorläufig leuchten unsere Stoffe wie ein Bild von Claude Monet. Lassen Sie uns viel Leinen nehmen. In der sommerlichen Hitze ist es ein kühlendes Material, und Sie werden darin immer perfekt aussehen.«

Später stand Maria in der geräumigen Kabine zwischen den Spiegelwänden und ließ sich die neue Garderobe anpassen. Biki kniete neben ihr, das Kissen mit den Stecknadeln am Arm wie ein Schmuckstück, und verkürzte, verkleinerte oder erweiterte die Nähte der jeweiligen Kleidungsstücke. Reynaud befand sich in Marias Rücken, betrachtete, beriet und half Maria, sich langsam ein wenig sicherer zu fühlen.

Er setzte einen Hut aus weiß lackiertem Stroh auf Marias hochgestecktes Haar. »Die Hüte sehen zwar heutzutage alle ein bisschen aus wie Lampenschirme«, meinte er schmunzelnd, »aber dieses Exemplar steht Ihnen ganz wunderbar, Maria.«

Sie betrachtete sich im Spiegel, wandte ihren Kopf zur einen und zur anderen Seite, drehte sich schließlich um die eigene Achse. Ja, der Hut war ausgesprochen kleidsam. Vor allem lenkte er von ihren kräftigen Waden ab. Eine vortreffliche Wahl also.

Als Maria das Modeatelier verließ, trug sie in beiden Händen Tüten und Hutschachteln, ihr folgte ein junger Lehrling aus der Schneiderwerkstatt, der mit Kleidersäcken und Taschen beladen war. Der Rest ihrer bestellten Garderobe sollte pünktlich vor ihrem Flug nach Nizza nächsten Dienstag geliefert werden. Bis dahin waren alle Änderungen erledigt, das hatten Biki und Reynaud versprochen, und Maria wusste, dass sie sich auf die beiden verlassen konnte.

Nachdem der Chauffeur die Einkäufe im Kofferraum verstaut hatte, stieg Maria in den Wagen, in dem Meneghini auf sie wartete.

Ihr Mann zog die Augenbrauen hoch. »Wie viele Millionen Lire hast du in den vergangen zwei Stunden für all dieses Zeug ausgegeben?«

»Ich weiß es nicht«, gab sie zu.

»Das ist nicht nur absurd, sondern völlig übertrieben.«

»Findest du?« Sie wandte sich von ihm ab und blickte aus dem Fenster. »Ich nicht.«

Zu ihrer größten Überraschung tastete er nach ihrer Hand. »Du brauchst keine Angst vor den anderen Gästen zu haben.

Sir Winston Churchill wird mit Gattin an Bord sein, ja, aber davon solltest du dich nicht einschüchtern lassen. Du hast bis jetzt jede Rolle beherrscht.«

Nicht die der Ehebrecherin, dachte sie.

Sie entzog sich seinem zärtlichen Griff. »Natürlich«, log sie. »Es gibt keinen Grund, aufgeregt zu sein.«

KAPITEL 15

Monte Carlo
22. Juli 1959

Von ihrer Terrasse im Hôtel Hermitage sah Maria über den Hafen bis hin zum Schloss der Grimaldis, das auf einem ins Meer ragenden, kargen Felsen thronte. An dessen Fuße dümpelte die ungewöhnlich große, im Sonnenlicht strahlende weiße Privatyacht von Aristoteles Onassis, deren gelber Schornstein eine zusätzliche Extravaganz zu sein schien. Oben das etwas marode wirkende Gebäude, unten das prachtvolle weiße Schiff – es schien ein Sinnbild für die Besitzverhältnisse in Monaco zu sein. Rainier III. war zwar der Fürst, aber der Herrscher war Onassis. Mit enormen Investitionen in die Hotels und das Spielcasino hatte er das wirtschaftlich schwer angeschlagene Fürstentum vor der Pleite gerettet, inzwischen befand es sich insgesamt mehr oder weniger in seinem Besitz. Und Onassis hielt Hof in Monte Carlo.

Als Maria gestern mit der Maschine aus Mailand am Flughafen in Nizza gelandet war, wurden sie und Meneghini bereits von seinem Wagen erwartet, der die beiden nebst unfassbar großen Mengen an Gepäck nach Monte Carlo chauffierte, wo Onassis eine Suite reserviert hatte. Es war für alles gesorgt. Maria fühlte sich wie auf Händen getragen und ihrem Status als

Göttliche entsprechend behandelt. Ihre Bleibe, direkt neben dem ebenso mondänen Hôtel de Paris, war ein Traum aus der Zeit der Belle Époque und wie geschaffen als eleganter Rahmen für einen Opernstar.

Glücklicherweise hatte ihre Mailänder Haushälterin Bruna so umsichtig gepackt, dass Maria für die eine Übernachtung nur einen Koffer und einen Beautycase in ihr Zimmer mitnehmen musste, der Rest ihres umfangreichen Gepäcks konnte bis zum Transport an Bord der *Christina* in einem speziellen Raum des Hotels bleiben. Bei der Anprobe ihrer Garderobe für das Dinner mit dem Ehepaar Onassis stellte Maria jedoch fest, dass sie das falsche Kleid ausgewählt hatte; die passendere Robe für diesen Anlass hing in ihrem Schrankkoffer. Oder doch nicht? Sie war verunsichert und wusste nicht recht, was sie anziehen sollte, um ihren Gastgeber mit ihren Mitteln ebenso zu beeindrucken, wie es ihm mit den seinen gelang. Natürlich war in ihrer Situation immer das falsche Kleid zur Hand, egal, wie umsichtig sie vorab geplant hatte. Sich dessen bewusst, gab sie sich schließlich mit dem zufrieden, was sie hatte.

Das Abendessen im Restaurant des Hôtel de Paris verlief in schwieriger Stimmung. Die Onassis' hatten Elsa Maxwell dazugebeten, die nicht auf die Kreuzfahrt eingeladen und deswegen offensichtlich beleidigt war. Wenn sie nicht schmollte, verteilte sie verbale Spitzen, die vor allem Tina und Meneghini trafen, wobei Letzterer von der in Englisch und Französisch geführten Unterhaltung jedoch nichts verstand. Aristoteles Onassis versuchte, ein albernes Gespräch in Gang zu halten, an dem sich Maria zwar beteiligte, das sie aber in dieser Form lieber nicht geführt hätte. Es war alles so banal, dass sie die Inhalte ihrer Wortwechsel vergaß, sobald sie eine passende Antwort auf das zuvor Gesagte gefunden hatte. Wenn sie später daran dachte, fiel Maria nicht mehr ein, worüber sie gesprochen hatten, außer ein paar kryptischen Sätzen, die Elsa und Tina über Männer und Frauen und Beziehungen gewechselt hatten. Dennoch blieb die Stimmung denkbar schlecht.

»Ich mag deine Freundin Elsa Maxwell nicht«, verkündete Meneghini, bevor er zu Bett ging. Er saß auf seinem französischen Bett, das durch einen Nachttisch von dem seiner Frau getrennt war. In seinem hellblauen Pyjama und mit seinem zerzausten Haar wirkte er auf Maria seltsam rührend – und vor allem alt. Ein Mann von Mitte sechzig, der sich nicht besonders gut gehalten hatte. Als er ihrem Blick begegnete, schüttelte er bitter den Kopf. »Sie hat dich in diese Gesellschaft von Leuten eingeführt, die nichts als ihr Geld im Kopf haben und jenseits jeglicher Moral leben.«

Marias freundliches Lächeln verwandelte sich in einen Ausdruck des Erstaunens. Wie war das möglich? Sie stand in der Badezimmertür, gehüllt in einen seidenen Morgenmantel mit großem Blumenmuster, eine Nachtcreme im Gesicht, die ihre Wangen zum Glänzen brachte. Ihr Gedächtnis gab keine Bemerkung preis, die Battista verstanden haben könnte. War ihm eine Übersetzung gelungen, als Tina Onassis zu Elsa Maxwell sagte: »Wissen Sie, meine Liebe, so ein großer Unterschied ist das eigentlich gar nicht, ob man mit einem einigermaßen reichen oder einem steinreichen Mann verheiratet ist …« Maria hatte diesen Satz behalten, weil er ihrer Ansicht nach wohl das Dümmste war, was an diesem Abend gesagt worden war. Elsa indes hatte beflissen genickt und Tina geraten, auf der Kreuzfahrt gut auf Ari aufzupassen. Was für ein peinlicher Dialog.

»Diese Leute führen ein ganz anderes Leben, als es das unsere ist, Maria«, fügte Meneghini hinzu.

Ein Gedanke kam ihr, der sie in tiefste Bestürzung versetzte: »Willst du nicht mehr an der Kreuzfahrt teilnehmen?« Sie wartete seine Antwort nicht ab, sondern fuhr schnell fort: »Wir können jetzt nicht mehr absagen und nach Hause fahren. Das ist unmöglich.«

Die Vorstellung, nicht an Bord der *Christina* zu gehen, versetzte ihr einen tiefen Stich, als wäre es der Dolch der Medea. Obwohl sie anfangs hin- und hergerissen war und Onassis' Einladung sie in einen gewaltigen Loyalitätskonflikt zu ihrem Mann gestürzt hatte, freute sie sich nun vollen Herzens auf die Schiffsreise. Biki und Reynaud hatten einen gewissen Anteil daran, dass sie sich in eine traumhafte Vorstellung hineingesteigert hatte, wie es auf dem Meer, nur umgeben von Wind und Himmel, wohl sein könnte, und sie versprach sich eine geradezu magische Freiheit. Sie hatte mehrmals den Atlantik zu Wasser und in der schlechteren Kabinenklasse überquert, aber sie war nie zuvor als Ehrengast auf einer Privatyacht gewesen, schon gar nicht auf dem ungleich sanfteren Mittelmeer. Diesen Traum wollte sie sich nicht nehmen lassen. Ebenso wenig das wohlige Gefühl, das ihr Onassis' Aufmerksamkeit und Gastfreundschaft verschafften.

Meneghini schlug sein Laken zurück, er kroch darunter und schloss die Augen. »Wenn es dir Freude bereitet, werden wir natürlich an Bord gehen.« Seine Worte waren ein verschlafenes Murmeln.

Während sie sich langsam von ihrem Schock zu erholen versuchte, erreichte sie sein gleichmäßiger Atem, dem ein leises Schnarchen folgte.

Gefolgt von Meneghini und einem Pagen, der auf einem Gepäckwagen ihre Koffer, Kleidersäcke und Taschen transportierte, machte sich Maria auf den Weg zur *Christina*. Es war drei Uhr nachmittags, und die Sonne strahlte von einem azurblauen, wolkenlosen Himmel. Obwohl Biki Bouyeure behauptet hatte, in dem cremeweißen Leinenensemble würde Maria sich frisch wie der junge Frühling fühlen, endete ihr Glaube an die Worte der Modeschöpferin bereits auf der Place du Casino. Es war so heiß, dass Maria fürchtete, völlig verschwitzt und zerknittert an Bord zu gehen …

Onassis erwartete sie vor der Gangway. Er trug einen hellen Anzug, ein weißes Hemd und eine dunkle Krawatte und wirkte darin elegant und weltmännisch und ganz sicher nicht wie der Seefahrer, den Maria erwartet hatte. Er hatte so oft darüber gesprochen, wie sehr ihn die abenteuerlichen Reisen des Odysseus faszinierten, dass Maria ihn sich als Gastgeber an Bord der *Christina* nicht in einer so offiziellen Aufmachung vorgestellt hatte, wie der Reeder sie vermutlich auch hinter seinem Schreibtisch trug. Hoffentlich lag sie mit ihrer Garderobe nicht ebenso daneben wie mit ihrer Vermutung über Onassis' Habitus. Ihre Unruhe wuchs.

Er überließ einem Matrosen die Autotür auf Meneghinis Seite

und öffnete persönlich den Wagenschlag, um Maria aus dem Fond zu helfen.

»*Kalós írthes*«, sagte er und führte ihre Hand, die er fest umschloss, an seine Lippen. »Herzlich willkommen.«

Irgendetwas an seinem Verhalten schüchterte sie ein. »Danke für die Einladung«, erwiderte sie förmlich.

»Da wir nun vollzählig sind, möchte ich Sie mit meinem anderen Ehrengast bekannt machen. Sir Winston ist bereits vor einer Stunde eingetroffen.« Er zog sie die Gangway hinauf, ihren Mann ließ er unbeachtet.

Maria folgte ihm auf ihren flachen Sandalen. Sie hatte absichtlich Schuhe ohne Absätze gewählt, um den fast zehn Zentimeter kleineren Onassis nicht noch mehr zu überragen. Außerdem konnte sie darin geschickter über die Planken laufen. Dennoch fühlte sie sich unsicher wie selten. Onassis' fester Griff sollte wahrscheinlich beschützend wirken, doch er erreichte das Gegenteil. Sie konnte sich ihm nicht einmal entziehen, da auf der engen Passerelle, die an Bord führte, kein Platz dafür war. Ergeben überließ sie ihm sogar noch ihre Hand, als sie auf Deck ankamen.

Sir Winston Churchill wirkte so imposant, wie Maria erwartet hatte. Ein zur Korpulenz neigender, Respekt einflößender Herr im fünfundachtzigsten Lebensjahr mit schütterem weißem Haar. Der ehemalige britische Premierminister und Literaturnobelpreisträger wirkte in seinem formellen Anzug, als sei er auf dem Weg zu einem Staatsbesuch und nicht zu einer Privatreise. Er saß an Deck unter einem großen grünen Sonnensegel in einem Sessel, neben sich einen großen Vogelkäfig, in dem ein Papagei vor sich hin plapperte. Als sich Onassis mit seiner Begleiterin näherte, erhob sich Churchill nicht.

»Darf ich Ihnen Maria Callas vorstellen?«

Sie beugte sich hinunter, um die Hand dieses so bedeutenden Politikers zu ergreifen. Ihr Herz klopfte schneller. Sie wusste nicht, wann sie in den vergangenen Jahren jemals so wenig das Gefühl gehabt hatte, in ihrem Leben etwas Außergewöhnliches geleistet zu haben, wie im Angesicht dieses Mannes. Diese unterkühlte Begegnung war ganz gewiss kein guter Auftakt für ein entspanntes Miteinander auf der Kreuzfahrt.

»Ich freue mich sehr, Sie kennenlernen zu dürfen«, sagte sie höflich.

»Ganz meinerseits«, knurrte Churchill.

Der Papagei stieß einen unbestimmten Laut aus. Dann krähte er: »Küsschen.«

Maria erstarrte. Peinlich berührt blickte sie zwischen dem Vogel und seinem Besitzer hin und her. Sie hoffte, dass Churchill ihren entsetzten Blick durch die dunklen Gläser ihrer Sonnenbrille nicht bemerkte.

»Küsschen«, wiederholte der Papagei.

Ein Lächeln erhellte das zuvor ernste, trotz der runden Wangen von Falten durchzogene Gesicht. Churchill brach in schallendes Gelächter aus. »Das ist Toby«, stellte er vor.

Ebenso amüsiert wie erleichtert fiel Maria in sein Lachen ein.

Kurz darauf lernten Maria und Meneghini die anderen Teilnehmer der Kreuzfahrt kennen: Churchills Ehefrau, Lady Clementine, deren älteste Tochter Diana nebst sechzehnjähriger Enkeltochter, Churchills Privatsekretär Anthony Montague Browne mit seiner Gattin Noel, die sich mit ungewöhnlicher Herzlichkeit mit ihrem Spitznamen »Nonie« vorstellte, und neben allerlei dienstbaren Geistern wie Butlern und Privatlehrern, die nicht zur Mannschaft gehörten, wurden Maria auch die beiden Kinder von Tina und Aristoteles Onassis präsentiert: der elfjährige Alexander, ein sehr hübscher, wenn auch stiller Junge, und die schüchterne achtjährige Christina, die Namensgeberin für die Yacht ihres Vaters. Onassis war sichtlich vernarrt in seine Kinder, was Maria von der Mutter auf den ersten Blick nicht vermutete. Eifersucht überkam sie, als sie sich bewusst machte, was die junge Tina Onassis für ein Glück hatte, das sie jedoch nicht würdigte. Maria hätte viel darum gegeben, zwei so wohlgeratene Kinder zu haben.

Auch später, als sie auf dem Bett in ihrer Kabine – der Ithaka-Suite – lag und vor dem Cocktailempfang an Deck noch etwas zur Ruhe kommen sollte, musste Maria an die Kinder denken und wie sehr sie sich gewünscht hätte, selbst Mutter zu sein. Bislang hatte ihr Kinderwunsch unerfüllt bleiben müssen, denn Meneghini war gewiss kein Mann für die Vaterschaft. Irgendwann begann Ari Onassis in ihren Überlegungen eine Rolle zu spielen, der in seiner Vaterrolle so aufzugehen schien. Sie sollte und wollte ihn nicht von seinen Kindern trennen. Dafür würde sie sich sogar mit Meneghini arrangieren. Jedenfalls für die Dauer dieser Kreuzfahrt.

Das Abendessen wurde auf der Terrasse des Hôtel de Paris serviert. Maria fand es ein wenig albern, die Yacht, auf die sie vor ein paar Stunden erst eingeschifft hatte, gleich wieder zu verlassen. Aber als sie von ihrem Platz bei Tisch zur Linken von Onassis über den monegassischen Hafen blickte, wurde ihr der Sinn seiner Inszenierung klar. Die Lampen der Schiffe funkelten wie kleine Glühwürmchen auf dem dunklen Mittelmeer, die der *Christina* wirkten darunter wie Ketten, gewoben aus Diamanten. Es war eine Zurschaustellung seines Reichtums, der Stolz des Eigners war allein schon an den Lichterketten auszumachen. Onassis wollte seinen Gästen all die Pracht präsentieren, mit der sie in den kommenden zwei Wochen unterwegs sein würden. Und zum Digestif wären sie wieder an Bord.

Nachdem ihr Gastgeber zum Aufbruch gedrängt hatte und sich die Gesellschaft vor dem Hotel zur Abfahrt versammelte, verlor Maria ihren Mann aus den Augen. Ihre Blicke streiften über die Place du Casino, über auffallende Sportwagen und elegante Limousinen und ebensolche Damen an der Seite entsprechender Ehemänner und Herren, die in die Spielbank strömten. Juwelen funkelten wie die Lampions auf den Booten, selbst bei der noch herrschenden abendlichen Sommerhitze wurden Pelzstolen um braun gebrannte Schultern geschlungen. Ohne Brille konnte sie die Gesichter der Flaneure nicht erkennen, aber vermutlich waren einige gekrönte Häupter darunter ebenso wie Königinnen von Hollywood und anderswo. Es war die Klientel, die Elsa Maxwell schätzte. Marias Freundin war heute Abend nicht eingeladen worden, und sie fragte sich, von welchem Platz aus sie sie wohl beobachtete.

»Maria!« Meneghini erschien an ihrer Seite. Er ergriff ihren Arm. »Ich möchte doch lieber nicht auf das Schiff gehen.«

Sie blinzelte. »Wie bitte?«

»Noch eine Nacht im Hotel ist leider nicht möglich«, warf Onassis mit freundlichem Tonfall ein. Maria hatte nicht bemerkt, dass er hinter ihr stand. Natürlich hatte er dort Meneghinis Worte gehört. »Ich habe dem Kapitän Anweisung gegeben, gleich nach Mitternacht auszulaufen.«

»Wir können nicht mitfahren«, behauptete Marias Mann. »Wissen Sie, meine Mutter ist schwer krank, und in ihrem Alter muss man mit allem rechnen. Deshalb ist es besser, wir fahren zurück nach Italien. In ihre Nähe.«

Onassis klopfte Meneghini freundschaftlich auf die Schulter. »Aber mein Lieber, machen Sie sich doch keine Sorgen. Sie sind jederzeit erreichbar und können sich ebenso nach dem Befinden Ihrer Frau Mama erkundigen. Wir haben zweiundvierzig Funktelefone an Bord, und Sie können innerhalb von wenigen Minuten mit jedem x-beliebigen Ort auf der Welt verbunden werden.«

»Tja …«, murmelte Meneghini zögerlich.

»Falls Sie die Yacht verlassen müssen, stelle ich Ihnen selbstverständlich mein Wasserflugzeug zur Verfügung, das auf dem Oberdeck geparkt ist. Außerdem haben wir noch vier Sportboote und ein Tragflächenschnellboot festgemacht.« Onassis klopfte Meneghini noch einmal auf die Schulter. »Kommen Sie! Von Bord sind Sie ebenso schnell in Varese wie von Mailand oder Sirmione.«

Maria fragte sich, woher Onassis den Wohnort ihrer Schwiegermutter kannte, und wahrscheinlich war die Geschwindigkeit, mit der sein Gast von der *Christina* zurück nach Italien fahren konnte, nicht mehr als Prahlerei. Aber ihr war es recht. Jetzt mit Meneghini umkehren zu müssen kam ihr vor wie ein Alptraum. Sie dachte an die griechische Gastfreundschaft und daran, dass es in der Heimat ihrer Ahnen äußerst unhöflich war, eine Einladung abzulehnen. Was Meneghini gerade veranstaltete, war nicht nur unüberlegt und unpassend, sondern beleidigend.

Während sie schweigend dem Dialog der beiden Männer zuhörte, war der Wagen vorgefahren, mit dem sie und Meneghini zum Hafen gebracht werden sollten. Sie war nicht böse, dass Onassis ihr nicht den Vortritt ließ, sondern ihren Mann zuerst sanft auf den Rücksitz schob. Als er sich aufrichtete, berührte seine Hand wie zufällig ihren Arm.

»Ich werde dafür sorgen, dass Ihr Mann alles an Bord findet, was er benötigt«, sagte Onassis auf Griechisch. »Ich möchte, dass Sie sich als meine Gäste wohlfühlen.«

»Das weiß ich«, erwiderte sie lächelnd.

Meneghini zog sich bald nach ihrer Ankunft auf der Yacht zurück. Maria, die ihm in die Ithaka-Suite gefolgt war, konnte jedoch nicht einmal an Schlaf denken, so aufgebracht war sie. Vollständig angezogen saß sie in einem Sessel und kam nicht zur Ruhe, während Meneghinis Schnarchen davon zeugte, dass er sich weit weniger Sorgen um seine Mutter machte, als behauptet. Sie hatte nicht die geringste Ahnung, was zu seinem plötzlichen Sinneswandel geführt hatte, und sein Verhalten ärgerte sie. Um sich abzulenken, lauschte sie dem dumpfen Zuschlagen der anderen Kabinentüren und versuchte, sich zu erinnern, wer von ihren Mitreisenden wo untergebracht war. Doch der Zorn ließ sich nicht so leicht abstreifen wie ihr Kleid. Selbst als sie an den stampfenden Bewegungen erkannte, dass das Schiff abgelegt hatte, wurde sie nicht ruhiger. Nebenan schnappte Meneghini im Traum hörbar nach Luft.

Einen Moment lang erwog sie, ihn zu wecken und zur Rede zu stellen, ihn damit zu konfrontieren, welch peinliche Figur er abgab. Doch dann entschied sie sich dagegen, raffte sich auf und verließ die Kabine. An Deck würde es ihr gewiss besser gehen. Im Moment war sogar die Vorstellung, in einem Liegestuhl zu schlafen, angenehmer als die Aussicht auf eine Nacht im selben Raum mit ihrem Ehemann.

Die Gänge waren in ein diffuses Dämmerlicht getaucht. Leise schlich Maria an den anderen Kabinentüren vorbei zu der Wendeltreppe, die die Schiffsetagen miteinander verband. Der Handlauf aus Bronze fühlte sich kühl an, die verbindenden Säulen aus Onyx verschmolzen mit dem Halbdunkel. Sie wanderte über das Schiff, dankbar, dass sie niemandem begegnete, und sog die Atmosphäre in sich auf. Allein wie sie war, nahm sie ihre Umgebung anders wahr als am Nachmittag bei der Besichtigungstour mit Onassis. Die Ausstattung der Yacht war protzig, keine Frage, aber trotzdem so geschmackvoll und wohlüberlegt, dass sie Ari ohne Zweifel glaubte, als er seinen Gästen verkündete, die *Christina* sei sein wahres Zuhause.

An Deck wurde das Stampfen der Motoren lauter, und der Fahrtwind, der Maria entgegenwehte, war unerwartet frisch. Das Rauschen des Meeres und das Klatschen der Wellen gegen den Schiffsrumpf vermischten sich mit seinem leisen Sausen. Sie dachte gar nicht darüber nach, wohin sie eigentlich gehen wollte, und wie magisch angezogen trugen ihre Beine sie zum Heck. Wahrscheinlich folgte sie instinktiv den Lichterketten an Bord und den funkelnden Punkten an Land, die sich immer weiter entfernten.

Überrascht registrierte sie, dass sie nicht allein war. Eine Gestalt im Smoking lehnte, eine Zigarette in der Hand, gegen die Reling. Vermutlich hatte er ihre Schritte gehört, denn sicher hatte er nicht das im Dunkel liegende Deck betrachtet, sondern den Hafen, den die *Christina* verließ, und sich erst umgedreht, als sie nähertrat.

»Ich stehe immer auf diesem Platz und schaue zu, wie wir ablegen.« Onassis' Stimme klang gedämpft, fast so, als befände er sich in feierlicher Stimmung. »Kommen Sie her zu mir, dann sehen wir gemeinsam zurück.«

»Was für eine schöne Aussicht«, stellte sie an seiner Seite fest. In der Ferne wirkten die Lichter von Monte Carlo, als würden sie in der Luft schwimmen. Darüber glitzerten die Sterne wie ein Band aus Pailletten, welches das Land mit der See verband.

Gedankenverloren zog Onassis an seiner Zigarette. Nach einer Weile erzählte er: »Vor sechsunddreißig Jahren habe ich diese Kulisse zum ersten Mal gesehen, als ich in der Dritten Klasse von Neapel aus nach Argentinien aufbrach. Das Schiff fuhr an der italienischen und französischen Küste entlang. Ich war jung und mittellos, nicht mehr als ein armer Schlucker, und konnte den Glanz von Monaco nur aus weiter Ferne erahnen, aber ich schwor mir, unter besseren Umständen zurückzukommen.«

Maria wurde bewusst, dass sie im Dezember genau des Jahres geboren wurde, in dem er nach Südamerika aufbrach. Und dann dachte sie daran, wie auch sie nach Kriegsende eine Reise in ähnlicher Richtung voller Hoffnung angetreten hatte. Als sie im September 1945 endlich zurück nach New York hatte fahren können, glaubte sie, die Welt der Oper stünde ihr in den Vereinigten Staaten offen. Diese Hoffnung stellte sich als einer der großen Irrtümer ihres Lebens heraus, der sie schließlich zur Umkehr nach Europa zwang. Damals war sie zwar etwas älter als Onassis bei seiner Emigration nach Argentinien, aber ebenso arm. Und auch sie hatte sich etwas geschworen, als sie zur Überquerung des Ozeans aufgebrochen war – nämlich als Star in ihre Geburtsstadt zurückzukehren. Es war ihr gelungen, ebenso wie es Onassis gelungen war, nicht nur in das Lichtermeer von Monte Carlo einzutauchen, sondern auch, es zu beherrschen.

»Ich kann Sie verstehen«, erwiderte sie schließlich. »Es ging mir bei einer ähnlichen Gelegenheit genauso.«

»Wir haben viele Gemeinsamkeiten, nicht wahr?«

Ihr Herz veranstaltete einen Trommelwirbel wie das Schlagzeug einer Rockband. »Ja«, bestätigte sie leise. »So scheint es zu sein.« Und tapfer fügte sie hinzu: »Wir sind beide Griechen, die ihrer Heimat beraubt worden sind.«

»Das meinte ich nicht. Jedenfalls nicht nur.«

»Nun ja, Ihre Heimat ist diese Yacht.«

Er drehte sich nicht zu ihr um, sondern blickte weiter hinaus auf die sich entfernende Küste, deren Lichter nun kleiner waren als die Sterne am Himmel. »Ich liebe dieses Schiff. Meine Frau behauptet, ich würde an Bord zu einer despotischen Hausfrau, die jedes Staubkorn sieht und deswegen das Personal anprangert.«

»Das ist nicht sehr nett«, entfuhr es ihr.

»In der Tat«, bestätigte er ungerührt, und in einem überraschend gelassenen Tonfall fuhr er fort: »Tina würde mich und all das hier lieber gestern als heute hinter sich lassen. Reinaldo Herrera, ihr derzeitiger Liebhaber, hat ihr den Kopf verdreht.« Er sprach so emotionslos über die Untreue seiner Gemahlin, als würde er mit Maria die Börsenkurse diskutieren.

Maria biss sich auf die Unterlippe, schluckte den Kommentar, der ihr auf der Zunge lag, herunter und schwieg. Ihrer Erfahrung nach neigten griechische Männer üblicherweise zwar dazu, sich in einer Ehe wie ein Pascha aufzuführen, jedoch kaum zum Fatalismus. Sie konnte sich nicht vorstellen, dass ein gehörnter Gatte sich so sachlich mit dem Seitensprung seiner Frau auseinandersetzte, wie Onassis vorgab, es zu tun. Die Affäre von Tina Onassis ging sie jedoch nichts an – und wie der Reeder damit umging, ebenso wenig. Trotzdem meldete sich eine leise Stimme in ihrem Hinterkopf, die ihr bedeutete, dass es für sie vielleicht doch nicht so einfach war, zu ignorieren, was er ihr eben gesagt hatte. Denn Onassis' Interesse an ihr hatte auch etwas mit dem Verhalten seiner Frau zu tun. Sie schlang die Arme um ihren Körper, als müsste sie sich vor etwas schützen – oder sich die Luft aus den Lungen pressen, um ihm nicht doch eine unüberlegte Antwort zu geben.

Doch dann warf sie ihre Bedenken über Bord und fragte ihn direkt: »Sind Sie wirklich so aufgeschlossen?« Und bevor er das bejahen konnte, entfuhr ihr: »Im Grunde ihres Herzens sind griechische Männer doch so konservativ wie Anatolier.«

»Sie halten mich also noch immer für einen *Tourkosporos.*« Er lachte leise. »Vielleicht haben Sie recht. Dabei habe ich wirklich versucht, Verständnis für die Affären meiner Frau aufzubringen. Ich bin ja selbst ein *Romios.*«

»Also ein echter griechischer Mann, ein Chauvinist«, resümierte Maria. Sie redete weiter, bevor ihr bewusst wurde, wie intim ihr Gespräch inzwischen geworden war. Als es ihr in den Sinn kam, war es bereits zu spät. »Ich begreife nicht, wie eine Griechin vorgeben kann, einen Mann zu lieben, und dann mit einem Liebhaber ins Bett geht.«

Onassis drehte die Kippe seiner Zigarette nachdenklich zwischen den Fingern. »Inzwischen ist mir gleichgültig, was sie tut, solange die Kinder ein behütetes Leben führen. Nur wegen Alexander und Christina habe ich bisher nicht in die Scheidung eingewilligt.«

Eine Weile lang standen sie still nebeneinander am Heck und blickten über die tintenblaue See in die Ferne. Wieder einmal dachte sie, wie angenehm es war, in Onassis' Gesellschaft zu sein, selbst wenn sie nur Seite an Seite schwiegen. Meist redete sie zu viel, um ihre Schüchternheit zu überspielen. In diesem Augenblick brachte sie jedoch nichts in Verlegenheit. Weder seine dominante Ausstrahlung, die sie ebenso genoss, wie es ihr gefiel, sich ihr entgegenzustellen, noch die sich im Wasser spiegelnde silberne Mondsichel, die wie aus einer kitschigen Kulisse von »Aida« entliehen wirkte. Sie hingen beide den eigenen Gedanken nach, und doch schienen sie durch ein unsichtbares Band verbunden, jedenfalls fühlte sich Maria seltsam geborgen.

Onassis drehte sich zu ihr um. »Ich bin ein Nachtmensch und brauche nur wenig Schlaf. Wie ist es mit Ihnen?«

Noch eine Gemeinsamkeit. »Mir geht es ebenso«, bestätigte sie so leise, dass sie fürchtete, er würde sie nicht hören.

»Ich könnte bis zum Sonnenaufgang mit Ihnen hier stehen. Schweigen. Reden. Ganz egal. Aber …«

Unwillkürlich hielt sie den Atem an.

»Aber wir sollten die Konventionen wahren. Es schickt sich nicht für zwei verheiratete Menschen, allein an Deck zu stehen und in den Sternen zu lesen. Sir Winston und Lady Clementine fänden es wohl kompromittierend, wenn sie davon erführen.« Ein leises Lachen milderte seine Worte, die aus einem anderen Jahrhundert zu stammen schienen.

Meine Güte, fuhr es Maria durch den Kopf, wir berühren uns nicht einmal. Und eben haben wir noch ganz offen über die Affäre seiner Frau gesprochen. Vielleicht war ihm genau das jetzt unangenehm. Offenbar wollte er, dass Maria sich verabschiedete. Ihr war nicht klar, ob sie darüber entrüstet oder davon enttäuscht sein sollte. Wie, um sich ihre Beobachtung zu bestätigen, stellte sie laut fest: »Sie schätzen Churchill sehr.« Mehr als meine Gesellschaft, dachte sie.

»Er ist ein Mentor für mich. Eine Vaterfigur, wenn Sie so wollen.«

Plötzlich verstand sie ihn. Maria hatte immer nach ihrem Vater gesucht, der niemals Zeit für sie gehabt hatte, den sie verlassen musste und der sie mit seiner unerschütterlichen Liebe zu Alexandra Papajohn bitter enttäuschte. Eine Zeit lang hatte sie geglaubt, Meneghini würde diese Lücke füllen. Doch inzwischen wusste sie, dass sie sich noch immer auf der Suche befand.

Sie nickte. »Wo haben Sie sich kennengelernt?«

»Wir wurden einander vor drei Jahren bei einer Dinnerparty vorgestellt, die Sir Winstons Literaturagent gab, der in Roquebrune an der Côte d'Azur eine Villa besitzt. Ich war sehr nervös – wann begegnet man schon einmal einem echten Helden? Ich dachte während unseres Gesprächs, ich hätte diesen großen alten Mann mit einer Bemerkung über Zypern brüskiert, doch am Ende sagte Sir Winston zu Anthony Montague Browne: ›Onassis hat Charakter.‹« Offensichtlich erfüllte ihn dieses Kompliment auch heute noch mit großem Stolz. »Seitdem sind wir so etwas wie Freunde.«

Schmunzelnd erinnerte sie sich an den vorlauten Papagei des Staatsmannes. »Sir Winston Churchill ist offenbar immer für eine Überraschung gut.«

»Auf diese Weise hat er die freie Welt vor dem Faschismus gerettet. Wir dürfen nicht vergessen, wie es uns heute erginge, wenn dieser Mann nicht gewesen wäre.«

»Ja«, erwiderte sie schlicht. Sie überlegte, ob sie Onassis von ihren Erlebnissen unter deutscher Besatzung erzählen sollte, davon, wie ihre Mutter verlangt hatte, dass die zwanzigjährige Maria mit den deutschen Soldaten ins Bett ging, um an Essen und andere Annehmlichkeiten zu gelangen. Doch sie hatte nichts anderes getan, als zu singen, Arien von Richard Wagner,

»Fidelio« von Beethoven und die Marta in »Tiefland«, und damit dasselbe erreicht. Nach dem Krieg hatte man ihr vorgeworfen, deutsche Opern vorgetragen zu haben, aber sie hatte Hunger und überdies die Mäuler ihrer Mutter und Schwester zu stopfen. Außerdem war es wundervolle Musik.

Ihr fiel ein, dass Onassis gerade angemerkt hatte, wie wenig angebracht ihm ihre ungeplante Zusammenkunft an Deck erschien. Wie wenig angemessen dies für die Churchills wäre. Sie sollte lieber zurück in ihre Kabine gehen, auch wenn sie es zutiefst bedauerte, ihre Unterhaltung abzubrechen.

Als könne er ihre Gedanken lesen, sagte er sanft: »Maria, ich wünschte, wir könnten jede Nacht irgendwo zusammensitzen und reden. Und ich wünschte, dass es Ihnen ebenso ergeht. Wenn noch ein anderer Gast bei uns wäre, könnte dies den Moralvorstellungen von Sir Winston und Lady Clementine schon eher entsprechen. Also werde ich dafür sorgen, dass wir nicht mehr allein sind.« Sein Grinsen war so breit, dass seine Zähne im Dunkeln leuchteten.

Erstaunt zog sie ihre Augenbrauen hoch. Für die Gesellschaft einer Anstandsdame hielt sie sich ein wenig zu alt. Im nächsten Moment fürchtete sie, dass sich Meneghini zu ihr und Onassis gesellen könnte. Aber ihr Mann schlief anders als sie um diese Zeit stets tief und fest, er war alles andere als ein Nachtmensch. Sie würde herausfinden, was Onassis plante – und wenn es ihr nicht behagte, konnte sie immer noch von Bord gehen.

Achselzuckend wandte sie sich ab, hin- und hergerissen zwischen ihrem Wunsch, noch länger bei ihm zu sein, und seiner Sorge, seine anderen Gäste zu brüskieren. Im Gehen streifte sie ihre Schuhe ab und lief barfuß über die Planken, die noch immer warm von der Sonne waren. Das Holz fühlte sich wunderbar unter ihren Füßen an. Als ein Windstoß in ihr aufgestecktes Haar fuhr und ein paar Strähnen von den Nadeln und Klammern befreite, wusste sie, dass sie die Yacht nicht verlassen würde. Komme, was wolle.

»*Kalinýchta*, Maria.«

Seine Stimme klang wie ein Versprechen, obwohl er ihr nur eine gute Nacht wünschte.

KAPITEL 16

Santa Fe
Anfang September 1968

Ihre Freundin Mary Mead riet ihr dringend von einer Reise nach Texas ab, da es in Dallas um diese Jahreszeit zu heiß und die Luftfeuchtigkeit zu hoch sei. Vielleicht ahnte sie auch, dass die Einschulungsfeier ihrer Kinder wohl kaum den geeigneten Rahmen böte, Maria aus ihrer Verzweiflung zu retten. Allerdings wollte diese auch nicht in New York bleiben, unter gar keinen Umständen. Das Gästezimmer der Gatsos kam ihr wie beschmutzt vor, seit sie dort zufällig diese Talkshow im Fernsehen gesehen hatte. Sie musste dort weg, egal wohin, hoffte, dem Alptraum entfliehen zu können, wenn sie nur an einen anderen Ort reiste.

Unter dem höchst durchsichtigen Vorwand, das Comeback der Callas vorzubereiten, organisierte Larry ihr eine Einladung des Industriellen und Kunstsammlers David Stickelbar nach Kansas City. Maria stimmte allem zu, dem Neuanfang ihrer Karriere ebenso wie dem Aufenthalt bei einem Wildfremden. Doch neben Unmengen an Koffern begleitete sie auch Aristo in den Mittleren Westen, denn die Gedanken an den Geliebten ließen sich weder einfach abschütteln noch blieb die Trauer über ihr Zerwürfnis in New York zurück. Vor ihrer Abreise hatte sie Costa Gatsos instruiert, wie er sich verhalten sollte, wenn Aristo anrief und nach ihr fragte. Doch nachdem auch am dritten Tag nach ihrer Ankunft in Kansas City das Telefon nicht für sie klingelte, entschied Maria, dass sie diese Warterei nicht aushielte und lieber weiterzog. Sie flog mit dem Firmenjet von Stickelbar, wobei ihre Koffer und Taschen in der Flugzeugtoilette gestapelt werden mussten, weil der Platz sonst nicht ausgereicht hätte. Doch noch immer war sie sich nicht bewusst, wie schwer die eigentliche Last wog, die sie mit sich führte.

Ihre nächste Station war Colorado Springs, eine malerisch in den östlichen Ausläufern der Rocky Mountains gelegene Großstadt. Maria fühlte sich in den Bungalows des Hotel Garden of the Gods genauso wenig wohl wie in New York und Kansas City. Selbst die Aussicht auf die uralten bizarren Felsformationen aus rotem Sandstein half ihr nicht, ihren Schmerz zu überwinden. Jede Kleinigkeit erinnerte sie daran, dass sie die Liebe ihres Lebens verloren hatte. Sah sie etwa in ihrem Quartier den Zimmernamen *Kissing Camels,* dachte sie, dass Aristo und die Kennedy doch letztlich nichts anderes als küssende Kamele waren. Und dann fing sie zu weinen an. Immer und immer wieder. Achtundvierzig Stunden hielt sie diese Assoziation aus, am dritten Tag flogen sie und ihre Begleiter weiter in Richtung Süden.

Während ihres Flugs über die Berge nach New Mexico kam sich Maria wie auf einer Kreuzfahrt vor, die Wolken unter ihr wirkten in ihrer Phantasie wie das Meer. Sie floh vor ihren Erinnerungen – und wurde umso mehr davon gefesselt. Ihre einer Odyssee gleichende Reise durch die Vereinigten Staaten war jenen Schiffsreisen nicht unähnlich, die sie an Aristos Seite erlebt hatte. Die erste gemeinsame Route hatte er damals auf Wunsch Sir Winston Churchills geplant. Er hatte den alten Herrn gefragt, wohin er fahren wolle, und Churchill hatte geantwortet, er würde gern das Heimatland seines Gastgebers besuchen. Deshalb stand die türkische Küste auf dem Programm. Zunächst legte die *Christina* in den verschiedenen italienischen Häfen an, im mondänen Portofino etwa, wo Maria mit Tina Onassis und Nonie Montague Browne bummeln ging, dann in Neapel, Capri und Stromboli, bevor die Yacht durch die Straße von Messina nach Griechenland schipperte. Vor neun Jahren war es ebenfalls Sommer gewesen – und Maria erinnerte sich noch deutlich, wie ihr bei ihren Landgängen der intensive Duft der Pinien aufgefallen war. Genau dieses Aroma stieg ihr in die Nase, als sie am Flughafen von Santa Fe die Gangway hinabschritt. Es kam ihr vor, als wäre die Zeit zurückgedreht worden, als würde das Schicksal nicht wollen, dass sie vergaß.

Im Foyer des Hotel Rancho Encantado wartete eine Überraschung auf Maria. Aus einem der naturfarbenen Ledersessel erhob sich ihre Freundin Mary Mead. »Es tut mir so leid, dass ich nicht früher zu dir kommen konnte. Doch von jetzt an bin ich für dich da.«

Maria drückte Marys Hand. »Dann sollten wir erst einmal dafür sorgen, dass deine Casita direkt neben meiner liegt. So nennt man das hier, nicht wahr?«

Bei der Einfahrt auf das Hotelgelände hatte sie die hübschen kleinen Bungalows bemerkt, die sich um das niedrige Haupthaus reihten. Die Vorstellung, mit Mary auf der Terrasse zu sitzen und sich nächtelang den Kummer von der Seele zu reden, war wundervoll. Dass sie und Aristo in endlosen Gesprächen auf dieselbe Weise vor neun Jahren zueinandergefunden hatten, verdrängte sie für den Moment. Jedenfalls solange sie mit ihren Begleitern an der Rezeption stand und darauf wartete, dass man ihnen die Schlüssel aushändigte.

»Ruht euch erst einmal aus«, schlug Larry vor. »Ich muss von meinem Zimmer aus ein paar Telefonate führen, wir sehen uns dann später an der Bar zum Cocktail.«

»Verzeihen Sie, Mr. Kelly«, warf der Portier ein, »unsere Casitas verfügen nicht über Telefonanschlüsse.«

Maria fuhr herum. »Wollen Sie damit sagen, dass es in den Zimmern und Suiten keine Telefone für die Gäste gibt?«

Der Portier hob die Schultern und ließ sie in einer Mischung aus Bedauern und Resignation wieder fallen. »So ist es, Madam.«

Für einen Moment war sie sprachlos. Wie konnten die Freunde sie in ein Hotel bringen, in dem nicht jeder Gast von jedem Zimmer aus telefonieren und – noch wichtiger – angerufen werden konnte? Aristo würde sie nicht erreichen, weil sie schlichtweg nicht erreichbar war.

»Ich kann hier nicht bleiben«, stieß sie hervor.

Ihre Freunde tauschten einen bedeutsamen Blick.

Maria stemmte die Hände in die Hüften und sah die anderen herausfordernd an. »Was ist los? Ich kann nicht schlafen ohne ein Telefon neben meinem Bett. Das ist ausgeschlossen.«

Betroffenes Schweigen antwortete ihr.

Inzwischen hatten sich weitere Gäste in der Lobby versammelt. Neuankömmlinge, die neben ihren Koffern darauf warteten, an der Rezeption bedient zu werden, ebenso wie Touristen, die sich bereits eingemietet hatten und von einer Besichtigungsfahrt, einem Spaziergang oder vom Golf zurückkamen. Die Spikes der Golfschuhe klackerten auf dem Steinboden. Neugierige Blicke verfolgten den Auftritt der Diva, Getuschel breitete sich aus, und offenbar überlegten die Leute, ob es sich bei der sichtlich aufgelösten Dame in der elegant gekleideten Gruppe am Empfang tatsächlich um die Callas handeln konnte.

David Stickelbar fand als Erster seine Stimme wieder. »Dann müssen wir wohl umziehen«, räumte er nüchtern ein.

Der Portier nickte. »Im Hotel La Fonda in der Innenstadt haben die Zimmer Telefone. Ich rufe gern dort für Sie an und frage nach, ob noch etwas frei ist.«

»Selbstverständlich sollte für Maria Callas eine Suite frei sein«, bemerkte Larry.

»Drei«, korrigierte Mary. »Wir brauchen drei Suiten.«

»Ich tue mein Bestes«, versprach der Portier, »aber ich mache Ihnen keine Hoffnungen auf so viele freie Zimmer. Dieses Wochenende ist Labor Day, und Santa Fe ist ein beliebtes Ausflugsziel …« In beredtem Schweigen brach er ab.

»Rufen Sie freundlicherweise dort an«, bat Larry schlicht.

Maria sah ihrem Freund an, wie genervt er war. Letztlich umsorgte er sie seit ihrer verhängnisvollen Abreise von der Yacht fast ohne Unterlass, mit Ausnahme jener Tage in Paris, die dazu geführt hatten, dass sie ins Krankenhaus eingeliefert worden war. Larry war immer für sie da, er bemühte sich redlich, sie aufzumuntern und ihr zu helfen, neue Perspektiven für sich zu entdecken. Was aus seiner Sicht bedeutete, dass ein Comeback das beste Mittel für sie war, Aristos Untreue zu vergessen. All das rechnete sie ihm hoch an. Doch ihre Antworten auf seine Pläne fielen immer vager aus. Sie wollte nicht singen. Sie wollte den Mann, den sie liebte, zurück, und genau das schien er einfach nicht zu verstehen. Aber das verzieh sie ihm natürlich. Sie schenkte ihm ein liebevolles Lächeln.

»Wisst ihr was?« Maria zwang sich zu einem fröhlichen Tonfall: »Wir fahren woandershin. Ich war noch nie in Las Vegas. Lasst uns dort hinfliegen.«

»In zwei Stunden könnten wir am Strip sein«, stimmte Stickelbar zu, dessen Firmenjet Maria inzwischen nutzte, als wäre es ihr Privatwagen.

»Zumindest gibt es dort eine Menge Hotels, und ich weiß, dass das Desert Inn über Telefone in den Suiten verfügt«, behauptete Mary.

»Das hatte ich gehofft.« Maria lächelte ihre Freunde an. »Las Vegas ist wohl weniger ländlich als diese Gegend.« In Gedanken fügte sie hinzu, dass ihr der Aufenthalt in den verräucherten Spielcasinos sicherlich mehr Spaß bereiten würde als der Duft der Pinien, der sie hier zu verfolgen schien.

Der Portier hatte von dem Telefon an der Rezeption, dem vermutlich einzigen Apparat im Haus, mit seinem Kollegen gesprochen. Kopfschüttelnd legte er auf. »Es tut mir leid, meine Herrschaften, das La Fonda ist restlos ausgebucht.«

»Verbinden Sie mich bitte mit dem Büro des Managers vom Hotel Desert Inn in Las Vegas«, forderte Mary. Dabei drückte sie zuversichtlich Marias Hand.

»Das war ein kurzer Aufenthalt«, murmelte Larry vor sich hin. »Bisher waren wir zumindest drei Tage an einem Ort, bevor wir weiterzogen.«

»Es ist wie auf einer Kreuzfahrt«, erwiderte Maria. »Manchmal ankert das Schiff länger in einem Hafen, manchmal aber auch kürzer.«

KAPITEL 17

Mittelmeer
Juli 1959

Maria war in den vergangenen zehn Jahren viel gereist, aber die Zeiten, in denen sie wirklich Urlaub gemacht hatte, waren ebenso begrenzt wie der Radius dieser wenigen Tage, die sie in der Regel entweder am Gardasee oder in Venedig verbrachte. Sich über Tage nur dem eigenen Wohlergehen hinzugeben, dabei den kobaltblauen Himmel und die ewig changierenden Farben des Meeres zu betrachten, seinen Gedanken ziellos nachzuhängen und alles von sich abfallen zu lassen war eine völlig neue Erfahrung für sie – und Maria fand es wundervoll. Das Leben auf See bot ihr so viel Sehenswertes, sie konnte Stunden über das Wasser blicken, den Wellen zuschauen und die Schaumkronen zählen, und sie empfand dabei ein Gefühl von Freiheit, das ihr bislang gänzlich unbekannt gewesen war. Nonie Montague Browne behauptete, bei Sonnenaufgang Delphine beobachtet zu haben, doch da Maria um diese Stunde immer schlief, konnte sie sich nicht vom Wahrheitsgehalt des Berichts selbst überzeugen. Onassis bestätigte jedoch, dass auch er diese verspielten Meeressäuger schon gesehen habe, und Maria dachte bei sich, dass er anscheinend noch weniger Schlaf brauchte als sie.

Während er sich tagsüber mit aufopfernder Fürsorge um Winston Churchill kümmerte, war er in der Nacht nur für Maria da. Nach dem Abendessen blieben sie beide im lauen Fahrtwind an Deck sitzen, lauschten den Wellen und redeten über dies und das. Ihre Ehepartner und Mitreisenden waren meist schon in ihren Kabinen verschwunden, als sie sich noch immer auf Griechisch oder manchmal auch auf Englisch unterhielten. Onassis sorgte wie versprochen dafür, dass der Anstand gewahrt wurde und stets eine dritte, respektable Person bei ihnen weilte. Entweder rekrutierte er dafür Nonie oder Anthony Montague Browne. Doch auf gewisse Weise waren sie trotzdem allein, denn mangels ausreichender Griechischkenntnisse verstanden Gouvernante und Anstandswauwau nicht einmal ansatzweise, worüber Maria und Onassis sprachen. Sie vermutete, dass er aus Höflichkeit zuweilen ins Englische wechselte – oder um ihre Aufpasser bei Laune zu halten. Aber ihr war es recht, sie hörte seiner sonoren Stimme gern zu, gleichgültig, in welcher Sprache.

Sie saßen entspannt nebeneinander in der kleinen Sitzgruppe, die an den Pool geschoben worden war. Onassis hatte ihr voller Stolz gezeigt, wie sich das Schwimmbad mittels eines Hebels in eine Tanzfläche verwandeln ließ. Ein weiterer Knopfdruck ließ aus Düsen am Beckenrand Fontänen sprühen, die in der Dunkelheit in bunten Farben phosphoreszierten. Anscheinend fand er großen Gefallen an seinem Spielzeug, denn er machte sich einen Spaß daraus, es unablässig in Gang zu setzen. Heute beleuchteten nur die Unterwasserscheinwerfer das minoische Mosaik am Beckengrund, leise plätscherte die Umwälzpumpe, während Nonie ruhig ihre nächtlichen Schwimmrunden drehte. Maria nippte an dem Glas Whisky, das ihr von ihrem Gastgeber in die Hand gedrückt worden war. Offensichtlich konnte wohl niemand Aristoteles Onassis etwas abschlagen – sie nicht den ungewohnten Alkohol, die vornehme Engländerin nicht das Angebot zu nächtlichem Sport, was nichts anderes als eine Aufforderung gewesen war, sich Onassis und Maria an Deck anzuschließen.

Da er anscheinend nichts tat, ohne ein Ziel zu verfolgen, hob sie das schwere Kristallglas und fragte lächelnd: »Wollen Sie mich betrunken machen?«

Er erwiderte ihr Lächeln. »Nein. Nichts läge mir ferner. Ich möchte einfach nur ein Glas mit Ihnen trinken. Unter Freunden.«

Freunde, dachte sie versonnen. Ja, wahrscheinlich waren sie Freunde geworden. Enge Freunde sogar. Seit fünf Nächten zelebrierten sie nun ihr nächtliches Beisammensein. Anfangs hatten sie sich über Allerweltsthemen unterhalten, dann hatte er ihr mehr von seiner besonderen Beziehung zu Winston Churchill erzählt, die in einer fast väterlichen Liebe gemündet war. Seine Anbetung des berühmten Staatsmanns ging so weit, dass er jeden Abend mit dem Kapitän in Churchills Kabine ging, um die Route für den nächsten Tag zu besprechen und zu überprüfen, ob der Gast von den Motorengeräuschen gestört werden könnte, die gegebenenfalls heruntergefahren werden mussten. Maria bewunderte Churchill, keine Frage, aber noch mehr bewunderte sie Onassis für dessen ungewöhnlich inniges Verhältnis zu dem alten Herrn.

»Ich möchte Sie Aristo nennen«, sagte sie plötzlich. »Nicht Ari, wie alle anderen, sondern Aristo.«

»Sehr gut.« Offensichtlich gefiel ihm das Wortspiel. Aristo bedeutete im Griechischen so viel wie »ausgezeichnet« – und so sah er sich zweifellos selbst. Dann fügte er hinzu: »*Maria assoluta*, die Vollkommene, *la Divina*, die Göttliche – hm ... ich denke, ich belasse es bei Maria.«

»Unter Freunden«, wiederholte sie.

Der Kopf von Nonie tauchte aus dem Pool auf. Wassertretend hielt sie sich auf einer Stelle, hob den Arm und winkte Onassis zu. Fröhlich winkte er zurück.

Als sich die Gattin von Churchills Privatsekretär in Position zum Kraulen brachte, bemerkte Maria: »Sie sollte nicht so lange schwimmen. Sonst wachsen ihr am Ende noch Fischhäute.«

»Sie ist Engländerin. Diese Frauen können etwas aushalten.«

Unwillkürlich fielen Maria die Gespräche ein, die Nonie und ihre Tochter mit Tina Onassis und Lady Clementine führten. Es ging dabei um Privatlehrer und noble Internate in Großbritannien, und die Frauen lachten über die harmlosen Streiche, die sie als Kinder oder junge Mädchen ihren Mitschülern oder Lehrern gespielt hatten. Sie konnte nicht mitreden, weil sie diese Form einer vornehmen Erziehung niemals genossen hatte und viel zu früh von der Schule abgegangen war. Da ihr die Mutter den Kontakt zu anderen Mädchen und Jungen weitgehend untersagt hatte, konnte sie nicht einmal mit irgendwelchen Albernheiten aus früheren Jahren aufwarten. Je weniger sie sich jedoch an der Unterhaltung beteiligte, desto mehr spürte sie, wie sie im Kreis der Frauen zur Außenseiterin wurde.

Die Damen zeigten sich irritiert über ihre Unwissenheit, und sie war es gewohnt, Neid zu erleben und wenige Freunde zu haben, doch in dieser Umgebung fand sie beides höchst deplatziert. Deshalb lehnte sie sich plötzlich vor und wandte sich mit einem kleinen Nicken in Nonies Richtung in leisem Griechisch an ihren Gastgeber: »In jedem Hafen warten Paparazzi auf uns. Sie hat gesagt, sie glaube, ich würde die Fotografen bestellen. Was nicht der Fall ist.«

»Na und?«, gab Aristo zurück und trank einen Schluck Whisky. »Für manche Leute gehört es zum guten Ton, sich über die Presse aufzuregen.«

»Die Callas ist berühmt genug. Das Wunderbare an dieser Reise ist doch, dass wir so weit weg von allem sind. Und wenn an Land jemand im Mittelpunkt steht, ist es Sir Winston. Ich brauche keine besondere Aufmerksamkeit.«

»Ach nein? Ich zeige gern, was ich habe.«

Seine Antwort überraschte sie. Nicht nur, weil so viel Gelassenheit darin lag. Hatte Onassis selbst die Fotografen an jede Anlegestelle bestellt, an der die *Christina* festmachte? Sie versuchte, ihm in die Augen zu sehen, doch durch die getönten Gläser seiner Brille, die er selbst im Dunkeln trug, gelang es ihr nicht. Obwohl ihr die Frage auf der Zunge lag, verkniff sie sie sich. Aristo würde jede Bemerkung parieren und nicht mehr preisgeben, als er wollte. War die Callas also doch nur eine Trophäe für ihn, mit der er sich gern zeigte? Aber mit Winston Churchill verband ihn aufrichtige Freundschaft. Warum also sollte sie dieses Privileg nicht auch erfahren dürfen?

»Da!«, rief Onassis plötzlich. Er sprang so heftig auf, dass er beinahe den kleinen Beistelltisch umwarf, der vor den Sesseln stand. »Maria, sehen Sie nur!«

Sie folgte seinem Blick – und erhob sich ebenfalls. Ehrfürchtig, voller Angst, begeistert. Die widersprüchlichsten Gefühle wallten in ihr auf angesichts des Vulkans, der in Sichtweite vor ihnen ausbrach.

Schon zur Cocktailstunde in der Dämmerung hatte Aristo seine Gäste auf die Insel Stromboli aufmerksam gemacht, einen Felsen, der in der Form einer Pyramide aus dem Meer ragte und – wie der Gastgeber erklärte – aus mehreren aktiven Kratern bestand. Doch zu Aristos größter Enttäuschung war der Vulkan ausgerechnet in dem Moment untätig, als er sich wünschte, das Naturschauspiel seinen Gästen zu präsentieren. Während die *Christina* in östlicher Richtung weiterfuhr, blieb ihm nichts anderes, als die Gesellschaft an Bord mit der griechischen Mythologie zu unterhalten. Er bemühte wieder einmal seinen Lieblingshelden Odysseus, der die gefährlichen Plankten – zwei von Flammen umhüllte, von starker Brandung umgebene Felsen – vermieden und stattdessen eine Passage durch die Straße von Messina gewählt hatte. Wie Onassis es plante.

»Komm schon!«, rief er jetzt dem Vulkan zu. »Zeig uns, was du kannst.«

Maria nahm kaum wahr, wie Nonie Montague Browne aus dem Schwimmbad stieg. Sie starrte auf die Spitze des dunklen Dreiecks im Meer, das sich gegen den vom Mondlicht erhellten Himmel abhob. Eine Flamme loderte kerzengerade nach oben und sprühte Funken wie rote Sternschnuppen um sich her. Lava ergoss sich in einem schmalen Fluss den Hang hinab, ein leuchtender orangeroter Streifen auf dem schwarzen Felsen.

»Eine so starke Eruption habe ich noch nie beobachtet.« Onassis' Stimme klang respektvoll, aber auch seltsam bedrückt. Seine Begeisterung schien sich gelegt zu haben. »Mir gefällt das nicht.«

Gefesselt von dem Anblick, hatte Maria nicht darüber nachgedacht, dass ein solcher Vulkanausbruch ein schlechtes Omen bedeuten könnte. Unwillkürlich bekreuzigte sie sich. Vielleicht gelang es ihr auf diese Weise, das Böse von Aristo abzuwenden. Denn es lag ihr viel daran, dass er kein Unglück erlebte.

»Bemerkenswert«, stellte Nonie Montague Browne im Hintergrund nüchtern fest. Aus den Augenwinkeln sah Maria, wie sich die Engländerin ein Badetuch um ihren nassen Körper schlang.

»Hephaistos ist in der griechischen Mythologie der Gott des Feuers«, erklärte Onassis. Er sprach zwar Englisch, schien jedoch mehr zu sich selbst zu sprechen als zu Maria oder Nonie. »Ein guter alter Schmied, der mit Aphrodite verheiratet ist. Diese betrügt ihn jedoch mit Ares. Um seine Frau und ihren Liebhaber zu strafen, schmiedet Hephaistos ein Netz, das sich über die beiden senkt, während sie sich lieben. Dann präsentiert er seine Gefangenen den Göttern, damit sie über sie richten sollen. Doch die brechen nur in schallendes Gelächter aus.«

Seiner Geschichte folgte eine schwer lastende Stille. Auch Maria wusste nichts zu sagen, um die Stimmung aufzuheitern. Ihr war klar, welchen Zusammenhang Onassis zwischen der

Mythologie und seiner eigenen Situation darstellte. Ein Seitenblick auf Nonie bestätigte ihr, dass es der Engländerin ebenso erging. Und sie alle erschraken.

Meneghini wurde seekrank. Obwohl das Mittelmeer so glatt wie der Gardasee im Hochsommer zu sein schien, behauptete Marias Mann, er spüre selbst den kleinsten Wellengang. Sie nahm ihm das nicht ab und glaubte vielmehr, dass er sich langweilte. Wehklagend zog er sich in ihre Kabine zurück und tauchte bis zum nächsten Landausflug nicht mehr an Deck auf, was sie ihm einerseits verübelte, weil sie sein Benehmen unmöglich fand, andererseits war sie erleichtert. Wenn Meneghini in der Suite blieb, brauchte sie sich vor den anderen Gästen nicht fürsorglich um ihn zu bemühen, musste sie nicht den Schein einer liebevollen Gemahlin wahren. Sie merkte, dass sie sich viel gelassener und wohler in ihrer Haut fühlte, wenn er nicht an ihrer Seite war – eine Gewissheit, die immer stärker von ihr Besitz ergriff. Dennoch empfand sie die Situation als belastend.

»Sie sehen bekümmert aus«, meinte Onassis, als er sich zu ihrem inzwischen zur Routine gewordenen Treffen mit Maria an Deck einfand, wo nur noch ein paar Kerzen in Windlichtern flackerten und das Mondlicht die See in flüssiges Silber verwandelte. In dieser Nacht leistete ihnen Anthony Montague Browne Gesellschaft, der im Liegestuhl lag und vorgab, ein Buch zu lesen, das er aus der Bordbibliothek mitgenommen hatte, jedoch wirkte, als stehe er kurz davor, in Tiefschlaf zu fallen. Unabhängig von der Müdigkeit seines Freundes achtete Onassis auf die Regeln und berührte nicht einmal Marias Hand, geschweige denn ihr Gesicht, als er wissen wollte: »Was bereitet Ihnen so große Sorgen, dass ich eine kleine Falte zwischen Ihren Augenbrauen ausmachen kann?«

Unwillkürlich strich sie sich über die Stirn. »Mein Mann«, entfuhr es ihr wahrheitsgetreu, obwohl sie Aristo eigentlich mit einer Ausrede hatte abspeisen wollen.

»Sollen wir die Krankenschwester wecken? Es ist an Bord für alle medizinischen Notfälle gesorgt.«

»Nein, lassen Sie nur«, unterbrach sie ihn rasch. »Nein, ich mache mir keine Sorgen um Battistas Gesundheitszustand. Vielmehr …«, sie stockte. Ihr fehlten plötzlich die Worte.

Wie viel sollte sie preisgeben von dem Dilemma, in das Meneghini sie mit seinem Hinweis auf ihre finanzielle Situation gebracht hatte? Die Nacht war verführerisch, die Sterne am Himmel als ihre einzigen Zeugen verlockend, der Champagner in ihrem Glas dazu geeignet, ihre Zunge zu lockern. Ihr Wächter über Sitte und Anstand sprach kein Griechisch, wenn er denn überhaupt zuhörte, so dass sie mit Aristo praktisch unter vier Augen redete. Dennoch war ihr klar, dass sie einen enormen Verrat an ihrem Mann beging, wenn sie ihrem gemeinsamen Gastgeber anvertraute, dass Meneghini mit ihren Gagen schlecht wirtschaftete. Es war womöglich ein noch größerer Treuebruch als ihre in Amsterdam an Peter Diamand gerichtete Bitte, ihr Honorar nicht an Meneghini auszuzahlen.

Sie trank einen Schluck, sah über den Rand des Champagnerkelchs zu Aristo hin. Er musterte sie mit einem aufmerksamen, freundlichen Blick, abwartend, aber nicht lauernd, nicht einmal neugierig. Sie dachte an die liebevolle Fürsorge, die er Churchill angedeihen ließ, und dann befand sie, dass ein Charakter wie Onassis ihre Offenheit nicht benutzen würde, sich gegen sie zu wenden oder sich über sie lustig zu machen.

»Ich habe Angst, eines Tages mittellos zu sein«, gestand sie schließlich.

Er hob zu einer Antwort an, doch Maria bedeutete ihm mit ihrer Hand, dass sie noch nicht fertig war.

»Dass ich in meiner Jugend Hunger gelitten habe, hatte natürlich auch mit dem Krieg zu tun, aber nicht nur. Meine Mutter war einfach nicht in der Lage, ihre beiden Töchter ohne Ehemann und Vater anständig zu versorgen.« Sie schluckte ihren Gram über Evangelia herunter, weil dieses dunkle Gefühl sie nur zu einem anderen Thema bringen würde, und sie würde sich in ihren Kümmernissen verlieren. »Und nun fürchte ich mich wieder vor der Armut, davor, im Alter nicht für mich sorgen zu können und mittellos zu sterben.«

Verständnislos schüttelte er den Kopf. »Ich kann mir kaum vorstellen, was Sie dazu bringt, sich eine so düstere Zukunft für die berühmte Callas auszumalen.« Doch mit einem Mal schien er zu verstehen. Er richtete sich auf. »Bringt Ihr Mann Ihr Geld durch?«

Seine Direktheit ließ sie schmunzeln. Es war nur ein trauriges Lächeln, aber es brach den Bann, so dass die Worte aus ihr heraussprudelten: »Ich habe keine Ahnung, was er damit tut. Er hat immer alles geregelt, und ich habe mich um nichts gekümmert – ich muss ja unentwegt proben, singen, mich dem Studium meiner Rollen widmen. Aber kürzlich behauptete Battista, wir hätten kein Geld mehr auf der Bank und ich könnte deshalb keine Pause einlegen. Dabei brauche ich dringend mehr Ruhe. Die Terminplanung der Opernhäuser ist mörderisch. Das greift meine Gesundheit an, meine Stimme gehorcht mir manchmal nicht mehr, weil man mir keine Zeit gibt, mich zu erholen, und niemand zeigt Verständnis dafür. Aber Battista will mich zwingen, jedes Engagement anzunehmen …« Erschrocken über ihre Ehrlichkeit, die Intimität ihrer Ausführungen und ihren zuletzt angeschlagenen Ton hielt sie inne. Sie klang fast so weinerlich wie Meneghini selbst – und das ärgerte sie, weil sie nicht um Mitleid betteln wollte.

Doch Aristo schien weit davon entfernt, sie zu bedauern. Sachlich resümierte er: »Geld ist zweifellos nicht alles, aber es ist die Voraussetzung für vieles. Deshalb sollten Ihre Einnahmen gut verwaltet werden.«

Sie nickte stumm.

»Wenn Sie erlauben, werde ich mich um Ihre finanziellen Belange kümmern.«

Sie sah über das Achterdeck mit seinem Pool und den kretischen Mosaiken, der Tanzfläche und den bunten Fontänen. Auf dieser Yacht wurde alles zur Schau gestellt, was man für Geld kaufen konnte. Viel Geld. Mehr, als sie sich jemals vorstellen konnte. Sie schaute Onassis in die Augen. Vor ein paar Nächten hatte er ihr lachend anvertraut, wie hilfreich sein manchmal stechender Blick war, wenn es darum ging, sich bei seinen geschäftlichen Kontrahenten durchzusetzen. In diesem Moment wirkte der Ausdruck seiner Augen im sanften Licht der Kerzen jedoch einfach nur unendlich aufrichtig.

»Ich verwalte die Finanzen der meisten Mitglieder meiner Familie«, erklärte er ruhig. »Bei drei Schwestern ist da viel zu tun, das können Sie mir glauben. Es wäre mir eine Ehre, auch Sie beraten zu dürfen.«

Sie wusste, dass Meneghini toben würde, wenn sie ihm endgültig den Zugang zu ihrem Bankkonto entzog und statt seiner Onassis bevollmächtigte. Doch die Vorstellung, dass jemand, der sich so auf den Umgang mit Geld verstand wie Onassis, ihr die größte Lebensangst nahm, war einfach nur wundervoll. Die Erleichterung ließ sie beinahe unvorsichtig werden und aus Dankbarkeit nach Aristos Hand greifen, im letzten Moment hielt sie sich jedoch zurück. Sie schloss die Augen. Als sie ihre Lider hob, begegnete sie seinem eindringlichen Blick, der nun fast unsicher wirkte, als fürchte er ihre Ablehnung.

»*Efcharistó*«, sagte sie leise. »Danke. Sie nehmen eine Last von mir.«

Ein zufriedenes Lächeln streifte sein Gesicht. Er schwieg einen Moment, bevor er vorschlug: »Wäre Ihnen mit einem eigenen Opernhaus gedient? Ich meine, wenn Ihnen die Terminplanung der großen Theater nicht gefällt, brauchen Sie vielleicht ein eigenes Ensemble.« Für einen Mann, der sich relativ wenig aus ihrem Sopran machte, wirkte er ungewohnt begeistert.

»Wie soll das funktionieren?«

»Kürzlich sprach Fürst Rainier mit mir darüber, wie sehr er bedauert, kein eigenes Opernensemble in Monaco zu haben.« Nun ergriff ihn ebenjener Wortfluss, der zuvor sie selbst zu den

Wahrheiten über ihre wirtschaftliche Krise mitgerissen hatte. »Ein geeignetes Haus gibt es mit dem Theater, das in Monte Carlo von dem Architekten Charles Garnier erbaut wurde. Er hat auch die Pariser Oper entworfen, nicht wahr? Das wäre doch ein geeigneter Rahmen für die Callas. Wo sonst, Maria, sollten Sie über ein eigenes Ensemble verfügen? Ich stelle mir vor, dass Sie über alles bestimmen, dass Sie diejenige sind, die entscheidet, wann Sie welche Rolle singen möchten und mit wem.«

Er fasste ihre Träume in Worte. Maria hörte seiner angenehmen, sonoren Stimme zu und hatte die Bilder dazu bereits im Kopf. Er sagte, was sie dachte, aber noch niemals mit einem anderen Menschen diskutiert hatte. In der Unterhaltung mit ihm wurde das Unmögliche so selbstverständlich wie die gleichmäßigen Atemgeräusche von Anthony Montague Browne, die von dem Liegestuhl am Rande des Schwimmbads zu der kleinen Sitzgruppe wehten.

Wieder schien Aristo ihre Gedanken zu erraten. »Wir sollten unseren Freund wecken, um ihn in keine peinliche Lage zu bringen.« Offensichtlich hatte er es damit nicht eilig, denn er erhob sich nur träge.

»Alles, was Sie mir gesagt haben, ist unendlich aufregend. Ich kann jetzt unmöglich schlafen gehen.«

»Davon war auch nicht die Rede, Maria.« Aristo grinste. Für einen Moment wirkte er so voller kindlicher Vorfreude wie sein Sohn Alexander, wenn diesem erlaubt wurde, Wasserski zu fahren. »Wir könnten alle zusammen in die Kombüse gehen und nachsehen, was der Koch für morgen vorbereitet hat. Ich habe

Hunger. Und Anthony sicher auch, wenn er aufgewacht ist. Wie ist es mit Ihnen?«

Um ihm die Freude nicht zu verderben, nickte sie. Und tatsächlich ließ sie in dieser Nacht ihrem Appetit freien Lauf. Ihr Ausflug in die Kombüse fühlte sich an wie ein Streich – etwas, wobei sie sonst nie hatte mitmachen können.

Nach einer Woche auf See erreichte die *Christina* Griechenland. Maria fühlte sich in Onassis' Gesellschaft mehr als Griechin als zu jeder anderen Zeit und an jedem anderen Ort, obwohl sie nicht aus vollem Herzen bestätigen konnte, dass die Heimat ihrer Familie tatsächlich auch ihre Heimat war. Das Aufwachsen in Amerika hatte sie sehr geprägt, ebenso wie die lange Zeit, die sie schon in Italien lebte. Doch als die Yacht in dem kleinen Hafen Itea unterhalb von Delphi anlegte, schlug ihr Herz höher. Erst zum zweiten Mal, nachdem sie Athen im Herbst nach Kriegsende verlassen hatte, kehrte sie zurück in das Land ihrer Vorfahren. Die gemischten Gefühle, die sie vor zwei Jahren auf dem Weg zu einem Auftritt begleitet hatten, waren an diesem Vormittag nur eine schwache Erinnerung. Sie zwang sich, nicht an die Schwierigkeiten von damals zu denken. Heute kam sie als Maria, nicht als Diva, die auf großer Bühne aufzutreten hatte. Ganz bewusst wollte sie das Gefühl genießen, als Touristin hier zu sein und nicht als die Callas, die von ihren Landsleuten mit äußerster Skepsis und nicht zwingend mit Stolz betrachtet wurde. Sie zog ein schlichtes dunkelblaues Hemdblusenkleid an und verbarg ihr Haar unter einem breiten weißen Band, die Augen hinter ihrer dunklen Sonnenbrille, und so hoffte sie, nicht gleich erkannt zu werden. Doch als sie an die Reling trat, fürchtete sie, dass ihr ein großes Hallo vermutlich nicht erspart bleiben würde.

Am Kai des pittoresken kleinen Städtchens hatten sich schon Gruppen neugieriger Einheimischer und die obligatorischen Pressefotografen versammelt, die bisher jeden ihrer Landgänge mit gezückten Kameras begleitet hatten. Die Aufmerksamkeit der Leute war jedoch nicht auf die Personen gerichtet, die sich anschickten, die Gangway hinabzugehen. Alle Augen starrten auf den Geländewagen, der an Seilwinden von Bord auf die Promenade gelassen wurde. Als erster von Onassis' Gästen wurde Churchill ans Ufer geleitet, ein alter Mann in seemännischer Kleidung, der seine Hand zum Salut an die Schirmmütze legte. Und die Menge jubelte, als wäre die gesamte britische Army zurückgekehrt, um Griechenland zu befreien. Für die Callas interessierte sich kein Mensch.

Im ersten Moment fühlte sie sich fast wie vor den Kopf gestoßen, und sie musste an ihre unsägliche Ankunft in Athen vor fast auf den Tag genau zwei Jahren denken. Damals hatte sie die Feindseligkeit ihrer Landsleute mehr als deutlich zu spüren bekommen. Man hatte sie als Verräterin betrachtet, weil sie im Krieg für die Deutschen gesungen hatte. Diesmal wurde sie nicht diskreditiert, sondern schlicht ignoriert. Sie beobachtete, wie sich Aristo hinter das Steuer des Wagens setzte, in dem Churchill mithilfe von Anthony Montague Browne ebenfalls Platz nahm.

Den Rücksitz belegten Tina, Lady Clementine und ihre Tochter Diana. Für die restlichen Kreuzfahrtteilnehmer standen andere Fahrzeuge nebst ortskundigen Chauffeuren bereit, auf die jedoch niemand achtete, weil die Versammelten nicht aufhörten, dem großen Staatsmann ihren Respekt zu zollen.

Insgeheim gestand sich Maria ein, dass sie vor allem enttäuscht war, nicht an Aristos Seite nach Delphi fahren zu dürfen. Lustlos stieg sie mit Meneghini in ein Auto. Der wischte sich mit einem Taschentuch über die Stirn und grummelte: »Dieser Ausflug wird sicher sehr anstrengend für mich.«

»Warum bist du nicht froh, dich an Land von deiner Seekrankheit erholen zu können?«, gab Maria mitleidlos zurück.

»Es ist zu heiß«, jammerte ihr Mann.

»Du bist in Griechenland und nicht in Grönland.«

»Ja. Ich fürchte, so ist es. Und ich bin nicht begeistert darüber. Wahrscheinlich wäre es besser gewesen, wir hätten das Schiff schon verlassen, als wir in Capri anlegten. Du weißt, ich habe darüber nachgedacht.«

Was redet er nur, dachte sie.

Laut erwiderte sie: »Mir gefällt die Reise.«

Sie drehte sich von Meneghini fort und blickte aus dem Seitenfenster, wo sich das silbrige Grün der Olivenhaine in staubige Felsen verlor, über denen der schneebedeckte Gipfel des Parnass thronte, die Heimat der Musen. Es waren nur noch wenige Kilometer bis zu den Ruinen von Delphi. Maria kurbelte das Fenster hinunter, streckte ihren Kopf hinaus und blickte hinauf zu den Säulen- und Steinformationen, die sogar aus der Ferne bis heute so erhaben wirkten wie in der Antike. Einst hatte sich hier der Mittelpunkt der Welt befunden, jene dem Gott Apollon geweihte Kultstätte, deren Orakel von unschätzbarer Bedeutung war.

Ein klatschendes Geräusch ließ sie zusammenfahren. Es klang, als habe sich Meneghini selbst eine Ohrfeige verpasst. Erschrocken drehte sie sich zu ihm um. Dabei stieß sie sich den Kopf an.

»Die Mücken hier bringen mich um«, behauptete er.

Verärgert schleuderte sie ihm entgegen: »Die Olivenmücken in Italien sind nicht weniger lästig.«

»Morgen Abend werden Sie an Bord die beste Party erleben, auf der Sie je gewesen sind«, behauptete Onassis strahlend. »Der Kapitän hat Anweisung, vor Kap Sounion anzulegen, so dass der Poseidontempel uns die Kulisse für das Dinner bietet.«

Maria wartete schon darauf, dass er das nächste Ziel der *Christina*, das am südlichsten Punkt Attikas lag, mit den zu diesem Ort gehörenden Geschichten aus der griechischen Mythologie ausschmückte, doch er schwärmte weiter von dem Fest, das er plante: »Der britische Botschafter in Athen wird an Bord kommen, und der griechische Premierminister beehrt uns mit seiner Gattin. Dafür wird mein Koch sein ganzes Können aufbieten. Kennen Sie eigentlich Konstantinos Karamanlis persönlich?«

»Wir sind uns vor zwei Jahren begegnet, als ich im Odeon

des Herodes Atticus in Athen … auftrat …« Ihre Stimme verlor sich. Beinahe hätte sie gesagt: »… auftreten musste.«

Tatsächlich hatte Meneghini sie gezwungen, auf die Bühne des antiken Theaters am Fuße des Akropolis-Felsens zu gehen. Er hatte auf keinen Fall auf ihre Gage verzichten wollen.

Sie presste die Lippen aufeinander, weil die Erinnerung so schmerzhaft war, die Enttäuschung, die sie damals über das Verhalten ihres Mannes empfunden hatte, und das Gefühl, verletzt worden zu sein, wo Verständnis nötig gewesen wäre, stürmten auf sie ein wie ein Orkan.

Ihr Mann war natürlich nicht Zeuge ihrer Unterhaltung mit Aristo. Meneghini hatte sich gleich nach ihrer Rückkehr aus Delphi erschöpft in ihre Kabine begeben. Nicht, ohne zu lamentieren, wie enttäuscht er von dem Besuch war, da ihm das Gefühl fehlte, am mystischen Ort eines Orakels gewesen zu sein. Außerdem war er neidisch auf Winston Churchill und Aristoteles Onassis, die auf einer Hotelterrasse die spektakuläre Aussicht, einen Drink und sicher ein erbauliches Gespräch genossen hatten, während er mit den Damen über alte Steine klettern musste, wobei die vierundsiebzigjährige Lady Clementine in ihren praktischen Wanderstiefeln behänder unterwegs war als der elf Jahre jüngere Meneghini. Maria hatte sich abgesondert, peinlich berührt von seinem andauernden respektlosen Gejammer.

Gut zwölf Stunden später saß sie nun neben ihrem Gastgeber an ihrem gewohnten Platz an Deck. Die *Christina* lag noch immer vor Itea, die vereinzelten Lichter des Hafenstädtchens wirkten in der Nacht wie schwebende Glühwürmchen. Erst morgen früh würde die Yacht ablegen und durch die enge Straße von Korinth Kurs auf Attika nehmen. In der Dunkelheit war die Passage zu gefährlich, außerdem bot sie bei Tageslicht eine spektakuläre Aussicht. Heute leisteten Nonie Montague Browne und Churchills Tochter Diana den Gouvernantendienst, wie Maria es heimlich nannte, und spielten eine Partie Bridge an dem Tischchen, das sie von ihrem Gastgeber und Maria fort und zwischen zwei Liegestühle geschoben hatten, auf denen sich die beiden Frauen gegenübersaßen.

Aristo schien der Unterton nicht entgangen zu sein, mit dem Maria über ihre erste Begegnung mit dem griechischen Premierminister Karamanlis gesprochen hatte. Prompt wollte er wissen: »Was ist passiert?«

»Wir Griechen sind manchmal ein wenig zu stolz, finden Sie nicht?« Maria entfuhr ein bitteres Lachen. »Das ist passiert.«

Er zog an seiner Zigarette und wartete, dass sie erzählte, was vorgefallen war. Doch Maria wollte sich eigentlich nicht auf die Erinnerung einlassen. Erst als sie die erstaunten Blicke bemerkte, die ihr von den beiden Engländerinnen zugeworfen wurden, brach sie ihr Schweigen. Natürlich wunderten sich die Damen über das stockende Gespräch, und sie wollte keinen Anlass zu grundlosen Spekulationen bieten.

»Ich wurde anlässlich der Festspiele in Athen für zwei Konzerte engagiert. Es sollte meine Heimkehr in das Land meiner Vorfahren werden. Ich war überglücklich und sagte sogar meine lange geplanten Ferien ab. Leider wurde mir das von den Veranstaltern nicht gedankt.« Sie legte eine kleine Pause ein, nippte an ihrem Wein. Zufrieden beobachtete sie aus den Augenwinkeln, dass Nonie und Diana sich wieder mit sich selbst beschäftigten. »Ich freute mich so sehr auf die Rückkehr nach Athen, dass ich spontan beschloss, meine Gage zur Unterstützung der Festspiele zu spenden. Als Antwort bekam ich eine Absage. Mir wurde erklärt, dass das Festival nicht auf meine Unterstützung angewiesen sei ...«

Aristo atmete scharf ein, sagte aber nichts.

»Natürlich war ich verärgert. Nein, nicht einmal das. Ich war verletzt. Es sollte eine Geste der Verbundenheit sein. Verstehen Sie? Doch meine guten Absichten wurden einfach abgeschmettert. Bis heute weiß ich nicht, warum. Wahrscheinlich war dieser verdammte Stolz der Griechen der Grund. Jedenfalls habe ich daraufhin meine übliche Spitzengage verlangt und der Intendanz mitgeteilt, dass ich das Geld mit Freude behalten würde.« Sehr zur Begeisterung von Meneghini, fügte sie in Gedanken hinzu.

Der Zigarettenrauch umwölkte sein Gesicht. »Und dann?«

»Es war ein anstrengendes Frühjahr, eigentlich war ich schon krank, als ich nach Athen flog. Nach meiner Ankunft wurden meine Halsschmerzen dann so schlimm, dass ich nicht mehr singen konnte. Ein Arzt diagnostizierte eine Stimmbandentzündung, woraufhin ich um einen Ersatz für das Konzert bat. Ich hätte natürlich auf meine Gage verzichtet. Doch damit brüskierte ich die stolze Festspielleitung ebenso wie mit meinem Vorschlag einer Spende.«

»Ich hatte keine Ahnung, dass diese Leute so unfähig sind. Und so respektlos.«

Sie zuckte mit den Achseln. »Sie handelten in jeder Hinsicht unklug, denn obwohl vorher bekannt war, dass ich nicht würde auftreten können, gaben sie meine Absage erst eine Stunde vor Veranstaltungsbeginn bekannt. Sie können sich vielleicht vorstellen, dass das zu Protesten führte. Und die Presse hatte ein gefundenes Fressen.« Sie erzählte ihm nicht, dass auch die schlechte Beziehung zu ihrer Mutter in den griechischen Zeitungen breitgetreten wurde. Stattdessen beschränkte sie sich auf die Gäste, die Onassis zu seinem Fest erwartete: »Die Opposition im griechischen Parlament warf Karamanlis die Verschwendung von Steuergeldern vor, meine Gagenforderungen wären zu hoch. Dass ich das Geld gar nicht gewollt hatte, schrieb niemand. Stattdessen wurde behauptet, ich hätte mich zu singen geweigert, weil Königin Friederike nicht zu meinem Konzert kommen konnte. Ich war furchtbar enttäuscht über den Umgang der Griechen mit mir. Ich habe diesem Land schließlich zu Weltgeltung verholfen. Oder?«

»Zweifellos«, stimmte er zu. Er lehnte sich vor, um seine Zigarette in dem Aschenbecher auszudrücken, den er auf die Planken gestellt hatte. Als er sich aufrichtete, meinte er: »Offenbar ist meine Planung für die Dinnerparty nicht so glücklich, wie ich angenommen hatte. Karamanlis kommt natürlich, um Sir Winston seine Aufwartung zu machen. Könnte er Ressentiments gegen Sie haben, Maria?«

Seine Sorge, dass es morgen Abend zu Misstönen kommen könnte, berührte sie. Aristoteles Onassis war ein vorzüglicher Gastgeber, der es jedem recht machen wollte, der zu ihm an Bord kam. Was aber würde er tun, wenn sie seine Frage mit Ja beantwortete? Sie beschloss, ihn ein anderes Mal danach zu fragen. Unwillkürlich lächelte sie.

»Nein«, antwortete sie. »Nein. Wenn mir der Premierminister nicht verübelt, dass meine Stimme nur für eine Zugabe hielt, dürfte alles in Ordnung sein.«

»Sie haben doch gesungen?« Seine Augenbrauen hoben sich erstaunt.

»Das zweite Konzert fand wie geplant statt.« Weil Meneghini nicht auf die Gage verzichten wollte. Auch das erzählte sie Onassis nicht. »Das Publikum brachte mir viel Feindseligkeit entgegen. Ich habe es gespürt und um die Gunst der Griechen gesungen. Ich wollte, dass sie mich lieben. Wahrscheinlich wollte ich sie mit einer perfekten Vorstellung für ihre Vorurteile bestrafen. Der Applaus wollte nicht enden, und Karamanlis bat persönlich um ein *Da capo*. Die Festspielleitung ließ sich anschließend zu einer Entschuldigung herab und lud mich für das nächste Jahr ein.«

»Was haben Sie gesagt?«

»Niemals! Ich habe ihnen gesagt, dass ich niemals wieder in Griechenland singen würde.«

Er nickte gedankenverloren.

Ihr kam es vor, als würde er ihre Worte genau abwägen. Der Erfolg seiner Dinnerparty hing zumindest nicht mehr vom Erfolg der Callas in Athen ab. Sie war sich sicher, dass Kontantinos und Amelia Karamanlis keine Einwände gegen Marias Gesellschaft hätten. Im Gegenteil. Hoffentlich würde niemand erwarten, dass sie eine Gesangseinlage gab. Der Premierminister war damals sehr angetan von ihrer Norma gewesen.

Sie überlegte sich gerade, wie sie eine entsprechende Bitte ihres Gastgebers ablehnen könnte, als er prompt bemerkte: »Ich hatte gehofft, Ihre Stimme in dieser besonderen Umgebung einmal zu hören.«

»Oh! Ich glaube kaum …«

»Würden Sie für mich singen?«, unterbrach er ihre Absage. Dabei sah er sie eindringlich an. »Nur für mich. Wir werden übermorgen in Nafplio anlegen, und es ist ein Besuch des antiken Theaters in Epidauros geplant. Ist das nicht ein geeigneter Rahmen, Ihren Schwur zu brechen, nicht mehr in Griechenland aufzutreten?«

Sein Wunsch überraschte sie. Obwohl sie annahm, dass sie auf diesem Ausflug ebenso wenig allein sein würden wie bei den Landgängen zuvor, klang sein Anliegen unerwartet intim. Gleichzeitig dankte sie ihm still, dass er keinen Auftritt vor größerem Publikum verlangte.

Ihre Augen fanden seine. »Die Akustik in Epidauros soll einmalig sein.«

An ihren Plätzen auf den Liegestühlen brachen die beiden Engländerinnen in schallendes Gelächter aus. Offenbar hatte eine von ihnen gerade einen Scherz gemacht.

Onassis hielt Marias Blick stand, ja sie hatte beinahe das Gefühl, er hielte ihn fest.

Die Dinnerparty wurde ein großer Erfolg. Angefangen bei den Cocktails, die an Deck gereicht wurden, bis zu dem köstlichen Menü und den überaus interessanten Gesprächen. Ohne Zweifel war Winston Churchill der Star des Abends, was Maria zufrieden zur Kenntnis nahm. Was sollte sie diesem großen Staatsmann auch entgegensetzen, den sie mit jedem Tag ihres Zusammenseins noch mehr bewunderte? Churchill krönte seine Rolle als Ehrengast schließlich mit einem Zitat Lord Byrons, das von dessen tiefer Liebe zu Griechenland zeugte. Die volltönende Stimme des alten Herrn kam dem Pfeil Amors gleich, der Maria mitten ins Herz traf, so sehr berührten seine Worte sie:

»Stellt mich auf Suniums Marmor-Cap,
Dass ich allein an öder See
Mit ihr betraure Hellas' Grab
Und schwangleich singend untergeh!
Ein Sklavenland sei nimmer mein –
Schmettre hin den Kelch mit Samoswein!«

Von ihrem Platz an der unter Deck festlich gedeckten Tafel blickte sie auf die erleuchteten Marmorsäulen des Poseidon-Tempels am Kap Sounion und dachte, dass sie wohl doch mehr Griechin als alles andere war.

Nach Mitternacht lichtete der Kapitän den Anker. Die Gäste aus Athen waren inzwischen mit einem Motorboot an Land gebracht worden, Sir Winston und Lady Clementine hatten sich zur Ruhe begeben, und Meneghini schlief in der Ithaka-Kabine, nachdem er dem Souper mit kalkweißem Gesicht und äußerst schweigsam beigewohnt hatte. Bei den anderen Gästen an Bord hallte der Zauber dieses besonderen Abends jedoch noch nach. Es war eine laue, windstille und klare Nacht, der Mond schien auf der ruhigen See zu schwimmen, und die Fontänen am Swimmingpool spritzten bunte Kaskaden in den Himmel.

Nonie Montague Browne suchte in dem Kofferradio, das irgendwer nach achtern hochgebracht hatte, nach Musik.

Als ein sinfonisches Orchester mit den unverwechselbaren ersten Tönen von Tschaikowskys »Pathétique« erklang, schlug Maria die Hände zusammen. »O bitte, suchen Sie doch amüsantere Musik.« Bevor Nonie etwas erwidern konnte, fügte sie rasch hinzu: »Ich meine damit keine Opern.«

»Mögen Sie wenigstens Jazz?«, erkundigte sich die Engländerin leicht genervt.

»Allerdings. Sehr sogar.«

Sie wartete jedoch nicht neben dem Rundfunkgerät ab, ob Nonie fand, was sie wünschte. Achselzuckend quittierte Maria das Knarren, Zischen und Quietschen, das aus dem Lautsprecher drang. Sie wandte sich ab und machte einen Schritt auf Onassis zu, der allein an der Reling stand und versonnen auf die Ruine sah, die sich immer weiter entfernte. Einer Eingebung folgend öffnete sie das Seidentäschchen an ihrem Arm. Mit ihrer freien Hand zog sie ihre Brille heraus und setzte sie auf. Dann sah sie sich nach Tina um. Doch genau genommen hatte sie schon zuvor bemerkt, dass die Gastgeberin verschwunden war. Dafür bedurften ihre kurzsichtigen Augen keinerlei Sehhilfe. Tinas offensichtliches Desinteresse an Aris Freunden war bemerkenswert, zeigte sie doch das absolute Gegenteil seiner manchmal fast übertriebenen Fürsorglichkeit als Gastgeber.

»Wussten Sie, dass Lord Byron seinen Namen in eine der Säulen geritzt hat?«, fragte Onassis nach einem kurzen Seitenblick über die Schulter.

Die Brille wieder in ihrer Tasche verstauend, trat sie neben ihn. »Ich weiß nur, dass er sich sehr für die griechische Unabhängigkeit im 19. Jahrhundert eingesetzt hat. In meiner Jugend feierte man ihn als Nationalhelden.«

»Daran hat sich nichts geändert«, erwiderte Aristo. »Lord Byron war ein Liebender, der die Frauen zwar wertschätzte, dessen größte Liebe aber wohl dieses Land war.« Er legte eine Kunstpause ein, in der er seinen Kopf zu ihr drehte. »Ich möchte an dieser Stelle allerdings eher Homer zitieren.«

Sie lächelte. »Ich habe schon darauf gewartet, dass Ihnen etwas zur Mythologie einfällt.«

Im Hintergrund erklang ein Rauschen, dann ertönte Frank Sinatras einschmeichelnde Stimme, die »I've Got You Under My Skin« sang. »Gefällt Ihnen das?«, rief Nonie ein wenig provokant in ein Trompetensolo hinein.

»Wunderbar«, antwortete Aristo an Marias Stelle.

»Danke«, sagte sie leise. »Ich höre abseits der Bühne nicht besonders gern die sogenannte Ernste Musik. Diese Musik bedeutet mir als Kunst alles, aber als Privatmensch höre ich vor allem die leichte Muse. Ich mag Swing, Jazz, manchmal auch Volksmusik.«

»Ich liebe es, mit den Fischern in einer ganz gewöhnlichen Taverne zu feiern, zu trinken und zu tanzen. Mögen Sie Ouzo?«

Sie verzog das Gesicht. »Nicht unbedingt, aber wenn es sein muss, trinke ich auch Ouzo.«

»Ich habe beobachtet, dass Sie sehr wenig Alkohol trinken.«

»Wenn ich all den Champagner trinken würde, der mir hier angeboten wird, wäre ich über kurz oder lang eine ständig betrunkene Tonne.«

Er erwiderte ihr Lächeln, während Frank Sinatra davon sang, wie sehr ihm eine bestimmte Person unter die Haut ging und sein Herz berührte, wie sehr sie zu einem Teil von ihm wurde. Der Poseidon-Tempel in Aris Rücken war nur noch ein kleiner leuchtender Punkt unter einem glitzernden Sternenzelt, und Maria dachte, dass keine Bühnendekoration hätte kitschiger sein können als diese Kulisse. Sie hätte gern etwas Albernes gesagt, um die seltsam einvernehmliche Stille zwischen dem Mann an ihrer Seite und ihr zu durchbrechen. Aber dann war sie doch zu schüchtern.

Als die Musik verklang, deklamierte Aristo so leise, dass nur Maria ihn hören konnte, obwohl doch ohnehin keine der anderen Frauen an Deck Griechisch verstand:

»Höre mich, Poseidon! Verwirf nicht
Unser frommes Gebet; erfülle, was wir begehren.«

Ihr war klar, dass dieses Zitat aus einem anderen Zusammenhang stammte, sicher von einem antiken Seefahrer. Oder von Homer aus der Ilias oder der Odyssee. Ja, es musste aus der Odyssee sein, welches Epos hätte besser zu Aristo gepasst? Doch zugleich wusste sie, dass er in diesem Moment etwas ganz anderes meinte als den Schwur eines verirrten Helden der griechischen Mythologie. Ihr Herz pochte gegen ihre Brust, und mehr als alles andere wünschte sie in diesem Moment, nicht verheiratet, frei für ihn zu sein – und er für sie.

Das Radioprogramm war anscheinend spezialisiert auf die Klassiker des Swing. Inzwischen sang Ella Fitzgerald mit Louis Armstrong »They Can't Take That Away From Me«. Onassis neigte den Kopf. »Möchten Sie tanzen?«

Ebenso verblüfft wie verlegen sah sie sich um. »Aber wie … wo … wir können doch nicht …«, stammelte sie mit einem Seitenblick auf die anderen Damen.

Aristo deutete auf den geschlossenen Pool. »Für genau solche Gelegenheiten gibt es diese Tanzfläche. Und ich bin zwar alles andere als Fred Astaire, aber ich verspreche, Ihnen nicht auf die Füße zu treten. Falls Sie es wünschen, lässt sich auch jemand unter der Mannschaft finden, der ein exzellenter Tänzer ist. Würden Sie vorher mit mir vorliebnehmen?«

»Es würde mich sehr freuen, mit Ihnen zu tanzen.« Die Sicherheit ihrer Worte überraschte sie selbst. Aber tatsächlich wäre ein Tanz mit Onassis für sie die Krönung dieses einmaligen Abends. Und sie konnte sein Ansinnen kaum ablehnen, wenn sie ihn nicht beleidigen wollte. Sie trat in seine geöffneten Arme und folgte ihm an den Fontänen vorbei auf die Abdeckung des Schwimmbades.

Noch Jahre später fragte sich Maria, wie vorausschauend Onassis diesen Abend geplant haben musste. Kaum drehten sie sich langsam zu der alten Melodie, als auch schon der attraktive Privatlehrer seines Sohnes Alexander auftauchte und Nonie aufforderte. Wenig später kam Anthony Montague Browne zurück, der Churchills Tochter Diana um diesen Tanz bat. Wieder einmal hatte Onassis für einen in jeder Hinsicht formvollendeten Abend gesorgt. Und trotzdem kam es Maria vor, als wäre sie allein mit ihm, mit der Musik und den Sternen.

Hinter einem dichten Pinienwald öffnete sich der Blick auf die Ruinen von Epidauros.

»Wieder nur alte Steine«, maulte Meneghini. »Es sieht aus wie im Forum Romanum. Dafür brauche ich nicht aus dem Bett aufzustehen.«

»Es ist der wichtigste Ort des antiken Heilwesens und dem Gott Asklepios geweiht«, erklärte Maria. »Wenn du keine Lust hast, aus dem Wagen auszusteigen, bleib einfach sitzen.« Es gab für sie keinen Grund, darauf zu bestehen, dass er sie auf dem bevorstehenden Rundgang begleitete. Seine Abwesenheit schonte ihre Nerven.

Meneghini zog ein Taschentuch aus seinem Sakko und schnäuzte sich hörbar. »Dieser Wind heute bekommt meinen Nebenhöhlen gar nicht. Es ist so staubig. Auch du solltest besser auf dich achtgeben. Trockene Luft hat schon immer deinen Stimmbändern geschadet.«

»Mach dir keine Sorgen um mich«, erwiderte sie mit einem erzwungenen Lächeln. Sie nahm das Seidentuch, das sie an Bord zusammengefaltet und in ihrer Handtasche verstaut hatte, legte es auf ihren Knien zu einem Dreieck und band es sich um. Als sie die beiden Enden unter ihrem Kinn verknotete, sagte sie: »So werden meine Ohren vor jedem Luftzug geschützt sein.«

Die Wagenkolonne stoppte abseits des Ruinenfeldes. Sofort öffneten sich die Autotüren und schlugen wieder zu. Paparazzi stürmten den Gästen von Aristoteles Onassis entgegen, Kameraauslöser klickten, Neugierige versammelten sich zu kleinen Gruppen, Einheimische wie Touristen, und beobachteten sie gespannt. Ein babylonisches Sprachgewirr wehte Maria entgegen, als sie aus der Limousine stieg, in der sie und Meneghini vom Hafen in Nafplio hergefahren worden waren. Ihr Chauffeur war nicht schnell genug, um ihr den Schlag zu öffnen, und sah hilflos zu, wie sie auf den steinigen Boden trat. Gleißendes Sonnenlicht senkte sich auf sie, der Wind zerrte an den dünnen Ästen der Olivenbäume und fuhr in die Nadeln der Pinien, die wie ein Ring um die antike Heilstätte angelegt waren. Ein würziges Aroma lag in der Luft, mit dem Maria voller Genuss ihre Lungen füllte.

»Möchten Sie zuerst das Theater sehen?«, erkundigte sich Onassis.

Er stand plötzlich neben ihr. In seiner weißen Hose und dem hellblauen Polohemd, das perfekt mit seinem ergrauenden Haar harmonierte, schien er ihr heute attraktiver als je zuvor. Oder war er es vorher schon gewesen, und sie hatte es nur nicht wahrgenommen? Ein Seefahrer auf Landgang. Durch seine getönte Brille sah er sie erwartungsvoll an. Churchill war an Bord der *Christina* geblieben, so dass Aristo seine Aufmerksamkeit diesmal ganz auf Maria konzentrieren konnte.

»Warum nicht?« Sie lächelte ihn an und warf rasch einen

Seitenblick zurück in ihren Wagen. Meneghini schien tatsächlich keine Lust auf einen Besuch der Sehenswürdigkeit zu haben; jedenfalls machte er keine Anstalten, auszusteigen und sich ihnen anzuschließen. »Ja«, bestätigte sie, »lassen Sie uns zum Theater gehen.«

Onassis gab den Führern, die sich um seine Gäste versammelten, ein Zeichen. Daraufhin schlossen sich die anderen Damen ihm und Maria an. Anthony Montague Browne war mit Churchill an Bord geblieben, Nonie und Lady Clementine nebst Tochter und Enkelin waren jedoch mit von der Partie. Und natürlich Tina, die an der Seite von Nonie blieb, um irgendetwas anscheinend Spannendes zu erzählen, denn sie gestikulierte großspurig mit den Händen. Maria fragte sich unwillkürlich, ob es sich hierbei um eine Geschichte, die der historischen Bedeutung des Orts entsprach, handelte oder um Klatsch. Sie konnte nicht erkennen, ob Aristos Frau zu ihnen hersah. Onassis hielt jedoch stets angemessenen Abstand zu Maria, und während er über Schotter und zerbrochene Marmorscheiben stieg, erzählte er fachkundig vom antiken Heilwesen.

»Auf eine Reinigung im Brunnenhaus folgte eine Opfergabe an Apollon, danach wurden die Patienten in einen sogenannten Tempelschlaf versetzt, um im Traum von Asklepios zu erfahren, welche Heilmethode die beste für sie sei. Ein Priester deutete diesen Traum dann später und sorgte dafür, dass das entsprechende Verfahren angewandt wurde. Und – voilà! – wir sind schon da.«

In dem Amphitheater war es überraschenderweise menschenleer. Maria folgte Onassis den obersten Rang entlang. Wind und

Wetter, Erdbeben und Besatzung durch fremde Mächte hatten die Stufen in den fast drei Jahrtausenden ihres Bestehens ausgewaschen und hier und da bröckeln lassen. Der Zuschauerraum fasste damals wie heute rund dreitausend Besucher. Diese Zahl hatte Maria erfahren, als sie vor zwei Jahren in Athen auftrat. Das im Odeon von Herodes Atticus abgehaltene Festival konkurrierte mit einer ähnlichen Veranstaltung in Epidauros. Für einen Moment blieb sie stehen und sog das Bild des riesigen, in einen Felsen gehauenen Halbrunds zu ihren Füßen in sich auf. Was für ein Monument.

»Kommen Sie«, forderte Aristo. Er war vorausgeklettert und wandte sich zu ihr um.

Vielleicht hatte er es eilig, zur Orchestra zu gelangen, damit Maria das ihm gegebene Versprechen einlöste. Als sie Schritte und Stimmen hinter sich hörte, fuhr ihr durch den Kopf, dass sie es so oder so brechen musste. Für ihn allein würde sie an diesem Ort ganz gewiss nicht singen.

Langsam stieg sie die Ränge hinunter. Die Aura des Theaters erfasste sie. Es war völlig anders als etwa die Arena di Verona, und doch konnte sie sich sehr gut vorstellen, wie die Menschen auch hier auf den Stufen saßen und dem Programm lauschten, das ihnen geboten wurde. Dramatische Theateraufführungen, Opern. Sie fühlte sich wie in einer anderen Welt. Entrückt, verzaubert.

Für einen Moment achtete sie nicht darauf, wohin sie trat. Sie stolperte, strauchelte – und wäre beinahe hingefallen, hätte seine Hand nicht ihren Unterarm gepackt. Er hielt sie so fest, dass es fast schmerzte. Aber es war ein Halt, der Maria mehr als nur körperlich berührte. Wann hatte ihr je jemand mit so viel Stärke beiseitegestanden?

Seine Finger glitten hinab zu ihrer Hand, seine Rechte hielt ihre Linke fest umschlossen. Und plötzlich war die Berührung ganz vertraut und zugleich aufregend neu.

Erst nach einigen Schritten fiel Maria auf, dass sie von den Zuschauerrängen beobachtet werden konnten wie durch ein Brennglas. Das wusste zweifellos auch Aristo, dennoch ließ er sie nicht los.

Schweigend kletterten sie Hand in Hand zu der Orchestra hinunter.

Obwohl sie ohne einen weiteren Stolperer auf dem platt gestampften Lehmboden ankam, zitterten Marias Knie. Sie redete sich ein, dass dies eine Folge des steilen Abstiegs auf den ausgetretenen Stufen war und an ihrem Lampenfieber lag. Die Vorstellung, an diesem magischen Ort a cappella zu singen, versetzte sie kurz in Panik. Wie war sie nur auf den Gedanken verfallen, Onassis' Bitte anzunehmen? Andererseits: Es reizte sie, herauszufinden, wie ihre Stimme an diesem so außergewöhnlichen Ort klang.

Sie löste sich von Aristo, der an der Marmoreinfassung der Bühne stehen blieb. Zunächst lief sie unruhig umher, dann begannen ihre Schritte unbewusst einem bestimmten Rhythmus zu folgen. Sie bemerkte, wie sich die anderen Damen hinter ihm auf den unteren Rängen versammelten. Schließlich hielt sie in ihrer Wanderung inne. Sie befand sich inmitten des Runds auf einer Steinplatte.

Sie konzentrierte sich auf das Stück, das sie singen wollte, eine

Arie aus »Norma«. In ihrem Kopf erklangen Streicher, Klarinetten, eine Querflöte spielte ihren Part. Ein imaginärer Dirigent gab ihr ein Zeichen – und aus Marias Kehle flossen die ersten Töne der »Casta Diva«, jene Arie, in der Norma zur Mondgöttin betet, in vollendeter Schönheit und ungewöhnlicher Sanftheit. Ihre Stimme hielt und hallte selbst von den obersten Sitzreihen mit unfassbarer Klarheit wider. Die Akustik in diesem Theater war einmalig.

Nach wenigen Takten endete sie. Im selben Moment begann Onassis, begeistert zu klatschen. Ein Echo folgte ihm von den Sitzreihen, wo seine Begleiterinnen standen.

Maria verneigte sich formvollendet. Dabei wurde ihr plötzlich bewusst, wie unpassend sie aussehen mochte. Sie trug ein Hemdblusenkleid mit einem breiten Gürtel, Kopftuch und Sonnenbrille. Der Habitus einer Diva war das sicher nicht. Verlegen hielt sie inne, stand nur noch steif da.

Während er auf sie zuschritt, sagte Onassis: »Es war wunderschön.«

Sie wusste nicht, wie sie auf das Kompliment reagieren sollte. »Sie sollten erst einmal meine Traviata hören«, gab sie zurück.

Er sah sie eindringlich an. »Sie sind wunderschön.«

Sie war es nicht gewohnt, abseits der Opernwelt als »wunderschön« bezeichnet zu werden. Auf der Bühne – ja. Seit sie ein kleines Mädchen war, wusste sie, dass sie mithilfe ihrer Kunst erstrahlen konnte; ihr Gesang ließ die Menschen über alle Unzulänglichkeiten, die sie an sich zu kennen glaubte, hinwegsehen. Aber hier stand sie in dieser schlichten Garderobe, ohne Schmuck, ohne aufwendige Robe und entsprechende Frisur.

Seine so offen ausgesprochene Bewunderung verwirrte sie. Was sah er in ihr? Ihr Blick glitt an ihm vorbei zu ihren Mitreisenden. Die Damen spendeten ihr weiterhin enthusiastisch Beifall. Nur eine von ihnen applaudierte nicht.

Wie versteinert starrte Tina Onassis sie an – und ihren Ehemann.

Maria hatte das dringende Bedürfnis, über das, was die Begegnungen mit Onassis in ihr ausgelöst hatten, was sich da womöglich anbahnte, zu reden. Sie hätte eine Freundin an ihrer Seite gebraucht und bedauerte aus ganzem Herzen, dass Elsa Maxwell nicht an Bord war. Wahrscheinlich hätte Elsas spitze Zunge wenig zur Harmonie auf der Kreuzfahrt beigetragen, und doch wünschte sich Maria so sehr jemanden, dem sie ihre verwirrenden Gefühle anvertrauen konnte.

Seit einer Woche verbrachte sie quasi jede Nacht mit Onassis. In Gegenwart ihrer wechselnden Begleiter unterhielten sie sich stundenlang und tauschten sich auf Griechisch aus, als wären sie allein, wobei Aristo sich wie ein formvollendeter Kavalier benahm und jegliche Anzüglichkeiten vermied, obwohl er derben Scherzen sonst keinesfalls abgeneigt war. Sie hielten zwar stets den Abstand, den der Anstand forderte, dennoch hätte es der Berührung ihrer Hände in Epidauros gar nicht erst bedurft, um ihnen beiden die wachsende Vertrautheit und Innigkeit zwischen sich bewusst werden zu lassen. Und der Blick seiner Frau in dem antiken Theater hatte Maria gezeigt, in welch gefährlichem Fahrwasser sie schwamm. Wie ein weiblicher Odysseus auf einer Irrfahrt. Mehr als alles andere hätte sie nun den Rat einer Freundin gebraucht.

Gedankenverloren sonnte sie sich am nächsten Tag im Liegestuhl an Deck, während sie durch die dunklen Gläser ihrer Brille Aristo beobachtete, der mit seinen Kindern im Pool tobte. In seiner Badehose offenbarte er seinen kräftigen und agilen Körper, seine dunkle Behaarung. In Anwesenheit von Alexander und Christina schien er ein anderer Mensch zu sein, ungezwungen, fröhlich, fast ein bisschen närrisch. Es machte ihm nichts aus, einen Clown aus sich zu machen, er war ein durch und durch liebevoller Vater, und das rührte Maria. Umso mehr, als seine Frau Tina eher zurückhaltend, bisweilen gar distanziert mit ihren Kindern umging. Vor allem die kleine Tochter wurde von der Mutter oft ungerecht behandelt oder einfach ignoriert, wo mütterliche Aufmerksamkeit angebracht gewesen wäre. Eine Griechin tut so etwas nicht, fuhr es Maria durch den Sinn, Griechinnen sind gute Mütter. Dann fiel ihr auf, wie klischeehaft und falsch ihr Gedanke war, ihre eigene Mutter war schließlich der beste Beweis.

Neben Maria erklang ein tiefes Husten.

Überrascht wandte sie sich um. Auf dem Nachbarliegestuhl hatte sich Nonie aufgerichtet, um Luft zu schöpfen. Als sie Marias Blick bemerkte, fuhr ihre Hand an ihren Hals. »Ich habe mich in dem Wind gestern erkältet«, krächzte sie. »Deshalb nehme ich auch nicht an dem Ausflug nach Fira teil. Dabei hätte ich zu gern gesehen, wie mein Mann Anthony sich auf dem Rücken eines Esels macht und den Aufstieg vom Hafen zum Ort bewältigt.«

Auch Maria hätte die Insel Santorin gern besucht, war jedoch ebenfalls an Bord geblieben, weil Meneghini nicht an Land gehen wollte. Der lag krank in seinem Bett in ihrer Kabine und bedauerte sein Schicksal. Ihre Loyalität ging nicht so weit, dass sie ihn bemitleidete. Stattdessen wischte sie fast zärtlich die Wassertropfen von ihrem Arm, die aufspritzten, als Aristo mit seinen Kindern Kopfsprung übte. Es kam ihr vor wie ein Gruß von ihm.

»Bestimmt macht Ihr Mann eine gute Figur«, sagte sie.

Stöhnend ließ Nonie sich auf ihre Liege zurücksinken. »Das tut er wohl immer.« Sie wackelte mit ihren Zehen und murmelte: »Ach, ich müsste dringend zur Pediküre.«

Die Gattin des Privatsekretärs von Winston Churchill war nur unwesentlich jünger als Maria. Sie wirkte zuverlässig und freundlich, und Maria dachte, dass sie eigentlich genau die Art Frau war, die man gern zur Freundin hatte. Sicher niemand, dem sie ihre Gefühle für Aristoteles Onassis anvertrauen würde, aber jemand, mit dem sie einfach mal reden konnte. Überdies war Nonie gewiss keine Klatschbase. Maria lächelte.

»Wenn Sie möchten, könnte ich Ihnen die Nägel lackieren.«

Nonie sah sie überrascht an, dann nickte sie zustimmend. »Danke. Das ist sehr nett von Ihnen.«

Nur einen Tag später erkannte Maria, wie dringend sie eine Vertrauensperson an Bord benötigte.

Sie hatte sich schon den ganzen Tag gewundert, warum ihr

die anderen Gäste so unterkühlt begegneten. Anfangs hatte sie geglaubt, Meneghinis andauernde Jammerei sei der Grund für die frostige Stimmung. Allerdings wurde er deutlich umgänglicher, nachdem Aristo ankündigte, dass im neu erbauten Miramare Hotel in der Stadt Rhodos Suiten für seine Freunde vorbereitet seien. Für Meneghini war die Aussicht auf ein Hotelbett eine Wohltat, er zog sich sofort aufs Zimmer zurück und schlief augenblicklich tief und fest ein. Es war erstaunlich, wie viel Zeit er im Bett verbringen konnte. Und nicht nur er nahm nicht an den geplanten Ausflügen teil, diesmal blieb auch Maria fern, die sich in dem nach Oleander, Bougainvillea und Hibiskus duftenden Hotelgarten entspannte. Es sprach ja ohnehin keiner der anderen Gäste mehr mit ihr. Nonie war wegen ihrer Erkältung an Bord geblieben, und Aristo selbst gab diesmal nicht den charmanten Touristenführer, sondern beschäftigte sich auch an diesem Tag mit seinen Kindern. Maria genoss die Ruhe um sie herum, musste sich jedoch schon nach kurzer Zeit eingestehen, dass ihr nicht nur Nonies Gesellschaft fehlte, vor allem vermisste sie es, Aristo um sich zu haben.

Am Abend wurde Onassis' Gästen in dem nach exotischen Pflanzen duftenden Garten ein Menü serviert, bei dem natürlich auch der Gastgeber selbst nicht fehlte. Inzwischen waren seine Schwester Artemis und seine Halbschwester Kalliroe, deren Mann das Hotel gehörte, zu ihnen gestoßen. Es wurde ein sehr festlicher Abend, die Herren trugen weiße Dinnerjackets, die Damen Cocktailkleider, und Maria hatte dazu opulenten Diamantschmuck gewählt. Sie unterhielt sich mit Onassis' Schwager, war mit ihren Gedanken aber nicht bei der Sache.

Die merkwürdig angespannte Haltung der anderen ihr gegenüber hielt an, aber das interessierte sie für den Moment weit weniger als Aristo, der, ohne dass sie sich dagegen wehren konnte, ihre Aufmerksamkeit fesselte. Sie beobachtete ihn unentwegt, wie er sich unterhielt, lachte, sich souverän um seine Gäste kümmerte – und manchmal trafen sich ihre Augen, wenn er zu ihr herübersah, was er wahrscheinlich genauso oft tat, wie sie zu ihm.

Als sie später mit Kalliroes Mann Gerasimos Patronikolas unter dem Palmendach zu sanfter Musik tanzte, wünschte sie sich an keinen anderen Ort als in die Arme des anderen. Doch in dieser Nacht, umgeben von seinen Verwandten, blieben ihnen nicht einmal ihre Plauderstunden, und Maria zog sich bald mit Meneghini zurück in ihre Suite. Einerseits war sie berührt von der Schönheit des Orts und dem gelungenen Abend, andererseits fühlte sie eine seltsame Leere in sich.

Maria verschlief den Ausflug in das malerische Städtchen Lindos und fand sich zu einem sehr späten Frühstück auf der Hotelterrasse ein. Zu ihrer größten Überraschung fand sie dort Nonie Montague Browne unter der Markise vor, die abwechselnd frisch gepressten Orangensaft und English Breakfast Tea trank.

»Sie sehen besser aus«, stellte Maria fest. Tatsächlich war Nonie nicht mehr so bleich, und ihre leicht geröteten Augen fielen Maria erst auf, als die Engländerin ihre Sonnenbrille hochschob.

»Es ist schon viel besser«, krächzte Nonie. »Noch nicht perfekt, aber gut. Nur eine Halsentzündung und eine leichte Bronchitis. Nachdem ich mich von dem Schock erholt habe, als plötzlich drei griechische Ärzte in meiner Kabine standen und über meinen Gesundheitszustand stritten, geht es mir nun dank der Behandlung tatsächlich besser. Wollen Sie sich nicht zu mir setzen?«

Maria nahm das Angebot dankbar an. Meneghini war zu einem Spaziergang durch die Altstadt unterwegs, zu dem sie ihn nicht hatte begleiten wollen. Entspannt lehnte sie sich auf ihrem Stuhl zurück, bestellte sich einen Kaffee und betete insgeheim, dass ihr Nonie tatsächlich so freundschaftlich verbunden war, wie Maria es annahm – oder zumindest so diskret, dass sie ihr Gespräch vertraulich behandeln würde.

»Sie haben eine Menge verpasst«, setzte Maria vorsichtig an. »Jedenfalls haben sich Ihre Freunde anscheinend gut unterhalten.«

»Oh!« Nonie schien sofort zu verstehen. »Sie nicht?«

»Doch. Eigentlich schon. Aber es wird zurzeit mit mir nur das Nötigste gesprochen. Ich habe den Eindruck, dass man mich meidet …« Maria unterbrach sich, weil ihr Kaffee serviert wurde. Als der Kellner gegangen war, fragte sie: »Wissen Sie zufällig, warum?«

Nonie schluckte. Sie wandte den Kopf, ihre Blicke, die Maria durch die Sonnenbrille nicht ausmachen konnte, schienen nachdenklich über die Anlage zu schweifen. Dann gab sie sich offenbar einen Ruck. Sie richtete ihre Aufmerksamkeit wieder auf Maria. »Warum soll ich Ihnen etwas vormachen? Wir sind alle ein wenig brüskiert wegen Ihres Verhaltens.«

»Was habe ich denn getan?« Die Hand, die Marias Tasse zum Mund führte, zitterte. In ihr wallte Zorn auf. Sie wusste nicht, wodurch sich irgendjemand hätte beleidigt fühlen können. Selbst ihrem Ehemann gegenüber verhielt sie sich vorbildlich, obwohl er ihr zunehmend auf die Nerven ging.

»War Ihnen nicht klar, dass Ihr gemeinsames Abendessen vorgestern Abend mit Ari für schlechte Stimmung sorgen würde? Tête-à-Tête mit dem Gastgeber zu speisen ist sehr unhöflich. Gegenüber Sir Winston war es einfach unangemessen.«

»Aber ich …« Maria schnappte nach Luft. Das war es also.

Der Nachmittag, als die *Christina* vor Santorin ankerte, war ihr in allen Einzelheiten im Gedächtnis. Nonie hatte sich längst in ihre Kabine verabschiedet, um sich hinzulegen, während Aristo stundenlang mit seinen Kindern im Pool geplanscht hatte. Schließlich war er tropfnass aus dem Wasser gestiegen.

»Jetzt brauche ich dringend etwas zu essen!«, verkündete er und ließ sich beim Laufen in die Knie sacken, um seinen Kindern vorzuspielen, dass er völlig entkräftet war. Dann wandte er sich an seine Frau, die am Beckenrand saß und die Beine baumeln ließ. »Tina, kannst du dem Koch bitte sagen, er möge uns einen Snack zubereiten? Ich ziehe mich solange um.«

Tina sprang auf die Füße, ohne einen Blick für ihre Kinder zu haben, die sich um ein Handtuch balgten. »Natürlich. Ich kümmere mich darum.«

Er blieb vor Marias Liegestuhl stehen: »Möchten Sie auch etwas?«

»Ja«, antwortete Maria, obwohl sie keinen Hunger verspürte. Sie konnte die Augen nicht von den Wassertropfen abwenden, die von seinen Haaren perlten. Sie musste sich zusammenreißen, um nicht die Rinnsale fortzuwischen, die über seinen Oberkörper liefen. »Warum nicht?«

»Ich hätte Lust auf etwas Griechisches. Ein paar Kleinigkeiten. Am besten eine kleine Meze.«

»Das klingt verlockend«, sagte Maria, die sich weniger von einer köstlichen griechischen Vorspeisenplatte angezogen fühlte als von der ungemein sinnlichen Ausstrahlung ihres Gastgebers.

»Ich sage dem Koch, er soll etwas für euch beide zubereiten und dann gleich hier servieren«, entschied Tina. Sie zupfte an ihrem knappen Bikini herum und strahlte ihren Mann an. Der nickte zufrieden, woraufhin sie sich auf den Weg in die Kombüse machte.

»Sie sollten sich einen Bademantel überziehen«, riet Maria ihm. »Bevor Sie sich auch noch erkälten.« Und meinte eigentlich: Bevor Sie mich verleiten, Dinge zu tun, die sich nicht gehören.

Er lachte. »Genau das hatte ich vor.«

Wenig später saßen sie zusammen an einem improvisierten Esstisch vor der Kulisse eines malerischen Sonnenuntergangs. Die Schlieren am Himmel färbten sich in allen Gelb- und Orangetönen, bevor sie in ein sattes Rot übergingen und zu einem dunklen Lavendel wurden. Die Fontänen am Pool sprudelten, das Wasser gurgelte leise, an der Schiffswand brachen sich die Wellen, die von einem in den Hafen heimkehrenden Boot aufgetrieben wurden. An Land flackerten die ersten Lichter, und vom Leuchtturm aus strich ein Lichtkegel über das fast schwarz wirkende Meer. Die Stimmen der Fischer wehten leise zu ihnen herüber, dann ertönte das Dröhnen einer Schiffshupe. Zweifellos erregte das Paar achtern eine gewisse Aufmerksamkeit und veranlasste die Seemänner auf den anderen Booten, ihnen zuzuwinken. Offensichtlich fuhr niemand ohne einen Gruß an der *Christina* vorbei.

»Mir scheint, die Menschen hier lieben Sie«, stellte Maria fest, während sie an einem eingelegten Weinblatt knabberte.

»Sie sind nur dankbar«, gab Aristo mit einem stillen Lächeln zurück.

Maria war überrascht. »Wofür?«

»Ach, es ist nichts von Bedeutung«, behauptete er, fuhr jedoch nach einer kleinen Kunstpause fort: »Vor drei Jahren führte ein Seebeben an der Nordküste Santorins zu schweren Nachbeben auf der Insel. Als ich hörte, dass die Trinkwasserversorgung komplett zusammengebrochen war, habe ich meinen Pool mit Trinkwasser auffüllen lassen, bin hergefahren und habe die Bevölkerung auf diese Weise versorgt. Die Trinkwasseraufbereitungsanlage an Bord hat auch geholfen. Es war wirklich keine große Sache.«

»Doch, das war es sicher«, widersprach sie. Seine Großzügigkeit beeindruckte sie nicht zum ersten Mal. Immer wieder entdeckte sie neue Seiten an ihm, die sie überaus liebenswert fand.

Wie auf einem Präsentierteller unter den Augen der Öffentlichkeit speisend, legte er anscheinend keinen Wert auf ihre üblichen Begleiter. Selbst als mit der raschen Dämmerung der Nachthimmel aufzog, verschwendete Aristo keinen Gedanken an seine anderen Gäste. Erst viel später gingen sie beide in ihre jeweiligen Kabinen zurück, zogen sich um und kamen zum Digestif an die Bar. Gerade rechtzeitig, um von Anthony Montague Browne zu erfahren, dass kein Tavernenbesitzer auf Santorin von ihm hatte Geld annehmen wollen, weil er ein Freund von Ari Onassis war.

Kopfschüttelnd sah Maria zu Nonie hin. »Wir haben nur einen kleinen Snack mit einer lokalen Spezialität zu uns genommen«, sagte sie schwach. »Meze – köstliche Kleinigkeiten. Sie sollten das unbedingt probieren.«

»Sie haben unseren Gastgeber dazu verleitet, sich von uns anderen fernzuhalten. Da, wo ich herkomme, ist so ein Benehmen ein Affront.«

Maria verstand nicht, was Nonie meinte. Sie begriff nur, dass sich der Tadel vor allem gegen ihre Person richtete. »Ich?«, fragte sie ungläubig. »Was habe ich denn damit zu tun?«

»Alles. Streiten Sie bitte nichts ab, das ist unter Ihrer Würde. Tina hat uns allen erzählt, dass das griechische Essen zu zweit Ihre Idee war.«

»Tina hat erzählt, dass ich alles organisiert habe?« Maria starrte Nonie an. Sie konnte nicht fassen, was sie hörte. »Das ist ein Missverständnis.«

Nonie fasste sich mit schmerzhaft verzogenem Gesicht an den Hals. Die Unterhaltung strengte sie offensichtlich an. Dennoch bemühte sie sich, Maria die Sachlage aus ihrer Sicht zu schildern. Ihre Stimme wurde immer leiser, aber Maria verstand jedes Wort: »Tina sagte uns, dass Sie vorschlugen, zu Abend griechische Speisen zu essen. Ari war natürlich begeistert, aber Sie machten ihn darauf aufmerksam, dass die lokale Küche womöglich nicht das Richtige für Sir Winston und Lady Clementine sei. Deshalb wurden diese Gerichte nur Ihnen beiden aufgetischt und nicht uns allen. Ich habe keine Ahnung, was Ihnen dieses spezielle Dinner zu zweit brachte, Ihr armer Mann saß ja auch ganz verloren bei uns, was der allgemeinen Stimmung ganz bestimmt nicht zuträglich war. Alles sehr klug eingefädelt, Maria, das muss ich sagen.«

»Nichts davon ist wahr«, flüsterte Maria.

»Ach ja?«, fragte Nonie spitz. »Warum sollte Tina uns anlügen?«

Maria antwortete ihr nicht. Sie blickte ins Leere, vorbei an dem Oleanderbaum hinter dem Tisch, der seine Äste und Blüten unter den Sonnenschirm schob. Es gab nur einen Grund, warum Tina diese Lüge in Umlauf gebracht hatte – sie wollte Maria schaden. Und mit Neid kannte sich Maria aus, besonders mit Frauen, die ihr etwas missgönnten. Aber was sollte sie ausgerechnet dieser Frau voraushaben, die doch alles auf dieser Welt zu haben schien? Einen wundervollen Ehemann, Kinder, Vermögen, gesellschaftliches Ansehen, sogar einen attraktiven Liebhaber nach dem anderen. Warum war Tina so eifersüchtig auf Maria, dass sie eine derartige Intrige einfädelte?

Sie schüttelte den Kopf. »Ich habe nichts dergleichen getan. Es ist genau umgekehrt. Alles war Tinas Idee. Aber das können Sie mir nun glauben – oder nicht.« Sie schob trotzig ihr Kinn vor.

Eine Weile schwieg Nonie. Sie spielte versonnen mit ihrem inzwischen leeren Saftglas, nahm dann einen Schluck Tee. Schließlich erklärte sie: »Es kann nur an der Aufmerksamkeit liegen.«

Maria runzelte verständnislos die Stirn, schwieg jedoch.

»Offenbar ärgert sie sich darüber, dass Ari Ihnen so viel Aufmerksamkeit schenkt.«

»Er …«

»Unsinn. Streiten Sie nichts ab, Maria. Diesmal weiß ich, dass ich recht habe. Jeder Blinde sieht, dass er gern mit Ihnen zusammen ist.«

»Wir sind eben beide Griechen«, hob sie hilflos an. Doch dann fiel ihr ein, dass auch Tina Griechin war. Aber die war nicht in diesem Land aufgewachsen, sondern eine Kosmopolitin durch und durch. Darüber hinaus war sie die Tochter einer überaus wohlhabenden Familie, ihr Vater war einer der wichtigsten Reeder des Landes, und sie hatte von klein auf im Überfluss gelebt. Onassis und Maria indes stammten aus viel bescheideneren Verhältnissen. Ihre Familien taten vornehmer, als sie es jemals gewesen waren, und sowohl Maria als auch Onassis hatten jeder für sich mehr aus ihrem Leben gemacht als ihre Väter zuvor aus deren. Natürlich hatte Aristo mehr mit ihr gemeinsam als mit seiner Frau. Und genau diese Gemeinsamkeiten machten den Zauber aus, die geradezu magische Vertrautheit, die sie in seiner Gegenwart empfand.

»Ja. Das sind Sie.« Nonie nickte gedankenverloren. Mehr sagte sie nicht.

Der Kaffee in Marias Tasse war längst kalt geworden. Angewidert schob sie die Tasse von sich fort. Viel lieber noch hätte sie Boshaftigkeiten jener Art, wie Tina sie anscheinend pflegte, von sich ferngehalten. Sie kannte derlei nur zu gut von der Oper und hätte die Lügen zumindest in diesen Ferien gern hinter sich gelassen.

KAPITEL 18

Izmir

4. August 1959

Nur eine Gasse führte vom Hafen in Izmir hinauf zu dem auf dem Hügel thronenden alten Viertel Karataş. Und so schmal die Gasse auch war, führten von ihr doch noch viel engere Wege ab, teilweise nur aus Treppenstufen bestehend. Trotzdem wimmelte es zwischen den alten, teilweise heruntergekommenen Häusern mit den schmiedeeisernen Balkonen von Menschen: Fliegende Händler boten alles vom Honigbonbon bis zum Teppich feil, Arbeiter, in deren Schatten sich verschleierte Frauen bewegten, trafen auf Geschäftsleute in Anzügen, dazwischen hopsten spielende Kinder herum, ein alter Mann versuchte, sich und seinem Eselskarren einen Weg durch die Menge zu bahnen, ein anderer führte eine Ziege an einem Strick. Der Geräuschpegel war hoch, doch noch intensiver nahm Maria die Gerüche wahr: Der Duft der verschiedensten orientalischen Gewürze, von Jasminblüten und verbrennendem Holz hing in der Luft und traf auf das Aroma von Ziegenkäse und Tomaten, das aus den Küchenfenstern wehte. Das Salz des Meeres vermischte sich mit dem Gestank von Öl, Fisch und Teer und zog von den Anlegestellen in die Höhe.

»Hier spürt man noch das alte Smyrna«, erklärte Onassis. Dabei musste er fast schreien, um sich der Gruppe seiner Gäste verständlich zu machen. Die Begeisterung für seinen Geburtsort war jedoch nicht zu überhören. »Damals war dieses Viertel sehr international, hier lebten viele reiche Juden, aber auch wohlhabende Europäer, Armenier und eben viele Griechen wie meine Familie. Fast die Hälfte der Einwohner Smyrnas waren seinerzeit Christen.«

Da ist er wieder, der *Tourkosporos*, dachte Maria in einer Mischung aus Belustigung und Neugier. Sie freute sich, Aristos Heimat kennenzulernen. Überrascht stellte sie fest, dass sich das Leben in diesem Viertel offensichtlich kaum von dem in jenem Bezirk in Athen unterschied, in dem sie ihre Jugend verbracht hatte. In den wechselnden Wohnblocks, in die sie damals mit ihrer Mutter und Schwester ein- und wieder ausgezogen war, gehörten viele Armenier zu ihren Nachbarn, die aus Anatolien geflohen waren. Auch die um sie her wabernden Gerüche weckten Erinnerungen in ihr, und es fühlte sich seltsam vertraut an, hier zu sein.

»Vor allem den jüdischen Bewohnern von Karataş ist zu verdanken, dass das Viertel noch steht«, fuhr Aristo fort. »Gegen die Juden hatten die Türken nichts, als sie im September zweiundzwanzig die halbe Stadt anzündeten. Sie warteten, bis der Wind in Richtung der christlichen Wohngegenden blies. Auf diese Weise wurden die Feuer angefacht, und in den muslimischen und jüdischen Vierteln brannte nicht ein Gebäude, während der Rest der Stadt in Schutt und Asche versank.« Maria wunderte sich, dass er in dieser Umgebung so offen von den

Grausamkeiten von damals erzählte, aber er sprach Englisch, und das verstanden hier wahrscheinlich heute nur wenige Menschen.

Vor einem großen Eckhaus hielt Aristo an. »Das war unser Zuhause«, sagte er mit plötzlich erstickter Stimme. »Sehen Sie sich das schmiedeeiserne Gitter an der Tür an, es trägt noch immer die Initialen meines Vaters Sokrates Onassis.« Er schluckte und wandte sich ab.

Maria beobachtete ihre Mitreisenden, die seit zwei Wochen seine Gastfreundschaft genossen und ihn länger kannten als sie und die dennoch nicht begriffen, wie überwältigt er in diesem Moment war. Nonie, Lady Churchill und ihre Tochter und Enkelin wirkten, als würden sie eine beliebige Sehenswürdigkeit betrachten, durchaus interessiert, aber eben nicht so berührt, wie es nur jemand sein konnte, der eine Vorstellung davon hatte, wie die Männer einst in der Abenddämmerung auf den Treppen saßen und an der Wasserpfeife zogen, wie von den Frauen Ouzo und Mokka serviert wurden, wie die Freunde und Nachbarn sich unterhielten und irgendwann begannen, Musik zu machen und zu tanzen, während die Frauen sich um das Abendessen kümmerten und die Kinder zu Bett brachten. Es war eine Welt, die Maria aus ihrer Vergangenheit nur allzu vertraut war – und deren Verlust sie mit Aristo in der Lage war zu teilen. Sie sah ihn an, und selbst durch ihrer beider Sonnenbrillen hindurch glaubte sie seinem Blick zu begegnen und sich stumm mit ihm austauschen zu können, als könnten sie einander in die Herzen blicken. Dann schaute sie zu Tina hinüber. Es interessierte sie, wie seine Frau mit seiner Traurigkeit umging. Doch sie stand abseits, hatte ein gelangweiltes Gesicht aufgesetzt und konnte der ganzen Szenerie anscheinend nichts abgewinnen.

Was für eine ignorante, geistlose Person, dachte Maria. Aber das dachte sie seit ihrem Gespräch mit Nonie auf Rhodos mehrmals täglich über Tina.

»Ist der Gestank hier nicht furchtbar?«, raunte Meneghini. Er hielt sich sein Einstecktuch unter die Nase. »So mag es vielleicht in den schlechten Vierteln von Neapel riechen, aber die kenne ich selbstverständlich nicht. Es ist unerhört, dass er dich dem aussetzt.«

Maria schnappte nach Luft. Da sie ihren Mann nicht vor der versammelten Gruppe anschnauzen wollte, biss sie die Zähne zusammen. Als sie einen Händler entdeckte, der einen Bauchladen vor sich herschob, zischte sie hinter fast geschlossenen Lippen: »Bitte kauf mir ein paar Pinienkerne. Die mag ich – und du bist beschäftigt.«

»Was? In Italien isst du niemals Pinienkerne. Du magst sie nicht. Also besorge ich sie dir auch nicht.«

»Dann kauf dem Mann die Korinthen ab.« Sie bebte vor Zorn über seine Besserwisserei und Bevormundung.

Meneghini sah sie überrascht an, rührte sich jedoch nicht. »Das ist Unsinn. Rosinen magst du auch nicht. Die sind viel zu süß und würden dir nur Magengrimmen verursachen, wenn du sie probiertest.«

Es geht nicht mehr, fuhr es ihr durch den Kopf. Ich halte das nicht mehr aus.

»Kommen Sie, ich möchte Ihnen den Friedhof zeigen, bevor uns die Mittagshitze erwischt«, unterbrach Onassis ihre Gedanken. Er sprach nicht nur Maria, sondern seine Reisegruppe an. Mit einer Handbewegung wies er den Weg. »Hier entlang, bitte.«

Ein Blitzlicht flammte auf. Die Paparazzi hatten sich durch die Menge gewühlt, die die Gasse verstopfte. Lautstarke Proteste erhoben sich von den Passanten, am vehementesten empörte sich ein älterer Moslem mit einem roten Fez auf der Glatze, begleitet war er von einer jungen Frau, die ängstlich unter ihrem Hidschab hervorschaute. Offensichtlich befürchtete er, die Fotografen könnten sie aufgenommen haben. Onassis wandte sich zu ihm um, wechselte ein paar Worte auf Türkisch mit ihm, griff in seine Hosentasche und förderte eine Packung Zigaretten zutage. Maria bemerkte noch, wie er dem anderen eine Zigarette anbot und sich selbst eine zwischen die Lippen schob, dann folgte sie den anderen in die Richtung, in die Aristo gedeutet hatte.

Hinter sich hörte sie Meneghinis Schnauben.

»Es stinkt, es ist hässlich, und es ist heiß«, schimpfte er. »Das ist wirklich unerhört. Ich wünschte, wir hätten mit Sir Winston und Montague Browne den Aufzug nehmen können, der zum höchsten Punkt dieses Hügels fährt. Die Aussicht von da oben ist sicher besser und die Luft sauberer.«

Maria schwieg. Sie verspürte keine Lust, sich mit ihrem Mann zu unterhalten. Am liebsten wollte sie gar nicht mehr mit ihm sprechen. Seine Respektlosigkeit ihrem Gastgeber gegenüber war nicht weniger ärgerlich als sein Umgang mit ihr. Sie wünschte, sie könnte ihn einfach stehen lassen und allein durch die Gassen schlendern und die Gerüche des Orients in sich aufsaugen. Stattdessen bedachte sie ihn mit einem strafenden Blick, den er durch ihre Sonnenbrille natürlich nicht sah.

Sie wandte sich von ihm ab, doch in ihrem Inneren rumorte es wie in einem Vulkan kurz vor der Explosion.

Der christlich-orthodoxe Friedhof war erstaunlicherweise nach der Besetzung von Smyrna im Griechisch-Türkischen Krieg weder zerstört noch geschändet worden. Reihen von dicht nebeneinander gepflanzten und hoch in den blauen Himmel ragenden Zypressen säumten die Wege vor den mit Marmorplatten versehenen Gräbern. Zwischen den Steinquadern versuchte das eine oder andere silbrig schimmernde Olivenbäumchen zu überleben. Ansonsten war es ein typisch griechischer Ort des Todes, und Maria hielt unwillkürlich den Atem an. Gelegentlich zierte einen Grabstein eine alte Fotografie, doch insgesamt war es beklemmend still und anonym bei den letzten Ruhestätten der Menschen, die vor Jahrzehnten in Smyrna gestorben waren.

Aristo blieb vor einem schlichten Grab inmitten eines schattigen Halbrunds aus Zypressen stehen. Der weiße Marmor war grünstichig vom Moos und die Inschrift auf dem Stein nur noch zu erahnen: *Penelope Onassis*. Er hielt einen Moment inne, verharrte offenbar in einem stummen Gebet.

Hinter ihm versammelten sich seine Mitreisenden. Auch Churchill und Anthony Montague Browne waren wieder zu der Gruppe gestoßen. Schweigend warteten alle darauf, dass ihr Gastgeber das Wort ergriff.

»Meine Mutter musste viel zu früh gehen«, sagte er schließlich, ohne den Blick von der Grabstelle zu wenden. »Eine Infektion nach einer Nierenoperation ließ sie qualvoll sterben. Ich war damals erst sechs Jahre alt, meine Schwester Artemis zwei Jahre älter.«

Er wandte sich ab, trat neben Churchill. »Sir Winston, Sie haben mir einmal erzählt, dass Sie auch noch recht jung waren, als Ihr Vater starb. Wären Sie denselben Weg gegangen, wenn er länger gelebt hätte?«

»Ich denke schon«, brummte der alte Staatsmann. »Mein Vater war Mitbegründer der modernen konservativen Partei, er wurde als aussichtsreicher Kandidat auf das Amt des Premierministers gehandelt, war zuletzt Schatzkanzler. Als er nach langer Krankheit starb, war ich fast zwanzig und hatte schon eine eigene Meinung.«

»Wenn meine Mutter nicht so früh gestorben wäre, hätte ich vielleicht nicht so hart gearbeitet, wie ich es getan habe.« Onassis seufzte. »Nun, wer weiß das schon? Es ist wahrscheinlich sinnlos, sich solchen Fragen zu stellen. Gehen wir zurück an Bord.«

Maria dachte an ihre Eltern, die zwar beide noch lebten, dennoch war auch sie von einem Engagement zum nächsten gereist, um sich von den Zwängen zu befreien, die besonders ihre Mutter ihr auferlegt hatte.

Während sie zurück zum Hafen wanderten, erzählte Aristo davon, wie seine Stiefmutter und seine Schwestern geflohen waren und sein Vater durch die türkischen Truppen verhaftet wurde. Er war damals plötzlich auf sich allein gestellt gewesen und hatte miterleben müssen, wie sein Elternhaus von einem türkischen Offizier beschlagnahmt wurde. Trotz seiner Jugend war es ihm gelungen, allen Gefahren klug aus dem Weg zu gehen, und schließlich hatte ihm der amerikanische Vizekonsul geholfen, zu fliehen. Sehr bildhaft und möglicherweise etwas dramatisierend schilderte er, wie er im Kugelhagel türkischer Gewehre in das Hafenbecken gesprungen und zu einem amerikanischen Kriegsschiff geschwommen war, das ihn tatsächlich aufnahm. Hunderttausend Verzweifelte schrien zeitgleich am Pier um Hilfe, doch die vor Anker liegende amerikanische und britische Marine griff nicht ein oder half am Ende nur wenigen. »Wir erlebten Dantes Inferno«, schloss Onassis seinen bedrückenden Bericht.

Nach dem Lunch an Deck zogen sich die Gäste zur Mittagsruhe zurück in ihre Kabinen, während sich die Mannschaft der Yacht auf das Manöver zum Ablegen vorbereitete. Maria fühlte sich wie berauscht von den Eindrücken, die in den vergangenen Stunden an Land über sie hereingebrochen waren. Versonnen stand sie an ihrem Toilettentisch, zog den runden Glasknopf aus dem Flakon mit ihrem Parfüm und genoss den Duft von Lavendel, Iris und Rose, Sandelholz und Moschus. Sie träufelte sich etwas Flüssigkeit auf ein Handgelenk und hob es an ihre Nase, um das »Hammam Bouquet« von Penhaligon's noch intensiver in sich aufzunehmen. Seit sie dieses eigentlich für Männer kreierte Toilettenwasser erstmals an Luchino Visconti, ihrem damaligen Regisseur an der Scala, gerochen hatte, war sie ganz vernarrt darin. Später hatte er die Idee gehabt, mit dem Duft benetzte Taschentücher heimlich in der Kulisse zu verteilen, um ihr auf der Bühne ein Gefühl von Geborgenheit zu geben. Sie hatte sich durch den Duft stets ihrem Regisseur und Freund nahe gefühlt – erst jetzt stellte sie fest, dass er sie unbewusst an ihre Jugend erinnert haben musste. Es war jenes Aroma des Orients, das auch das alte Griechenland geprägt hatte. Und es weckte nicht die Schrecken ihrer schwierigen Jahre in Athen, sondern die Zuversicht und Liebe, die ihr damals von ihren Gesangslehrerinnen geschenkt worden waren. Elvira de Hidalgo etwa, ihre Lehrerin am Konservatorium in Athen, schenkte ihr bis heute die mütterliche Zuwendung, die ihr die eigene Mutter versagte. Obwohl sie ihn damals natürlich noch nicht kannte, trug sie also seit nunmehr sechs Jahren die destillierten Erinnerungen an Onassis' Heimat auf der Haut. Unwillkürlich lächelte sie in sich hinein.

»Ich wollte es dir eigentlich noch nicht verraten«, meldete sich Meneghini, »aber wenn wir nach Hause kommen, wirst du eine Überraschung erleben. Ich habe wunderbare neue Engagements für dich ausgemacht. Bis zum Ende des Jahres bist du komplett ausgebucht.«

Seine Worte trafen sie wie ein Schlag. Hätte er ausgeholt und ihr eine Ohrfeige versetzt, um sie in die Realität zurückzuholen, hätte es kaum schlimmer sein können als dieser schmeichlerische und gleichzeitig fordernde, falsche Ton. Die Oper war ihr entrückt, sie hatte in den vergangenen Tagen an Bord keinen Gedanken an ihre nächsten Auftritte verschwendet. Zum ersten Mal in ihrem Leben fühlte sie sich wohl, ohne auf einer Bühne zu stehen. Sie spürte geradezu, wie sie sich körperlich erholte, wie sie immer mehr zu sich selbst zurückfand. Und sie daran zu erinnern, dass diese Zeit auf See mit all ihren Annehmlichkeiten irgendwann ein Ende haben müsse, war ebenso verstörend wie im Moment überflüssig.

Sie fuhr zu ihm herum. Er saß auf dem Bettrand und wirkte so selbstzufrieden, dass Maria ihm am liebsten den schweren Parfümflakon an den Kopf geworfen hätte. Doch aus Rücksicht auf das Duftwasser unterließ sie es.

»Was soll das?«, zischte sie.

»Ich möchte dir eine Freude machen. Du wirst Spitzengagen bekommen. Die ich für dich ausgehandelt habe. Ich habe …«

»Ich habe kein Interesse«, fiel sie ihm ins Wort.

»Unsinn«, widersprach er gönnerhaft. »Du wirst begeistert sein, wenn du erst die Zahlen auf den Schecks siehst. Ich habe zäh verhandelt, das sage ich dir. Es war nicht einfach, so viel Geld herauszuschlagen. Aber ein Meneghini lässt sich nicht so leicht ins Bockshorn jagen. Ich …«

»Du, du, du!«, fuhr sie auf. »Frag doch ein einziges Mal, was ich will.« Er sah sie so überrascht an, dass es ihr endgültig reichte. »Du benimmst dich unmöglich. Die Intendanten zittern nicht vor dir, wie du es wahrscheinlich annimmst, sie sind peinlich berührt von deinem Benehmen.«

»Haben sie sich bei dir beschwert? Wie armselig! Weißt du«, er erhob sich, trat auf sie zu, »im Grunde wollen sie alle, dass ihre Stars zu den Gagen der Chorsänger auftreten. Aber das lässt sich ein Meneghini nicht bieten. Ich …«

»Auch ich lasse mir das nicht mehr bieten.«

»Natürlich. Ich werde den Leuten in deinem Namen sagen, dass sie dich ein für alle Mal nicht mehr mit solchen Geringfügigkeiten belästigen sollen.«

Sie knirschte mit den Zähnen. »Du wirst mit niemandem mehr über mich sprechen. Du bist entlassen, Battista.«

Im ersten Moment schien es, als wolle er in schallendes Gelächter ausbrechen. Doch dann starrte er sie verblüfft an. Nervös fuhr er sich mit der Hand über das schüttere Haar. »Was soll das?«

»Du bist ab sofort nicht mehr mein Manager. Ich habe dein Auftreten und deine Forderungen gegenüber den führenden Opernhäusern satt. Niemand schert sich um Battista Meneghini, die Callas ist es, die sie wollen. Und du benimmst dich unverschämt und trittst in einer Art und Weise auf, die mir schadet. Ich will das nicht mehr. Verstehst du? Ab sofort kümmere ich mich selbst um meine Auftritte und um meine Gagen.«

Was hatte sie gesagt? Meine Güte, sie konnte ja noch nicht einmal ein eigenes Bankkonto eröffnen.

Maria drehte sich wieder zu dem Toilettentisch, damit er die Zweifel nicht sah, die ihre Miene verdüsterten. Doch einen Atemzug später wurde sie sich bewusst, dass ihre Reaktion keinesfalls hysterisch war. Sie hatte ganz ruhig gesprochen. Energisch und laut – ja. Aber ohne die Fassung zu verlieren. Es war ihr ernst. Deshalb zitterte ihre Hand auch nicht, als sie den Stöpsel auf die Flasche von Penhaligon's setzte.

»Maria.« Er verlegte sich wieder auf das Schmeicheln, was in ihren Ohren nur noch unangenehm klang. »Reg dich nicht auf. Es gibt keinen Grund, sich zu echauffieren. Die Veranstalter haben meine Forderungen am Ende doch akzeptiert. Ich will immer nur das Beste für dich. Das weißt du.«

Sie fuhr wieder herum. »Du willst es anscheinend nicht begreifen: Du bist entlassen.«

Nun war es ausgesprochen, und sie waren mitten in dem unvermeidlich gewordenen Konflikt angekommen. Meneghini verstand nicht, dass Maria seine Unterstützung nicht mehr wollte, so ausführlich sie es ihm auch erklärte. Sie konnte sein nassforsches Auftreten nicht länger tolerieren, hatte kein Verständnis für seine mangelnden Fremdsprachenkenntnisse, die natürlich auch in der internationalen Welt der Oper immer wieder auffielen, und fand seine Aggressivität nur noch abstoßend. Das alles warf sie ihm an den Kopf – und er beschimpfte sie als einen Niemand, den er erst zum Star gemacht habe. Die Angriffe wurden persönlicher, ihre Stimmen lauter. Irgendwann wurde Maria bewusst, dass das halbe Schiff wohl Zeuge ihrer Auseinandersetzung geworden sein musste.

Peinlich berührt und zugleich wutentbrannt stürmte sie aus der Kabine. Sie lief kopflos davon, schloss nicht einmal die Tür. Erst auf der geschwungenen Treppe, die an Deck hinaufführte, wurde sie ruhiger. Sie drehte sich um, lauschte in ängstlicher Erwartung, ob ihr Mann ihr folgte. Doch von Meneghini fehlte jede Spur. Die Yacht hatte inzwischen abgelegt, wahrscheinlich zwangen ihn die Schiffsbewegungen in seine Koje. Vielleicht hatte er sich auch hingelegt, um sich nach ihrem Streit auszuruhen. Seit Beginn der Reise verkroch er sich doch ohnehin unablässig leidend im Bett. Maria war es gleichgültig, was er tat. Hauptsache, er ließ sie in Ruhe.

Als Maria das Achterdeck betrat, fiel ihr Blick sofort auf die hintere Reling; es war ihr inzwischen zur Gewohnheit geworden. Wie immer beim Abschied aus einem Hafen stand Onassis dort und blickte zurück. Und nicht zum ersten Mal dachte sie, wie verloren er wirkte. So allein und nachdenklich. Da sich ihre Mitreisenden zu einem Mittagsschlaf in ihren Kabinen befanden, war weit und breit keiner ihrer üblichen Begleiter zu sehen. Lediglich ein junger Stewart räumte leere Kaffeetassen und benutzte Gläser von dem Beistelltisch zwischen den Liegestühlen. Er nickte Maria höflich zu. Sie grüßte zurück, während sie über die Planken schritt und neben Aristo trat.

Er registrierte ihre Anwesenheit, indem er sich fast unmerklich zu ihr neigte, sagte jedoch nichts. Und wie immer genoss sie seine Nähe, selbst wenn sie schwiegen. Ebenso wie er blickte sie zurück auf die Landmasse, die im Dunst der Nachmittagshitze verschwamm. Ein hohes Bergmassiv mit groben Felsen, durchsetzt von den grünlichen Streifen einer kargen Vegetation vor dem sonnenhellen Himmel. Die friedliche Stimmung, die von Onassis ausging, übertrug sich auf sie. Sie spürte, wie sich der Sturm in ihrem Inneren legte und sie wieder zur Ruhe fand. Vielleicht lag es an seiner Gegenwart, sicher aber an der Aussicht und dem Schutzraum, den die *Christina* bot.

»Das ist Lesbos«, sagte er nach einer Weile. Er drehte sich nicht zu ihr um, sprach gegen den Fahrtwind, der seine Worte auf das Meer hinaustrug. »Der amerikanische Marinekreuzer setzte mich damals in Mytilini ab. Dort waren riesige Lager für die Flüchtlinge aus Anatolien eingerichtet worden. In dem Chaos, das herrschte, benötigte ich Wochen, um meine Stiefmutter und meine Schwestern zu finden.«

»Aber Sie haben sie gefunden«, erwiderte sie.

Er nickte still, mit den Gedanken wahrscheinlich bei den

Verwandten, die er nicht mehr wiedergesehen hatte. Während des Stadtrundgangs hatte er erzählt, dass mehrere seiner Onkel von den Türken gehängt worden waren.

»Glauben Sie wirklich, Ihr Leben wäre anders verlaufen, wenn Ihre Mutter nicht so früh gestorben wäre?«, brach es unvermittelt aus ihr heraus. Die Frage beschäftigte sie seit dem Verlassen des Friedhofs, wie ihr erst jetzt bewusst wurde. »Der Krieg hatte ja nichts mit Ihnen zu tun. Ihre Familie trug die Last, wie viele andere auch, Sie waren aber weder verantwortlich noch in der Lage, irgendetwas zu ändern.«

»Jedenfalls lernte ich schon sehr jung die Endlichkeit des Daseins kennen. Alles kann so schnell vorbei sein. Deshalb koste ich in vollen Zügen aus, was das Leben mir bietet.«

Versäumnisse, fuhr es ihr durch den Kopf. Die Verluste und Versäumnisse der Vergangenheit bestimmen unsere Gegenwart. Das war bei ihr nicht anders.

Er lehnte sich nun mit dem Rücken an die Reling und sah sie an. »Und dennoch werde ich das Gefühl nicht los, dass mir trotz allen Luxus, der mich umgibt, trotz allen Erfolgs, den ich als Geschäftsmann habe, etwas Wichtiges fehlt.«

Noch eine Gemeinsamkeit.

Sie nickte. »Es geht mir ähnlich.«

Er hob seine Hand, wahrscheinlich, um Maria zu berühren, doch er erinnerte sich anscheinend an das, was zwischen ihnen stand, und unterließ es. Seine Linke schwebte kurz in der Luft, fiel dann an seiner Seite hinab.

Nach einer Weile lachte er. »Wahrscheinlich fragen Sie sich, wie viel Liebe ich nach dem Tod meiner Mutter erfahren durfte.

Alles in allem war es gar nicht so wenig. Meine Schwester Artemis wurde trotz ihrer Jugend zu einer Art Ersatzmutter für mich – und sie besitzt noch heute einen gewissen Einfluss auf mich, obwohl ich das in ihrer Gegenwart natürlich nie zugeben würde.«

Sie hatte beobachtet, wie Tina auf Rhodos die Nähe von Artemis gesucht hatte, wie die jüngere mit der älteren Frau tuschelte. Suchte Aristos Frau den Schulterschluss mit seiner Schwester, um eine Front gegen die mögliche Widersacherin zu bilden? Der stumme Gedankengang ließ Maria aufmerken, da sie sich zum ersten Mal tatsächlich als Nebenbuhlerin von Tina Onassis sah. Wir sind nur Freunde, redete sie sich sofort ein. Was immer in seiner Ehe geschah, ging sie nichts an. Ihre Ehe mit Meneghini war mit christlichem Segen geschlossen worden; wenn auch nur vor dem Standesamt in Verona abgelegt, war das Gelübde nach italienischem Recht unauflöslich. Daran änderten weder ihre Probleme etwas noch die Tatsache, dass sie von ganzem Herzen wünschte, ihren Mann zu verlassen.

Während sie über eine Trennung von ihrem Gatten grübelte, sprach der Mann an ihrer Seite weiter. Erst nach einer Weile begriff sie, dass er von einer anderen Art Liebe sprach, von seinen ersten erotischen Abenteuern. Noch nie hatte jemand so offen mit ihr über sein sexuelles Begehren gesprochen. In einer Mischung aus Neugier und Abscheu hörte sie ihm zu, verwundert, dass die körperliche Liebe einem Menschen so viel bedeuten konnte.

»Meine erste große Liebe« – er grinste – »war ein junges Dienstmädchen in meinem Elternhaus. Sie arbeitete als Wäscherin für meine Familie. Leider erwischte uns meine Stiefmutter auf einem Wäscheberg, so dass nichts wurde aus dem Mädchen und mir. Stattdessen machte ich meine erste Erfahrung mit einer Französischlehrerin, die mein Vater für den Unterricht in den Sommerferien engagierte. Sie hatte einen wundervollen Körper mit großen Brüsten und hat mich verführt.«

Unwillkürlich glitt ihr Blick abwärts. Ihr Busen war eher klein. Errötend sah sie wieder zu ihm auf. »Und dann?«, wollte sie wissen.

»Ich verliebte mich in ein jüdisches Mädchen aus der Nachbarschaft – unsterblich. Damals war ich fünfzehn und ein ziemlich großer Narr.« Der Wind wehte ihm das Haar in die Stirn, und so zerzaust wirkte er jünger und fast unwiderstehlich, so dass sich Maria den Heranwachsenden von damals gut vorzustellen vermochte. »Ich sang vor ihrem Haus ein Ständchen nach dem anderen, gab türkischen Honig für sie bei dem Personal an der Tür ab und verprügelte einen Mitschüler, der es ebenfalls auf sie abgesehen hatte.«

Sie schmunzelte. »Hat Sie das Mädchen erhört?«

»Nein. Natürlich nicht. Die anständige Tochter eines Sephardim durfte nichts mit einem Goi anfangen. Ihr Vater schickte sie irgendwann zu Verwandten nach Südamerika. Ich nahm daraufhin zunächst Abschied von der Idee der Seelenverwandtschaft und verlegte mich auf die Erkundung der körperlichen Liebe.«

Sie war dankbar für den Fahrtwind, der ihre Wangen kühlte.

Er verlor sich für einen Moment in der sinnlichen Erinnerung, dann sagte er: »Einige Frauen, denen ich in dieser Zeit begegnete, sagten mir, dass Geld und Sex für sie untrennbar miteinander verwoben seien.«

Maria fand diese Betrachtung des zwischenmenschlichen Zusammenseins zwar etwas zu reduziert, aber sie pflichtete ihm auf gewisse Weise bei: »Die körperliche Liebe ist wohl ebenso von Geben und Nehmen geprägt wie so vieles andere.« Kaum hatte sie ihre Meinung geäußert, biss sie sich auf die Unterlippe. Noch nie hatte sie mit einem anderen Mann als Meneghini über so Intimes gesprochen, und ihr eheliches Liebesleben verdiente diese Bezeichnung kaum.

Onassis runzelte die Stirn. »Ist das alles?«, fragte er ernst. »Sehen Sie Sexualität tatsächlich auf diese Weise?«

Sie wich seinem Blick aus, starrte auf die von der Schiffsschraube aufgewühlte Gischt. »Ja«, flüsterte sie.

KAPITEL 19

New York City
16. September 1968

Maria betrachtete sich in dem hohen Kristallspiegel ihres Ankleidezimmers. Es war ein Teil ihrer Suite im Sherry-Netherland, einem exklusiven Apartmenthaus an der 5th Avenue, direkt am Central Park, das über ein kleines, sehr elegantes Hotel verfügte. Da ihre Freundin Mary ein paar Etagen über ihr in der Wohnung einer Tante residieren würde, hatte sie sich für diese Bleibe entschieden und zog nicht noch einmal bei den Gatsos ein. Nach ihrer planlosen Rundreise durch den Westen und Südwesten der USA bis nach Mexiko war es wohltuend, wieder in Manhattan zu sein. Maria fühlte sich wie bei der Heimkehr nach einer Irrfahrt, dem Ende ihrer ganz persönlichen Odyssee. Deshalb hatte sie die Einladung in die Metropolitan Opera für heute Abend angenommen. Sie wollte ein Zeichen setzen. Für sich persönlich, aber auch für den Rest der Welt – vor allem für Onassis.

Ihr war klar, dass sie gut aussah. Ihre Hochsteckfrisur saß perfekt, die raffiniert geschnittene, ärmellose, schmale dunkelgrüne Abendrobe stand ihr ausgezeichnet, und der Schmuck, den sie um die Ecke im Juweliergeschäft von Harry Winston ausgeliehen hatte, war sensationell: taubeneigroße Ohrgehänge aus Smaragden und Diamanten, ein dazu passendes breites Armband am linken Handgelenk und ein wuchtiger Ring aus Smaragden und Diamanten, der so groß war, dass er vermutlich auch als Schlagring hätte benutzt werden können. Ihr Spiegelbild zeigte, dass die strahlend schöne Callas zurück war. Marias verwundete Seele indes blieb tief in ihrem Innersten verborgen.

So sehr hatte sie gehofft, ihren Schmerz irgendwo in der Wüste Nevadas zurücklassen zu können. Aber ihre Odyssee hatte nicht einmal dazu beigetragen, den Kummer über die Trennung von Aristo zu lindern. Statt befreit an die Rückreise nach Europa und an ihr Comeback zu denken, von dem sie in Interviews immer wieder sprach, war sie hier an der Upper East Side nicht weniger enttäuscht, traurig und an einem gebrochenen Herzen leidend als an allen anderen Orten ihrer Reise. Von Santa Fe war sie mit ihrer Entourage nach Las Vegas geflogen, von dort mit Mary nach Los Angeles gefahren, weil Larry ihre Begleitung wegen eigener Verpflichtungen hatte unterbrechen müssen. Außer in Disneyland amüsierte sie sich nirgendwo, am allerwenigsten in San Francisco, wo sie mit einer Reporterin über Onassis sprach und sich dermaßen in Rage redete, dass sie sich zu der Bezeichnung »die Ratte« für ihn hinreißen ließ – was natürlich eine entsprechende Schlagzeile wert war. Von Kalifornien aus reisten sie zu Freunden von Mary, die ein Haus in Mexiko besaßen, und dann nach Dallas zu Mary. Ausgerechnet dort, wo sich Maria heimisch fühlen und in aller Ruhe ihre Wunden lecken wollte, hatte sie sich im Badezimmer die Rippen gebrochen. Die vielen Schlaftabletten, ohne die sie keines ihrer verweinten Augen schließen konnte, hatten sie so benommen gemacht, dass sie stolperte und hinfiel. In der Folge tat ihr jeder Atemzug so weh, dass sie fast geneigt war, die Ursache allen Übels zu vergessen. Aber eben nur fast.

In all dieser Zeit ging keine Nachricht aus Griechenland für sie ein. Kein Anruf von Aristo, obwohl sie stets dafür sorgte, erreichbar zu sein. Die Blumen, die an ihr Krankenbett in Dallas geschickt wurden, stammten nicht von dem geliebten Mann, wie sie anfangs glauben wollte, sondern von dessen Geschäftsführer in New York. Costa Gatsos pflegte die Freundschaft mit Maria ungebrochen und verstand nicht, warum Onassis eine andere Frau Maria vorziehen konnte. Sie war sich sicher, dass er das nicht nur ihr, sondern auch Aristo gegenüber deutlich machte, was jedoch nichts änderte. Natürlich hörte ein Mann wie Onassis in Liebesdingen nicht auf den Rat seines langjährigen Freundes.

Letztlich war es wieder einmal Larry, dem es gelang, Maria zumindest ein wenig aufzurichten. Er führte sie zu einem Abendessen mit einigen seiner Bekannten aus, bei dem die Rede auf die Saisoneröffnung in der Met kam. Ein einflussreicher Schallplattenproduzent lud Maria dazu ein – und sie willigte ein, zumal sie ihre besten Freunde würde mitbringen können. Im ersten Moment erschrocken und verunsichert über ihre Entscheidung, öffentlich aufzutreten, entschied sie bei genauerem Nachdenken, dass sie sich nicht mehr länger verstecken und in Hotelzimmern mit Telefonanschluss verschanzen konnte, wenn sie den Schmerz des gebrochenen Herzens irgendwann hinter sich lassen wollte. »Ich muss, ich will allen zeigen, dass es die Callas noch gibt«, vertraute sie Mary an, als sie zu einem gemeinsamen Einkaufsbummel bei Bergdorf Goodman aufbrachen, dem luxuriösesten Modekaufhaus Manhattans.

Da stand sie nun in ihrem eleganten Kleid, behängt mit den funkelnden Juwelen und bereit für einen großen Auftritt – und fühlte nichts als Leere. Larry hatte ihr zugesichert, das Publikum würde ihr huldigen, auch wenn sie nur als Zuschauerin von Francesco Cileas Oper »Adriana Lecouvreur« in der Met erschien. Die Callas endlich wieder in einem Haus ersten Ranges zu sehen, würde für Beifallsstürme sorgen, ob sie auf der Bühne stand oder nicht.

Vor allem würde man darauf achten, wie sie und ihre Kollegin Renata Tebaldi sich begegneten. Vor Jahren waren sie beide an der Scala engagiert gewesen und hatten im Wettstreit miteinander um die Anerkennung als *Diva assoluta* gerungen. Die Presse hatte immer wieder unschöne Szenen beschrieben, die für Maria allerdings nur ein Ausdruck ihrer Anspannung auf der Bühne gewesen waren. Und sie war diejenige gewesen, die das Duell mit der »Engelsstimme«, wie die Tebaldi – wohl zu Recht, wie Maria zugeben musste – genannt wurde, gewonnen hatte; die andere verließ Mailand bald darauf. Trotzdem nahmen die öffentlichen Bösartigkeiten von jeder Seite für lange Zeit nicht ab. Inzwischen stimmte Maria ihrem Freund Larry zu, dass es Zeit für eine Versöhnung war, und der feudale Rahmen der Premiere bot die ideale Kulisse dafür. Der Auftritt der Callas sollte nicht nur den Auftritt von Renata Tebaldi in den Schatten stellen – die Fotos würden um die Welt gehen und mit Sicherheit auch Aristoteles Onassis erreichen. Ihm wollte sie zeigen, was ihm entging.

Als das Telefon klingelte, zuckte Maria zusammen. Sie trippelte auf ihren Pumps zu dem Apparat auf dem Nachttisch ihres King-Size-Bettes. Einen Moment zögerte sie. Was sollte sie tun, wenn es Aristo war? Sie würde jeden Moment abgeholt werden, um in die Met zu fahren. Eine Verzögerung konnte sie sich nicht erlauben. Ihr Erscheinen hätte keinen Sinn, wenn sie zu spät kam und sich im Stillen in eine Loge schleichen müsste. Aber sie wollte mit Aristo sprechen – so viel hätte sie dafür gegeben, die Stimme des Mannes zu hören, den sie immer noch von ganzem Herzen liebte.

Mit zitternden Händen hob sie ab. »Ja, bitte?«

»Hier ist Mary. Ich warte im Foyer auf dich. Komm bitte runter, der Chauffeur ist da.«

Wieder kein Anruf von Aristo.

Warum nur konnte sie nicht einfach aufhören, darauf zu warten? Warum konnte sie nicht loslassen, konnte diesen Mann nicht mit der anderen ziehen lassen?

Maria schluckte die Tränen herunter. Sie war nicht nur eine hervorragende Sopranistin, sie war die beste Schauspielerin, die die Opernbühne je gesehen hatte. Es stand außer Zweifel, welche Rolle sie heute Abend spielen würde: Die Callas würde unter dem Jubel ihrer Fans in die Met heimkehren und die Großzügigkeit in Person sein und der Tebaldi all ihre Gemeinheiten verzeihen. Genauso, wie sie Aristo den Seitensprung verzeihen würde, wenn er sie jemals bitten sollte, zu ihm zurückzukommen.

Sie hob ihr Kinn und wandte sich zum Gehen.

Das Blitzlichtgewitter schien Maria so gewaltig wie ein Himmelsstrahler. Zum ersten Mal seit Jahren stand sie ohne die Begleitung von Aristo im Licht der Öffentlichkeit. Die Callas war zurück.

Als sie das neue Metropolitan Opera House im Lincoln Center betrat, erlebte sie tatsächlich jene Huldigung, die ihre Freunde vorhergesagt hatten. Sie spürte die Anwesenheit Marys in ihrem Rücken mehr, als dass sie sie sah, aber der Gedanke an ihre Freundin gab ihr Sicherheit. Mochte Maria noch mit ihrem gebrochenen Herzen kämpfen, ließ sich die Callas nun wieder von ihrem Publikum feiern. Auf ihrem Weg zur Loge des Intendanten wurde nicht nur applaudiert, sondern auch in Sprechchören ihre Rückkehr auf die Bühne verlangt. Sie schritt hoheitsvoll durch die Menge, legte die Hand auf ihr Herz und genoss die Bewunderung und Liebe der anderen Premierenbesucher. Beides ließ sie wie auf einer Wolke schweben, von deren Existenz sie sich fast verabschiedet hatte.

»Die Tebaldi tobt hinter der Bühne«, hörte Maria jemanden flüstern. »Der Auftritt der Callas drängt sie völlig in den Hintergrund.«

Ja, dachte Maria, so soll es sein. Und sie lächelte mit einer tiefen Zufriedenheit, ein Gefühl, das sie lange nicht mehr empfunden hatte.

Nach der Vorstellung wurde sie hinter die Bühne geleitet und feierte mit Renata Tebaldi Versöhnung. Der nur ein Jahr älteren Italienerin blieb nichts anderes übrig, als zu lächeln und Marias wohlgesetzte Umarmung im Scheinwerferlicht zu erwidern. Währenddessen klickten die Auslöser an den Kameras der Pressefotografen, und Maria wusste, dass die Fotos der Callas in den nächsten Tagen zumindest den Kulturteil der Zeitungen aufmachen, wenn nicht sogar auf den Titelseiten erscheinen würden. Maria lächelte souverän und verspürte einen gewissen Spaß an dem falschen Spiel.

Erstaunlich gut gelaunt kehrten sie und Mary nach der Premierenfeier zurück ins Sherry-Netherland. Als sie das Foyer durchquerte, entdeckte Maria auf einem Sideboard einen Stapel Zeitungen. Vermutlich waren es die Ausgaben der New York Post von gestern, aber das war einerlei, weil sie die noch nicht gelesen hatte. Im Vorbeigehen griff sie nach einem Blatt und erklärte der Freundin: »Das wird meine Nachtlektüre. So kann ich besser einschlafen.« Berauscht von dem Opernereignis und dem vielen Champagner, der serviert worden war, betraten die beiden Frauen den Lift.

In ihrer Suite angekommen, streifte Maria zuerst ihre Schuhe ab, warf die Zeitung in einen Sessel und setzte sich an den Toilettentisch, um die Ohrringe und den anderen Schmuck abzunehmen. Während sie an den Verschlüssen hantierte, drang durch das Fenster das leise Rauschen des in New York niemals ruhenden Verkehrs zu ihr. So ähnlich klang auch der Straßenlärm in Paris. Zum ersten Mal seit ihrer Abreise nach Amerika fühlte sie ein Gefühl von Heimweh in sich aufsteigen. Schwach nur, aber stark genug, um ihr Zuhause zu vermissen.

Das Licht der Lampen, die sie angeknipst hatte, ließ die Juwelen auf der samtenen *vide-poche* funkeln, in der sie den Schmuck abgelegt hatte. Sie überlegte, ob sie das wunderschöne Geschmeide kaufen sollte, entschied jedoch, es wie verabredet an Harry Winston zurückzugeben. Sie wollte ihr Herz nicht an etwas hängen, das morgen vielleicht eine andere Frau zieren sollte. Davon hatte sie derzeit genug.

Als sie endlich ausgezogen, abgeschminkt und in ihr Nachthemd gehüllt war, holte sie die New York Post zu sich ans Bett – und starrte plötzlich auf eine Fotografie, die sie zuvor im unteren Teil von Seite eins übersehen hatte. Sie schob ihre Brille zurecht, aber es bestand kein Zweifel: Im Smoking lächelte Aristo stolz in die Kamera, an seiner Seite die strahlende Jacqueline Kennedy, ebenfalls in Abendrobe.

Langsam sank Maria nieder, die Zeitung umklammert. Es kostete sie einige Überwindung, den kurzen Text unter der Aufnahme, bei der es sich offenbar um den Schnappschuss eines Paparazzo handelte, zu lesen. Doch sie war zu neugierig, um das Blatt einfach beiseitezulegen:

Die ehemalige First Lady Jackie Kennedy und der griechische Multimillionär Aristoteles Onassis vor dem Nightclub El Morocco in Manhattan.

Lesen Sie das Exklusivinterview von unserem Kolumnisten Earl Wilson.

Aristo führt seine Trophäe aus, fuhr es Maria durch den Kopf. Und natürlich präsentierte er sie im berühmtesten Club New Yorks.

Einen Atemzug später wurde ihr bewusst, dass er ganz in ihrer Nähe sein musste – sie waren beide in New York.

Mit energischen Bewegungen blätterte sie die Zeitungsseiten

um, bis sie die Klatschkolumne fand. Dabei riss das Papier ein und schnitt ihr in die Fingerkuppe. Doch den brennenden Schmerz spürte sie kaum. Ihr ganzer Körper zitterte, als sie die Spalten fand, die sie suchte. Ihre Augen flogen über den Text, während ihr Herz so stark trommelte, dass ihr übel wurde. Einen Absatz las sie wieder und wieder, selbst als sie ihn schon auswendig konnte, las sie ihn noch einmal:

Wir können mit ziemlicher Sicherheit sagen, dass Aristoteles Onassis nicht beabsichtigt, Jackie Kennedy oder sonst irgendjemanden zu heiraten …

Es war ein Irrtum. Diese geschwätzige Person neulich in der Talk-Show im Fernsehen hatte sich nur wichtigmachen wollen. Erleichterung erfasste Maria. Aristo würde der Präsidentenwitwe rasch überdrüssig werden und zu ihr zurückkommen. Sie verstand zwar nicht, warum er sich nicht meldete, um zwischen ihnen alles wieder in Ordnung zu bringen. Aber im Grunde spielte das keine Rolle. Er wollte nicht heiraten. Das allein zählte.

Sie konnte nicht mehr ruhig sitzen. Die Zeitung flatterte rauschend zu Boden, als sie aufsprang. Unruhig lief sie in ihrem Schlafzimmer umher. Zu den hohen, in dem Art-déco-Gebäude wunderschön geschwungenen Fenstern, hinter denen die Nacht langsam dem Morgen entgegensah. Sie ging zu dem Toilettentisch, strich vorsichtig über den Schmuck, der dort glitzerte. Zurück an ihrem Bett, blickte sie auf die Zeitung am Boden und auf das Foto des berühmten Paars, das inzwischen zerknittert war. Maria hob die Titelseite auf und zerrte vorsichtig an dem

Papier, bis sie die Aufnahme von Aristo und Jackie Kennedy genau in der Mitte auseinandergerissen hatte.

Wenn Aristo in New York weilte, wohnte er immer in demselben Apartment im Hotel The Pierre, seine Nachbarn waren Elizabeth Taylor und Richard Burton. Maria war so oft dort gewesen, dass ihr alle Einzelheiten der Suite genau vor Augen standen. Als sie wieder an das dunkle Fenster trat, glaubte sie in der Scheibe nicht die Spiegelung ihres Hotelzimmers im Sherry-Netherland hinter sich zu sehen, sondern die Räumlichkeiten in dem nur einen Block entfernten Gebäude. Ihre Imagination war so lebensecht, dass sie fast damit rechnete, Aristo in ihrem Bett vorzufinden, wenn sie sich umdrehte. Doch natürlich war er nicht da.

Aber er war in derselben Stadt. Nicht mehr als eine Querstraße trennte sie voneinander.

Und er würde Jacqueline Kennedy nicht heiraten.

Maria ließ sich auf dem Bettrand nieder und griff nach dem Telefonhörer. Sie ließ sich von der Zentrale mit einer Geheimnummer im The Pierre verbinden, die sich ihr ebenso ins Gedächtnis eingeprägt hatte wie die Anordnung der Möbel in Onassis' Suite.

Es war mitten in der Nacht, aber er würde noch nicht schlafen. Er schlief niemals um diese Uhrzeit. Wer wüsste das besser als sie? Ihre Beziehung hatte schließlich nachts begonnen. Damals an Bord der *Christina*, als sie Stunde um Stunde miteinander geredet hatten. Sie hatten sich ihre Leben erzählt und waren einander dabei nähergekommen als bei manch einer leidenschaftlichen Begegnung. Es war wie eine Umarmung aus Worten gewesen. Nicht umsonst hatte Mary einmal gesagt, Maria und Ari wären wie zwei Hälften, die ein Ganzes bildeten.

Nach allem, was inzwischen geschehen war, mussten sie dringend wieder miteinander reden. Letztlich spielte es keine Rolle, wer den Anfang machte. Er rief sie nicht an. Also würde sie den ersten Schritt tun. Dieses elende Gerede über Stolz kam sowieso nur von Leuten, die keine Ahnung von der Liebe hatten.

»Ja?« Es war nur eine Silbe, aber sie erkannte seine Stimme natürlich sofort. Wie sehr hatte sie sich nach diesem Klang gesehnt.

»Ich bin es. Maria.«

Schweigen antwortete ihr am anderen Ende der Leitung.

»Ich bin in New York.«

»Das weiß ich«, gab er zurück.

Er wusste, dass sie in derselben Stadt waren und meldete sich nicht bei ihr? Maria spürte, wie der Stein, der auf ihre Kehle drückte, in ihren Magen sackte. Sie holte tief Luft. »Ich finde, wir sollten reden«, stieß sie hervor.

»Nein, Maria. Nein. Es ist vorbei. Du hast mich verlassen. Du wolltest es so. Darüber kann man nicht mehr sprechen.«

Sie wollte in den Hörer schreien, wie sehr er sich irrte. Stattdessen sagte sie so ruhig, dass es fast ein bisschen kleinlaut wirkte: »Ich bin keine Heilige. Erwarte nicht von mir, dass ich mich so benehme. Ich war verärgert, weil du mich von Bord geschickt hast. Aber das ist doch kein Grund, für immer …«

»Du hast gehört, wie ich darüber denke«, unterbrach er. Sie nahm wahr, wie etwas auf seiner Seite der Leitung klackte, wahrscheinlich sein Feuerzeug. Er zündete sich offenbar eine Zigarette an. »Ich habe mich damit arrangiert«, fuhr er fort und stieß während des Sprechens die Luft aus. »Was zwischen uns war, ist für mich beendet.«

So konnte es nicht enden. Es durfte überhaupt nicht enden.

»Aber für mich ist es nicht vorbei«, rief sie verzweifelt aus.

»Es tut mir leid, aber das spielt keine Rolle für mich.«

»Aristo, ich …« Sie unterbrach sich. Ihre freie Hand fuhr an ihren Hals, weil sie das Gefühl hatte, jeden Moment zu ersticken. »Ich kann das nicht!«

»Was?«

»Ich kann nicht ohne dich sein«, flüsterte sie.

»Nun, das wirst du wohl lernen müssen.« Er seufzte oder zog wieder an seiner Zigarette.

Was sollte sie noch sagen? Er war kalt, regelrecht unfreundlich. Und dennoch legte er nicht auf. Diese Erkenntnis war ein Hoffnungsschimmer. Solange sie miteinander redeten, war noch nichts verloren. Erst wenn er ihre Unterhaltung beendete, würde es für immer sein.

Stumme Tränen rannen über Marias Gesicht. Bewahre Haltung, mahnte eine Stimme in ihrem Inneren. Sie schluckte, weil sie nicht aufschluchzen wollte. Einen Mann wie Aristo stimmte man nicht mit einem tränenreichen Abschied um. Mit größter Willensanstrengung presste sie so würdevoll wie möglich hervor: »Warum hast du dir so viel Mühe gegeben, mich zu bekommen, wenn du dir jetzt so wenig Mühe gibst, mich zu halten? Warum, Aristo? Warum?«

KAPITEL 20

Istanbul

Anfang August 1959

»Wie können Sie es wagen?«, schrie Maria ihn an.

Die Anwesenheit der anderen Damen und des Personals an Deck spielte in diesem Moment keine Rolle für sie, genauso wenig achtete sie auf die vielen Schiffe, von denen die *Christina* im Hafen der Insel Büyükada umringt wurde. Auf den Motorbooten, die der Yacht am nächsten kamen, nahm sie aus den Augenwinkeln mehrere Fotografen wahr. Ob es sich um dieselben Paparazzi handelte, die ihre Reise seit der Abfahrt in Monte Carlo begleiteten, konnte sie nicht ausmachen. Aber auch das war ihr egal. Ebenso gleichgültig war ihr, ob die Reporter, ihre Mitreisenden oder jemand aus der Mannschaft hörten, was sie Aristo zu sagen hatte, nachdem sie gerade erfahren hatte, dass neben dem britischen Botschafter auch der türkische Ministerpräsident zum Mittagessen an Bord erwartet wurde. Sie war über die Maßen erzürnt – und enttäuscht von Onassis, den sie bisher für einen Patrioten gehalten hatte.

»Wie können Sie Adnan Menderes einladen, an Bord zu kommen? An den Händen dieses Mannes klebt griechisches Blut!«

Statt auf ihren Furor zu reagieren, konzentrierte sich seine

Aufmerksamkeit voll und ganz auf das Geschehen auf dem cyanblauen Wasser, über das sich der wolkenlose Himmel in einer nur einen Ton helleren Farbe spannte. Die weiß und hellblau getünchten Häuser hinter der Promenade bildeten einen leuchtenden Kontrast zu den tiefen Tönen und den anderen Yachten, Ausflugsbooten und Fährschiffen, die im Hafenbecken dümpelten.

»Sehen Sie nur«, verkündete er, ohne sie anzusehen, »dieser waghalsige Rennfahrer ist mein Alexander.« Seine Stimme troff vor väterlichem Stolz.

Maria hatte das kleine Rennboot längst bemerkt, das sein elfjähriger Sohn in hohem Tempo zwischen den Barkassen der Reporter und Schaulustigen hindurchlenkte. Dabei drehte er atemberaubend enge Kurven, die Gischt spritzte vom Kiel auf, und es schien Alexander das größte Vergnügen zu bereiten, die Hafenbesucher nass zu spritzen. Das fand sie jedoch weit weniger erwähnenswert als die angekündigten Gäste. Sie rüttelte Onassis am Arm.

»Ich rede mit Ihnen!«

Mit einem amüsierten Zucken um die Mundwinkel wandte er sich endlich zu ihr um. »Ja. Ich habe Sie gehört. Aber was soll ich Ihrer Meinung nach tun? Menderes will Sir Winston seine Aufwartung machen. Soll ich dem türkischen Ministerpräsidenten in einem türkischen Hafen die Gastfreundschaft verweigern?«

»Sie könnten Haltung zeigen«, schleuderte sie ihm entgegen.

»Das tue ich bereits, indem ich das Treffen organisiere. Es geht um die Zypern-Frage, Maria, die diplomatische Lage zwischen der Türkei, Griechenland und Großbritannien ist kritisch. Ich würde mich freuen, wenn ich mit einem bescheidenen Mittagessen für etwas Entspannung in diesen Krisenzeiten sorgen könnte.«

Sie schüttelte den Kopf. »Sie wollen große Politik machen, *Tourkosporos*. Das ist es. Und dafür ist Ihnen jedes Mittel recht, sogar der Verrat Ihres eigenen Volkes.«

»Das nennt man Diplomatie«, rechtfertigte er sich. Erstaunlicherweise schien ihn ihr harscher Angriff gar nicht zu beleidigen. Er lächelte sie sogar gutmütig an, als er hinzufügte: »Frieden zu schaffen ist die beste Absicherung für meine Geschäfte. Meine Schiffe transportieren Waren über die Weltmeere, keine Waffen.«

»Aber Menderes ist dafür verantwortlich, dass die griechische Gemeinde in Istanbul praktisch ausgelöscht wurde. Der Mob hat im Auftrag der Regierung Tausende griechische Geschäfte und Häuser geplündert und angezündet, orthodoxe Kirchen und Schulen zerstört. Hunderttausend Griechen mussten fliehen …«

»All das weiß ich«, unterbrach Aristo ihren Wortschwall. »Obwohl eine Beteiligung des Ministerpräsidenten an den schrecklichen Vorkommnissen vor vier Jahren nicht bewiesen ist, möchte ich – unter uns – noch etwas hinzufügen …« Er brach ab.

Sie besaß nicht die Geduld, lange auf seine Erklärung zu warten. »Was?«

Irgendwo ertönte ein Schiffshorn, womöglich eine Warnung an Alexander Onassis. Von den Booten wehten fröhliche Rufe zu ihnen herüber.

»Seit dem Pogrom hat der ökumenische Patriarch einen schweren Stand«, fuhr Aristo schließlich fort. »Die Türken würden die Vertreter der griechisch-orthodoxen Kirche lieber heute als morgen von ihrem Gebiet vertreiben. Patriarch Athinagoras ist ein guter Freund von mir. Und indem ich für dieses private Treffen zwischen Menderes und Churchill sorge, hoffe ich, die Position Seiner Heiligkeit festigen zu können. Wenn Sir Winston ein gutes Wort für das Oberhaupt unserer Religion – Ihrer und meiner – einlegt, wird die türkische Regierung es kaum wagen, Hand an den Patriarchen zu legen.«

Maria war beeindruckt. Aristo schaffte es immer wieder, sie zu überraschen – mit seiner Güte, seiner Klugheit und seiner Empathie für die Sorgen und Nöte der Menschen um ihn herum.

Zögernd nickte sie. »Ich verstehe. Wir werden also alle gute Miene zum bösen Spiel machen?«

Er schenkte ihr sein charmantestes Lächeln. »Sie sind eine hervorragende Schauspielerin, Sie schaffen das.« Sein Schmunzeln wurde zu einem breiten Lachen. Es war dieses Strahlen, der Ausdruck purer Lebensfreude, das sie am meisten für ihn einnahm. »Menderes hegt übrigens eine Vorliebe für Opernsängerinnen. Wahrscheinlich wird er Ihnen zu Füßen liegen.«

»Ich werde höflich zu ihm sein«, versprach sie und stöhnte dabei demonstrativ auf. »Aber mehr nicht.«

»Der Patriarch wird es Ihnen persönlich danken. Morgen fahren wir zu einer Audienz in die Georgskathedrale.«

Ihre Augen wurden riesengroß. Die Aussicht auf ein Treffen mit dem Oberhaupt der griechisch-orthodoxen Kirche überstieg ihre Vorstellungskraft. Staatsoberhäupter und Könige hatten der Callas gehuldigt, aber eine persönliche Begegnung mit dem Patriarchen von Konstantinopel bedeutete der gläubigen Maria mehr als jeder Beifall. Als Aristo von einer Freundschaft zu Athinagoras gesprochen hatte, war sie geneigt gewesen, an Übertreibung zu glauben, wozu er bisweilen neigte. Dass dies hier nicht der Fall war, erschien ihr an diesem sonnigen Vormittag wie ein Zeichen des Himmels.

»Ich werde mein Möglichstes tun. Und ich werde so freundlich zu Menderes sein, wie es mir möglich ist.« So wahr mir Gott helfe, fügte sie in Gedanken hinzu.

Am nächsten Tag zierte ein Foto von Maria Callas, Aristoteles Onassis, Winston Churchill und Adnan Menderes die Titelseiten der türkischen Zeitungen. Im Innenteil gab es dann noch eine Gruppenaufnahme, auf der auch Lady Clementine, Churchills Tochter und Enkeltochter, der britische Botschafter, Tina, Artemis, die Montague Brownes und Meneghini zu sehen waren. Eine elitäre Gesellschaft, die den türkischen Ministerpräsidenten an Bord der *Christina* willkommen geheißen hatte. Da Maria von Aristo wusste, dass seine ältere Schwester dieselben Vorbehalte gegen den Gast hegte wie sie, erschien es ihr fast wie ein Wunder, dass sie alle bis zum Ende des Termins, als die Reporter gut bewacht an Bord gelassen wurden, durchgehalten hatten. Zum ersten Mal hatte sie sich als Verbündete von Artemis gefühlt, was wahrscheinlich das Beste an dem Mittagessen war.

»Es tut gut zu wissen, dass man sich auf die Menschen, die man liebt, verlassen kann«, sagte er in dieser Nacht zu Maria, als sie gemeinsam mit Nonie das Sternenzelt über dem Marmarameer beobachteten.

Nachdenklich nickte Maria. »Als ich klein war, hatte ich auch eine sehr enge Beziehung zu meiner großen Schwester.« Ihre anfangs sanfte Stimme verhärtete sich: »Inzwischen sind wir uns nicht mehr so nah. Auch Iacinthy wollte immer singen, wissen Sie. Aber meine Stimme gefiel unserer Mutter besser, außerdem war Iacinthy ausgesprochen hübsch – im Gegensatz zu mir. So waren unsere Wege vorbestimmt. Und ich fürchte, heute neidet mir Iacinthy den Erfolg, während ich sie in unserer Jugend unendlich um ihr Aussehen beneidet habe.«

»Ich meinte nicht nur Artemis«, erwiderte er sanft.

Marias Blick flog zu Nonie, aber die lächelte entspannt und schien nicht das Geringste davon zu bemerken, wie in Maria ein Sturm der Gefühle losgetreten wurde. Zögernd sah sie wieder zu Aristo. Natürlich wusste sie, wen er meinte, dennoch tat sie so, als verstünde sie nicht: »Engländer haben sicher eine andere Sicht auf die Geschehnisse in der Türkei als Griechen, auch wenn sie …«

»Artemis ist nicht die einzige Griechin an Bord«, warf er geduldig ein. »Tina ging mir bei meiner Bemerkung übrigens auch nicht durch den Kopf.«

»Sie redeten von Liebe«, entfuhr ihr. Wieder einmal hatte sie ihre Gedanken ausgesprochen, bevor sie die Worte überlegt hatte.

Offenbar amüsierte ihn ihr Einwand. Er lachte auf. »Jetzt kommen Sie mir bloß nicht mit dem Vertrauen in meine Mannschaft. Ich habe nicht verlangt, dass meine Leute mit dem Teufel paktieren, aber wenn es sein müsste, würde ich das erwarten.«

»Unbedingte Ergebenheit«, murmelte sie.

»Verlässlichkeit«, korrigierte er.

Sie nickte. Diesmal hielt sie den Mund, obwohl ihr eine Menge Fragen durch den Kopf gingen. Alle bezogen sich auf seine Geschäfte. Aber sie war sich sicher, dass er sich nicht im Einzelnen über deren Seriosität auslassen würde – und eigentlich wollte sie die Grundlagen seines wirtschaftlichen Erfolgs auch gar nicht kennen. Dass er nicht immer nur auf der Seite der Guten stand, war angesichts seines Reichtums anzunehmen, auch wenn er sich während dieser Kreuzfahrt alle Mühe gab, sie von seiner Respektabilität zu überzeugen. Aber ganz abgesehen von dem, was er sie sehen lassen wollte, hatte sie längst ihr eigenes Urteil über ihn gebildet. Und das war um so vieles positiver ausgefallen, als sie je erwartet hätte. Sie hatte Aristo in diesen Tagen auf See als einen ihr zutiefst sympathischen Mann erlebt – er war nicht nur überaus attraktiv, er war witzig und warmherzig, und er liebte seine Kinder. Er war ein Mann, wie sie ihn sich in ihren Träumen erschaffen hätte. Ihr ganzes Erwachsenenleben lang hatte sie angenommen, dass es einen Menschen wie diesen nicht gab.

»Maria …«

Aus ihren Gedanken gerissen, starrte sie ihn fast ein wenig erstaunt an. »Ja?«

»Sie wissen, dass ich Sie schon lange begehre, und nun …«

»Ja. – Nein.« Sie unterbrach ihn, weil sie nicht wollte, dass er weitersprach. Er sollte nichts sagen, was unter dem nächtlichen

Himmel, an dem die Sterne glitzerten wie Millionen auf einem dunkelblauen Samtteppich verstreute Diamanten, ihr Herz berührte, sich aber im Licht der ersten Sonnenstrahlen als wohlmeinende Lüge entpuppen würde. Oder als zeitweilige Begeisterung eines Mannes, der sich alles kaufen konnte – nur die Liebe einer Diva nicht. Doch die besaß er bereits, wie sie nun verstand.

Ihr Blick flog noch einmal zu Nonie. Die hatte nach wie vor ein unbeteiligtes Gesicht aufgesetzt und schien nicht einmal annähernd zu bemerken, wie bedeutsam dieses Gespräch war, das da auf Griechisch geführt wurde.

»Es ehrt mich, dass Sie mich in einem Zusammenhang mit Ihrer Schwester erwähnen«, setzte sie an, wobei ihre Stimme klang wie die eines jungen Mädchens, das seinen ersten Heiratsantrag ablehnt. »Aber Sie sollten es nicht so darauf anlegen, mich zu verwirren. Wir beide sind nicht frei. Ehebruch ist eine Sünde. Das dürfen wir nicht tun.«

»Sagen Sie mir: Wo fängt die Untreue an?« Er klopfte sich auf die Brust. »Hier, in meinem Herzen? Oder erst im Bett, wenn man berührt, wonach man sich so sehr sehnt, dass man Tag und Nacht daran denkt?«

Ihre Wangen glühten. Es war das erste Mal, dass sie ein Mann so offen damit konfrontierte, dass er sie begehrte – und es versetzte sie in eine ungeahnte, sinnliche Aufregung. Was sollte sie sagen? Dass sie Aristo sofort schenken würde, wonach er verlangte, wenn nicht unten in ihrer Kabine Meneghini schlafen würde? Sie schlug ihre Augen nieder. »Ich sollte zu meinem Mann gehen.«

»Fühlen Sie es denn nicht auch, was da zwischen uns ist? Die Liebe?«

Auf der Opernbühne hätte sie gewusst, wie sie diesen Dialog beenden sollte. Doch hier, im Angesicht dieses Mannes, war sie hilflos. Gleichzeitig wurde ihr bewusst, dass sie und Aristo zu weit gegangen waren – und dass ihre Antwort entscheidend dafür wäre, was sie künftig füreinander sein würden. Womöglich entschied sich in diesem Augenblick ihre Zukunft als Ehefrau von Battista Meneghini. Ich verlasse ihn, dachte sie wieder einmal. Sobald wir zurück in Italien sind, werde ich ihn verlassen. Im nächsten Moment jagte ihr dieser Schritt jedoch unerträgliche Angst ein.

»Ich werde jetzt zu Bett gehen.« Sie erhob sich aus dem Stuhl, der inzwischen zu ihrer angestammten nächtlichen Sitzgelegenheit geworden war. Es fehlte nur noch ihr Name auf dem Polster. Wie auf dem Regiestuhl bei der Inszenierung eines Films.

Aristo sprang ebenfalls auf. »Gute Nacht, Maria. Leider können Sie nicht ausschlafen. Morgen geht es ziemlich früh los zur Audienz in der Georgskathedrale.«

Sie nickte stumm, erleichtert, sich vor dem Einschlafen auf die Begegnung mit dem Patriarchen vorbereiten zu können und sich nicht mit den Begehrlichkeiten und Gefühlen von Aristo auseinandersetzen zu müssen. Ohne ihn weiter zu beachten, wandte sie sich an ihre Begleiterin: »*Good night,* Nonie.«

Für seine britischen Gäste, die natürlich nicht orthodox waren, hatte Onassis eine Besichtigungstour durch den Topkapı-Palast organisiert. Meneghini lehnte die Teilnahme ebenso ab wie Churchill, der an Bord bleiben wollte. Marias Ehemann bestand darauf, die Georgskathedrale zu besuchen. Im ersten Moment dachte sie sich nichts dabei, weil sie in der Vergangenheit an seiner Seite in Italien auch katholische Kirchen besucht hatte. Doch dann wurde ihr klar, dass er sie kontrollieren wollte. Nicht sein Interesse an ihrer Religion stand für ihn im Vordergrund, sondern sein Bedürfnis, sie nicht aus den Augen zu lassen. Als sie verstanden hatte, war es jedoch zu spät, sich diese Form der Überwachung zu verbitten.

Die Georgskathedrale befand sich in dem alten griechischen Viertel, das vor vier Jahren geplündert worden war. Obwohl sich Maria bemühte, nicht aus dem Fenster des Wagens zu blicken, der sie in den früher mehrheitlich von Griechen bewohnten Stadtteil Fener fuhr, kam sie nicht umhin, die zerbrochenen Scheiben, vom Feuer verkohlten Hausmauern und eingestürzten Dächer wahrzunehmen. Vier Jahre nach der sogenannten »Kristallnacht von Istanbul« waren noch nicht alle Schäden repariert, bei Weitem nicht alle Gebäude saniert oder neu aufgebaut worden. Wieder kochte ihr Zorn gegen den türkischen Ministerpräsidenten hoch, und sie fragte sich verzweifelt, ob ein einziges Mittagessen mit Winston Churchill und ein Händedruck der Callas tatsächlich ausreichten, den griechischen Patriarchen vor dem türkischen Nationalismus zu schützen.

Auf den ersten Blick wirkte der Bischofssitz wie ein schlichtes Pförtnerhaus im Gegensatz zu der prachtvollen Hagia Sophia, die vor rund eintausendfünfhundert Jahren als Krönungskirche der byzantinischen Kaiser und als Stammsitz des ökumenischen Patriarchats erbaut worden war. Am Tag zuvor hatte Maria gemeinsam mit den anderen das dortige Museum besichtigt. Nun standen sie also vor der Georgskathedrale, die von außen wie eine etwas größere Villa wirkte. Mit einem tiefen Seufzer stieg sie aus dem Wagen, richtete den Schal, den sie über ihr Haupt gelegt hatte, und folgte Onassis, Tina, Artemis und dem Kapitän der *Christina* an Meneghinis Arm in das Gotteshaus. Die Menschenmenge, die den Ankömmlingen vor dem aus französischen Sprossenfenstern bestehenden Eingangsportal zujubelte, beachtete sie ausnahmsweise kaum, obwohl die Huldigungen ganz offensichtlich der Callas galten. Mit gesenktem Haupt betrat sie die wichtigste Kirche ihres Glaubens.

Der intensive Duft von Weihrauch empfing Maria, und das balsamische, so süße wie harzige Aroma hüllte sie ein. Byzantinische Choräle erklangen im Lettner, und die uralte Psalmodie füllte den hohen Raum mit einer fast unwirklichen Aura. An der Stirnseite schimmerten die goldenen Bilder der Ikonostase im Licht Dutzender Kerzen, die in hohen Kandelabern entzündet worden waren. Davor wartete der Patriarch auf seine Gäste. Athinagoras war ein ungewöhnlich hochgewachsener, alter Mann mit einem schneeweißen Bart, der ihm bis zur Taille reichte. Das faltenzerfurchte Gesicht unter dem schwarzen Kamilavkion wirkte gütig, die hervorstechenden Augen hellwach. Es kam Maria vor, als blicke Seine Heiligkeit direkt in ihre Seele.

Die Eindrücke waren so stark, dass sie sich wie in einen Rausch versetzt fühlte.

»Maria«, Aristo zog sie mit sanfter Gewalt von Meneghini fort, »der Patriarch möchte Ihnen persönlich für Ihre Unterstützung danken.«

Aus den Augenwinkeln nahm sie wahr, wie sich ihr Mann auf einen der ungewöhnlich vielen Stühle aus rotem Samt setzte, die wie in einer katholischen Gemeinde aufgestellt waren. In einer griechisch-orthodoxen Kirche war eine solche Bestuhlung wie im Theater eher ungewöhnlich. Meneghini wirkte nicht glücklich, aber Maria war dankbar, dass er sich widerspruchslos im Hintergrund hielt.

Mit gesenktem Haupt trat sie vor den Altar und kniete nieder. Sie war blind gegen die anderen Gläubigen in ihrem Rücken und so bewegt von diesem erhabenen Augenblick, dass sie die Realität vollkommen ausblendete. Nur der Patriarch zählte – und die Gegenwart des an ihrer Seite knienden Onassis.

Maria musste sich konzentrieren, der monoton in griechischer Sprache ausgeführten Liturgie zu folgen. Der salbungsvolle Tonfall, untermalt von den uralten Gesängen der Priester, wirkte auf sie wie das Halleluja eines Engelschorals und verstärkte die Sinnlichkeit des Augenblicks und das Gefühl der Entrückung. Als Athinagoras seine Hände auf Marias Kopf und auf Aristos Scheitel legte, schien mit seiner Berührung eine warme Flut durch ihren Körper zu strömen, gleich einem Zauber, der Besitz von ihr ergriff. Sie schloss die Augen, um all dies stärker spüren und auch besser zuhören zu können.

Athinagoras verband seinen Segen mit der Würdigung der beiden Gläubigen. Er nannte Maria »die beste Sängerin der Welt« und Onassis »den bekanntesten Seefahrer der modernen Welt, einen neuen Odysseus«.

Unwillkürlich glitt ein Lächeln über Marias Gesicht.

Es folgte der Dank des Patriarchen im Namen des griechischen Volkes, dem, wie er meinte, sowohl Maria Callas als auch Aristoteles Onassis Ehre bereiteten. Dann setzte er zu einem Gebet an.

»Aber sie ist doch schon verheiratet!«, hallte es auf Italienisch aus dem Hintergrund.

Maria riss ihre Augen auf. Was fiel Meneghini ein, diesen wundervollen Augenblick mit einem so albernen Zwischenruf zu stören?

»Psst!«, machte irgendjemand empört.

Für einen Moment befürchtete Maria, ihr Herzschlag würde auf der Stelle aussetzen. Dass ausgerechnet ihr Ehemann, der den orthodoxen Ritus nicht verstand, mit einem vorlauten Zwischenruf auffiel, war mehr, als sie verkraften konnte. Sie fühlte sich hilflos – und gleichzeitig angewidert von diesem Menschen, der ihrem Glauben den Respekt verweigerte.

»Es ist nur ein Segen«, hörte sie Kapitän Anastasiades auf Italienisch zischen.

Meneghini schien beruhigt. Es folgte kein weiteres Lamento, kein Widerspruch.

Doch Maria war aufgewühlter als je zuvor. Sie blickte in die gütigen Augen des Patriarchen. Er sah sie an, sprach weiter sein

Gebet wie zuvor, aber ihr schien, als rede er in diesem Moment ausschließlich zu ihr.

Und mit einem Mal wusste sie mit absoluter Sicherheit, was für sie zu tun war.

Zunächst schwieg Maria. Sie versuchte, die Stimmung, die sie in der Georgskathedrale ergriffen hatte, so lange wie möglich zu konservieren. Denn ihre Begegnung mit dem Patriarchen war noch nicht zu Ende: Aristo hatte Athinagoras zu einem Mittagessen an Bord eingeladen, was Seine Heiligkeit herzlich annahm. Das Mittagessen verlief jedoch in angespannter Stimmung, da Churchill sich in der Gesellschaft des orthodoxen Gottesmannes anfangs unwohl zu fühlen schien und Artemis im Laufe des Menüs zu tief ins Glas schaute, was sie zu einer Reihe unpassender Bemerkungen verleitete. Meneghini schmollte, aber Maria trug nichts zu seiner Unterhaltung bei und blieb still. Ihr Gastgeber indes wirkte wie unter Hochspannung, darum bemüht, es jedem recht zu machen.

Nach dem Abschied von Athinagoras stellte sich Onassis dann mit der für ihn typischen Gelassenheit den am Kai versammelten Reportern und verkündete: »Ich würde den türkischen und griechischen Politikern mit größtem Vergnügen meine Yacht für eine Kreuzfahrt zur Verfügung stellen, wenn sie auf Zypern für demokratische Verhältnisse sorgen.« Dann dankte er den Pressevertretern und kehrte auf die *Christina* zurück.

Maria bemerkte seine angespannte Miene, als er die Gangway hinaufschritt, die Schaulustigen in seinem Rücken. Sie stand an der Reling und kam nicht umhin, ihn wieder einmal für sein diplomatisches Geschick zu bewundern. Und dafür, dass er sie stets aufs Neue zu beeindrucken verstand. Als hätte die Messe nicht schon ausgereicht für ein ganzes Leben.

In Gedanken versunken, verschwand er unter Deck. Er wirkte mitgenommen, und Maria fragte sich unwillkürlich, ob ihn der Tag ebenso überwältigte wie sie.

Sicher erforderten seine politischen Ambitionen seine ganze Aufmerksamkeit, doch sie konnte sich nicht vorstellen, dass ihn der Segen des Patriarchen ungerührt gelassen haben sollte. Wenn Aristo auch nur annähernd fühlte wie sie, dann stand er in diesem Moment ebenso wie sie vor den Scherben seiner Ehe. Aber: Wollte er sich überhaupt von Tina trennen? Ihretwegen? Wenn sie es recht bedachte, hatte er ihr nie irgendwelche Schritte in dieser Richtung versprochen. Andererseits hatte sie keine Gelegenheit ausgelassen, ihn darauf hinzuweisen, dass sie das Gelöbnis, das sie Meneghini gegeben hatte, für unauflöslich hielt. Doch hatten sie nicht beide heute Vormittag den Segen für eine Scheidung erhalten? Sie erinnerte sich genau an den Blick des Patriarchen, in dem sie seine stille Zustimmung gelesen hatte, der Liebe zu folgen.

Ohne die Schönheit des tiefblauen Wassers zu würdigen, in dem sich der Himmel spiegelte, starrte sie auf den Hafen und auf den Dolmabahçe-Palast, hinter dem die Minarette in den Himmel ragten. Dies war einst der Regierungssitz Kemal Atatürks gewesen, bevor Ankara die Hauptstadt der Türkei wurde.

Als sie das Schloss zum ersten Mal vor sich gesehen hatte, fühlte sie sich an einen Palazzo in Venedig erinnert. Ein bisschen größer vielleicht als die meisten Gebäude am Canal Grande, aber im selben Stil vor hundert Jahren für einen Sultan des Osmanischen Reichs errichtet, dessen Namen sie inzwischen vergessen hatte. Aristo kannte ihn natürlich. Obwohl er die Schule ohne Abschluss verlassen musste und niemals eine Universität besuchen konnte, war ihr immer wieder aufgefallen, wie ausgesprochen gebildet er war. Beeindruckend. Wieder verfiel Maria auf dieses eine Wort, um Onassis zu beschreiben. Dieser Mann war wirklich beeindruckend.

Hämmernder Kopfschmerz machte sich hinter ihrer Stirn bemerkbar. Sie war des dauernden Nachdenkens so müde. Warum verlor sie sich in Überlegungen, die nicht zielführend waren? Sie hatte ihre Entscheidung vor dem Altar getroffen. Es wurde an der Zeit, es den betroffenen Personen mitzuteilen.

Das Arbeitszimmer von Onassis befand sich innerhalb seiner Vierzimmersuite auf dem Brückendeck. Maria hatte es nur einmal betreten, als er seine Gäste zu Beginn der Kreuzfahrt voller Besitzerstolz durch die Räumlichkeiten der Yacht geführt hatte. Heute empfing sie ein Steward vor der Tür, der für sie anklopfte und seinem Chef die Besucherin meldete.

Bei ihrem Eintreten stand Aristo hinter seinem Louis-seize-Schreibtisch und war gerade im Begriff, nach einem der drei dort platzierten Telefonapparate zu greifen. Sein Oberkörper war unbekleidet, offenbar hatte er sich des Hemdes und der

Krawatte entledigt. Tatsächlich wirkte er in dieser freizügigen Aufmachung entspannter, und ein strahlendes Lächeln hieß sie willkommen.

»Maria! Was für eine schöne Überraschung!« Mit einer Hand griff er hinter sich, um etwas zum Überziehen von der Stuhllehne zu fischen, mit der anderen deutete er auf den Besuchersessel auf der anderen Seite seines Arbeitsplatzes.

»Sie brauchen sich meinetwegen nicht anzuziehen«, sagte sie und setzte sich. Da ihr auffiel, dass sie zum ersten Mal in einem geschlossenen Raum an Bord allein waren, fügte sie hastig hinzu: »Ich bleibe nicht lange.«

»Und ich weiß, was sich gehört«, gab er belustigt zurück.

Es war definitiv besser, dass er sich anzog. Zwar hatte sie ihn so oft nur mit Badehose bekleidet auf dem Sonnendeck gesehen, doch der Anblick seines Körpers verstörte sie in diesem Moment mehr als je zuvor. Seine Arme sollten sich um sie legen, sie wollte ihr Gesicht in dem dunklen Flaum auf seiner Brust vergraben, mit den Lippen seine braungebrannten Schultern berühren, seinen Duft einatmen. Noch nie hatte sie dergleichen bei dem Anblick eines Mannes empfunden.

Peinlich berührt hob sie den Blick zu dem in leuchtenden Ölfarben gemalten Portrait hinter ihm. Es zeigte eine junge schwarzhaarige Frau mit einem schönen Gesicht und ausdrucksvollen Augen. Obwohl das Bild die dunkel vertäfelte Wand dominierte, war es ihr von ihrer Besichtigung der Räumlichkeiten nicht im Gedächtnis geblieben. An jenem Tag hatte das Gemälde El Grecos, das gegenüber hing, ihre Aufmerksamkeit gefesselt. Madonna mit Kind und der Heiligen Martina und der Heiligen Agnes. Es erschlug die Betrachterin fast mit seinen rosaroten, grünen, blauen, gelben und orangeroten Farbnuancen. Maria war eingenommen gewesen von der Mutter Gottes und musste an das kleine Madonnenbildnis denken, das sie stets mit sich führte. Doch nun war sie wie gefangen von dem Portrait der Fremden, das nicht annähernd an das Werk des berühmten Renaissancekünstlers heranreichte und dennoch von besonderer Ausdruckskraft war.

»Wer ist das?« Die Frage war ausgesprochen, bevor sie sich deren Aufdringlichkeit bewusst war. Verlegen biss sie sich auf die Lippen.

»Penelope Onassis«, erwiderte er ruhig, während er sein Hemd zuknöpfte. »Meine Mutter. Ich habe es nach einer alten Fotografie anfertigen lassen. Es ist die einzige Erinnerung, die mir an mein Zuhause geblieben ist, als ich Smyrna verließ.« Nach einer kurzen Atempause fügte er hinzu: »Manche Leute behaupten, es wäre nicht sonderlich gut gelungen. Gefällt es Ihnen?«

Ihr gefiel vor allem, dass er so feinsinnig gewesen war, dieses Bild malen zu lassen. »Ich finde schön, wie Sie Ihrer Mutter gedenken.«

»Danke. Das ist nett.« Sein Lächeln wurde etwas unverbindlicher. »Was kann ich für Sie tun? Sie werden mich doch nicht ohne Grund besuchen.«

»Nein. Natürlich nicht.«

Plötzlich war gar nicht mehr so einfach in Worte umzusetzen, was ihr durch den Kopf gegangen war. Wie sollte sie ihm sagen, was ihr auf der Seele brannte?

Unruhig rutschte sie auf ihrem Sessel nach vorn. »Ich bin hier …« Sie stockte. Was tat sie hier eigentlich? Aber wenn sie ihren Gefühlen folgen wollte, musste es sein. Sie wusste keinen anderen Weg. »Ich bin hier, um Ihnen zu sagen, dass Sie haben können, was Sie begehren.«

Er schwieg, sah sie mit undurchdringlicher Miene an – und rührte sich nicht vom Fleck.

Zweifellos hatte sie eine andere Reaktion erwartet.

Vielleicht versteht er dich nicht, meinte ihre innere Stimme.

Sie schluckte. Dann erklärte sie mit dem größten Ernst, den sie aufzubringen vermochte: »Ich werde meinen Mann verlassen. Es ist endgültig aus.«

Er atmete tief durch, erwiderte jedoch noch immer nichts.

»Unsere Ehe ist am Ende … Aber … ich tue das vor allem Ihretwegen«, fügte sie hinzu. »Ich möchte frei für Sie sein, Aristo.«

Es war gesagt. Schwer genug. Doch endlich hatte sie ausgesprochen, was sie fühlte.

Und nun reagierte er endlich. »Sie machen mich zum glücklichsten Menschen der Welt«, raunte er. Dabei klang er sonderbar ergriffen.

Mit einem Mal fühlte sie sich unendlich leicht. Ihre Wangen glühten, ihre Kehle war trocken vor Aufregung, und sie spürte, wie ein inneres Leuchten von ihr Besitz ergriff, als hätte jemand ein Licht in ihrer Seele entzündet. Sie sah ihn an und erwiderte das Lächeln, das nun seine Lippen erreichte und von einem Ort kam, den sie aus ganzem Herzen erforschen wollte.

Ohne sie aus den Augen zu lassen, umrundete er seinen

Schreibtisch und trat vor sie hin. Er legte seine Hände um ihr Gesicht und beugte sich zu ihr hinunter. »Wie lange ich das schon tun wollte«, flüsterte er. Sein Atem streifte ihre Wangen, sein Mund berührte ihr Gesicht, spielte zärtlich mit ihren Lippen.

Der Blick des Patriarchen brannte in ihrem Gehirn. Sanft schob sie Aristo von sich. »Bist du bereit, dich auch von Tina zu trennen?«

»Ja. O ja. Das bin ich.«

Vorsichtig nahm er ihr die Brille ab, ließ sie hinter sich auf die Schreibtischplatte fallen. Wieder beugte er sich über sie. Und nun küsste er sie. Endlich.

Das Schicksal will es so, fuhr es ihr durch den Kopf.

Dann dachte sie gar nichts mehr.

In fast jedem Libretto einer Oper gab es im Zweiten Akt eine groß angelegte Szene, die meist bei einem Fest spielte. Maria hatte viele dieser Partien gesungen, sie kannte den Taumel und die darauffolgende Zerbrechlichkeit des Glücks nur zu gut von der Bühne. Als Aristo an diesem Abend eine Party an Deck feiern wollte, wagte sie weder an den meist schwierigen Dritten Akt zu denken noch an die Probleme, die mit dem Ende dieser Kreuzfahrt auf sie in Italien warteten. In der Nacht würde die *Christina* aus Istanbul ablegen und wieder gen Westen fahren. Sie wusste nicht, ob dies der Grund für die kleine Feier war.

Vielleicht waren es auch ihre Entscheidung und seine Hoffnung auf die Erfüllung einer großen Liebe, die er zelebrieren wollte. Er sagte es ihr nicht – und es war auch gleichgültig, denn so leicht wie in dieser Nacht hatte sie sich nie zuvor gefühlt.

Sie hatten vereinbart, sich wie zuvor zusammenzureißen, ihren Gefühlen füreinander weiterhin Einhalt zu gebieten. Aus Rücksicht auf die Churchills und die anderen Gäste und vor allem natürlich aus Respekt vor ihrer beider Ehepartner und seinen Kindern. Vor all diesen Menschen – es waren auch noch fünfundvierzig Personen, die zur Besatzung gehörten, an Bord – wollten weder Maria noch Aristo die Turteltäubchen geben. Aber es würde nicht einfach werden, ihre Rollen zu spielen wie bisher, selbst wenn das plötzlich vertrautere Du wohl niemandem auffallen würde, wenn sie sich unterhielten.

Dennoch konnte Maria nicht verhindern, dass sie an diesem Abend wie auf Wolken schwebte. Sie sprühte vor Lebendigkeit und unterhielt sich mit einer Verve, die sie bisher hatte vermissen lassen. Nach dem Dinner, zu dem auch der britische Botschafter nebst Gattin geladen war, gingen fast alle an Deck, tranken Champagner und bestaunten den abnehmenden Mond, der wie eine Laterne am Himmel erstrahlte. Irgendjemand legte Schallplatten auf, und es erklang Jazz, zu dem auf dem abgedeckten Pool getanzt wurde. Maria summte die Songs mit, und Aristo warf seine Gastgeberpflichten über Bord und tanzte ausschließlich mit ihr. So konnten sie einander nahe sein, auch wenn sie eine gewisse Distanz bewahren mussten, fassten sich aber wenigstens an den Händen und lächelten sich an. Es war, als würden sie das Glück, das sich in ihnen auszubreiten begann, festhalten wollen. Später machte er sich einen Spaß daraus, seine Freunde zu erschrecken, indem er an der Bedienung spielte und die Tanzfläche ein wenig herunterließ. Alle amüsierten sich bestens, und Maria konnte sich nicht erinnern, je so viel gelacht zu haben.

Weit nach Mitternacht ging sie in ihre Kabine. Sie erwartete einen schlafenden Meneghini. Er hatte sich gleich nach dem Dessert mit vorwurfsvoller Miene und dem Hinweis zurückgezogen, dass er sich nicht unterhalten könne, wenn sie nicht bereit war, die Tischgespräche für ihn zu übersetzen, außerdem habe ihn der Tag angestrengt. Doch statt wie üblich leise zu schnarchen, empfing er sie mit beleidigter Miene und auf dem Bettrand sitzend.

»Wo bist du gewesen?«

Sie bückte sich, um die Riemchen an ihren Schuhen zu öffnen. Auf diese Weise konnte sie ihren beseelten Gesichtsausdruck vor ihm verbergen. »An Deck. Das weißt du doch«, murmelte sie, während sie ihre Miene unter Kontrolle brachte.

»Du hast dich gehen lassen, wie ich es noch nie bei dir erlebt habe. Ich bin froh, wenn du dich amüsierst, du bist noch jung. Aber du solltest die Contenance nicht verlieren.« Er klang wie eine Gouvernante. Bekümmert, missbilligend, altbacken.

Ich halte es nicht mehr aus, bis wir zu Hause sind, fuhr es ihr durch den Kopf.

Langsam richtete sie sich auf, stand kerzengerade vor ihm wie aus einer Szene von La traviata entsprungen: Violetta Valéry, die Alfredos Vater entgegentrat, als dieser ein Ende ihrer Liebesbeziehung zu seinem Sohn verlangte.

»Es ist aus«, verkündete sie mit fester, ruhiger Stimme. »Ich liebe Ari Onassis.«

»Mach dich nicht lächerlich«, knurrte ihr Mann. »Er ist verheiratet und nutzt dich nur aus. Glaub ihm kein Wort. Dieser Mann will sich mit dir schmücken. Weiter reicht sein Interesse an dir nicht.«

Natürlich taten ihr seine Worte weh. Doch das ließ sie sich nicht anmerken. Ungerührt begann sie, sich für ihre Nachtruhe fertig zu machen. »Du kannst sagen, was du willst«, rief sie ihm aus dem Badezimmer zu, »es ändert nichts an meinem Entschluss.«

»Was bist du ohne mich?« Meneghini schluchzte theatralisch auf. »Ich habe alles für deine Karriere getan. Wie willst du je wieder singen, ohne dass ich die Verhandlungen führe? Man wird dich über den Tisch ziehen, Maria! Kein Opernhaus wird dir mehr eine angemessene Gage bezahlen.«

Sie lehnte sich gegen den Türrahmen, das Gesicht weiß von ihrer Abschminkcreme, und wedelte mit dem Tuch in ihrer Hand. »Du irrst in diesem Punkt, wie in allem anderen auch. Ich will nicht mehr singen. Das scheinst du andauernd zu vergessen. Ich brauche eine Pause – und wenn du mir nicht mehr vorschreibst, was ich zu tun habe, werde ich mir diese Freiheit endlich nehmen können.«

Die Sätze flogen hin und her wie Geschosse. Nicht einmal laut. Maria schrie ihn nicht an, sie war diese Wortgefechte so leid. Er hingegen verlegte sich abwechselnd darauf, zu schmollen und zu jammern, dann wieder auf Beschimpfungen, die sie mit unüberwindlicher Härte, aber auch mit Gelassenheit, die ihr der Gedanke an Aristo gab, parierte. Es wurde eine lange Nacht, und sie hätte sich so sehr gewünscht, sie hätte diese stattdessen mit dem geliebten Mann an Deck in eine Unterhaltung vertieft verbracht. Doch sie wusste, dass die Nächte mit Meneghini gezählt waren. Sie würde durchhalten. Die Liebe, die Aristo ihr schenkte, verlieh ihr unerwartete Kraft.

KAPITEL 21

Athen

9. August 1959

Drei Tage nachdem die *Christina* in Istanbul abgelegt hatte, erreichte die Yacht nach einem Zwischenstopp auf Mykonos den letzten Hafen vor ihrer Rückkehr. Es waren drei schwierige Tage für Maria. Obwohl sie nie für möglich gehalten hätte, dass sich ihre Abneigung noch steigern könnte, wuchs ihr Groll gegen Meneghini in dieser Zeit beträchtlich. Als wäre der Besitzanspruch, den er auf sie als Künstlerin erhob, nicht schlimm genug, weitete er seine Kontrolle nun noch aus: Er ließ Maria kaum noch aus den Augen, nickte lieber vor den anderen Gästen am Tisch ein, anstatt sich in seine Kabine zu begeben, folgte ihr wie ein Schatten. Als sie etwa auf der Kykladen-Insel an den Strand ging und weit auf das Ägäische Meer hinausschwamm, das hier glasklar war, folgte er ihr in einem Tretboot. Sie schwor sich zwar jeden Tag, den sie aufwachte, kein Wort mehr mit ihm zu sprechen, stritt sich dann aber doch mit ihm, in der Hoffnung, er würde endlich begreifen, dass ihre Ehe vorbei war und er sie in Ruhe lassen sollte. Doch davon wollte er nichts wissen.

Natürlich blieben die Spannungen zwischen den Eheleuten

den anderen auf dem Schiff nicht verborgen, ebenso das sich abkühlende Verhältnis zwischen Maria und Tina sowie zwischen Meneghini und Aristo. Der versuchte zwar weiterhin, den perfekten Gastgeber zu spielen, verzweifelte jedoch fast daran. Vor allem war ihm daran gelegen, dass Sir Winston und seine Frau nichts davon mitbekamen, wie unter ihren Augen zwei Ehen zerbrachen. Marias Herz öffnete sich, wenn sie beobachtete, wie rührend er sich um den großen Staatsmann sorgte. Aristo kümmerte sich um Churchill wie um einen Vater. Immer wieder suchte er seine Nähe und achtete darauf, dass er stets einen Gesprächspartner hatte, spielte mit ihm Schach und diskutierte die nautischen Gegebenheiten, darüber hinaus umsorgte er ihn liebevoll, half ihm sogar gelegentlich beim Essen. An seinem Umgang mit Churchill konnte Maria ablesen, wie viel mehr sich in Onassis verbarg als nur ein charmanter, großzügiger Gastgeber – er war ein Mann voll Wärme und Mitgefühl, der dazu ausgesprochen klug war. Und dafür liebte Maria ihn von Tag zu Tag mehr.

Mit der Ankunft vor Athen löste sich seine Anspannung etwas. Da Artemis und ihr Mann, der Arzt Doktor Theopolos Garofalidis, für den Abend zu einer Party in ihre Strandvilla in Glyfada geladen hatten, fühlte sich Onassis seiner Gastgeberpflichten zumindest für diesen Landgang enthoben. Als sein Schwager die Kreuzfahrtgäste in seinem eigenen Wagen abholte, um sie zur Akropolis zu chauffieren, wartete Aristo geduldig an der Reling und verabschiedete seine Freunde nach und nach. Maria hatte sich am Ende der Gruppe eingereiht. Sie hatte dafür gesorgt, dass Meneghini vor ihr über die Gangway schritt, auf diese Weise gelang ihr, für einen unbeobachteten Moment dicht neben Aristo innezuhalten.

Wie zufällig berührten sich ihre Hände.

»Ich kann nicht mitkommen«, erklärte er mit sichtlichem Bedauern. »Ich muss dringend ein paar geschäftliche Dinge erledigen. Telefonate, Korrespondenz. Zu Hause erwartet mich die Post der vergangenen Wochen. Ich bin ja sozusagen der Nachbar von Artemis und Theopolos.«

Maria wünschte, er würde sie zu sich einladen. Aber das war unmöglich. Sein Haus war das Familienheim Tinas und ihrer beider Kinder. Dennoch hätte sie gern gesehen, wie er an Land wohnte. Schließlich wollte sie an allem teilhaben, was sein Leben ausmachte.

»Ich fahre nur mit den anderen mit, weil ich verrückt würde, wenn ich ohne dich auf dem Schiff bliebe«, gab sie leise zurück. »Meine Erinnerungen an Athen hätte ich eigentlich lieber nicht aufgefrischt, dazu war mein letzter Besuch zu unangenehm.«

Er schenkte ihr ein breites Grinsen. »Ich werde dafür sorgen, dass du künftig mit einem ganz anderen Gefühl an diesen Ort denkst.«

Amüsiert hoben sich ihre Augenbrauen. »Was hast du vor?«

»Warte es ab. Wir sehen uns heute Abend, bis dann. *Antio*, Maria!« Damit entließ er sie.

Geduld war nicht unbedingt ihre Stärke, und es gab kaum etwas, das sie weniger schätzte als Überraschungen. Es blieb ihr jedoch nichts anderes übrig, als sich zu fügen. Während sie an einer für sie lähmend langweiligen Stadtrundfahrt teilnahm, kehrten ihre Gedanken immer wieder zu dem strahlenden Aristo zurück, wie er sie in weißer Hose und ebensolchem Hemd mit blaugestreifter Club-Krawatte verabschiedet hatte. Ob er sich in seiner Villa von der Anspannung der letzten Tage etwas erholen konnte? Würde er Tina in ihrem Zuhause in Glyfada sagen, dass er sich trennen wollte? In welcher Stimmung würden dieser Abend und die letzten Tage ihrer Reise verlaufen, wenn er seiner Frau erst gestanden hatte, dass er eine andere liebte? Maria war sicher, dass Tina – ebenso wie ihre anderen Mitreisenden – ahnte, dass sie und Aristo einander nicht gleichgültig waren. Wie weit diese Gefühle reichten und was sie für Konsequenzen mit sich bringen würden, wusste jedoch bislang nur Meneghini.

Diese Gedanken beschäftigten Maria auch später noch, als sie sich an dem feinsandigen weißen Sandstrand gemeinsam mit den Engländerinnen unter einem Sonnenschirm niederließ. Meneghini nahm derweil einen Beobachtungsposten in einem Café auf der Promenade ein, von dem er die Bucht gut überblicken konnte. Halbherzig beteiligte sich Maria an der Unterhaltung der Frauen und wusste schon im nächsten Moment nicht mehr, worüber sie geredet hatten. Gemeinsam schwammen sie in dem lichtblauen, badewannenwarmen Wasser. Maria tauchte in die Wellen und vergaß für ein paar Minuten alles um sich her. Meneghinis Argusaugen ebenso wie eine Zukunft mit Aristo, die künstlerischen Verpflichtungen, die sie vor der Reise eingegangen war und erfüllen wollte, die Probleme mit ihrer Stimme und ihre Zweifel, ob sie diese in den Griff bekommen könnte. Sie kraulte weit hinaus, drehte sich auf den Rücken, ließ sich treiben und schloss die Lider. Den Lärm vom Strand blendete sie aus, sie hörte nur Stille und das durch ihre Bewegungen verursachte leise Plätschern, über ihr schrie eine Möwe. Unwillkürlich sah sie in den Himmel und fühlte sich mit den sie umgebenden Elementen so stark verbunden, als wäre sie Thetis, die schönste Nymphe des Meeres.

»Juhuu, Maria!« Nonies Stimme zerstörte die Illusion.

Ihre Reisegefährtin wedelte mit der Hand, machte Zeichen, dass es Zeit wurde umzudrehen.

Maria winkte zustimmend.

Während sie an Land zurückschwamm, dankte sie ihrer vorausschauenden Haushälterin Bruna, die sie davon überzeugt hatte, eine Perücke mitzunehmen, falls Maria nach dem Schwimmen einmal nicht genug Zeit bleiben sollte, ihre Haare zu frisieren. Auf diese Weise konnte Maria ihrer Rolle als Diva heute Abend gerecht werden. Zumindest optisch. Ihr Herz wusste, dass sie nichts anderes zu sein ersehnte als die Frau an der Seite von Aristoteles Onassis und dass sie nur ihm gefallen wollte.

Im Laufe des Abends fragte sich Maria zuweilen, ob Artemis und ihr Mann Bruder und Schwager in den Schatten zu stellen versuchten. Die beiden wohnten in einem modernen Bungalow auf einer Anhöhe mit Meerblick, umgeben von Pinien, Zypressen, Oleander, Glyzinien, Jasmin und Rosen, die einen hypnotischen

Duft verströmten. Der Swimmingpool konnte zwar nicht abgedeckt werden, und auf seiner Umrandung brannten unzählige Kerzen statt der bunten Fontänen an Bord der *Christina*, aber der Eindruck war genauso bezaubernd. In den Bäumen hingen japanische Lampions, und auf der Rasenfläche flanierte die Hautevolee von Glyfada, dem elegantesten Vorort Athens. Dazu waren auch Gäste aus allen anderen Teilen der Welt geladen. Etwa Spyros Skouras, ein untersetzter, freundlicher Mann Ende sechzig, der zu Bauchansatz wie zur Kahlköpfigkeit neigte und einer der mächtigsten Filmbosse Hollywoods war. Er belegte Maria mit Beschlag, wollte sie in der für ihn anscheinend typischen Mischung aus Griechisch und Englisch überreden, in einem Spielfilm seiner Firma 20th Century Fox mitzuwirken. Er war ausgesprochen amüsant und ein interessanter Gesprächspartner, weshalb sie sich von ihm hofieren ließ, obwohl sie bislang nie in Erwägung gezogen hatte, die Bühne mit einem Platz vor der Kamera zu tauschen.

»Darf ich Ihnen die Dame entführen?«

Onassis war vor die Sitzgruppe hinten im Garten getreten, auf die sich Maria und Skouras mit mehreren Digestifs und Gläsern Champagner zurückgezogen hatten. Als er mitbekommen hatte, dass sie über mögliche Filmrollen für Maria diskutierten, hatte sich sogar Meneghini zurückgehalten und sie nicht gestört, was Maria begeisterter als beabsichtigt ins Plaudern hatte geraten lassen.

»Nein, Ari, nein«, protestierte der Produzent und Kinobetreiber. »Maria Callas hat noch nicht unterschrieben.«

»Davon würde ich ihr auch dringend abraten.« Aristo grinste, in der Dunkelheit leuchteten seine Zähne weiß auf, die getönte

Brille verbarg seinen Blick. Sein Ton war liebenswürdig, wenn nun auch einen Hauch ungeduldig: »Ich berate sie in allen wirtschaftlichen Fragen und muss dringend mit ihr sprechen, bevor es zu irgendeiner Entscheidung kommt. Sie wird gleich zurück sein, Spyro.« Er streckte die Hand nach Maria aus. »Würden Sie bitte für einen Moment mit mir kommen?«

»Gehen Sie, Maria, gehen Sie«, rief Skouras fröhlich aus. »Aber ich rühre mich nicht vom Fleck, bevor ich nicht sicher weiß, wann ich in Hollywood mit Ihnen rechnen darf.«

»Ich bin gleich wieder da«, versprach Maria lächelnd und stand auf, obwohl ihre Knie vor Aufregung ganz weich waren.

Was wollte Aristo so weit nach Mitternacht von ihr? Erwartete sie nun die Überraschung, von der er am Vormittag gesprochen hatte? Sie waren im Laufe des Abends kaum dazu gekommen, ein paar Worte miteinander zu wechseln, so dass Maria schon dachte, er habe seine Ankündigung vergessen.

Er nahm ihre Hand und zog sie ins Gebüsch. Der Moment war gut gewählt, denn Meneghini schien sich endgültig damit abgefunden zu haben, dass er Marias Gespräch mit Skouras nicht überwachen konnte, und war nicht zu sehen. Binnen Sekunden stand sie auf einem sandigen, von kleinen Kieselsteinen durchsetzten Pfad, der entlang des Gartens steil hangabwärts führte. Ein Blick zurück zeigte ihr, dass man sie von der Villa aus nicht würde beobachten können.

»Wo sind wir hier?«

Aristo zog sie an sich. »In Sicherheit.« Er hob ihre Hand an seine Lippen und küsste sie. »Komm, ich möchte dir etwas zeigen.«

Im Stillen dankte sie ihrer Entscheidung, nur noch flache Schuhe zu tragen und wegen Aristos Körpergröße auf jegliche Absätze zu verzichten. Bei Meneghini war sie nie so taktvoll gewesen. In dieser Nacht erwies sich ihre Wahl als ausgesprochen sinnvoll, denn hochhackige Pumps hätte sie auf dem holprigen, steilen Weg wahrscheinlich ruiniert, wenn sie sich nicht ohnehin vorher die Beine gebrochen hätte.

Schließlich gelangten sie zu einem kleinen gemauerten, fensterlosen Häuschen. Nur in der blau angestrichenen Holztür schimmerte in der Dunkelheit das Glas eines Fensters. Aristo zog einen verrosteten Schlüssel aus seiner Hosentasche und öffnete die Tür, die knarrend aufschwang. Mit der freien Hand betätigte er sein Feuerzeug.

Im Licht der Flamme trat Maria ein. Während Aristo ein paar Kerzenstümpfe anzündete, blickte sie sich erstaunt um. Gartengerät stand an der Wand aufgereiht, in einer Ecke stapelten sich Holzkisten mit Weinflaschen, daneben Angelgerätschaften, ein auf den ersten Blick wackliger Stuhl hing umgedreht von einem schmalen Tischchen. Ihr Blick wurde jedoch angezogen von dem Stapel mit Wolldecken, der hier auf einer anscheinend frisch aufgepumpten Luftmatratze lagerte. Alles wirkte sehr sauber. Obwohl das bei dem schummrigen Licht kaum festzustellen war, war sie sich sicher, dass hier kürzlich jemand für Ordnung gesorgt haben musste.

»Wo sind wir?«, wiederholte sie verblüfft.

»Im Gartenhaus meines Schwagers. Hierher kommt niemand außer Theo. Und der ist mit seinen Gastgeberpflichten beschäftigt. Wir sind endlich allein, Maria.«

Wenn sie der Party zu lange fernblieb, würde man sie suchen. Über kurz oder lang würde auch auffallen, dass Onassis fehlte. Doch bis dahin, fuhr es Maria durch den Kopf, konnte sie tun und lassen, was sie wollte. Und Aristo war endlich bei ihr. Wie lange hatte sie diese Zweisamkeit herbeigesehnt?

Vorsichtig ließ sie sich auf das Lager sinken, das unter ihrem Gewicht leicht nachgab. Auf einmal schien es ihr mehr als passend, dass sie in so improvisierter Umgebung zueinanderfinden sollten – denn hier waren sie nicht die Callas und Onassis, hier waren sie Maria und Aristo, Liebende ohne einen großen Namen. Ihr Herz trommelte gegen ihre Brust.

Er ließ sich neben ihr nieder und hörte nicht auf, ihren Namen zu flüstern.

Die tintenblaue Farbe des Himmels verwandelte sich allmählich in einen verwaschenen Lavendelton, vor dem sich die Küstenlinie als fast schwarze Kulisse abhob. Wie von einem unsichtbaren Zeichner über den östlichen Horizont gemalt, erschien über dem Meer nun ein Streifen Violett, das sich zu einem intensiven Rosa, dann in ein goldenes Orange verwandelte, wobei sich die Farbnuancen auf dem Wasser gleich einem großen Spiegel wiederholten. Die letzten silbernen Sterne verblassten, nur der Mond wanderte noch – ein wenig ratlos wirkend – weiter den Himmel entlang.

»Es gibt kaum etwas Schöneres als einen Sonnenaufgang über der Ägäis«, sagte Aristo.

Maria stand neben ihm im Heck und blickte abwechselnd auf den noch schlafenden Yachthafen von Glyfada, den sie gerade verließen, und in die Richtung, in die die *Christina* von ihrem Kapitän gesteuert wurde. Ein Fischerboot kam ihnen entgegen, die Leute riefen »*Kaliméra sas*«, guten Morgen zusammen, dann tuckerte es weiter. Ansonsten war es still. Nur Anthony Montague Brownes Atem in ihrem Rücken wurde zuweilen etwas lauter, wenn er den Rauch einer Zigarette ausstieß.

Sie berührte Aristo in Gegenwart ihres Sittenwächters nicht, aber sie war sich seiner Gegenwart stärker bewusst als jemals zuvor. Die meisten ihrer Mitreisenden waren sofort nach der Rückkehr von Artemis' Party an Bord schlafen gegangen, auch Meneghini hielt es nicht mehr auf den Beinen. Aber obwohl es schon nach vier Uhr war, war für Maria nicht daran zu denken, sich schlafen zu legen. Dafür war sie viel zu aufgeregt, ihre Sinne zu sehr in Aufruhr. Was sie vor ein paar Stunden erlebt hatte, wirkte in ihr nach wie der Klang einer Melodie. Saiten in ihrem Körper, von denen sie gar nicht gewusst hatte, dass es sie gab, waren unter Aristos Händen und Lippen ins Schwingen geraten, wie sie es nie für möglich gehalten hätte. Bis zu diesem Augenblick war die körperliche Liebe für sie kaum mehr als die bloße Pflichterfüllung einer Ehefrau gewesen. Einen eigenen Höhepunkt zu erleben war eine Erfahrung, die ihr mehr Atem und Kraft genommen hatte als jede Arie – und die ihr gleichzeitig viel mehr Erfüllung schenkte. Das kleine Gartenhäuschen von Doktor Theopolos Garofalidis war ihr vorgekommen wie ein Stück vom Paradies, das provisorische Lager wie ein Himmelbett.

»Da ist sie«, rief Aristo aus und deutete in Richtung Osten.

Langsam stieg ihm gegenüber ein gelber Lichtball den Himmel hinauf, gleich einem von unsichtbarer Hand gezogenen Lampion.

Vielleicht ist es seine Hand, sinnierte Maria. Er ist ein Magier.

KAPITEL 22

Über den Wolken
September 1968

Die Maschine der Olympic Airways war schon eine Weile in der Luft, und die meisten anderen Passagiere der Ersten Klasse nutzten die Bettfunktion ihrer Sitze während des Nachtflugs von New York nach Paris, um etwas Schlaf zu finden. Die Stewardessen bewegten sich wie auf Zehenspitzen, die Beleuchtung war bis auf einige Notlichter heruntergeschaltet, dicke Vorhänge schirmten die exklusiven Gäste vom Stimmengemurmel im hinteren Teil des Flugzeugs ab.

Maria saß auf ihrem Platz und starrte vor sich hin. Es waren die Bilder ihrer Erinnerung, die sie wach hielten: der riesige Rosenstrauß, der auf dem eigens neben ihr reservierten Sitz auf sie wartete, als sie nach London flog, um in der Neuinszenierung Franco Zeffirellis die Tosca zu singen; Onassis, wie er ihr aus Platons »Symposion« vorlas: »Fügt es sich nun, dass der Liebhaber auf seine eigene andere Hälfte trifft, dann werden sie von wunderbaren Gefühlen der Freundschaft und Vertraulichkeit und Liebesverlangen ergriffen und möchten am liebsten keinen Augenblick voneinander lassen.« Der Disput mit dem Bürgermeister der Skorpios am nächsten gelegenen Insel Lefkada um die Wasserrechte, der damit endete, dass Onassis dem Mann einen Auftritt von Maria Callas auf seinem Marktplatz versprach und dafür die Leitungen auf seinem damals neu erworbenen Eiland füllen durfte, das ebenso zu ihrem Zuhause geworden war wie zu seinem; ihre erste Wohnung in der Avenue Foch in unmittelbarer Nachbarschaft zu der seinen ... So viele kleine und große Dinge gingen ihr durch den Kopf, während die Maschine sie über den Atlantik immer weiter von ihm forttrug.

Zwei Tage lang war sie vor Kummer schier außer sich gewesen und hatte ein ganzes Lager von Kleenex-Boxen nass geweint. Nach all den Wochen, in denen sie sich nach Aristo gesehnt und auf ein Wiedersehen mit ihm gehofft hatte, hatten seine Worte am Telefon ihr einen kaum erträglichen Schmerz zugefügt. Aber das Gespräch führte auch zu ihrem Begreifen – es war vorbei. Ihre Entscheidung konnte jetzt nur sein, ein neues Leben zu beginnen. Sie hatte akzeptiert, dass es endgültig aus war. Ihr Glaube an die Möglichkeit einer Versöhnung war nichts als Zeitverschwendung gewesen. Nunmehr verband sie nichts anderes als Zorn. Natürlich hatte er das Interview gelesen, in dem sie ihn als *Ratte* bezeichnete. Das hatte er am Telefon deutlich gemacht, neben dem wiederholten Hinweis auf die Tatsache, dass sie es gewesen war, die das Schiff vorzeitig verlassen hatte. Er drehte den Spieß einfach um, indem er sich als Opfer darstellte. Ein Opfer, das sich mit der berühmten Präsidentenwitwe tröstete. Bei dem Gedanken an Jackie Kennedy schwankte Maria unverändert zwischen Hass und Kummer, Erschöpfung und Leere.

Ebenso wie das Schicksal sie und Aristo einst zusammengebracht hatte, war es vermutlich auch verantwortlich für die Affäre zwischen ihm und Jackie. Denn seit der amerikanische Vizekonsul ihm bei seiner Flucht aus Smyrna geholfen hatte, liebte Aristo alles Amerikanische abgöttisch, es entwickelte sich zu einer regelrechten Obsession, die sein Leben lang anhielt. Für ihn waren die USA das Land der Verheißung, und er konnte nie verwinden, dass er sich für kein Geld der Welt einen amerikanischen Pass kaufen konnte. Damit wenigstens seine Kinder die ersehnte Staatsbürgerschaft erhielten, hatte Tina sowohl Alexander als auch Christina in New York zur Welt gebracht. Nicht zuletzt aus wirtschaftlichen Interessen war Onassis darüber hinaus stets an einer Verbindung zum amerikanischen Präsidenten gelegen gewesen. Aber während er mit den griechischen Präsidenten geschickt Geschäfte zum Vorteil jeder Seite aushandelte, ganz wie es die jeweilige, in diesen Zeiten wechselvolle Politik verlangte, fand er in Washington einfach kein Gehör. Deshalb hatte er bereits ein paar Monate vor dem Attentat auf John F. Kennedy dessen Ehefrau auf sein Schiff eingeladen. Damals erholte sich Mrs. Kennedy gerade von einer Fehlgeburt. Es war eine Einladung, die Aristo als rein geschäftlich bezeichnete, die Maria aber dennoch einen Stich versetzt hatte. Es war keine Eifersucht gewesen, die so schmerzhaft für sie war, zu jener Zeit hatte sie dazu nicht die geringste Veranlassung gehabt. Nein, es war ihre eigene Geschichte, die noch verstörend nah gewesen war …

Sie ballte die Hände zur Faust. Nicht diese Erinnerung auch noch, dachte sie.

Doch sie konnte nicht abschütteln, was sie seit acht Jahren

für sich behielt. Traurigkeit, Enttäuschung und Wut wurden zu purer Verzweiflung, als sie sich zu fragen begann, ob Aristo diese weitere Trophäe wohl auch in seine Sammlung eingereiht hätte, wenn sie ein gemeinsames Kind hätten.

Immer wieder hätten.

Sie hatten kein Kind. Es hatte nicht überlebt.

Sie saß wie verloren auf ihrem Sitz und fühlte sich so allein wie nie zuvor.

Aristo indes war nicht allein. Der erfreute sich bester Gesellschaft, während sie litt.

In ihrem verwirrten, verletzten Gemüt baute sich plötzlich ein Szenario auf, mit dem sie Aristo treffen konnte. Es gab etwas, womit sie ihm ähnliche Pein zufügen konnte, wie sie sie selbst empfand. Wenn er sich über die Ratte aufregte, hatte er keine Ahnung, wozu sie noch fähig wäre. Mit einem Gerücht konnte man einen Menschen zutiefst verletzen. Dass es nicht der Wahrheit entsprach, spielte dabei keine Rolle, irgendetwas blieb immer in den Köpfen der Zuhörer hängen.

Wie brillant etwa Meneghini darin gewesen war, den Klatsch und die öffentliche Stimmung gegen seine Ehefrau anzuheizen, die ihn verlassen und betrogen hatte. Wenn Maria es recht bedachte, konnte sie in ihrer jetzigen Situation einiges von ihm lernen. Sie würde nicht jammern wie ihr Ex-Mann, aber sie könnte die eine oder andere falsche Behauptung streuen wie dieser seinerzeit – was für Aristo nun jedoch vernichtend wäre.

Maria fühlte sich wie Medea, die ihre Kinder für ihre Rache geopfert hatte. Zum ersten Mal wurde ihr ein Zusammenhang bewusst zwischen ihrer berühmtesten Rolle und ihrer jetzigen

Situation. In dem Halbdunkel des Flugzeugs ersann sie einen Feldzug, der am Ende womöglich auch sie selbst zerstörte. Doch Marias Seele war bereits zerbrochen, was sollte sie noch fürchten?

Ein Anruf bei Mary Mead und einer bei Anastasia Gatsos müssten genügen, um die Lawine der üblen Nachrede loszutreten. Es würde ein Leichtes sein, Aristoteles Onassis als Kindsmörder darzustellen.

KAPITEL 23

Mailand
Anfang September 1959

Es ist verrückt«, rief Maria empört aus. »Es ist einfach nur verrückt. Warum können mich diese Presseleute nicht in Ruhe lassen?«

»Ich finde diese Entwicklung ja durchaus amüsant«, bemerkte Peter Diamand mit einem ironischen Lächeln, während er die aufgestapelten Zeitungen durchging, die sich Maria in ihre Garderobe in der Scala hatte kommen lassen. Der Leiter des Holland-Festivals war aus Amsterdam eingeflogen, um den Schallplattenaufnahmen von »La Gioconda« beizuwohnen, die wegen der besonderen Akustik in dem Mailänder Opernhaus stattfanden. Seit ein paar Tagen war er jedoch eher zu einer Art Leibwächter für Maria geworden. Als sie heute Morgen am Bühneneingang eintrafen, musste er sich sogar mit vollem Körpereinsatz zwischen die Paparazzi und Maria werfen, um sie zu beschützen.

Der Impresario zog ein Blatt aus dem Stapel und hielt die aufgeschlagene Seite hoch. »Ich hätte nie für möglich gehalten, dass mir dieser Reporter neulich tatsächlich abnehmen würde, dass ich Ihr ägyptischer Friseur bin. Sehen Sie nur – das Interview mit Ihrem angeblichen Haarkünstler aus Kairo.« Nach einem Blick durch seine runde Brille auf den Text brach er in schallendes Gelächter aus. »Der Mann hat den ganzen Unsinn geschrieben, den ich ihm erzählte. Hier steht, dass Ihre Haare ganz weich und glatt werden, wenn Sie die Violetta in ›La traviata‹ singen …«

»Verrückt«, wiederholte Maria und fuhr sich mit der Hand automatisch an den Kopf. Sie fand es überhaupt nicht lustig, wie sich die internationale Presse auf sie stürzte, nachdem – wahrscheinlich von Meneghini inszeniert – die ersten Gerüchte über eine Romanze mit Onassis aufgekommen waren. »Es ist einfach nur verrückt!«

»Das Beste habe ich Ihnen noch vorenthalten«, fuhr Diamand grinsend fort. »Ihr ägyptischer Friseur soll in dem Exklusivinterview auch gesagt haben, Ihr Haar würde drahtig und unbändig, wenn Sie als Medea auftreten.«

Maria rollte genervt die Augen.

»Ich muss gestehen, dass eben dieser Friseur wohl etwas in dieser Art tatsächlich gesagt hat. Ich frage mich allerdings, welcher Narr solchen Unsinn glaubt – und druckt.«

»Das sehen Sie doch«, gab Maria ungehalten zurück. Sie lief in dem kleinen Raum auf und ab, rang die Hände und runzelte die Stirn. »Da es kein Statement von Aristo oder mir gibt, nehmen die Presseleute alles, was sie irgendwo aufschnappen.« Und ihr fiel dabei die schwierigste Rolle zu, nämlich die der gierigen Ehebrecherin. Sogar Elsa Maxwell hatte sich in ihrer Kolumne gegen Maria und auf Tinas Seite gestellt. Die alte Freundin, die Maria vor zwei Jahren mit Aristo bekannt gemacht hatte, teilte nun öffentlich gegen sie aus. Es war unfassbar. Und es waren nicht nur Enttäuschung und Beschuldigungen, die ihr zu schaffen machten, sondern auch das Gefühl, dass fast die ganze Welt es ihr missgönnte, die große Liebe gefunden zu haben.

Seit Maria am 13. August nach der dreiwöchigen Kreuzfahrt in Monte Carlo an Land gegangen war, wurde sie das Gefühl nicht los, sich ständig dafür rechtfertigen zu müssen, wie glücklich sie war. Zunächst natürlich vor ihrem Gatten, mit dem sie in eisiger Schweigsamkeit nach Mailand heimkehrte. Meneghini schien zu ignorieren, dass sie bereits an Bord der *Christina* von Trennung gesprochen hatte. Er tat so, als stünden sie nicht vor den Trümmern ihrer Ehe, so dass sie ihm mit schonungsloser Offenheit mitteilte, er möge nach Sirmione ziehen, sie würde in der Via Buonarroti in Mailand bleiben. Tatsächlich zog Meneghini am nächsten Morgen aus – woraufhin Aristo von Monte Carlo nach Linate flog, weil er eine längere Trennung von ihr nicht mehr aushielt.

Natürlich zog er nicht bei ihr ein, nicht einmal in das Gästezimmer, sondern residierte im Hotel Principe di Savoia. Erstaunlicherweise blieb Onassis an diesem Abend ein Geschäftsmann unter vielen, für den sich die Presse nicht interessierte. Selbst ihr gemeinsames Abendessen in einem kleinen Restaurant in der Nähe ihres Hauses blieb der Öffentlichkeit verborgen. Es war wundervoll, zum ersten Mal nur ein verliebtes Paar sein zu dürfen, das endlich Zeit miteinander verbrachte, ohne unter der Beobachtung eines Ehepartners oder Freundes zu stehen.

Bei Kerzenschein und einem vorzüglichen Barbera d'Alba aus dem Piemont sprachen sie wie befreit über Gott und die Welt und flüsterten einander zärtliche Worte zu, die für sie von unschätzbarem Wert waren. Irgendwann kam die Rede auf die Trennung von ihren Ehepartnern.

»Ich will mit deinem Mann sprechen«, verkündete Aristo. »Ich werde Meneghini sagen, dass er auf dich verzichten muss.«

Maria war gerührt – Aristo gab ihr eine völlig andere Geborgenheit, als Meneghini es jemals auch nur versucht hatte. Ihr Ehemann hatte ihre Stimme als Künstlerin beschützt, niemals jedoch die Frau behütet. Das war der Unterschied.

Nach dem Essen gelang es ihr, ungesehen in Aristos Hotelsuite zu gelangen – und ebenso unbemerkt in der Morgendämmerung wieder zu verschwinden. Es war das erste Mal, dass sie in einem richtigen Bett miteinander schliefen und weder auf die Zeit noch auf Entdeckung achten mussten. Maria war beseelt und verstand endlich, was der Begriff »Liebe machen« bedeutete. Und was Aristo ihr schenkte, war vielleicht sogar noch mehr als Zuneigung und Leidenschaft: Er erweckte sie zu neuem Leben.

Wie sie es mit dem Geliebten verabredet hatte, beorderte sie Meneghini für den nächsten Abend in die Via Buonarroti. Sie wusste, dass er annahm, sie würde ihn sehen wollen, weil sie an seine Seite zurückkehrte. Er ignorierte ihren Wunsch nach Trennung ebenso, wie er ihre privaten Bedürfnisse eigentlich immer hintangestellt hatte. Natürlich war es nicht fair, ihren Mann in dem Glauben zu lassen, sie habe es sich anders überlegt. Doch womöglich würde er sich nicht von Sirmione aus auf den Weg machen, wenn sie ihm am Telefon die Wahrheit sagte. So bemerkte sie nur freundlich, dass sie gern einige Dinge mit ihm besprechen würde. Was letztlich keine Lüge war.

Es wurde der Auftakt zu einem schier endlosen Hin und Her.

Meneghini kam nach Hause und benahm sich erwartungsgemäß, als wäre nichts zwischen ihnen vorgefallen. Er setzte sich ins Speisezimmer, griff bei dem Menü, das Bruna auftrug, beherzt zu, machte sich jedoch nicht die Mühe, sein Gähnen dabei zu unterdrücken.

Wie üblich stocherte Maria in ihrem Essen nur herum. Sie beobachtete ihren Mann eine Weile lang, dann brach es aus ihr heraus: »Du wirst dich wohl nie ändern. Dein Appetit und dein Schlafbedürfnis sind unverändert. Wenigstens diese Eigenschaften bleiben dir treu«, fügte sie bissig hinzu, weil er nicht einmal aufsah, als sie sprach.

Das Besteck klapperte auf Meneghinis Teller, dann legte er es beiseite – und schwieg.

Es hatte keinen Sinn, ihn schonen zu wollen. Allein der Versuch würde ins Leere laufen. Dann eben auf die brutale Art, dachte Maria, während sie sich erhob, um die Zimmertür zu schließen, damit sie nicht vom Personal gestört oder gar belauscht wurden.

Auf dem Rückweg zu ihrem Stuhl bemerkte sie kühl: »Es ist aus, Battista. Zwischen uns ist es aus und vorbei.«

Er blieb regungslos, starrte sie nur an. Sein Gesicht wirkte, als würde er schmunzeln. Maria wusste jedoch aus Erfahrung, dass dieses Lächeln nichts als Fassade war.

»Ari Onassis und ich sind füreinander bestimmt«, versetzte sie. Ihre Stimme wurde ein wenig weicher, als sie fortfuhr: »Dagegen sind wir machtlos. Wir haben nichts Falsches getan, haben die Regeln respektiert und an Bord keine Grenze überschritten. Dafür gebe ich dir mein Ehrenwort.«

»Was nützt es mir, wenn er mir die Frau stiehlt?«, brach es aus ihm heraus. »Du bist blind gegen seine Raffinesse, Maria. Mach die Augen auf.«

»Ich weiß, was ich tue«, versicherte sie ihm. Ich hätte besser auf dich achten und deine Ignoranz sehen sollen. Dann hätte ich mich schon viel früher getrennt, fuhr es ihr durch den Kopf. Doch sie sagte: »Ich kann nicht mehr ohne ihn sein – und er nicht ohne mich. Deshalb ist er hier in Mailand. Er möchte mit dir sprechen.«

Natürlich war Meneghini nicht angetan von einer Auseinandersetzung mit seinem Rivalen. Er lehnte es schlichtweg ab, ihn zu treffen, aber nun war es Maria, die ihn ignorierte. Ihr war klar, dass sich Aristo kaum von seinem Vorhaben abbringen lassen würde, mit ihrem Gatten von Angesicht zu Angesicht zu sprechen.

Als Aristo endlich in der Diele stand, brach Maria in schallendes Gelächter aus. Er trug einen Blaumann und eine Schiffermütze aus Kunstleder, die er tief in die Stirn gezogen hatte. »Tut mir leid, es war die einzige unpassende Kleidung, die ich auf die Schnelle bekommen konnte«, entschuldigte er sich bei ihr. »Ich habe das Zeug angezogen, um auf der Straße nicht erkannt zu werden.«

»Du bist sehr rücksichtsvoll«, murmelte Maria kichernd.

»Meine Güte, wie einfältig«, knurrte Meneghini.

Sie rechnete Aristo hoch an, dass er sich respektvoll und höflich benahm, während Meneghini zunehmend die Nerven verlor. Vielleicht war es die Arbeiterkleidung, die ihren Ehemann dazu brachte, Onassis regelrecht anzuschreien. Bei einem Gegenüber im maßgeschneiderten Anzug und mit Seidenkrawatte hätte er vermutlich eher die Kontrolle behalten. So benutzte er Ausdrücke, die Maria noch nie von ihm gehört hatte, schimpfte und wütete. Doch seine verbalen Attacken prallten an Aristo ab. Und dafür liebte sie ihn nur noch mehr.

»Wissen Sie, ich werde niemals auf Maria verzichten«, stellte ihr Geliebter mit provozierender Ruhe klar. »Ich werde sie notfalls jedem, aber auch wirklich jedem, wegnehmen und mit allen Mitteln um sie kämpfen. Ohne jede Rücksicht auf Menschen, Dinge, Verträge oder Konventionen. Wir lieben uns. Finden Sie sich damit ab. So etwas passiert nun einmal im Leben.«

»Schmarotzer!«, zischte Meneghini.

Maria hielt den Atem an. Sie saß mit den beiden Männern um den Couchtisch herum, aber sie kam sich vor wie eine Außenstehende, die ein Duell beobachtete. Wie eine Aufführung von Tschaikowskys »Eugen Onegin«. Mit dem Unterschied freilich, dass sie nicht Tatjana war und lieber sterben wollte, als bei ihrem Ehemann zu bleiben.

»Was wollen Sie?«, fragte Onassis. »Was ist Ihnen die Trennung wert? Wie viele Millionen wollen Sie für Maria?«

»Sie sind geschmacklos«, tobte sein Widersacher.

Nein, dachte Maria, er hat sich nur gut gemerkt, was ich ihm über unsere finanzielle Situation erzählt habe.

Aristo blieb beharrlich. »Wie viel wollen Sie dafür, dass Sie sie gehen lassen?«, wiederholte er. »Fünf Millionen Dollar? Zehn?«

Unwillig schüttelte Meneghini den Kopf. Er warf einen Blick auf seine Armbanduhr, und Maria sah automatisch zu der Kaminuhr, die weit nach Mitternacht anzeigte. »Ich höre mir das nicht länger an. Das hier ist mein Haus, und ich werde jetzt zu Bett gehen.«

Er stemmte sich aus seinem Sessel, doch Aristo war schneller.

»Wir sollten uns zum Abschied die Hand geben.« Aristo streckte seine Rechte aus.

Meneghini starrte ihn finster an. Dann schüttelte er noch einmal den Kopf. »Ich gebe Männern wie Ihnen nicht die Hand, Onassis. Sie haben mich auf Ihre verdammte Yacht eingeladen und mir dann einen Dolchstoß versetzt. Fahren Sie zur Hölle!« Langsam durchquerte er den Salon, der Orientteppich schluckte seine energischen Schritte. An der Tür drehte er sich noch einmal um: »Ich verfluche Sie!«

Erschrocken hielt Maria den Atem an.

»Mögen Sie bis ans Ende Ihrer Tage keinen Frieden mehr finden.« Nach diesem dramatischen Auftritt verließ Meneghini den Raum.

Aristo ballte seine rechte Hand zur Faust. Sein noch immer ausgestreckter Arm fiel an seiner Seite hinab.

»Das war reichlich Theaterdonner«, meinte er nach einer Weile. Er trat neben Maria, strich sanft über ihr Haar. »Mach dir keine Sorgen, er wird sich beruhigen.«

Sie legte den Kopf in den Nacken. »Mir ist alles egal, wenn wir nur zusammen sein können.«

»Daran besteht doch kein Zweifel.«

Er sah sie zuversichtlich an, aber Maria meinte einen sorgenvollen Schatten zu bemerken, der seinen Gesichtsausdruck umwölkte. Aristo war ebenso abergläubisch wie sie selbst. Zwar war er kein Künstler, aber Grieche. Deshalb teilten sie das Schicksal vom Glauben an die Magie. Doch besaß Meneghini so viel Macht über sie, dass sich sein Fluch tatsächlich in Rache verwandeln könnte? Sie hob ihre Hand und legte sie auf Aristos Finger, die noch immer auf ihrem Kopf ruhten.

»Du solltest dir die Haare schneiden lassen«, murmelte er gedankenverloren.

»Natürlich konnten wir uns auf Dauer nicht verstecken«, vertraute Maria zwei Wochen später Peter Diamand in ihrer Garderobe in der Scala an. Sie saß in dem Drehstuhl vor dem Spiegel, hatte aber so Platz genommen, dass sie den Impresario aus Amsterdam direkt ansehen konnte. Der blätterte noch immer in den aktuellen Zeitungen. »Zuerst hat uns die Presse in Cuneo gefunden, diesem Städtchen zwischen Alba und Imperia.« Sie seufzte. »Auf der Flucht vor den Diskussionen mit meinem Mann haben Aristo und ich dort auf dem Weg nach Monaco

Rast gemacht. Ich habe keine Ahnung, warum wir das Auto genommen haben und nicht Aristos Privatmaschine. Jedenfalls berichtete prompt die *Stampe Sera*, dass man uns zusammen gesehen habe.«

»Meine Güte, Maria, was haben Sie erwartet? Sie sind die berühmteste Frau und Aristoteles Onassis der berühmteste Mann der Welt. Als Paar sind Sie eine Sensation.«

Das sind wir wirklich, bestätigte Maria still. Aber in einem ganz anderen Sinn. Wir sind eine Einheit, die zueinander gehört.

So hatte sie es auch an diesem ersten gemeinsamen Wochenende empfunden, das sie im Hotel Hermitage in Monte Carlo verbrachten. Es hätte perfekt sein können, wenn nicht Meneghini erfahren hätte, wo seine Frau sich befand. Er rief jede halbe Stunde oder noch öfter an. Als sie ihn bei einem dieser Anrufe nicht abwimmeln ließ, sondern das Telefonat annahm, lamentierte er über die Unverletzlichkeit des Sakraments der Ehe und von der Sünde, die sie begangen habe. Damit meinte Meneghini allerdings nicht nur den Ehebruch, er behauptete: »Du hast mein Leben zerstört.« Daraufhin zog sie den Telefonstecker heraus. Meneghini rief weiter an – und irgendwann brach die Telefonzentrale des Hotels zusammen.

Maria riss sich von diesen Erinnerungen los. »Meneghini ist völlig durchgedreht«, erzählte sie dem Freund. »Er wollte mich wegen Ehebruchs anzeigen. Hier in Italien ist das eine Straftat, wissen Sie, die sogar mit Gefängnis geahndet werden kann. Aber da ich amerikanische Staatsbürgerin bin, kann er mich nicht belangen.«

»Was für ein Skandal!«

»Schauen Sie sich die Zeitungen an. Meneghini sorgt dafür, dass alles an die Öffentlichkeit kommt. Der ganze Schmutz.«

Aber es hatte auch wundervolle Momente gegeben. Sie hatte fast jedes Wochenende mit Aristo in Monte Carlo verbracht. Zwei Verliebte, die trotz aller Widrigkeiten zueinandergefunden hatten. Es waren die glücklichsten Tage ihres Lebens für Maria gewesen. Im Hafen lag die *Christina* vor Anker, in Sichtweite ihres Hotelzimmers, und darauf verbrachten Tina und seine Kinder den ausklingenden Sommer. Maria hatte nichts dagegen, dass er ihr Hotelzimmer für geschäftliche Verabredungen verließ, und natürlich auch nichts einzuwenden, wenn er an Bord zurückkehrte, um seinen Sohn und seine kleine Tochter zu sehen. An keinem Ort fühlte sie sich in diesen Tagen so geborgen wie in Monte Carlo. Schließlich eröffnete er ihr am letzten Augustwochenende, dass seine Frau beabsichtigte, mit Freunden in See zu stechen, um zu den Filmfestspielen nach Venedig aufzubrechen. Als guter Gastgeber wollte er die Gesellschaft begleiten.

Maria zeigte sich verständnisvoll. Da sie nach Mailand zurückmusste, weil die Schallplattenaufnahmen beginnen sollten, die sie schon vor längerer Zeit zugesagt hatte, würde sie selbst nicht mehr lange in Monte Carlo bleiben können. Er sollte seinen Verpflichtungen nachgehen und sie den ihren. Doch kurz nach Mitternacht hatte plötzlich jemand an die Tür ihrer Suite geklopft – und als sie öffnete, stand Aristo im weißen Dinnerjacket vor ihr. Ein wenig zerzaust vielleicht, aber strahlend wie ein Junge, der auf die Belohnung für einen gelungenen Streich wartete.

»Als sie die Gangway hochzogen, bin ich zurück an Land gesprungen«, sagte er. »Dich hier zu wissen und dennoch abzufahren war mir unerträglich. Tina wird sich daran gewöhnen müssen, ohne mich zu verreisen.«

Der Rest der Nacht wurde zu einem rauschenden Fest.

Maria sah Peter Diamand an und spürte, wie sich ihre Wangen färbten, weil sie die Erinnerungen an die Momente inniger Zärtlichkeit und haltloser Leidenschaft mit Aristo nicht unterdrücken konnte – auch ihre Körper hatten sich gefunden, ja bildeten spielerisch und voller Leichtigkeit ein neues Ganzes. Übelkeit stieg in ihr auf, wie so oft in letzter Zeit. Sie hatte deshalb sogar schon ihren Kardiologen aufgesucht, doch der attestierte ihr eine gute Gesundheit. Es gehe ihr deutlich besser als vor der Kreuzfahrt, hatte sie erfahren. Was eigentlich ja auch stimmte. Deshalb nahm sie an, ihr Unwohlsein müsse eine Folge ihrer Nervosität sein, denn die Situation schlug ihr buchstäblich auf den Magen. An diesem Wochenende, als sich Aristo endgültig für sie entschied, begann eine unaufhaltsame Hexenjagd auf sie. Kaum war sie zurück in Mailand, wurde sie von Paparazzi belagert. Jeder ihrer Schritte wurde überwacht und in Zeitungen in aller Herren Länder kolportiert. Es wurden sogar Reporter vor dem Hotel Principe di Savoia abgestellt, die beobachteten, ob sie das Hotel in der Nacht wieder verließ, nachdem sie am Abend an Onassis' Arm hineingegangen war. Sie tat es nicht, und wenn sie nicht aus Liebe bei ihm geblieben wäre, dann aus Trotz.

»Sie sollten eine Pressekonferenz abhalten«, unterbrach Peter Diamand ihre Gedanken. »Es kann nicht sein, dass jedem in Ihrer Umgebung von den Reportern aufgelauert wird und Spekulationen über Ihre Haare die Zeitungen füllen.« Er tippte auf das Blatt, in dem das Interview mit Marias angeblichem ägyptischen Friseur abgedruckt worden war. »Wagen Sie die Flucht nach vorn, Maria. Sagen Sie den Leuten, was sie hören wollen.«

Sie fuhr zusammen, als habe er sie aus einem Traum geweckt. »Was? Soll ich der Öffentlichkeit mitteilen, dass ich Aristoteles Onassis liebe?«

»Nein. Das nicht. Nein. Aber Sie sollten einen Schlussstrich unter Ihre Ehe ziehen, bevor irgendjemand schmutzige Wäsche wäscht. Die Trennung könnten Sie in einer persönlichen Erklärung veröffentlichen und damit den Spekulationen viel Wind aus den Segeln nehmen.«

Nachdenklich nickte sie. Es war nicht mehr ihre Entscheidung allein, wie sie sich in der Öffentlichkeit darstellte. Aber sie würde Diamands Vorschlag mit Aristo besprechen. An seiner Seite war sie stark.

Im Foyer der Scala herrschte an diesem Vormittag ein Gedränge wie sonst nur zur Saisonpremiere. Doch unter all den Männern, die sich hinter einem roten Absperrseil drängten, hätte man

Liebhaber der Oper wohl vergebens gesucht. Fotoapparate wurden einsatzbereit hochgehalten, Kameras liefen bereits, Mikrophone waren auf die Tür ausgerichtet, durch die die Callas gleich zu der von ihr anberaumten Pressekonferenz kommen würde, Notizblöcke und Bleistifte lagen griffbereit in Dutzenden von Händen. Aufgeregtes Stimmengemurmel hing über der Journalistenmeute.

Maria, die die Szenerie durch einen Türspalt beobachtete, fühlte sich auf seltsame Weise in die Schlussszene von »Ein Herz und eine Krone« versetzt. So lange war es her, dass sie den Film im Kino gesehen und beschlossen hatte, wie Audrey Hepburn aussehen zu wollen. Es war ihr gelungen. Jetzt musste sie es nur noch schaffen, die Pressekonferenz so souverän durchzustehen wie einst Prinzessin Ann im Film, wo die Veranstaltung eine Zäsur bedeutete – in ihrem Leben war es nicht anders.

Es ist nur ein Auftritt, beruhigte sie sich im Stillen. Es ist ein Auftritt wie jeder andere auch. Doch wie bei jedem anderen Auftritt wurde sie von entsetzlichem Lampenfieber geplagt. Und wieder rumorte die Übelkeit in ihrem Magen. Sobald die Schallplattenaufnahmen abgeschlossen waren, sollte sie noch einmal zum Arzt gehen.

Sie holte tief Luft, zwang sich zur Ruhe. Ihre Augen trafen die des Inspizienten. Sie nickte kaum merklich, dann nahm sie ihre Brille ab.

Unter tosendem Applaus trat sie vor die versammelte Presse. Zum ersten Mal bedauerte sie nicht, dass sie die Gesichter nicht richtig erkennen konnte, die zu ihr aufsahen. So blieben die sensationslüsternen Blicke der Reporter hinter Nebel verborgen. Sie sah nur eine verschwommene, wabernde Masse. Blitzlichter zuckten auf wie aus einer dichten Gewitterwand.

Maria neigte hoheitsvoll ihr Haupt zu einem kleinen Gruß und war voll und ganz in der Rolle der Callas, die alles, was zu sagen war, mit wenigen Sätzen zu klären beabsichtigte. Noch einmal atmete sie durch, dann hob sie ihre Stimme und verkündete: »Ich möchte Ihnen bestätigen, dass der Bruch zwischen meinem Mann und mir endgültig ist. Unsere Trennung hatte sich schon längere Zeit angebahnt, und dass sie zeitlich mit der Kreuzfahrt auf der *Christina* zusammenfiel, ist reiner Zufall.«

»Besteht zwischen Ihnen und Signor Onassis eine romantische Verbindung?«, rief ihr eine junge Männerstimme zu.

»Zwischen Signor Onassis und mir besteht schon länger eine tiefe Freundschaft. Auch geschäftlich habe ich mit ihm zu tun. Mehr allerdings nicht.«

Gott steh mir bei, dass ich das durchhalte, fuhr es ihr durch den Kopf.

»Welche geschäftliche Verbindung haben Sie mit Signor Onassis?«

»Wird Signor Meneghini weiterhin Ihr Manager bleiben?«

»Was sind Ihre Pläne für die nähere Zukunft?«

»Ist zwischen Signor Onassis und Ihnen mehr als nur eine Freundschaft?«

»Signor Meneghini scheint eine Anwaltskanzlei in Turin konsultiert zu haben. Können Sie uns etwas darüber sagen?«

Die Fragen prasselten auf sie ein wie ein Regenschauer, der auf gewisse Weise zu dem Blitzlichtgewitter passte, wie sie insgeheim feststellte. Unter anderen Umständen hätte sie sich vermutlich über diese Assoziation amüsiert. Jetzt fühlte sie sich wie gefangen an diesem Ort, an dem sie all dem ausgesetzt war. Sie hob die Hand, um weitere Fragen zu unterbinden.

»Aristoteles Onassis ist lediglich ein guter Freund, der mir in diesen schweren Zeiten zur Seite steht«, verkündete sie entschlossen. »Ich kümmere mich vorerst selbst um meine Karriere und prüfe gerade ein Angebot von der Oper in Monte Carlo, außerdem wurde mir eine Rolle in einem Hollywoodfilm angeboten.«

Natürlich wollten die Reporter wissen, um welche Projekte es sich genau handelte. Dazwischen wurden immer wieder dieselben Fragen nach ihrer Beziehung zu Aristo gestellt. Sie wünschte, sie hätte die Wahrheit in die Welt hinausrufen können. Doch sie waren übereingekommen, sich so diskret wie möglich zu verhalten, bis ihrer beider Verhältnisse geklärt waren. Meneghini hatte in den vergangenen Tagen eine Reihe von Interviews gegeben, die erwartungsgemäß ausgefallen waren. Er hatte Onassis vorgeworfen, nichts anderes zu wollen, als sich mit einer berühmten Künstlerin zu schmücken. Und er behauptete, Onassis sei »ein Wahnsinniger wie Hitler«. In dieses Feuer wollte Maria unter keinen Umständen Öl gießen.

Sie biss die Zähne zusammen und nickte den Presseleuten noch einmal souverän zu, bevor sie durch die Tür verschwand, durch die sie gekommen war. Der Protest der Journalisten, die sich um die Antworten betrogen fühlten, die sie hören wollten, verfolgte sie dabei.

»Es war schrecklich!«, seufzte sie, den Telefonhörer dicht an Ohr und Mund gelegt. Sie lag ausgestreckt auf ihrem Bett und wünschte, Aristo wäre neben ihr und nicht am anderen Ende der Telefonleitung. Während sie ihre Pressekonferenz durchgestanden hatte, war er nach Venedig geflogen, um die Einzelheiten der Scheidung mit Tina zu besprechen. Maria erzählte ihm von allem, was sich im Foyer der Scala zugetragen hatte, auch davon, wie sie ihre Liebe verschwiegen und ausweichende Antworten gegeben hatte, die aber letztlich niemanden lange überzeugen würden.

»Hier ist es nicht besser«, sagte er. »Heute Nachmittag haben mich die Paparazzi in Harry's Bar erwischt. Ich hatte mir vorher schon etwas zurechtgelegt, da man den Zeitungsleuten während der Filmfestspiele in Venedig kaum entkommen kann.« Seine Stimme klang belegt, als habe er in dem berühmten Lokal mehrere Drinks zu sich genommen.

»Was hast du gesagt?«

»›Freunde haben mich als Seemann bezeichnet, und Seeleute haben normalerweise nichts für Sopranistinnen übrig.‹« Er lachte glucksend vor Vergnügen. »›Ich würde mich allerdings sehr geschmeichelt fühlen, wenn sich eine Frau von der Klasse der Callas in mich verliebt hätte.‹ Gefällt dir das?«

»Es ist die Wahrheit. Sie ist in dich verliebt.«

»Und ich hoffe, dass das noch sehr lange so bleibt.«

Sie lächelte. »Das wird es. Für immer.«

KAPITEL 24

Mailand

Mitte November 1959

Die ersten Monate ihrer Beziehung zu Aristo waren für Maria ein Wechselbad der Gefühle. Nie zuvor war ihr so deutlich gewesen, wie nah Glück und Zorn beieinanderlagen. Sie kam sich vor wie in einem Karussell aus Emotionen, das sich immer schneller drehte und nicht zu stoppen war. Während sie an Aristos Seite so viel Schönes erlebte, was in ihrem Leben bisher gar keinen oder viel zu wenig Raum eingenommen hatte – Liebe, Geborgenheit, Zuversicht, Leidenschaft und Zärtlichkeit, Humor und Abenteuerlust –, wurde sie überrollt von den Bösartigkeiten, mit denen Meneghini und später auch Tina die Weltöffentlichkeit fütterten. Als wäre das nicht genug, meldete sich ihre Mutter aus New York zu Wort und hetzte über die undankbare Tochter. Evangelia ließ kein gutes Haar an Maria und kündigte ein Enthüllungsbuch über die Callas an. Elsa Maxwell indes schien wie ein böser Geist über all dem zu walten, sie fand die deutlichsten Worte in ihrer Kolumne, indem sie Maria als »Genie und Hexe« brandmarkte und als die »menschliche Enttäuschung meines Lebens« bezeichnete. Angriffe, denen Maria nicht unbeschadet zu trotzen vermochte.

Dazu machte ihr ihr wankelmütiger Gesundheitszustand Sorgen, immer wieder fühlte sie sich seltsam schwach, und ihre Nerven waren sensibler als je zuvor. Auch ihre Stimme trug sie immer schlechter durch die Arien. Bei einem Konzert in Bilbao kam sie kaum noch bis zum mittleren C, geschweige denn in höhere Lagen, was das Publikum erheblich enttäuschte. Doch nur wenige Wochen später gelang es ihr, sich in London in alte Höhen aufzuschwingen und von Neuem Triumphe zu feiern.

Doch was auch geschah, Aristo hielt sie, tröstete sie, liebte sie. Selbst unter dem Druck der enormen Anwürfe, denen er sich durch die Trennung von seiner Frau ausgesetzt sah, versuchte er, die Situation so ruhig und gebührend wie möglich zu regeln. Dafür befand er sich – neben seinen geschäftlichen Verpflichtungen – ständig auf dem Weg zwischen den Anwälten, Tinas Vater, Tina selbst, seinen diversen Wohnsitzen und immer wieder Maria in Mailand. Frieden fanden die Liebenden lediglich an Bord der *Christina*, auf die Maria so oft wie möglich zurückkehrte. Gestohlene Tage. Vielleicht die letzten. Denn inzwischen fürchtete Maria auch noch um ihre Seefestigkeit, da ihr sogar bei Windstille oft schlecht wurde, was ihren Aufenthalten auf der Yacht jede Leichtigkeit nahm. Vor allem: Was würde ihr Seefahrer tun, wenn sie ihn nicht mehr übers Meer begleiten könnte?

Schließlich musste sie nach Übersee aufbrechen, um in Kansas City und Dallas die Lucia di Lammermoor und die Medea zu singen. In drei der fünf Zeitungen, die ihr während des Fluges angeboten wurden, fand sie vermeintliche Neuigkeiten über den Stand ihres Ehedramas.

Da wurde davon berichtet, dass Meneghini seine Eigentumsrechte an dem Haus in Mailand geltend machte. Was stimmte. Dann wurde er mit dem Satz zitiert: »Meine Frau und Onassis sind nur Freunde. Das Problem ist, dass meine Frau alles tut, um Publicity zu bekommen.« Was nicht stimmte.

Ein Kolumnist schrieb: *Ich möchte wetten, dass Ari und Tina auch in Zukunft zusammen sein werden – und die ehrgeizige Maria Callas ein lautes Solo singt.* Eine unverfrorene Unterstellung.

Battista Meneghini hat vor einem italienischen Gericht die gesetzliche Trennung von Maria Meneghini-Callas beantragt, hieß es in der *New York Times. Dabei handelt es sich um die Aufhebung der ehelichen Gemeinschaft, de facto um eine Auseinandersetzung über die wirtschaftlichen Verhältnisse. Eine zweite Ehe dürfen die Eheleute nicht eingehen, eine juristische Scheidung wie in anderen Ländern ist in Italien nicht möglich. Ein Urteil wird für Mitte November erwartet.*

Sie versuchte zu schlafen, doch die Schlagzeilen verfolgten sie bis in ihre Träume. Ihre Pressekonferenz Anfang September hatte ihr kaum Ruhe geschenkt. Und wenn einmal ein paar Tage lang nichts über sie geschrieben wurde, meldete sich Meneghini von irgendwoher zu Wort. So ging das jetzt seit Wochen.

Obwohl sie ihre Beine hochlegte, spürte sie, wie ihre Fußknöchel während des Fluges anschwollen. Hitzewallungen und Frösteln wechselten sich ab. Sie zog ihre Nerzstola über, dann warf sie sie wieder von sich, so dass die Stewardess sich auf ihrem Weg durch die Erste Klasse mehrmals bücken musste, um den Pelz aufzuheben. Maria hoffte auf Entspannung, fand jedoch keine Ruhe. Doch sie fühlte sich zu elend, um nach ihrer Handtasche mit den Tabletten zu greifen. Als die Maschine auf dem Idlewild Airport in New York aufsetzte, war sie übermüdet und entsprechend gereizt.

»An der Gangway wartet ein Wagen auf Sie, der Sie zum LaGuardia Airport bringen wird«, wandte sich die Purserin an Maria. Sie beugte sich leicht über die berühmte Passagierin, sprach in gedämpftem Ton. »Dort bekommen Sie Ihren Anschlussflug nach Kansas City. Wir sind absolut im Zeitplan. Allerdings ist dem Piloten per Funk durchgegeben worden, dass eine große Gruppe von Pressevertretern auf dem Rollfeld auf Sie wartet.«

»O mein Gott!«, entfuhr es Maria. »Kann man nichts gegen diese Leute unternehmen?«

Die junge Frau sah sie voller Mitgefühl an. »Ich fürchte, sie sind schon da und ließen sich nur durch einen Polizeieinsatz vertreiben.«

Sie konnte also nichts tun, resümierte Maria. Wann hörten die Paparazzi endlich auf, ihr aufzulauern? Zu Hause in Mailand hatte sich die Lage derart zugespitzt, dass sie schon ihre Freunde mied, um niemanden in die peinliche Lage zu bringen, den Reportern entgegentreten zu müssen. Sie hatte sich in der Via Buonarroti versteckt, bis Meneghini entgegen der Absprache aufgetaucht war und sie aus dem Haus vertrieben hatte. Daraufhin hatte sie jegliche Contenance verloren und ihn am Telefon bedroht: »Nimm dich in Acht, Battista! Irgendwann komme ich mit einem Revolver und bringe dich um.« Seine Antwort war nicht weniger furchterregend: »Meinetwegen. Dann warte ich mit einem Maschinengewehr auf dich.« Gleichwohl war er ohne den Einsatz von Waffen wieder ausgezogen. Onassis' Anwälte, die auch Marias Rechtsvertreter waren, hatten offenbar eine weniger martialische Einigung mit Meneghini getroffen.

Seit ihrer Abreise hoffte Maria, dass die Presse in den USA weniger aggressiv sein würde als die in Italien. Was für ein Irrtum! Du hättest es besser wissen müssen, schalt sie sich, als sie sich aus ihrem Sitz erhob und ihre angespannten Muskeln zu lockern versuchte. Und: Du bist eine alberne Närrin!

Als Maria in der Tür der viermotorigen Lockheed Starliner erschien, leuchteten die ersten Blitzlichter auf. Das Sicherheitspersonal hatte alle Mühe, die Pressemeute davon abzuhalten, die Gangway zu stürmen.

Wahrscheinlich sah sie sogar gut aus in dem hellen Kostüm mit dem runden Nerzkragen und der Pelzstola über dem freien Arm. Doch sie schätzte es gar nicht, von unten fotografiert zu werden, weil damit ihre Beine unvorteilhaft zur Geltung kamen. Trotzdem hätte sie sich ihrer selbst gewiss sein sollen, aber es gelang ihr nicht, in die Rolle der Diva zu schlüpfen, wie sie es sonst vermochte.

Sie spürte das Klicken der Fotoapparate und das Surren der Wochenschau-Kameras mehr, als dass sie es sah und hörte. Dann flogen ihr die ersten Fragen entgegen: »Madam, was ist dran an den Gerüchten, dass sich Mister Onassis nicht scheiden lassen will? Wie ist Ihre Beziehung zu Aristoteles Onassis? Sind Sie noch immer nur Freunde? Haben Sie das Gespräch mit Ihrem Mann gesucht und die Trennung aufgehoben? Was sagt Mister Onassis zu Ihrem Eheprozess in Italien? Ihr Mann behauptet, er und Mister Onassis wären alte Freunde, können Sie das bestätigen?«

Panik bemächtigte sich Marias. Sie schritt langsam die Gangway hinab, hielt sich an der Reling fest, musste den kurzsichtigen Blick auf ihre Füße senken. Für einen Moment fürchtete sie zu straucheln. Sie hielt kurz inne. Auf die Fotografen mochte es den Eindruck machen, sie wollte posieren. In Wahrheit aber holte sie tief Luft und versuchte, sich zu sammeln. Die Menge überforderte sie. Niemand war da, der sie abholte, ihr Halt gab. Aristo befand sich in Paris zu Verhandlungen mit seinen Anwälten und Tinas Vater über die finanziellen Vereinbarungen einer Scheidung und sein Umgangsrecht mit den Kindern. Sie musste ihren Weg zu der wartenden Limousine allein finden – was ihr plötzlich schreckliche Angst machte.

Der Lärmpegel schwoll an, als eine andere Maschine zu ihrer Parkposition in der Nähe rollte. Die Stimmen wurden lauter, entwickelten sich zu einer dröhnenden Kakophonie.

Nur nicht umfallen, flehte Maria still. Bitte nicht ohnmächtig werden.

Du bist ein Mädchen aus Washington Heights, meldete sich auf einmal ihre innere Stimme. Niemand, der von dort kommt, lässt sich so einfach einschüchtern.

Sie trat auf die unterste Stufe und wäre beinahe über ein Kabel gestolpert, mit der ein Kameramann sein Handwerkszeug an ein batteriebetriebenes Ladegerät angeschlossen hatte.

»Nehmen Sie das da weg!«, herrschte sie ihn an und bediente sich dabei nicht ihrer üblichen monotonen, ruhigen Sprechstimme, sondern des Tons und Akzents der Straße in ihrem unsicheren Heimatviertel. »Es reicht! Haben Sie mich verstanden?«

Der Chauffeur sprang aus dem Wagen und eilte auf sie zu. Er musste seine Ellenbogen einsetzen, um zu ihr durchzukommen, erst allmählich gelang es auch den Sicherheitsleuten, die Paparazzi mühsam zurückzudrängen.

Auf dem schmalen Streifen Beton, der sich auf diese Weise vor ihr öffnete, eilte Maria die wenigen Schritte zu der Limousine. Ihr Herz veranstaltete einen unangenehmen Trommelwirbel, ihre Atmung war vor Aufregung zu schnell und ließ sich nicht mehr kontrollieren. Fragen prasselten weiter auf sie ein, Lampenblitze erhellten den grauen Tag. Sie versuchte, die Eindrücke auszuschalten, und flüchtete auf die Rückbank des Cadillacs.

Nie wieder will ich mich solchem Aufruhr, solchen Menschenmassen aussetzen, fuhr es ihr durch den Sinn. Ich kann das nicht mehr ertragen. Dann dachte sie, dass sie ihrem Freund und Impresario Larry Kelly noch vom Flughafen LaGuardia aus mitteilen würde, den Auftritt in Kansas absagen zu müssen.

Langsam lenkte der Chauffeur den Wagen durch die Meute, hupte, musste auf das Bremspedal treten, um niemanden zu überfahren. Und die Objektive starrten wie die Augen gieriger Monster durch die Scheiben auf sie.

KAPITEL 25

Dallas, Texas
Anfang November 1959

Larry ließ ihren Wunsch nach einer Absage nicht gelten. Immerhin waren er und Mary nur nach Kansas City gekommen, um Marias Konzert beizuwohnen. »Wir unterstützen dich, wo wir können«, versprach er ihr. »Aber geh auf die Bühne und sing. Soweit ich weiß, hat sich sogar der frühere Präsident Harry S. Truman angesagt. Man sieht ihn kaum noch in der Öffentlichkeit, es ist eine große Ehre, dass er dir zuhören möchte. Allein seinetwegen kannst du nicht absagen.«

Ihre Angst vor Menschenmassen hatte in einem bedenklichen Ausmaß zugenommen, dennoch erklärte Maria sich bereit aufzutreten. Unmittelbar vor der Vorstellung bedauerte sie ihre Zustimmung jedoch aus ganzem Herzen. Wegen einer Bombendrohung mussten Publikum und Ensemblemitglieder des Loew's Midland Theatre evakuiert werden, auch Truman musste das beeindruckende Art-déco-Gebäude vorübergehend verlassen. Mit entsprechender Verspätung betrat Maria dann unter tosendem Applaus die Bühne, und der Beifall ließ ihre Panik verfliegen. Beim Singen fühlte sie sich endlich wieder geborgen und ganz zu Hause. Ihre Stimme meisterte auch die technisch anspruchsvollsten Passagen, ihr gelangen alle Töne, und am Ende klatschten und trampelten die Zuschauer, dass der Boden in dem dreitausendzweihundert Plätze umfassenden Theatersaal vibrierte. Der Erfolg ließ sie das schwierige Omen vergessen, mit dem ihre Reise in die USA begonnen hatte, und sie wie auf Wolken schwebend den Weiterflug nach Dallas antreten.

In Begleitung ihrer Freunde fühlte Maria sich beschützt, was sie allerdings verwirrte, war die geringe Anzahl von Journalisten bei ihrer Ankunft in Texas ebenso wie bei ihrem Abflug aus Missouri. Offenbar interessierten sich die Menschen im Wilden Westen mehr für Cowboys und Ölmagnaten als für das Liebesleben einer weltberühmten Sopranistin – eine Form der Ignoranz, die Maria letztlich deutlich angenehmer empfand als den üblichen Rummel. Sie entspannte sich – bis ihr in Marys Haus, das sie als Kontaktadresse angegeben hatte, ein Brief ausgehändigt wurde, der von ihrem Anwalt stammte.

Sie öffnete das Kuvert im Stehen, bei der Lektüre ließ sie sich langsam auf einen der mit hellgelbem Satin bezogenen Sessel in Marys Wohnzimmer sinken.

»Schlechte Nachrichten?«, erkundigte sich die Freundin besorgt.

»Wie man es nimmt«, murmelte Maria. Sie überflog die Zeilen noch einmal, dann sah sie zu Mary auf. »Der Gerichtstermin für die Auflösung unserer ehelichen Gemeinschaft ist auf den vierzehnten November gelegt worden.«

»Dann hat das Verfahren zumindest ein Ende …«

»Mein persönliches Erscheinen wurde angeordnet. Ich muss zurück nach Mailand.« Seufzend lehnte sie den Kopf gegen die

Rückenlehne des Sessels. »Dafür werde ich meinen Auftritt im ›Barbier von Sevilla‹ absagen müssen.« Sie seufzte. »Das ist alles so unangenehm.«

»Dein Publikum wird es verkraften, wenn du gleich darauf auf die Bühne der Music Hall als Medea zurückkommst.«

Zwischen dem Prozess und der Aufführung lagen vier Tage. Die Vorstellung, binnen dieser kurzen Zeit zwei Überseeflüge hinter sich bringen zu müssen, war nicht sonderlich reizvoll. »Mich strengen diese langen Flugreisen im Moment wirklich an.« Ihre Stimme klang, als wunderte sie sich selbst ein wenig darüber. »Früher hat mir das Reisen nie etwas ausgemacht. Aber dieses Spektakel um meine Trennung von Battista belastet mich, es geht mir nicht gut, Mary.«

»Vielleicht sollte ich einen Termin bei meinem Arzt für dich vereinbaren.«

Maria schüttelte den Kopf. »Ich war doch erst vor zwei Monaten bei meinem Internisten. Er sagte, mir fehle nichts. Alle Untersuchungen endeten mit einem sehr guten Ergebnis.«

»Aber du hast dieses Unwohlsein doch schon länger und nicht erst seit deiner letzten Flugreise, nicht wahr?«

Da sie stets in regelmäßigem telefonischem wie auch in Briefkontakt mit Mary stand, hatte Maria sie über ihre Befindlichkeiten ebenso informiert wie über alles andere, was in ihrem Leben geschah. Und nun fiel ihr auf, dass Mary recht hatte. Ihr Unwohlsein hatte irgendwann im September begonnen, als sie von einer zweiten Kreuzfahrt mit der *Christina* nach Griechenland zurückgekommen war. Die Tage der Zweisamkeit waren ihr wie Flitterwochen erschienen, nur sie und Aristo waren auf der Yacht gewesen. Wieder an Land, hatte sie ihr Befinden anfangs für einen körperlichen Ausdruck ihres Kummers über die Trennung von ihrem Geliebten gehalten, später auf die Probleme und Sorgen geschoben, die sie in Italien erwarteten. Wie in einem Zeitraffer gingen ihr alle möglichen Szenarien durch den Kopf, keines davon war es wert, länger darüber nachzudenken. Sie wollte sich mit keiner Krankheit auseinandersetzen. Und wusste dennoch, dass sie es über kurz oder lang würde tun müssen.

Marias Finger fuhren unter ihre Brille, sie rieb sich die Augen. »Lass uns später darüber reden. Ich möchte mich jetzt ganz auf die Lucia konzentrieren. Nach meinem Auftritt werden wir weitersehen.«

Die Bühne in der Music Hall at Fair Park war fast ebenso gigantisch wie der fast dreitausendfünfhundert Plätze fassende Zuschauersaal. Maria stand auf einer Empore, von der eine geschwungene Treppe hinabführte, ihr weißes Brautkleid war blutbefleckt – natürlich handelte es sich nur um rote Farbe –, in der Hand hielt sie ein Messer, das nur ein Theaterdolch war und dessen Klinge im Scheinwerferlicht gefährlich aufblitzte. Es war die Schlüsselszene im Dritten Akt, in der es eine Arie gab, die Marias ganze Kraft und Konzentration erforderte. Fast siebzehn Minuten lang würde sie nun eine Art Duett mit der Flöte singen, eine Passage, die ihr all ihr Können und ihre Brillanz abverlangte. Sie hörte auf die Töne, die aus dem Orchestergraben zu ihr heraufwehten, und hob in dem richtigen Moment zu ihrem Einsatz an:

»Spargi d'amaro pianto …«
Mit bitteren Tränen streuen …

Maria malträtierte ihre Stimmbänder, um die Koloraturen der Belcanto-Oper perfekt zu intonieren. Donizettis »Lucia di Lammermoor«, vor allem der Part der sogenannten Wahnsinnsarie, war eines der anspruchsvollsten Werke dieses Genres und dazu geschaffen, dass eine Sopranistin die Beweglichkeit ihrer Stimme vor allem in den hohen Registern präsentierte. Voller Stolz und gleichzeitig mit großer innerer Erleichterung schaffte Maria mühelos die hohen B, dann das hohe C. Sie spürte eine ungewohnte Kurzatmigkeit, aber die Töne flossen trotzdem sauber über ihre Lippen. Das dreigestrichene Es stand ihr zwar am Ende der Arie noch bevor, ihre Willenskraft würde dieses ungewohnte Gefühl in ihrer Stimme jedoch zu fassen bekommen, dessen war sie sich sicher.

Sie hatte es fast geschafft, bislang fehlerlos. Nur noch das hohe Es. Gleich käme sie, diese Note, die viele Sopranistinnen nie erreichen konnten. Sie wusste, dass das Publikum davon ausging, dass es bei ihr anders wäre – man wusste, dass die Callas es vermochte, sie zu singen.

Der Chor half ihr, ein wenig zur Ruhe zu kommen. Kurz darauf hob der Dirigent die Arme als Zeichen für den Einsatz des Orchesters, sie würde das Es über dieses Finale hinaus halten müssen. Streicher, Bläser, es war ein langer Schlussakkord. Jetzt war ihr Moment gekommen, die Grenze des Menschenmöglichen als Sängerin zu erreichen. Maria setzte an …

In ihrem Inneren erklang der richtige Ton.

Sie traf ihn nicht.

Maria spürte die verwunderten Blicke einzelner Mitglieder des Chors und des Basses, der den Raimondo sang. Ihre feinen Antennen für die Resonanz des Publikums sendeten ihr Warnsignale.

Statt des hohen Es erreichte ihre Stimme nur zwei Oktaven tiefer.

Als Lucia das Messer, mit dem sie zuvor ihren Bräutigam umgebracht hatte, in die eigene Brust stach, wünschte Maria, es wäre kein Theaterdolch.

Wie benommen kehrte sie nach der Vorstellung in ihre Garderobe zurück. Die üblichen Helfer hinter der Bühne, der Inspizient, die Garderobiere, Marias Kollegen, die Musiker – sie alle verschwammen vor ihren Blicken. Jedem hier war bewusst, dass sie vorhin versagt hatte. Ebenso wie dem Publikum. Sie hatte niemandes Erwartungen erfüllt, am allerwenigsten die eigenen.

Maria verstand nicht, was geschehen war. Der Ton war doch da gewesen. In ihrem Kopf war er ganz klar gewesen. Ihre Willenskraft hatte das Es abrufen sollen – und versagt. Warum hatte sie diese höchste und schönste aller Koloraturen nicht singen können? Was war passiert? Hatte sie das leichte Unwohlsein derart abgelenkt, dass sie ihre Technik vergaß? Unmöglich. So etwas passierte der Callas nicht.

Sie starrte ihr Spiegelbild an. Aus einem Reflex heraus öffnete sie den Mund – und die Töne strömten wie von selbst heraus. Klare, saubere Noten. Sie erreichte problemlos alle Register. Auch das hohe Es. Wie wundervoll ihre Stimme in ihren eigenen Ohren klang!

Wahrscheinlich war es nichts als ein trauriger Zufall, der sie daran erinnerte, was sie konnte, aber nicht mehr zu leisten vermochte, wenn es darauf ankam. Sie probierte es noch einmal. Auch diesmal gelang ihr das dreigestrichene Es einwandfrei. Auch bei ihrem dritten Versuch, ebenso beim vierten. Wie manisch angetrieben, testete sie ihren Stimmumfang wieder und wieder. Anders als auf der Bühne mit Erfolg.

Sie sah ihr grimassenhaft verzerrtes Gesicht im Spiegel, nahm die Wimperntusche wahr, die mit ihren Tränen über ihre Wangen lief. Bis jetzt hatte sie nicht gemerkt, dass sie weinte. Plötzlich spürte sie, wie die Kraft aus ihrem Körper wich. Jeder Auftritt war ein Kampf, eine Opernpartie durchzuhalten war nicht weniger anstrengend als ein olympischer Marathon. Erschöpft sank sie auf den Stuhl vor dem Toilettentisch. In diesem Moment wusste sie, dass sie nicht mehr weiterkämpfen wollte.

Immer wieder hatte sie in der jüngeren Vergangenheit versagt, hatte Auftritte absagen müssen und den Unmut so vieler Menschen auf sich gezogen. Dabei hatte es sich um Aussetzer gehandelt, die medizinisch zu erklären waren, meist mit Hals- oder Nebenhöhlenentzündungen. Doch niemals zuvor hatte sie sich einen Patzer dieser Art erlaubt. Einen Fehler, der vermutlich mit der Trennung von ihrem Ehemann zusammenhing. Sie musste jetzt an einer anderen Front kämpfen als auf der

Bühne, nicht das Streben nach musikalischer Brillanz trieb sie in diesen Tagen an, sondern der Wunsch, Glück in ihrem Leben zu finden. Sollte es unmöglich sein, Erfüllung in der Kunst und in der Liebe zu haben? Sie wusste es nicht. Doch was sie sich in diesem Moment wirklich wünschte, dessen war sie sich gewiss, war, die Frau an der Seite von Aristoteles Onassis zu sein. Nicht die Diva.

Der Tränenstrom ebbte nicht ab. Während ihre Züge wieder weich wurden, nahm sie stillen Abschied von der Welt der Oper. Ein Abschied auf Raten, das war klar. Aber er sollte für immer sein. Ein neues Leben rief nach ihr. Dafür würde es sich ebenso lohnen zu kämpfen wie für das hohe Es, nur zählte jetzt ein anderer Gewinn.

Maria war gewillt, ihr Schicksal anzunehmen. Eigentlich hatte sie es ja sogar so gewollt. Warum nur konnte sie trotzdem nicht aufhören zu weinen?

Mary vereinbarte keinen Termin mit der Praxis, sie ließ ihren Arzt in ihr Haus kommen. Nachdem Maria die ganze Nacht geschluchzt hatte, war die Freundin offenbar nicht länger bereit, dem Elend zuzuschauen. Sie bestellte den Doktor, er sollte Maria eine Beruhigungsspritze geben, Tabletten verschreiben, was auch immer notwendig war. Wenn Maria morgen eine weitere Vorstellung singen wollte, musste sie zur Ruhe kommen. Mary behandelte ihre Freundin so mütterlich streng wie ihre Tochter, und Maria willigte ein, sich untersuchen zu lassen. Letztlich war sie zu keiner Gegenwehr mehr fähig. Auch dafür fehlte ihr die Kraft.

Doktor Hartley war ein freundlicher älterer Herr, der Maria mit seiner runden Nickelbrille ein wenig an Präsident Truman erinnerte, dem sie vor gerade einmal zwei Tagen vorgestellt worden war. Er setzte sich auf den Stuhl neben dem Bett im Gästezimmer, in dem Maria lag. Nachdem die Hausherrin gegangen war und die Tür hinter sich geschlossen hatte, meinte der Arzt: »Bevor wir mit der Untersuchung anfangen, hätte ich einige Fragen.«

»Fragen Sie nur.« Maria schob die Brille zurück, die sie aufgesetzt hatte, um ihren Besucher sehen zu können, und rieb sich müde über die feuchten Augen.

Nach den üblichen Fragen nach ihrem Alter und bekannten Vorerkrankungen erkundigte er sich nach den Medikamenten, die sie regelmäßig einnahm.

Ordnungsgemäß machte sie alle Angaben.

»Gab es sonst irgendwelche Medikamente, die Sie in den vergangenen Monaten verabreicht bekommen haben? Oder im vergangenen Jahr? Wissen Sie, manche Mittel wirken länger, als man denkt. Deshalb frage ich. Denken Sie bitte nach, es kann wichtig sein.«

Maria zögerte. Sie hatte die Spritzen fast völlig vergessen. Welche Frau dachte schon an vorzeitig einsetzende Wechseljahre, wenn sie zum ersten Mal in ihrem Leben in der körperlichen Liebe Erfüllung fand? Unwillkürlich richtete sie sich auf. Um ihre Verlegenheit zu überspielen, stopfte sie sich umständlich ein weiteres Kissen in den Rücken. Selbst einem Arzt gegenüber fiel es ihr schwer, die Probleme ihres Unterleibs zu erwähnen.

»Ich habe etwa eineinhalb Jahre lang Hormonspritzen bekommen«, gestand sie schließlich. »Mein Gynäkologe in Mailand versuchte auf diese Weise, das Klimakterium aufzuschieben.«

»Mit knapp sechsunddreißig Jahren sind Sie in der Tat etwas zu jung dafür«, stimmte Doktor Hartley zu. »Warum wurde die Behandlung abgesetzt? War sie erfolgreich?«

»Ehrlich gesagt, das weiß ich nicht. Ich hatte so viel zu tun, dass ich völlig vergessen habe, mich darum zu kümmern.« Ich bin auf eine Kreuzfahrt gegangen und wurde ohne Medikamente gesund, dachte sie. Laut fügte sie hinzu: »Aber wenn ich darüber nachdenke, haben die vielen Spritzen wohl nichts gebracht. Ich habe schon seit Monaten keine Periode mehr.«

Das Schweigen des Arztes beunruhigte sie. Sein folgendes Lächeln wirkte verwirrend. »Sie sind verheiratet, nicht wahr?«

Meine Güte, las der Mann keine Zeitungen?

Der Einfachheit halber nickte Maria.

Er rückte seine Brille zurecht, bevor er erklärte: »Eine Hormonbehandlung schiebt nicht nur den Beginn der Menopause hinaus, sie fördert auch die Fruchtbarkeit. Wenn Sie nach dem Absetzen dieser Spritzen seit Monaten keine Blutungen mehr haben, kann der Grund dafür auch ein sehr erfreulicher sein, Mrs. Callas.«

»Ein Kind?« Sie starrte ihn an. »Sie meinen, ich könnte schwanger sein?«

»Ja. Genau das meine ich, meine Liebe. Ich werde Sie jetzt untersuchen. Dann wissen wir mehr.«

Durch Marias Kopf jagten Gedankenfetzen, Erinnerungssplitter. Sehnsüchte, Hoffnungen und Wünsche überwältigten sie. Sie kam sich vor wie ein weiblicher Sisyphos, der einen Felsbrocken einen steilen Hang hinaufrollen sollte. Der schwere Stein war ihre Kinderlosigkeit. Es konnte nicht wahr sein, dass sie ihre Prüfung bestanden haben und nun bereit für einen Sohn oder eine Tochter sein sollte. Es musste ein Irrtum sein.

»Ich bin seit zehn Jahren verheiratet«, murmelte sie verstört. »Mein Mann und ich haben nicht ...« Sie unterbrach sich, als ihr bewusst wurde, dass Meneghini keinen Anteil an ihrem Nachwuchs haben konnte. Aristo mit seiner Rücksichtnahme, seiner Liebe und seiner Fähigkeit, ihr Lust zu schenken, war der einzige Kandidat für eine mögliche Vaterschaft. Er hatte bereits zwei Kinder gezeugt.

Sie schnappte nach Luft. »Meinen Sie wirklich, ich könnte ein Baby erwarten?«

»Wir werden gleich Gewissheit haben«, beruhigte sie der Mediziner. »Bitte seien Sie so freundlich und machen Sie sich etwas frei, damit ich zunächst einmal Ihren Bauch untersuchen kann.«

KAPITEL 26

Brescia

14. November 1959

Vor dem Palazzo Martinengo Colleoni drängten sich die Massen im Nieselregen. Die Carabinieri hatten alle Mühe, das Eingangsportal, über dem die italienische Fahne feucht und schlaff herabhing, frei zu halten. Vor den Reihen mit Schaulustigen erkämpften sich die Pressevertreter ihre Plätze. Die Menge wogte vor, wenn ein Wagen anhielt, um einen Blick auf die Insassen zu werfen, und zurück, wenn es sich nicht um die Callas oder deren Ehemann handelte. Durch Zufall ergab es sich, dass die beiden praktisch gleichzeitig vor dem dreistöckigen Gebäude aus dem 16. Jahrhundert vorfuhren. Im ersten Wagen saß Meneghini.

Von ihrem Platz im Fond eines Taxis sah sie zu, wie er sich behäbig aus dem Lancia Aurelia wuchtete, den er offensichtlich für diesen Auftritt gemietet hatte. Auf meine Kosten, dachte sie verärgert. Meneghini, der einst erfolgreiche Bauunternehmer, schien jegliches Bewusstsein für den Umgang mit Geld verloren zu haben. Nicht nur die prekäre Situation auf ihrem Bankkonto machte ihr zu schaffen, sondern auch die Tatsache, dass viele der Schmuckstücke, die er ihr *geschenkt* hatte, noch nicht bezahlt worden waren. Einem Schriftsatz hatte sie entnommen, dass eine Reihe offener Rechnungen etwa von Buccellati, Bulgari und Cartier auf ihre Erledigung warteten. Es war ungeheuerlich, wie er gewirtschaftet hatte. Auf ihre Kosten. Allein dieses Wissen genügte ihr, um sich sicher zu sein, dass ihre Trennung der richtige Schritt war.

Die Menge applaudierte.

Verblüfft bemerkte Maria, dass nicht ihre Ankunft bejubelt wurde. Der Beifall galt ihrem Gatten.

Sie starrte aus dem Wagenfenster auf die untersetzte Gestalt. Beobachtete, wie er den Zuschauern mit seinem aufgesetzten Lächeln zunickte. Meneghini, der nie eine sonderlich gute Figur auf dem roten Teppich gemacht hatte, marschierte wie auf einem Laufsteg durch die Reihen der Wartenden und verschwand schließlich im Gerichtsgebäude. Ganz offensichtlich genoss er seine Rolle als berühmtester betrogener Ehemann der Welt. Ihm folgten zwei Männer, die seine Anwälte sein mussten.

Panik stieg in ihr auf. Schwindel überkam sie, und die inzwischen etwas abflauende Morgenübelkeit wallte von Neuem auf. Unwillkürlich legte Maria die Hände auf ihren Bauch. Sie musste das Baby vor dem Mob schützen, war ihr erster Gedanke. Und dann dachte sie, dass sie nicht allein war. Nie mehr allein sein würde.

Tatsächlich saß neben ihr im Wagen nur eine Freundin, die sie um die Begleitung zu Gericht gebeten hatte. Ihre Rechtsbeistände warteten vermutlich bereits im Gerichtssaal. Die hübsche Contessa Carla Nani Mocenigo indes beeindruckte nicht nur durch ihren uralten venezianischen Stammbaum, sondern auch mit ihren blonden Locken. Maria hoffte, dass Carlas Anwesenheit ein wenig von ihr ablenkte. Doch nach der Betrachtung der Szenerie überlegte sie, ob der Einsatz einer schlagkräftigen Leibwache nicht vielleicht sinnvoller gewesen wäre. Carlas Gegenwart würde kaum ausreichen, um Maria vor der Menge abzuschirmen.

Es war ein Fehler, dass sie so schutzlos in die alte, schöne Bezirkshauptstadt gefahren war. Die Rufe, die sie gerade vernommen hatte, bewiesen es. Für die Leute war Meneghini nicht der Manager, der horrende Gagen gefordert und sich unangemessen gegenüber bedeutenden Operndirektoren benommen hatte. Nicht der Mann, der ihre Honorare ungeschickt investierte. Er war der alternde Gatte, dessen siebenundzwanzig Jahre jüngere Ehefrau sich nicht nur undankbar zeigte, sondern alle Regeln des Anstands gebrochen zu haben schien. Darüber hinaus war er der Landsmann der Sensationsgierigen, ein Italiener, sogar Lombarde, und sie war die Ausländerin.

Sie musste den Prozess durchstehen. Danach würde sie Frieden finden. Sie würde sich in Ruhe mit ihrer Schwangerschaft auseinandersetzen, die Neuigkeit überhaupt erst einmal Aristo mitteilen. Da sie erst gestern aus Dallas zurückgekommen war, hatte sich noch keine Gelegenheit ergeben, ihm von dem Wunder zu erzählen, das in ihrem Körper heranwuchs. Sie hatten sich noch gar nicht gesehen. Genau genommen hatte Maria selbst noch Schwierigkeiten zu verstehen, was passiert war – und daran zu glauben. Es war so unwirklich. Fast wie ein Traum, der nach dem Erwachen wie ein Schleier auf ihr lag, bevor er sich auflöste. Und gerade davor fürchtete sie sich. Vielleicht war alles nur Einbildung. Ein Irrtum! Das alles überforderte sie, und außer mit Doktor Hartley und dem Gynäkologen, zu dem er sie nach seiner Untersuchung geschickt hatte, hatte sie noch zu keinem anderen Menschen etwas über ihr bevorstehendes Mutterglück gesagt. Selbst Mary gegenüber hatte sie eine Ausrede erfunden. Natürlich. Sie musste ja erst einmal mit dem werdenden Vater sprechen.

»Wir können«, entschied Maria. Sie nahm ihre Brille ab und verstaute sie in ihrer Handtasche. Mit einem zaghaften Lächeln sagte sie zu Carla: »Manchmal hat meine Kurzsichtigkeit Vorteile. Jetzt werde ich keinen der Pressevertreter und keinen der Anhänger Meneghinis sehen. Er selbst wird nur noch eine verschwommene Gestalt sein. Mehr ist er schließlich nicht mehr für mich.«

Der Taxifahrer war inzwischen um seinen Wagen herumgegangen und öffnete für Maria den Schlag.

Die Reaktion der Menge auf die Ankunft der Callas war geteilt. Die üblichen Blitzlichter flammten auf, aber die Fragen der Reporter gingen in den Schmähungen vieler Schaulustiger unter, während andere Zuschauer des Spektakels für den Weltstar klatschten. Maria sah nicht nach rechts oder links, blickte nur geradeaus. Ein Polizist stieß die Tür des Tribunals für sie auf, und sie schritt so stolz hindurch wie Norma bei ihrem Einzug in den heiligen Hain der Druiden.

Aber dies ist nicht der Erste Akt, dachte sie, sondern der letzte.

KAPITEL 27

Zehn Stunden später
Mailand, 14. November 1959

Kurz vor Mitternacht hielten nur noch wenige Reporter vor Marias Haustür Wache. Die meisten Paparazzi hatten offensichtlich aufgegeben, ein weiteres Bild oder gar ein Statement der Diva zu erhaschen. Als Maria, verborgen durch den Vorhang, hinter dem Fenster ihres dunklen Arbeitszimmers stand und zwischen den herbstlich kahlen Ästen der Straßenbäume auf die Via Buonarroti blickte, konnte sie im Licht der Straßenlaterne nur eine kleine Gruppe ausmachen, an ihren Kameras zu erkennen. Drei, vier junge Männer, die sich anscheinend gegenseitig Zigaretten anboten und ein Feuerzeug kreisen ließen. Sie wirkten nicht, als würden sie noch lange in der feuchten Kälte dieser Nacht ausharren wollen. Erleichterung durchströmte Maria. Es schien, als könne sie endlich zur Ruhe kommen.

Wie ein Echo auf ihre Hoffnung vernahm sie undeutliche Stimmen im Hausflur. Schritte hallten über den Marmorboden auf der Treppe, die zweifellos von mehr Personen stammten als allein von ihrem Butler Ferruccio.

Eine leise Ahnung beschlich sie. Sie wunderte sich kurz, dass sie den Besucher nicht im Hauseingang wahrgenommen hatte.

Dann wandte sie sich von ihrem Beobachtungsposten ab. Ihre Hände fuhren zu ihrem Kopf, ordneten ihre modische Kurzhaarfrisur, die sie seit Kurzem trug. Sie ging Richtung Tür, begann schließlich zu rennen.

Auf der obersten Stufe der Galerie fiel sie dem Mann in grüner Gärtnerkluft, der ihr entgegenkam, in die Arme. Einzelne Rosen lösten sich aus dem Strauß, den er in seinen Händen hielt, flogen durch die Luft und landeten in einem weiten Kreis aus Blüten und Blättern zu Füßen des sich in einem langen Kuss vereinenden Paares.

»Begrüßt du jeden Blumenlieferanten so?«, fragte Aristo nach einer Weile lächelnd.

Sie lachte. »Jeden, der durch den Vordereingang kommt.«

»Ich habe aber vorsichtshalber die Hintertür genommen.«

»Oh!«

Er stieg über die Blumen am Boden, nahm ihre Hand. »Wie ist es gelaufen, Maria?« Sein Ton war ernst.

»Gut. Ich bin frei. Wir sind es. Mehr muss uns nicht interessieren.« Sie legte die freie Hand auf ihren Bauch. Nach einem Seitenblick auf die Rosen sagte sie: »Ferruccio oder Bruna werden sich um die Blumen kümmern und dafür sorgen, dass sie ins Wasser gestellt werden. Komm, ich möchte dir etwas erzählen.«

Während er ihr in das Arbeitszimmer folgte, antwortete er: »Ich habe im Autoradio gehört, dass das Gericht die Trennung bestätigt hat. Etwas anderes war aber auch eigentlich nicht zu erwarten.«

»Natürlich. Deshalb verstehe ich eigentlich nicht, warum die

Richter für dieses Urteil sechs Stunden Verhandlung brauchten. Aber … nun ja …« Sie ließ den Geliebten los, um die Stehlampen in ihrem Allerheiligsten anzuschalten. Jetzt war es ihr egal, ob der Lichtschimmer durch die Vorhänge schien und von der Straße aus zu sehen war, mehr als Schatten würden die Paparazzi nicht erkennen können. »Meneghini stritt am Ende um jeden einzelnen verdammten Ohrring, den er mir angeblich geschenkt hatte, den ich allerdings bezahlt habe, wenn ich es denn nicht noch nachholen muss.«

Aristo legte die grüngraue Jacke aus Drillich ab und setzte sich in einen Sessel, in den er sich gemütlich zurücklehnte.

»Was darf er behalten?«

Maria nahm auf dem Diwan in seiner Nähe Platz. »Alle Vermögenswerte wurden mehr oder weniger aufgeteilt. Mir wurde dieses Haus zugesprochen, was meinem Wunsch entsprach, wie du weißt. Meneghini bekommt das Haus in Sirmione …«

»Das ist auch richtig so. Ich verstand ohnehin nie, woher dieser Mann die Nerven nahm, eine Frau wie dich an den Rand dieser Pfütze von See zu sperren.« Er griff noch einmal nach der Jacke, die er über die Sessellehne gelegt hatte, und zog aus der Tasche sein Zigarettenetui und das goldene Dunhill-Feuerzeug.

Obwohl er sich benahm, als wäre er zu Hause, erinnerte sich Maria ihrer Gastgeberinnenpflicht: »Möchtest du etwas trinken?«

Er machte mit der glimmenden Zigarette eine abwehrende Geste. »Ich habe Ferruccio um ein Bier gebeten.« Er grinste. »Passend zu meinem Aufzug.«

Ja, er war hier zu Hause. Ihr wurde warm ums Herz.

»Er wird dir auch etwas bringen«, fügte Aristo hinzu.

»Daran zweifle ich nicht.«

»Und?«

»Was – und?« Sie hatte den Faden verloren.

»Wie ging es weiter? Du besitzt jetzt dieses Haus und er die Villa am Gardasee. Aber das ist doch noch nicht alles.«

»Meneghini erhält darüber hinaus den gesamten restlichen Grundbesitz. Die Wertsachen wurden aufgeteilt. Möbel, Gemälde und solche Dinge. Im Grunde ist es so, dass die Einrichtungen in den jeweiligen Häusern verbleiben. Von meinem Schmuck darf er einen Anteil behalten, aber nicht so viel, wie ich nach seinen unverschämten Forderungen befürchtet hatte.«

Es klopfte. Dann trat der Butler mit einem Tablett ein, auf dem sich ein bauchiger silberner Weinkühler und zwei unterschiedliche Gläser befanden. In dem Berg von Eiswürfeln blitzten der Kronkorken einer Bierflasche auf und der obere Teil einer kleinen Kristallkaraffe. »Signora, ich habe für Sie einen Weißwein mitgebracht«, erklärte Ferruccio. »Ist das recht?«

»Ja. Das ist es. Danke.«

Nachdem er seine Last auf dem Tisch abgestellt hatte, verneigte sich der Butler formvollendet. »Bruna hat die Rosen ins Wasser gestellt. Wohin soll sie die Vase bringen?«

»In den Salon, bitte. Und gehen Sie jetzt schlafen. Wir bedienen uns selbst.«

»Selbstverständlich. Gute Nacht, Signora Callas. Gute Nacht, Signor Onassis.«

»*Buona notte*«, wünschte Aristo, während er bereits mit dem

Flaschenöffner hantierte, den Ferruccio ebenfalls mitgebracht hatte.

Maria wartete angespannt, dass ihr Butler endlich die Tür hinter sich schloss. Stumm beobachtete sie Aristos Handgriffe und sah zu, wie etwas Schaum des Lagers über seine Finger sprühte. Das Glas Wein, das Aristo schließlich für sie einschenkte, rührte sie nicht an. Jetzt war der Moment gekommen, den sie seit der ersten Untersuchung in Dallas sehnsüchtig herbeiwünschte. Über ihre Trennung war nun alles gesagt, ein viel wichtigeres Thema stand für sie auf dem Programm. Doch plötzlich wusste sie nicht mehr, wie sie Aristo sagen sollte, dass er noch einmal Vater werden würde.

Natürlich bemerkte er ihre veränderte Haltung. »Was ist los? Geht es dir wieder schlecht?« Seine Stimme drückte Besorgnis aus. Bevor sie verneinen konnte, fügte er hinzu: »Du solltest wirklich noch einmal einen Arzt konsultieren. Das Amerikanische Hospital in Paris ist eine gute Adresse. Vielleicht sind die Mediziner in Italien …«

»Ich wurde in Dallas untersucht«, unterbrach sie ihn. »Mary schickte mir ihren Hausarzt, und der verwies mich zu einer Bestätigung seiner Diagnose an einen Gynäkologen.«

Er sah sie erstaunt an. Die Hand, die eben nach dem Bier greifen wollte, verharrte einen Moment in der Luft. Dann nahm er einen tiefen Lungenzug von seiner Zigarette. Dabei beobachtete er sie scharf. Offensichtlich ahnte er, was sie ihm zu sagen hatte. Er wirkte jedoch nicht gerade beglückt, was sie verunsicherte.

»Ich bin schwanger, Aristo.«

Das machte ihn anscheinend sprachlos. Er schien wie gelähmt. Starrte sie nur an und rauchte hektisch, bis nur noch der Filter zwischen seinen Fingern glomm. Das Bier wurde schal.

Maria hatte erwartet, dass er in Jubel ausbrechen, vor ihr knien und ihr ewige Liebe schwören würde. Nicht in ihrem schlimmsten Alptraum hätte sie diese Reaktion von ihm erwartet. Freute er sich denn nicht über eine gemeinsame Zukunft zu dritt? Störte er sich daran, dass sie nicht wieder heiraten durfte, zumindest nicht nach italienischem Recht? Was hinderte ihn daran, sich aus ganzem Herzen zu freuen?

»Aristo«, murmelte sie und beugte sich vor, um seine Hände zu umfassen.

Er entzog sich ihr. »Maria«, stieß er schließlich hervor. »Das geht nicht. Du kannst kein Kind von mir bekommen. Ich will das nicht.«

»Wie bitte?« Sie verstand nicht, was er meinte.

»Ich habe bereits zwei Kinder. Das reicht mir.« Er stand auf, begann im Zimmer auf und ab zu laufen. »Eigentlich wollte ich immer nur einen Sohn. Einen einzigen, verstehst du? Schon als Tina ein zweites Baby erwartete, war ich nicht besonders froh. Ich wollte kein weiteres Kind. Das hat sich inzwischen geändert, ja. Natürlich liebe ich meine Tochter. Aber ich habe genug Kinder. Ein drittes möchte ich nicht.«

Ein Alptraum, dachte sie, das muss ein Alptraum sein. Sie schüttelte ihren Kopf, in der Hoffnung, ihre Gedanken klären zu können, aufzuwachen. Doch das geschah nicht. Sie hörte seine Stimme und konnte zugleich nicht glauben, welche Worte ihre Ohren erreichten.

»Ich werde für die besten Ärzte sorgen. Wir fahren in die Schweiz, dort sind sie etwas liberaler eingestellt. Es wird dir nichts geschehen, Maria. Der Eingriff wird mit den bestmöglichen …«

»Bist du wahnsinnig?« Sie sprang auf. »Was fällt dir ein, mir eine Abtreibung vorzuschlagen? Das könnte ich weder mit meinem Glauben vereinbaren, noch entspricht es meinem Charakter. Außerdem habe ich mir schon immer ein Kind gewünscht. Ich will es bekommen!«

»Bitte, sei vernünftig …«, setzte er an.

»Ich bin vernünftiger als du«, schrie sie, außer sich.

»Begreife doch: Ich bin Ende fünfzig. Ein Großvater, wenn dein Kind so alt ist wie meine beiden jetzt.«

»Mein Kind?« Ihre Stimme überschlug sich. »Es ist unser Kind. Unseres!«

Ihre Augen glühten wie Kohlestücke, als sie ihn durch ihre Brillengläser ansah. Sie konnte nicht fassen, dass der Mann, den sie als warmherzig und zärtlich kennengelernt hatte, in diesem Moment so kalt war. Reichte seine Fürsorge nur für so kurze Zeit? Oder für einen Nachmittag, an dem er im Pool mit Alexander und Christina planschte? War das alles nur die Fassade eines egoistischen, gemeinen Großmauls? Maria wusste nicht, was sie mehr erschütterte: seine Ablehnung des gemeinsamen Kindes, der Vorschlag, es abzutreiben, oder die Entdeckung der Wahrheit über seine Persönlichkeit.

Sie faltete die Hände vor ihrem Bauch. Eines wusste sie jedoch genau: Sie würde ihr Baby zur Welt bringen. Ganz egal, was Aristo von ihr verlangte. Sie war nicht auf ihn angewiesen, jedenfalls nicht in finanzieller Hinsicht. Und was den Rest betraf – wenn er nicht mehr an ihrer Seite wäre, müsste sie sich auf größere Mächte verlassen. Und die Heilige Mutter Gottes, ihre Namenspatronin, würde schon dafür sorgen, dass ihr, Maria Callas, nichts geschah.

KAPITEL 28

Paris

17. Oktober 1968

Nach ihrer Trennung von Meneghini hatte sich Maria damals in ihrem Haus in Mailand verschanzt; seit dem Fiasko mit Aristo suchte sie hingegen die Nähe ihrer Freunde, das war nach ihrer Rückkehr nach Paris nicht anders als während ihrer planlosen Rundreise durch die USA. Sie schrieb zahllose Briefe an die Menschen, die ihr nahestanden, überall auf der Welt. Sie berichtete von ihrem aufkeimenden Willen, ihr Schicksal anzunehmen und ihr Leben weiterzuleben, teilte jedem mit, der es lesen wollte, dass es ihr den Umständen entsprechend gut gehe, und bedankte sich bei ihren Reisebegleitern aus ganzem Herzen, dass sie sie auf ihrem Weg begleitet hatten.

So ließ sie allmählich den schlimmsten Schmerz hinter sich, nicht zuletzt auch, weil ihre Kunst nun wieder nach ihrer Aufmerksamkeit verlangte – als hätten Regisseure, Produzenten und Impresarios nur darauf gewartet, dass sie sich von Onassis trennte und frei für die Bedürfnisse ihres Publikums war. Ihr Briefkasten quoll regelmäßig über vor Nachrichten aus der Opernwelt, ihr Telefon stand nicht still, sogar die Pariser Oper wollte sie für eine Neuinszenierung von »La traviata« haben. Aber auch Filmangebote flatterten ins Haus. Dieser Ansturm erleichterte Maria die Tage – und ihre Nächte, wenn sie sich mit den Projekten und Anfragen auseinandersetzte und sie prüfte, wie etwa das Treatment von Pier Paolo Pasolinis geplanter Verfilmung des Medea-Mythos. Wieder einmal kam es ihr vor, als könnten die großen Leidenschaften ihres Lebens, die Kunst und die Liebe, nicht nebeneinander existieren, und nun gäbe Aristo das Zepter weiter, und die Musik löste ihn ab. Allerdings war sie sich noch nicht im Klaren darüber, ob sie überhaupt schon bereit für diesen Neuanfang war.

Ein Telefonanruf von Mary änderte alles.

Die Freundin wirkte ein wenig atemlos: »Ich bin in New York, hier ist es früh am Morgen, und ich habe gerade eine Neuigkeit aus dem *Boston Herald Traveler* erfahren. Es ist besser, ich sage es dir so früh wie möglich, damit du nicht unvorbereitet vor deiner Haustür auf eine Meute Paparazzi triffst.«

Maria sah unwillkürlich zu der Tischuhr im Regal ihres Arbeitszimmers. Sie war gerade erst aufgestanden, da sie in der Nacht ein Drehbuch durchgearbeitet hatte, und in Europa war es Mittagszeit, bei Mary kurz nach sechs Uhr in der Früh. Besorgt fragte sie: »Was ist los?«

»Bitte setz dich hin und bleib ganz ruhig.« Mary seufzte, im Hintergrund hörte Maria das Geraschel von Zeitungsseiten. Dann sagte ihre Freundin: »Die Zeitung berichtet aus angeblich sicherer Quelle auf ihrer Titelseite, dass Ari noch vor Ende des Monats Jackie Kennedy heiraten werde. Die Hochzeit soll auf jeden Fall noch vor Weihnachten stattfinden.«

Maria wurde schwarz vor Augen. Mit der freien Hand, die andere hielt den Telefonhörer, umklammerte sie die Lehne des Sessels, auf dem sie saß. »Spekulationen«, murmelte sie und schämte sich gleichzeitig für ihre brüchige Stimme. »Das sind nichts als Spekulationen.«

»Es tut mir so leid«, erwiderte Mary liebevoll. »Ich wünschte, ich wäre nicht so weit weg und könnte dich jetzt in die Arme nehmen.«

Maria klammerte sich weiter an den Glauben einer Zeitungsente: »Der Boston Herald ist doch nur ein Revolverblatt voller sensationslüsterner Meldungen, von denen kaum eine der Wahrheit entspricht.«

»Das Revolverblatt soll über sehr gute Kontakte zu Ted Kennedy verfügen.«

»Aristo hat die Gerüchte immer bestritten«, konstatierte Maria. »Vielleicht ist auch diesmal nichts dran.«

Während sie sprach, wusste sie, dass sie Unsinn redete. Natürlich hatte er in der Vergangenheit immer gesagt, er und Jackie wären nur Freunde. Wie oft Maria das von ihm gehört hatte! Fragen nach einer möglichen Hochzeit hatte er stets mit der Begründung gekontert, er sei bereits verheiratet. Doch niemand wusste so gut wie Maria, dass das nicht stimmte. Und niemand kannte seine Ausflüchte besser als sie.

Im Oktober 1959 hatte Tina die Scheidung eingereicht, und sowohl sie als auch Aristo hätten nach der Rechtsgültigkeit der Trennungsvereinbarung eine neue Ehe eingehen können. Zur Überraschung aller heiratete sie allerdings nicht ihren Liebhaber Reinaldo, sondern ehelichte zwei Jahre später jemanden aus dem britischen Hochadel. Sehr zum Verdruss ihrer beiden Kinder, die lange gehofft hatten, ihre Eltern kämen eines Tages wieder zusammen. Ihrer »Stiefmutter« machten Alexander und Christina das Leben derweil schwer. Es schmerzte Maria, durch Onassis nicht die vollständige Familie zu haben, die sie sich immer gewünscht hatte. Aber sie wusste auch, dass es kein Paradies ohne Schlange gab. Schlimmer noch, sie war niemals den Verdacht losgeworden, dass Aristo sie nur deshalb nicht zum Traualtar führte, weil sein Sohn in einem Streit verkündet hatte: »Wenn du die Sängerin heiratest, siehst du mich nie wieder.« Ebenso wie Maria war vermutlich auch Onassis klar, dass dies keine leere Drohung war.

Den über die Jahre andauernden Fragen der Journalisten nach einem Hochzeitstermin mit der Callas wich Onassis irgendwann genervt mit der Behauptung aus: »Wir sind bereits verheiratet.« Was insofern stimmte, als sie wie Eheleute miteinander lebten. Aber ohne Trauschein, zumal sich auch Meneghini kontinuierlich alle Mühe gab, das Glück seiner Exfrau zu torpedieren. Eineinhalb Jahre nach dem Prozess in Brescia legte er Einspruch gegen das Gerichtsurteil ein und forderte die Aufhebung der Trennung. Auch zuvor war sie ihren Exgatten ja nie ganz losgeworden, aber in den gesetzlichen Stand einer Ehe mit ihm wollte sie auf keinen Fall zurückgezwungen werden. Erst mithilfe eines juristischen Winkelzugs gelang es Maria, die Ehe annullieren zu lassen. Das kostete sie allerdings Jahre – und ihre amerikanische Staatsbürgerschaft, die sie aufgeben musste, um sich in Griechenland einbürgern zu lassen. Danach hätten sie und Aristo heiraten können, zumal die orthodoxe Kirche eine Wiederverheiratung ausdrücklich erlaubte. Doch Marias Wunsch ging niemals in Erfüllung. Stattdessen opponierten die inzwischen jugendlichen Alexander und Christina weiter gegen sie. Da ihre Mutter an der Seite des Herzogs von Marlborough blieb, war eine Versöhnung ihrer Eltern ohnehin nicht zu erwarten. Aber die Schuldige an der Scheidung war für beide Kinder ausgemacht.

»Maria ...«, Marys Stimme riss sie aus ihren Gedanken, »Maria, ich bitte dich, bereite dich darauf vor, dass diese Hochzeit stattfinden wird. Wenn ich nicht ernsthaft damit rechnen würde, hätte ich dich nicht angerufen.«

Noch tief in ihren Erinnerungen und ebenso verletzt wie verstört von den Neuigkeiten, fühlte sich Maria wie in Trance, gefangen in Angst und Panik.

»Ich komme damit zurecht«, sagte sie schwach.

»Darling, ich mache mir Sorgen. Bitte halte durch!«

Und nun begann sich die Callas in Maria zu regen – ihre Kraft, ihr Durchhaltevermögen, ihr Trotz. Mary gegenüber konnte sie natürlich offen sein, wenigen anderen Menschen konnte sie ihr Herz so vertrauensvoll ausschütten. Aber Maria wollte sich mit einem Mal selbst beweisen, wie stark die Callas sein konnte. Deshalb antwortete sie: »Ich bin von einem Alptraum, genannt Liebe, befreit worden, der in jeder Hinsicht zerstörerisch war. Nun nehme ich das Leben, wie es kommt. Das ist mein Schicksal.«

»Hm«, machte Mary. Die Freundin schien sie schneller zu durchschauen, als ihr lieb war.

Maria ging darauf nicht ein. Mit einem fröhlichen Unterton in der Stimme, zu dem sie sich jedoch zwingen musste, fragte sie: »Wie geht es deinen Kindern?«

Nach dem Telefongespräch mit Mary wanderte Maria unschlüssig durch ihr Arbeitszimmer. Schließlich legte sie eine Schallplatte auf, die sie willkürlich aus dem Regal zog. Es war eine Aufnahme aus den fünfziger Jahren, die Oper »La sonnambula« von Bellini, dirigiert von Leonard Bernstein, sie selbst sang die Titelrolle der Amina. Eine Geschichte um Liebe, Eifersucht, Verrat – und Heirat. Eine der wenigen Opern, die ohne Mord und Totschlag endeten. Die Arie »Ah! Non credea mirarti!« war eine der schönsten Liebeserklärungen, die Maria je auf der Bühne intoniert hatte. Aber sie war in diesem Moment nicht dazu geeignet, ihre Stimmung zu heben. Stumme Tränen rannen über ihr Gesicht. Berührt von der Musik und zugleich wissend, dass sie nicht das Happy End der Amina erleben würde. In ihrer Realität heiratete der geliebte Mann eine andere – und sie konnte nichts dagegen tun.

Als sie den Fernseher für die Abendnachrichten einschaltete, war ihr Herz nicht nur gebrochen, ihre Lider waren vom vielen Weinen gerötet und geschwollen und ihre Gedanken so schwermütig, dass sie nicht einmal mehr das Schmusebedürfnis ihres kleinen Pudels aufheitern konnte. In ihrem Zustand würden ihr nur noch Rotwein und Beruhigungstabletten helfen. Da sie den ganzen Tag lang nichts gegessen hatte, würde sie sich ein Glas mehr leisten können, ohne befürchten zu müssen, davon zuzunehmen. Dann fiel ihr ein, dass es im Grunde gleichgültig war, ob sie eine Matrone wurde. Onassis würde sie nie mehr nackt sehen, würde nie mehr mit seinen Lippen die Linie ihres Körpers entlangfahren und feststellen, dass ihre Bauchmuskeln von ihrem Gesangstraining hart wie Marmor waren. Nun, auch angezogen würde er sie nie mehr wiedersehen.

Das Schwarz-Weiß-Bild von TF1 füllte den Bildschirm aus, der Ton war so leise, dass sie nur ein Murmeln hörte. Sie entschied sich, ihre Angestellten erst um ein Glas Wein zu bitten, bevor sie sich den Nachrichten zuwandte. Die Bilder des Bombenkriegs mit Nordvietnam waren wohl kaum dazu angetan, dass sie sich besser fühlte. Die ertrug sie besser mit einem guten Bordeaux.

Es klopfte.

Überrascht hob sie den Kopf. Konnten Bruna oder Ferruccio inzwischen ihre Gedanken lesen? »Ja?«

Ihr langjähriger Butler stand in der Tür. »Verzeihen Sie, Signora, da ist ein Telefonanruf für Sie aus Amerika. Ein Redakteur der New York Times bittet um Ihre Stellungnahme zu der …« Er schluckte, dann wiederholte er: »Er bittet um Ihre Stellungnahme zu der bevorstehenden Hochzeit von Mr. Onassis mit Mrs. Kennedy.«

In der Vergangenheit hatte es einen Tag gegeben, von dem sie angenommen hatte, es wäre der schlimmste ihres Lebens. Sie hatte nicht damit gerechnet, dass es für sie noch einmal so schlimm kommen könnte.

Sie holte tief Luft. »Kein Kommentar. Ich gebe keinen Kommentar über anderer Leute Hochzeiten ab. Bitte geben Sie das weiter, Ferruccio. Und bringen Sie mir eine Flasche Rotwein.« Ein Glas würde nicht genügen, um ohnmächtig zu werden, nichts mehr zu hören, nichts mehr zu fühlen.

»Sehr wohl, Signora. Sie sollten auch wissen, dass eine Gruppe von Reportern auf der Straße wartet. Sie scheinen die Eingangstür zu belagern.«

»Danke. Ich werde heute sicher nicht mehr ausgehen.«

In diesem Moment flackerten zwei Fotos über den Bildschirm. Eines zeigte Jacqueline Kennedy, das andere Ari Onassis. Die zwei Schritte zu ihrem Fernsehapparat sprang Maria mehr, als dass sie lief. Sie drehte den Ton so laut, als wäre sie ein Tontechniker, der eine neue Musikaufnahme abhören musste. Die Worte des Nachrichtensprechers hallten durch den Raum:

»Eine Presseerklärung Nancy Tuckermans, der Privatsekretärin von Jacqueline Bouvier Kennedy, erreichte uns soeben aus New York. Darin bestätigt sie eine Verlobung der Präsidentenwitwe mit dem griechischen Reeder Aristoteles Onassis. Ort und Datum der Hochzeit stehen noch nicht fest, sie soll aber bereits in der nächsten Woche stattfinden.«

Es folgte eine Einspielung von der Pressekonferenz, deren Hauptperson die eloquente Sekretärin war, die ganz altmodisch im Namen der Brautmutter die bevorstehende Vermählung ankündigte.

Lächerlich!, war Marias erster Gedanke. Altbacken und lächerlich.

Onassis war kein junger Bräutigam mehr und Jackie Kennedy

die Mutter zweier Kinder. Dass in diesem Fall die Brautmutter das Verlöbnis mitteilte, wie es bei jungen Leuten aus vornehmen Familien die Tradition war, kam Maria nur aufgesetzt und nicht einmal so annähernd stilvoll vor, wie es wohl beabsichtigt war. In dem Fernsehbericht war nun die Rede von den Kennedy-Kindern: Die Tochter Caroline war elf Jahre alt, Sohn John jr. gerade mal acht. Seltsam, dachte Maria, die Waisen waren so alt wie Alexander und Christina, als sie in Aristos Leben getreten war. Würde er für die beiden jetzt den Ersatzvater spielen? Unwillkürlich fragte sie sich, was Aristos Kinder wohl von der neuen Frau an der Seite ihres Vaters hielten. Begeistert wären sie sicher nicht. Der inzwischen zwanzigjährige Alexander würde wahrscheinlich toben, seine Schwester reagierte meist etwas sanftmütiger, wenn auch nicht freundlicher. Oder genügte es den Geschwistern, die Sängerin verlassen zu wissen, die sie für die Scheidung ihrer Eltern verantwortlich machten? Würde Jackie mit ihren kleinen Kindern womöglich von den älteren toleriert werden?

Kinder sind ein großes Glück, dachte Maria. Das größte Glück überhaupt. Aber Aristo ist Mitte sechzig – er könnte der Großvater von Caroline und John jr. sein. Was für eine Farce!

KAPITEL 29

Paris

18. Oktober 1968

Maria erwachte mit stechenden Kopfschmerzen. Zugleich fühlte sich ihr Magen ganz flau an, und Übelkeit stieg ihre Kehle hinauf. Zu viel Rotwein, dachte sie und schob die seidene Schlafmaske von ihren Augen. An all die Tabletten, die sie genommen hatte, mochte sie sich gar nicht erinnern. Es war fast ein Wunder, dass sie noch lebendig in ihrem Bett lag, und nicht schon wieder mit ausgepumptem Magen im amerikanischen Krankenhaus.

Schwerfällig drehte sie sich auf die Seite und betätigte die Kordel über ihrem Nachttisch. Es war ihr unmöglich, aufzustehen und nach Bruna zu rufen, doch auf das Klingelzeichen würde ihre Haushälterin gleich kommen.

Ob sie sich nach einem Bad besser fühlte? Vielleicht wäre es eine Lösung, zu ertrinken. Sie lachte bitter auf. Ausgerechnet sie, die jeden Sturm auf der *Christina* ohne das kleinste Anzeichen von Seekrankheit überstanden hatte – sie würde gewiss nicht absaufen. Jedenfalls nicht in einer Badewanne. Die echte Braut eines Seemanns eben. Als ihr bewusst wurde, dass diesen Status nun eine andere Frau innehatte, biss sie so fest die Zähne zusammen, dass es knirschte. Trotzdem entrang sich ihr der klägliche Schrei eines waidwunden Tieres.

Als Bruna erschien, bat Maria um einen Kaffee. »Und besorgen Sie bitte alle Zeitungen, die Sie kriegen können. Auch die internationalen Ausgaben. Vor allem die.«

Es war natürlich albern, nachlesen zu wollen, was die Presse zu der angekündigten Hochzeit von Jacqueline Kennedy mit Onassis schrieb. Aber Maria fühlte sich wie magisch angezogen von den schlechten Nachrichten.

Nüchtern betrachtet wollte sie auch wissen, was man sich erzählte, um auf die Fragen der Paparazzi vorbereitet zu sein, die sie über kurz oder lang erreichen würden. Sie konnte sich ja nicht ewig in ihrer Wohnung verstecken.

Eine Weile nachdem Bruna der Diva den gewünschten Kaffee am Bett serviert hatte, brachte Ferruccio einen Stapel Zeitungen, den er in dem Kiosk am Trocadéro besorgt hatte, wo es stets die aktuellen Ausgaben aus den USA, Italien und Griechenland zu kaufen gab. Er setzte ein bekümmertes Gesicht auf, als er die Blätter neben dem Bett aufstapelte, wie Maria es ihm geheißen hatte. Schweigend zog er sich zurück.

Maria bückte sich nach dem obersten Blatt, was ein schlimmer Fehler war, wie sie nun begriff. Beim Hinabbeugen begann ihr Kopf augenblicklich zu dröhnen, ihr wurde schwindlig, und ihr Blick verschwamm, obwohl sie ihre Brille trug. Trotz allem konnte sie allzu gut erkennen, dass ihr die Hauptpersonen des gestrigen Tages von den Titelseiten entgegenlächelten. Die bevorstehende Hochzeit war die Sensation der internationalen Presse.

Sie riss sich zusammen, zog eine Zeitung nach der anderen zu sich auf das Bett. Im Grunde lauteten die Artikel alle gleich. Es wurden die Pressemitteilung von Nancy Tuckerman zitiert und ein Statement von Onassis, dem die Reporter im Foyer des Hotel Grand Bretagne in Athen aufgelauert hatten. Aristo bestätigte seine Absicht, die Präsidentenwitwe zu heiraten, und fügte hinzu, sie habe seinen Antrag am Telefon angenommen.

Maria stieß ein sarkastisches Lachen aus. In der Beziehung mit ihr war Onassis trotz all seiner Fehler ein großer Romantiker gewesen, dazu war er ein emotionaler, sensibler Mensch – und eben dieser sollte einen Heiratsantrag am Telefon gemacht haben? Wie … armselig. »Ja, armselig«, rief sie aus und bedankte sich bei sich selbst, den passenden Begriff für dieses billige Szenario gefunden zu haben.

In der *New York Times* las sie: *Miss Callas verweigerte gestern Abend in Paris, wo sie inzwischen lebt, jeden Kommentar zu der Hochzeitsankündigung.*

Gut so, dachte sie, endlich zufrieden.

In der griechischen Zeitung *Naftemporiki*, dem täglich in Athen erscheinenden Schifffahrtshandelsblatt, fand sie eine Presseerklärung von Aristos älterer Schwester. Artemis hatte anscheinend am späten Nachmittag oder frühen Abend des Vortages in Glyfada bekannt gegeben, dass die Hochzeit auf Skorpios stattfinden werde und dass die Familie Onassis überglücklich über die Verbindung sei.

Kokoromiali, war Marias erste Reaktion. Blöde Gans.

Artemis hatte sie nie wirklich akzeptiert. Es war zu erwarten gewesen, dass Aristos Schwester sich demonstrativ auf die Seite der neuen Schwägerin stellen würde. Tina mit ihrer Herkunft aus einer großen Reederfamilie hatte Artemis' gesellschaftlichen Vorstellungen entsprochen, die Witwe eines amerikanischen Präsidenten aus der besten Familie Bostons sicher ebenso. Eine Sängerin jedoch, obgleich die berühmteste der Welt, war eben nur eine Künstlerin, jemand, der auf eine Bühne trat, um andere zu unterhalten – niemand, der Artemis' Wunsch nach sozialem Prestige Genüge tat.

Zum ersten Mal seit dem Rückflug von New York kam Maria wieder in den Sinn, Rache an Onassis zu nehmen – und damit an seiner ganzen Familie. Zumindest an Fahnenträgern der Anständigkeit wie Artemis, deren reizender Ehegatte den Frauen in der Nachbarschaft nachlief wie ein Rüde den läufigen Hündinnen. Maria war lange genug Teil dieser Familie gewesen, um ihre Abgründe zu kennen.

Der Telefonapparat auf ihrem Nachttisch läutete. Wenn Ferruccio den Anruf zu ihr durchstellte, musste es ein privates Gespräch sein. Also hob Maria ab und legte den Hörer an ihr Ohr.

»Ja?«

In der Leitung knisterte es. Dann hörte sie eine wohlbekannte tiefe Stimme: »Maria, hier ist Ari. Ich brauche deine Hilfe!«

Das Zimmer begann sich um sie zu drehen. Sprachlos klappte sie den Mund auf und wieder zu.

»Ja?«, war das Einzige, was sie über die plötzlich trockenen Lippen brachte.

»Bitte komm sofort nach Athen. Du musst mich retten!«

Es war ihr unmöglich, auch nur ansatzweise zu verstehen,

was er von ihr wollte. Aber der Klang seiner Stimme ging ihr durch und durch.

Da sie nicht antwortete, sagte er rasch: »Bitte leg nicht auf!«

»Nein«, hörte sie sich zu ihrer eigenen Überraschung sagen, obwohl sie wusste, dass sie dieses Gespräch eigentlich sofort hätte beenden müssen. Ihre Vernunft riet ihr dazu. Ihr Herz wollte jedoch mit Aristo reden und nie wieder damit aufhören.

Sie fand ihre Stimme wieder: »Nein. Ich lege nicht auf. Ich höre dir zu.«

»Ich habe einen Fehler gemacht«, stieß Aristo hervor. »Du wusstest, dass es ein Fehler war, aber ich habe nicht auf dich gehört. Ich bin über den Tisch gezogen worden …«

Unwillkürlich brach Maria in schallendes Gelächter aus. Dass sich ein erfahrener Geschäftsmann wie Aristoteles Onassis übervorteilen ließ, war kaum vorstellbar. Und wenn, dann war es der beste Witz, den sie jemals gehört hatte.

Er ignorierte ihre Schadenfreude und fuhr fort: »Die gesamte Familie Kennedy war hinter mir her, einschließlich ihrer Anwälte in New York. Costa Gatsos wird es dir bestätigen. Wie ein Fisch zappele ich in dem Netz, das Jackie mit Ted Kennedys Hilfe ausgeworfen hatte. Aber jetzt sind sie zu weit gegangen. Die Kennedys haben die Zeitungen informiert, bevor Jackie mit mir gesprochen hat. Was soll ich mit dieser Heirat, über die alle Welt spricht? Ich will das nicht.«

Klang da Selbstmitleid durch? Oder sollte das eine Entschuldigung für sein Verhalten sein? Ja und nein. Maria überschlug im Stillen, wie lange sie auf seine Einsicht gewartet hatte. Fast drei Monate. Ein Vierteljahr. Eine lange Zeit. Es ging ihr noch immer nicht gut mit der Trennung von ihm, aber sie hatte sich einigermaßen erholt von dem Schock, den all dies für sie bedeutet hatte. Sollte sie wirklich zulassen, dass alles wieder von vorn anfing? Ja, ja, ja!

Obwohl sie viele andere Dinge zu ihm sagen wollte, entfuhr ihr: »Findest du nicht, dass du darüber mit Mrs. Kennedy sprechen solltest? Ich kann schlecht deine Hochzeit abblasen.«

»Ich möchte sie schonen, Maria. Sie ist die Mutter zweier kleiner Kinder. Caroline und John-John sollten nicht den Skandal erleben, den ich meinen eigenen Kindern zugemutet habe. Das kann ich nicht tun.«

»Was willst du dann?«

»Ich möchte, dass du sofort nach Athen kommst. Wenn Jackie dich hier sieht, wird sie wütend werden und postwendend nach Amerika abreisen. Damit ist die Verlobung geplatzt.« Hatte er zuvor noch hektisch geklungen, wandelte sich sein Ton nun in jene typisch selbstbewusste, souveräne Lage, die sie bei ihm von geschäftlichen Verhandlungen kannte. Er war offenbar begeistert von dem Arrangement, das er sich überlegt hatte.

Maria fiel auf, dass er nichts davon erwähnte, wieder mit ihr zusammen sein zu wollen. Er brauchte sie für ein *Fait accompli*, bat sie jedoch weder um Verzeihung, noch sorgte er sich um das, was er ihr angetan hatte. Stattdessen dachte er nur an die Reputation der Kennedy und die Unversehrtheit der kleinen Kinderseelen, was selbst ihre Geduld mit ihm überstieg. Wie konnte er ihr auch das noch antun?

»Soll ich für dich das Trojanische Pferd spielen?«, fragte sie, und ihre Stimme wurde schrill: »Ich denke nicht daran. Du hast dich selbst in diese Situation gebracht. Nun sieh zu, wie du da allein wieder rauskommst!«

Bevor er etwas antworten konnte, drückte sie eilig mit der Hand die Gabel herunter. Sich erst aufzurichten, um den Hörer auflegen zu können, hätte zu lange gedauert – denn wahrscheinlich hätte sie es sich anders überlegt, wenn sie nur eine Minute länger mit Aristo gesprochen hätte. Dennoch, sie spürte nicht den geringsten Triumph, weil sie ihn abgewiesen hatte, nur Wut und endlose Traurigkeit.

Mit letzter Kraft sprang sie aus dem Bett, wobei sie in ihrem Kopf das Stechen Dutzender Messer fühlte. Doch ihr Zorn gab ihr die Kraft einer Furie, die sie so oft als Medea gespielt und auch hinter der Bühne gegeben hatte, wenn ihr Geduldsfaden riss. Sie nahm den Telefonapparat, zerrte daran, bis sie die Schnur aus der Steckdose gerissen hatte, was eine Weile dauerte, da das Kabel fest montiert war. Ein Kurzschluss war ihr aber ebenso egal wie ein Stromschlag. Doch nichts dergleichen geschah. Maria warf den Telefonapparat durch das Schlafzimmer, wo er in einer Ecke scheppernd zu Boden krachte.

Danach ging sie wieder zu Bett. Aber sie weinte nicht, wie sie erstaunt feststellte.

Sie wusste nicht, wie lange sie schon dalag und versuchte, an nichts zu denken – was ihr nicht gelang. Zu viele Erinnerungen stürmten auf sie ein, und es war Aristos Rücksichtnahme darauf, dass die Kennedy Mutter zweier Kinder war, die sie mehr aufwühlte als alles andere. In der griechisch-orthodoxen Kirche war die Verehrung Marias, der Mutter Gottes, tief verankert, was sein Verhalten erklären mochte. Zudem hatte Aristo seine eigene Mutter früh verloren und war selbst ein Vater, der seit der Trennung von der Mutter seiner Kinder zähe Konflikte mit diesen hatte aushalten müssen. Und auch er hatte den Tod eines kleinen Jungen erlebt, den Maria niemals vergessen würde.

Es klopfte an ihre Tür. »Signora Callas«, meldete sich ihr Butler, »hier ist ein Telefongespräch für Sie. Ich weiß nicht, warum es nicht funktioniert, aber ich konnte den Anruf nicht zu Ihnen durchstellen. Auf Ihrer Leitung ist ständig besetzt. Mr. Burton ruft jetzt schon zum dritten Mal aus dem Hôtel Plaza Athénée an.«

Ihre Hand fuhr zu ihrer schmerzenden Stirn. Ihre Finger fühlten sich kalt an, die Haut darunter heiß. Sie massierte ihr Jochbein, doch ihre Gedanken wurden nicht klarer.

»Burton? Welcher Mr. Burton?«

»Mr. Richard Burton. Der Schauspieler.«

Den kannte sie natürlich. Richard Burton und seine Frau Elizabeth Taylor waren nicht nur Aristos Nachbarn im The Pierre in New York, die beiden waren einmal Gäste auf der *Christina* gewesen, als Maria dort noch den Platz an Aristos Seite eingenommen hatte. Burton war ihr immer sympathisch gewesen, Maria mochte seinen britischen Charme.

»Sagen Sie ihm, ich komme gleich«, rief sie, obwohl sie im ersten Moment nicht wusste, wie sie es mit ihrem dröhnenden Kopf unbeschadet aus dem Bett und zu dem Telefonapparat in ihrem Arbeitszimmer schaffen sollte.

Es gelang ihr überraschenderweise im ersten Anlauf. Sie warf sich ihren Morgenmantel über und machte sich auf den Weg in ihr Arbeitszimmer, wobei sie kurz einen Blick in den Spiegel im Flur warf – und über ihr Aussehen erschrak. Ihr wurde übel, was an ihrem Spiegelbild oder ihrem Zustand liegen mochte. Zögernd griff sie nach dem Hörer, den Ferruccio ihr entgegenhielt.

»Maria Callas«, meldete sie sich.

»Richard hier«, erwiderte die Stimme am anderen Ende der Leitung. »Ich rufe an, weil ich annehme, dass du ein bisschen Aufmunterung vertragen kannst.«

Er hatte die Zeitungen gelesen. Womöglich auch die Fernsehnachrichten gesehen. Warum auch nicht? Inzwischen wusste wahrscheinlich die ganze Welt, dass Aristoteles Onassis die Kennedy heiraten würde. Nicht die Callas. Ihre Übelkeit verstärkte sich. Sie brauchte dringend ein Beruhigungsmittel.

»Ach, ich habe viel zu tun«, seufzte sie.

»Vielleicht kannst du dich trotzdem für morgen Abend frei machen. Ich habe Rex Harrison gebeten, dich zur Premiere seines neuen Films einzuladen. Du wirst das Billet nachher durch Boten erhalten. Es geht um diese Adaption des Theaterstücks ›Ein Floh im Ohr‹, eine hübsche Komödie, wir werden uns amüsieren. Anschließend gibt es die übliche Premierenfeier, und dann gehen wir alle noch ins Maxim's. Was hältst du davon? Wirst du mitkommen?«

Richard Burtons Vorschlag klang großartig – aber Maria fühlte sich einem so großen Auftritt nicht gewachsen. Nicht allein. Ohne den Mann, den sie so sehr geliebt hatte. Nicht in dem Wissen, dass Gott und der Welt bewusst war, wen Aristo heiraten wollte.

Und dann dachte sie, dass es doch keine berühmtere Frau als die *Diva assoluta* geben dürfe.

»Ja, ich …«, setzte sie zögernd an.

Doch er unterbrach sie gut gelaunt: »Mach dich schick, Maria. Morgen Abend darfst du sogar Liz ausstechen. Lumpy wird nichts dagegen haben.«

Maria lachte. Weniger wegen des lustigen Kosenamens für Elizabeth Taylor – Pummelchen –, sondern aus Erleichterung. Es gab also auch Menschen, die Mrs. Kennedy die Gefolgschaft verweigerten. Ganz gleich, wie Aristo sich entscheiden und ob die Hochzeit tatsächlich stattfinden würde, sie hatte berühmte Freunde, die zu ihr standen. Menschen, die es gut mit ihr meinten. Es war an der Zeit, der Welt genau das zu zeigen. Und Aristo vorzuführen, was er leichtfertig aufgegeben hatte.

KAPITEL 30

Paris

21. Oktober 1968

Die Callas war wieder da. Schön. Strahlend. Souverän. Verehrt. Sie schwebte wie auf Wolken.

Es hatte Maria gute vierundzwanzig Stunden gekostet, optisch wieder in Form zu kommen. Von ihrem gebrochenen Herzen und ihrer zerstörten Seele konnte sie das nicht behaupten, aber nicht umsonst war sie Schauspielerin. Und so spielte sie im Théâtre Marigny an den Champs-Élysées und anschließend im Maxim's die Rolle ihres Lebens. Bei der Premiere von »Ein Floh im Ohr« war sie wie der sprichwörtliche Elefant im Raum. Keiner der Premierengäste sprach sie auf die bevorstehende Hochzeit an, aber natürlich wusste jeder davon. Später trank sie, tanzte sie und feierte, als wäre nichts gewesen – was sie fast ebenso viel Kraft kostete, wie eine Oper durchzuhalten. Sie wusste nicht, was anstrengender war.

Die Pressemeute stürzte sich auf sie. In dem hellen Scheinwerferlicht, in das der rote Teppich getaucht worden war, wirkten die Blitzlichter zwar nicht ganz so erschreckend wie anderswo, dennoch musste Maria die Lider zusammenkneifen, weil sie so stark geblendet wurde. Die Reporter bestürmten sie mit Fragen nach der bevorstehenden Hochzeit, doch sie hatte sich Antworten zurechtgelegt, ihren Text gelernt.

Mit wohlgesetzter Stimme sagte sie lächelnd: »Ich habe schon vor einiger Zeit davon erfahren. Onassis hat es mir erzählt. Was mich betrifft, ich bin glücklich, und ich freue mich immer, wenn auch andere glücklich sind.«

In der Dunkelheit der Filmvorführung entspannte sie sich dann.

Inzwischen glaubte sie nicht mehr an diese Hochzeit. Aristo hatte am Telefon so verzweifelt und zugleich entschlossen geklungen, dass sie sicher war, er würde die Trauung abblasen. Während der rund neunzig Minuten, in denen sie zur Ruhe kommen konnte, fragte sie sich, wie sie reagieren würde, wenn er sich wieder meldete – und wusste die Antwort doch längst. Trotz allem, was passiert war. Sie liebte ihn. Sie würde ihm verzeihen. Und je länger sie darüber nachdachte, desto größer wurde ihre Hoffnung.

Der Rest des Abends wurde für die Callas, ohne dass sie sich besonders anstrengen musste, zu einem rauschenden Fest.

Zwei Tage später gingen die Fotos von ihr durch die Weltpresse. Und am Tag darauf waren die noch prominenter platzierten Aufnahmen von Jacqueline Kennedy und Aristoteles Onassis zu sehen, wie sie die Kapelle auf Skorpios als frischgebackenes Ehepaar verließen.

Es gibt immer Tage, dachte Maria, die schlimmer sind als alles andere zuvor.

KAPITEL 31

Mailand

30. März 1960

Sie träumte von ihrer Mutter.

Ihre letzte Begegnung lag zehn Jahre zurück. Maria sang damals die »Aida« in Mexico City und hatte Evangelia eingeladen. Natürlich bezahlte sie den Flug von New York und das Hotelzimmer, jeder Cent war es ihr wert, der Mutter zu beweisen, was für eine erfolgreiche Sopranistin aus ihr geworden war. Auf der Südamerikatournee wurde die Callas umjubelt, Evangelia sollte diesen Beifall erleben und stolz auf Maria sein, endlich einmal zufrieden mit dem, was ihre jüngste Tochter tat. Doch ebenso wie in Maria die Sehnsucht nach der Anerkennung ihrer Mutter verwurzelt war, konnte Evangelia nicht von ihrer Affenliebe zu Iacinthy lassen. Es war wie früher: Maria konnte tun, was in ihrer Macht stand, es war nicht genug. Sosehr die Kritik ihren Auftritt auch feierte, Evangelia nörgelte daran herum. Sie wünschte den Pelzmantel, den Maria ihr hatte schenken wollen, in zwei Nerzstolen zu tauschen, damit auch Marias ältere Schwester in den Genuss eines Mitbringsels kam. Und schließlich forderte sie von Maria einen Diamantring für Iacinthy, immerhin habe sie von Meneghini zwei bekommen und für sie genüge nur einer.

Nirgendwo schien sie sicher vor Evangelia zu sein. Selbst bis in das Haus in der Schweiz, das sie und Aristo kaufen wollten, schien ihre Mutter sie zu verfolgen. Es war ihr »Schweizer Projekt«, wie sie es nannten: ein Haus in den seenreichen Bergen, das ihr künftiges Familienheim sein sollte. Aristo hatte gesagt, dass ein Kind in der Schweiz am sichersten aufwachsen würde. Ihr Kind. Doch dann tauchte ihre Mutter auf, die Großmutter des Kindes, und machte alles kaputt …

»Maria!«

Obwohl sie seit zehn Jahren nicht mehr mit ihr geredet hatte, wusste Maria sofort, dass es nicht die Stimme ihrer Mutter war. Der Tonfall passte nicht zu den Bildern in ihrem Kopf, dennoch klang er vertraut.

»Signora Lengrini, bitte wachen Sie auf!«

Der fremde Name brachte Maria in die Wirklichkeit zurück. Die Erinnerung an die Mutter war nur ein Traum gewesen. Ein schrecklicher Traum, viel zu real. So etwas passierte wohl in einer Narkose. Sie fühlte sich matt und schläfrig, es fiel ihr schwer, ihre Augen zu öffnen, aber sie erinnerte sich wieder, wo sie war – und warum.

Ihre Lippen fühlten sich wund an, ihre Kehle war wie ausgedörrt. Dennoch gelang es ihr, die einzig wichtige Frage zu stellen, die es in diesem Moment für sie geben konnte: »Wie geht es meinem Baby?«

»Dottore Palmieri wird sofort bei Ihnen sein«, antwortete die weibliche Stimme, die sie unter dem Pseudonym angesprochen hatte.

Natürlich wollte ihr der behandelnde Arzt die frohe Botschaft überbringen und dies nicht einer Krankenschwester überlassen, die offiziell nicht einmal über Marias wahre Identität informiert war, auch wenn sie die Diva wahrscheinlich erkannte. Aber sie hielt sich an die Regeln und an den falschen Namen, was Maria beruhigte.

Sie hatte sich in den Anmeldebogen in der privaten Clinica Dezza als *Maria Lengrini* eingetragen. Es war eine Vorsichtsmaßnahme, um Aufsehen zu vermeiden. Nicht nur die Presse sollte nicht erfahren, dass sie ein Kind zur Welt brachte. Sie wollte auch nicht, dass Meneghini über irgendwelche Kanäle von ihrer Schwangerschaft erfuhr und womöglich Ansprüche auf das Baby erhob, das keinesfalls das seine war. Darüber hinaus war Aristos Scheidung noch nicht rechtskräftig, so dass es besser war, Tina vorläufig im Unklaren zu lassen.

Überhaupt hatte Maria es geschafft, das Geheimnis gut zu bewahren. Vor Bruna und Ferruccio hatte sie die Veränderungen in ihrem Wesen und ihrem Körper nicht verheimlichen können oder wollen. Aber außer Aristo waren ihre beiden Hausangestellten die einzigen Menschen, die an dem größten Glück ihres Lebens Anteil nehmen durften. Da sie seit dem letzten Herbst öffentliche Auftritte vermied und auch nicht mehr auf einer Bühne gestanden hatte, bemerkte niemand, wie das Kind in ihrem Leib wuchs. Sie sagte das Angebot ab, in Paris die Medea zu singen, lehnte dasselbe in Covent Garden ab, ebenso in der Scala. Einmal in ihrem Leben wollte sie sich einfach nur auf ihr Privatleben konzentrieren, wollte nichts als eine Frau sein und Mutter werden dürfen.

Nach einer Weile hatte sich auch Aristo von dem Schock erholt, noch einmal Vater zu werden. Er begann mit ihr Pläne für sein Kind zu schmieden. Zwar machte er Maria klar, dass Alexander sein einziger Erbe bliebe, aber ebenso wie seine Tochter würde er natürlich auch einen weiteren Nachkommen finanziell absichern. Damit nicht genug: Er versprach Maria, sich an der Erziehung zu beteiligen, und schlug vor, ein Haus in der Schweiz zu kaufen, wo das Kind aufwachsen würde. Ihr Sohn. Maria war sich ganz sicher, dass sie Aristo einen Sohn schenken würde. Gemeinsam hatten sie einen Namen ausgesucht. Homer, nach Aristos Onkel. Auch Alexander hieß wie einer der Onkel. Außerdem war es ein Name, der sich einfach ins Italienische übersetzen ließ, wenngleich er in Italien ungewöhnlich sein mochte.

Maria dachte daran, wie sie über die Zukunft gesprochen hatten. Ihre Zukunft. Es war unfassbar, in welchem Tempo sich ihr Leben in nur einem Jahr verändert hatte – wie ein Allegro in einem Musikstück, schnell und heiter. Bei der Erinnerung an die letzten Monate breitete sich Wohlbehagen in ihrem Körper aus. Dann ergriff die Erschöpfung wieder die Oberhand. Sie wollte schlafen, nur noch schlafen …

»Signora Callas!« Diesmal war es eindeutig Dottore Palmieri.

Sie hatte den Arzt nicht kommen hören, versunken in ihren Gedanken. Falls sie nicht schon wieder träumte, stand er neben ihrem Bett. Sie öffnete ihre Augen, konnte seinen Gesichtsausdruck jedoch ohne Brille nicht deuten.

»Wie geht es meinem Baby?« Jedes Wort tat ihrer wunden Kehle weh.

»Ich muss Ihnen leider mitteilen …« Dottore Palmieri unterbrach sich, zögerte, dann: »Signora Callas, es tut mir sehr leid, Ihr Sohn ist gestorben. Er hat nur zwei Stunden gelebt. Seine Lungen funktionierten nicht.«

Der Alptraum. Sie war noch verwirrt von ihrer Narkose. Die Ängste vor einer normalen Geburt, die sie ergriffen und dazu geführt hatten, dass sie ihren Arzt um einen Kaiserschnitt bat, waren so präsent wie ihr Wissen um den Namen Lengrini, den sie für das Krankenhauspersonal erfunden hatte. Der mit dem Arzt besprochene Geburtstermin im achten Schwangerschaftsmonat lag günstig. So konnte sie Aristo mit seinem neugeborenen Sohn überraschen, wenn er von der Kreuzfahrt mit Winston Churchill zu den Kanarischen Inseln zurückkehrte. Sie hatte alles gut geplant …

»Signora Callas, haben Sie gehört, was ich gesagt habe?«

Sie bewegte sich leicht, spürte einen ziehenden Schmerz im Unterleib. Dann fühlte sie eine kräftige Hand, die sich um ihre Finger schloss. Ihr war gar nicht aufgefallen, dass ihre Hände wie gefaltet auf der Bettdecke lagen. Wie die Hände einer Sterbenden, fuhr es ihr durch den Kopf.

»Es tut mir aufrichtig leid«, versicherte Dottore Palmieri. »Unsere Klinik ist nicht für solche Notfälle eingerichtet, aber wir haben getan, was möglich war. Ein Krankenwagen war bereits mit Ihrem Sohn auf dem Weg zu einer speziellen Kinderstation. Doch es war zu spät.«

Es kostete Maria unfassbar viel Mühe, die Aussage des Arztes einzuordnen. Sätze, die sich aneinanderreihten, deren Inhalt sie aber nur nach und nach begriff. Ihr Hirn arbeitete langsam, war wie gelähmt. Sie verstand erst, was passiert war, als sie Bruna anblickte, die ihre Hand hielt. Ihre Haushälterin und Vertraute saß dicht bei ihr. Tränen strömten ihr über das Gesicht.

»Omero ist tot?« Es war Frage, Feststellung und Ausruf zugleich.

»Es tut mir sehr, sehr leid«, wiederholte der Arzt.

Ihr wurde schwarz vor Augen. Das Krankenhausbett begann sich zu drehen wie ein Karussell. Maria versuchte, Halt bei Bruna zu finden, kam es ihr doch vor, als stürze sie in einen tiefen dunklen Schacht. Dann erlöste sie eine Ohnmacht.

Schläuche mit Medikamenten, die durch ihre Venen strömten und sie am Leben hielten. Der Arzt, die Krankenschwestern, die sich mit stiller Besorgnis um sie kümmerten. Bruna, die Tag und Nacht fast ununterbrochen bei ihr blieb. Maria fühlte sich wie in einem Vakuum gefangen. Die schwere Operation blieb nicht ohne körperliche Folgen, der Tod ihres Sohnes brachte sie an den Abgrund. War es Zeit, alles loszulassen, sich für immer von diesem Leben zu verabschieden? Sie wollte weinen, aber sie konnte nicht. Sie wollte beten, aber sie fand keinen Zugang zu Gott. Im Grunde konnte sie nicht einmal mehr denken.

Als sie in die Klinik gegangen war, hatte sie um einen Telefonanschluss in ihrem Privatzimmer gebeten. Über die Geschehnisse hatte sie den Apparat auf ihrem Nachttisch jedoch vergessen, weshalb sie das schrille Klingeln nun aus ihrem ewigen Kreisen zwischen Schläfrigkeit, unendlicher Trauer und abgrundtiefer Verzweiflung aufschrecken ließ. Sie schüttelte stumm den Kopf.

Nach dem dritten Schellen hob Bruna ab. »Ja, bitte?« Ihre anfangs harte Stimme veränderte sich, wurde etwas weicher. »Ja, Signor Onassis. Sie ist hier. Ich gebe sie Ihnen.« Ohne einen weiteren Kommentar reichte sie den Hörer weiter.

»Maria, was ist los?« Zwischen dem Rauschen, das typisch war für einen Anruf über Seefunk, erkannte sie die tiefe Sorge in Aristos Stimme. »Ich habe versucht, dich zu Hause zu erreichen, aber Ferruccio gab mir diese Telefonnummer. Wie geht es dir?«

Aristo befand sich offenbar an Bord und nicht irgendwo an Land auf einer der Inseln. Sie sah ihn vor sich in dem Funkraum, den sie inzwischen so gut kannte, vielleicht den Kapitän neben sich. Wahrscheinlich verbrachte ihr Geliebter eine gute Zeit an Bord. Nun würde sich der Schatten auch über seine Reise werfen. Einen Moment lang überlegte sie, ob sie ihm die Wahrheit verheimlichen sollte. Doch da insistierte er: »Maria, warum liegst du im Krankenhaus? Sag es mir!

»Unser Sohn ist nach der Geburt gestorben«, gestand sie. Jedes Wort fiel ihr schwer. Nicht nur der Inhalt brachte sie fast um. Sie durfte nach der Operation noch nichts trinken, ihre Kehle war trocken und wund, ihre Stimme nur ein Krächzen.

Schweigen. Rauschen.

Da sie befürchtete, er habe sie nicht richtig verstanden, versuchte sie es noch einmal: »Homer ist tot. Er hat nur zwei Stunden gelebt. Aristo, Alexander wird dein einziger Sohn bleiben.«

Es klang, als wäre die Leitung durch etwas gestört. Dann hörte sie den tiefen Atemzug, verstand, dass es leises Schluchzen war, das sie hörte. Aristo weinte.

In diesem Moment lösten sich auch die Tränen aus ihren Augen.

Sie hielt den Telefonhörer fest umschlungen, als wäre es seine Hand, und trauerte gemeinsam mit ihrem Geliebten um das, was sie verloren hatten.

KAPITEL 32

Paris
Oktober 1968

Die Nachricht von Onassis' Hochzeit veränderte alles. Maria war zutiefst getroffen. Nicht etwa nur aus Eifersucht, sondern aus Enttäuschung. Aristo hatte es nicht nur versäumt, ihr offen zu sagen, dass er Jacqueline Kennedy tatsächlich heiraten wollte, er hatte sie darüber hinaus schändlich belogen. Rückblickend war es sein Anruf aus Athen, der ihr den herbsten Schlag versetzt hatte. Doch anders als bei einem Knock-out im Ring ging sie nicht zu Boden. Sie schwankte, aber sie fiel nicht. Im Gegenteil – es war nun an der Zeit für sie, Rache zu nehmen.

Während die Weltöffentlichkeit Zeuge wurde, wie ein anscheinend glückliches Paar seine Flitterwochen an Bord der *Christina* verbrachte, tobte in Maria ein Sturm der Gefühle. Auf dem Höhepunkt ihrer Wut griff sie zum Telefonhörer und rief Mary in Dallas an.

Die Freundinnen plauderten über dies und jenes, natürlich auch über Onassis' Ehe, schließlich flocht Maria wohlüberlegt und wie nebenbei in die Unterhaltung ein: »Es wäre für mich alles leichter zu ertragen, wenn es nicht diese Abtreibung gegeben hätte.«

Mary wirkte konsterniert. »Was? Welche Abtreibung?«

»Habe ich dir nie davon erzählt?« Die eigene Vergesslichkeit schien Maria zu empören. »Nun … ja, ich habe die Sache wohl jahrelang verdrängt, weil sie zu schmerzlich für mich war.« Sie holte tief Luft und behauptete mit vibrierender Stimme: »Aristo hat mich zu einer Abtreibung gedrängt. Vor ein paar Jahren. Er wollte keine Kinder mehr, vor allem wollte er keinen Sohn neben Alexander dulden.« Jetzt war es raus. Sie hatte getan, was sie tun wollte, um Aristo zu schaden. Mit genau derselben Waffe, mit der er sie niederzustrecken versucht hatte, wehrte sie sich gegen ihn – mit einer Lüge.

»Aber, Maria, warum …? Ich meine … warum hast du nie etwas gesagt? Das ist ja schrecklich! Unglaublich!«

Tatsächlich hatte Maria bei der Planung ihrer Rache die größten Zweifel daran gehabt, ob ihre Geschichte wirklich glaubwürdig wäre, und es erstaunte sie, dass Mary die angebliche Abtreibung keine Sekunde lang anzweifelte. Ausgerechnet ihre beste Freundin sollte doch wissen, dass Maria niemals einen Schwangerschaftsabbruch hätte durchführen lassen – einerlei, was Onassis wollte. Von dem kleinen toten Jungen, der nicht selbstständig hatte atmen können, hatte Mary nie erfahren, aber sie hätte eigentlich wissen müssen, wie tief Marias Glaube war. Ganz abgesehen davon, dass Maria sich stets eine eigene Familie gewünscht und darauf gehofft hatte, hätte ihr die Kirche den freiwilligen Verzicht auf ein Kind verboten. Doch Mary schien in diesem Moment blind gegen jede vernünftige Erklärung. Die Freundin glaubte Maria ohne Frage.

»Ach ja«, seufzte Maria. »Ich kann gar nicht daran denken,

wie viel ich durch die Abtreibung versäumt habe. Mein größtes Glück habe ich für ihn aufgegeben. Und nun bin ich allein. Ganz allein. Er hat mich wegen einer anderen verlassen, und ich habe seinetwegen auf mein Kind verzichtet.«

»Wann ist das denn passiert? Ich wünschte, ich hätte bei dir sein können.«

»Oh … vor etwa zwei Jahren …« Aus irgendeinem Grund widerstrebte es ihr, das Datum ihrer Schwangerschaft zu nennen, um der Erfindung noch mehr Glaubwürdigkeit zu schenken.

»Ich bin so traurig, Maria«, beteuerte Mary, und die Aufrichtigkeit und Wärme ihrer Anteilnahme waren über Tausende von Kilometern durch die Telefonleitung nach Paris spürbar. »Ari ist ein Schwein. Man kann es nicht anders sagen.«

Zufrieden über diesen Erfolg, ließ sich Maria anschließend mit einer Telefonnummer in Manhattan verbinden. Wahrscheinlich waren die Gatsos in Griechenland gewesen, um mit Onassis und der Kennedy Hochzeit zu feiern, aber inzwischen sollte Anastasia wieder zu Hause sein. Maria hatte Glück.

»Diese Hochzeit war merkwürdig«, berichtete die Frau von Aris New Yorker Geschäftsführer. »Ich sage dir, Maria, was auch immer da im Spiel ist, es ist keine Liebe. Ari und Jackie schienen einander überhaupt nicht zugetan. Sie hielten sich nicht an den Händen und küssten sich nach dem Ja-Wort nicht ein einziges Mal …«

»Ich …«, setzte Maria an, die diese Details gar nicht wissen wollte.

Doch aus Anastasia sprudelte es wie aus der Flasche Perrier, die vor Maria auf ihrem Schreibtisch stand: »Aris Kinder sind natürlich entsetzt, Alexander hat getobt. Das einzig Entzückende an der Hochzeit waren die Kennedy-Kinder, die wirklich reizend sind. Ansonsten hatte die ganze Veranstaltung etwas sehr Ernüchterndes, als ginge es darum, einen Deal zu besiegeln. An der Wall Street erzählt man sich, die Familie Kennedy habe alle Hebel in Bewegung gesetzt, um Jackie mit Ari zu verheiraten. Sogar die erste Pressemitteilung sei ohne sein Wissen veröffentlicht worden, um Tatsachen zu schaffen. Manche behaupten sogar, er sei regelrecht überrumpelt worden. Aber das ist wahrscheinlich nur Schadenfreude irgendwelcher Leute, die ihm nicht wohlgesonnen sind.«

In Marias Hinterkopf meldete sich eine Erinnerung. Aristos Stimme am Telefon, wie er davon sprach, über den Tisch gezogen worden zu sein. Womöglich hatte er doch die Wahrheit gesagt – und sie hatte ihn im Stich gelassen. Doch während Anastasia von angeblichen Millionenbeträgen redete, über die man in ihren Kreisen munkelte, wurde Maria bewusst, dass nicht er das Opfer in seiner Affäre mit der Präsidentenwitwe war, sondern sie. Maria traf keine Schuld an dem folgenschweren Drama, sie durfte sich nicht in diese Rolle drängen lassen.

»Na, wenn es hier nur um etwas Geschäftliches geht«, unterbrach sie den Redeschwall ihrer Freundin, »brauchen wir uns wenigstens keine Sorgen um die Gesundheit von Mrs. Kennedy zu machen. Dann besteht keine Gefahr, dass sie eines Tages schwanger wird und Aristo sie zu einer Abtreibung zwingt. Wie mich damals.«

»Was?« Anastasia kreischte auf. »Wann? Wieso?«

Maria wiederholte fast wortgleich die Geschichte, die sie zuvor Mary erzählt hatte. Wieder wunderte sie sich, dass ihr sofort geglaubt wurde. Seit ihrer Trennung scheint Aristo bei seinen Freunden ein schlechtes Image zu haben, dachte Maria. Seltsam, wie sich das Bild eines so charmanten, freundlichen und großzügigen Mannes, wie Onassis es war, durch die Affäre mit einer neuen Frau binnen kürzester Zeit verändern konnte, vor allem in der Wahrnehmung anderer Frauen, selbst wenn diese ihn eigentlich hätten besser kennen müssen. Und was Maria nun unter dem sogenannten Siegel der Verschwiegenheit berichtete, war natürlich zu aufregend und skandalös, um nicht augenblicklich die Runde zu machen und Aristos Ansehen für lange Zeit zu ruinieren.

Medea rief ihrem geliebten, untreuen Jason zu, dass sie durch das Blut ihrer Kinder gerächt sei und er sich nun eine andere Frau suchen, aber aus Reue keine Ruhe mehr finden könne. Sie selbst würde glücklich in die Unterwelt fahren.

Maria indes fühlte sich alles andere als glücklich mit ihrer Rache.

Überraschenderweise rief Onassis in Paris bei Maria an, kaum dass er eine Woche verheiratet war. Sicher hatte er von dem Klatsch gehört, den Maria gesät hatte. Zumindest Anastasia hatte die Geschichte mit der Abtreibung wahrscheinlich sofort ihrem Mann erzählt, und Costa gab es postwendend an Ari weiter. Es erstaunte Maria nur, dass sich der Jungvermählte während seiner Flitterwochen Zeit nahm, sie zur Rede zu stellen.

»Ich bin nicht da«, erklärte sie Ferruccio, der den Anrufer meldete.

Der treue Diener zögerte. »Signor Onassis meinte, er wisse, dass Sie zu Hause sind.«

War es ihr Schicksal, sich immer wieder aufs Neue mit dem Mann auseinandersetzen zu müssen, den sie über alles geliebt hatte? Es wurde Zeit, dass *moira* nach all diesen Prüfungen Gerechtigkeit für Maria walten ließ. Und dazu gehörte gewiss nicht, dass Aristo sie immer wieder aus ihrer gerade erkämpften Ruhe riss.

»Ich möchte nicht mit ihm sprechen. Sagen Sie ihm das bitte.«

Obwohl sie wusste, dass sie richtig handelte, brach die Entscheidung, ihn abzuweisen, Maria von Neuem das Herz.

Es war erst früher Abend. Trotzdem zog sie sich in ihr Schlafzimmer zurück und legte sich hin. Sie verkroch sich in ihr Bett, zog die Decke über ihren Kopf. Aber es half nichts. Die Bilder, die sie verfolgten, ließen sich nicht vertreiben.

»Signora Callas«, Ferruccio klopfte an ihre Tür, »bitte entschuldigen Sie die Störung. Was soll ich machen? Signor Onassis steht im Eingang und verlangt, Sie zu sprechen.«

Vielleicht hatte Anastasia recht, und die Ehe mit Jackie Kennedy war auf einer Lüge aufgebaut. Doch Aristo hätte dem ein Ende setzen können, bevor es zu spät war.

Maria hatte genug von seinen Lügen. Von allen Lügen. Auch von den eigenen, die Aristo wohl hierhergetrieben hatten.

»Ich will ihn nicht sprechen, und ich will ihn nicht sehen. Schicken Sie ihn fort, Ferruccio, bitte!«

Sie schämte sich ihrer Rache. Gleichzeitig fürchtete sie sich auch vor seinem Zorn darüber.

Offenbar war Aristo nicht willens, sich abwimmeln zu lassen.

Zehn Minuten nach ihrer letzten Anweisung klopfte Ferruccio wieder an ihre Schlafzimmertür. »Signor Onassis wirft mit Kieselsteinen gegen die Fenster. Er holt sie wohl von dem Gartenweg, der um das Haus herumführt.«

Maria hatte das Klappern bereits wahrgenommen, jedoch nicht auf sich bezogen. Die Müllabfuhr kam in Paris zu den unmöglichsten Zeiten. Oder es mochten Demonstranten sein, die auf der Straße Steine warfen. Zwar waren die Studentenproteste schon vor Monaten verhallt und hatten niemals die Avenue Georges-Mandel erreicht, aber das bedeutete nicht, dass sie nicht plötzlich fortgesetzt werden und bis tief in das 16. Arrondissement reichen könnten.

Dass sich Onassis als Romeo verdingte, schien ihr auf gewisse Weise romantisch. Doch Maria fühlte sich zu alt und zu schwermütig, um als Julia auf ihren Balkon zu treten.

»Rufen Sie den Hausmeister!«, wies sie Ferruccio an. »Und wenn der ihn nicht vertreiben kann, holen Sie die Polizei.«

Danach kam ihr Diener nicht wieder.

KAPITEL 33

Paris

November 1968

Maria hätte sich so sehr gewünscht, nichts über die ersten Wochen der derzeit prominentesten Ehe zu erfahren. Doch die Paparazzi lauerten Aristo und der Kennedy auf Schritt und Tritt auf und verbreiteten Details über das junge Glück. Sooft sie Zeitung las, Maria wurde immer fündig. Sie wollte die Meldungen nicht lesen und wurde dennoch wie magisch davon angezogen. Es war wie vor acht Jahren, als das Buch ihrer Mutter erschienen war: Maria behauptete in der Öffentlichkeit, sie habe kein Wort von dem Schmähwerk gelesen. Insgeheim hatte sie es nicht aus der Hand legen können und sich über jede Zeile geärgert. Genauso stieß sie nun auf Fotos der beiden, wollte sie überblättern und blieb doch jedes Mal daran hängen, bis sie die Zeitung am Ende wütend in die Ecke warf.

Derweil ließ Aristo sie nicht in Ruhe. Er benötigte nur ein paar Tage, um sich von ihrer beherzten Abfuhr zu erholen, schon eine Woche später schickte er ihr Rosen. Einen Tag danach kam der nächste Strauß und darauf wieder einer. Die Blumengrüße verwirrten Maria. Sie erinnerten sie an jene Anfangszeit, als er um sie geworben hatte, und sie konnte sich kaum vorstellen, dass er mit diesem Mittel seine Verärgerung über das Gerücht kundtun wollte, das sie lanciert hatte. Langsam begann ihr zu dämmern, dass er womöglich nichts von der angeblichen Abtreibung wusste und sich aus anderen Gründen meldete. Aber was wollte er von ihr? Warum sorgte er immer wieder dafür, dass Marias Herz brach? Sobald es ihr gelang, auf Abstand zu ihm zu gehen, kam er ihr wieder näher. Dabei hatte er doch jetzt die gesellschaftliche Stellung in den USA, die er sich immer gewünscht hatte. Keine amerikanische Staatsbürgerschaft, aber seine zweite Ehefrau öffnete ihm zweifellos die Türen zur feinen Gesellschaft zwischen Boston und San Francisco.

Auf die Blumen folgten zahllose Anrufe von ihm. Vier Wochen nach seiner Hochzeit wurde er damit derart penetrant, dass Maria ans Telefon ging, um nicht immer Ferruccio oder Bruna die unliebsame Aufgabe zu überlassen, sie gegen den mächtigen und einst über alles geliebten Mann zu verteidigen.

»Ich will nicht mit dir sprechen«, sagte sie, »deshalb höre mir einfach zu, Aristo: Es ist vorbei. Du selbst hast es mir gesagt. Und wenn dir dein Leben nicht gefällt, so wie es ist, dann ist das dein Pech. Du wolltest es so.«

»Wenn du mit mir zu Abend isst, können wir in Ruhe darüber sprechen.« Aristo klang freundlich, charmant, höflich. Fast so, als würde er Maria den Hof machen. Nicht wie ein Mann, der gerade erst geheiratet hatte.

»Bist du verrückt geworden?«, schrie sie ihn an.

»Ich hole dich um zwanzig Uhr ab. Wir sollten ins Maxim's gehen, sie haben dort gerade eine neue Lieferung Kaviar aus dem Iran bekommen. Er soll vortrefflich sein.«

»Was soll das? Ich will nicht mit dir Kaviar essen.«

»Dann nimm das Filet de Bœuf. Ich weiß doch, wie gern du Rindfleisch isst, am liebsten roh.«

Er erinnerte sich an Kleinigkeiten. Maria begann seinem Zauber zu erliegen. Ihre innere Stimme warnte sie und sagte ihr, dass das Wissen um ihre kulinarischen Vorlieben nach neun gemeinsamen Jahren keine Besonderheit war. Doch es wärmte ihr Herz, dass er sich unbedingt mit ihr treffen wollte. Und was bedeutete es schon, sich mit ihm zu einem Abendessen zu verabreden? Sie würden unter Beobachtung der Öffentlichkeit in ihrem Lieblingsrestaurant sitzen und von den guten alten Zeiten plaudern. Sie würde ihm die kalte Schulter zeigen können, wenn sie es wollte. Was hatte sie schon zu verlieren?

Mein Herz, dachte sie.

»Gut. Ich bin um halb neun im Maxim's«, versprach sie.

Das Maxim's war nicht nur eines der berühmtesten, sondern auch traditionsreichsten Restaurants der Stadt. Die Jugendstil-Einrichtung war originalgetreu erhalten, auch die deutschen Besatzer hatten die Wandbespannungen, Spiegel, bunten Facettendecken aus Glas und das Mobiliar mit den roten Samtbezügen nicht beschädigt, so dass man hier in der Rue Royale in die etwas frivole Welt des Art nouveau zurückkehren konnte. Maria liebte diesen Ort mit seiner besonderen Atmosphäre, der eleganten Klientel und vorzüglichen Küche.

Als sie an diesem Abend unter dem roten Baldachin an dem Portier vorbeischritt, dachte sie an das rauschende Fest, bei dem sie Elizabeth Taylor die Schau gestohlen hatte. Es war grandios gewesen. War das wirklich erst vier Wochen her? Damals war sie allein gekommen. Heute begrüßte sie Onassis mit einem Glas Champagner an seinem Tisch, was definitiv nicht weniger großartig war.

Ihr war bewusst, dass mindestens die Hälfte aller Augenpaare auf ihr und Aristo ruhten. Sie sah gut aus in ihrem wirkungsvoll schlichten schwarzen Cocktailkleid und dem ungewöhnlich dezenten Schmuck, den sie heute eigens angelegt hatte, um ihre Verabredung weniger formell wirken zu lassen. Wenn man einen alten Freund traf, brauchte man sich nicht mit Juwelen zu behängen.

Sie trank mit Aristo auf ihre Gesundheit, lachte über seine griechischen Trinksprüche und dachte daran, dass er seit einem Monat mit Jackie Kennedy verheiratet war. Ihr Lächeln wurde automatisch frostiger und ihre Antworten auf seine Fragen nach ihren Plänen weniger auskunftsfreudig. Sie bestellte nur Escargots à la provençale, weil sie ohnehin nicht mehr als ein paar kalorienarme und eiweißreiche Schnecken essen würde. Wegen ihrer Linie – und vor Aufregung. Denn in ihrem Innersten war sie so aufgewühlt wie bei ihrem ersten Rendezvous.

»Wahrscheinlich werde ich nächstes Jahr einen Film drehen«, erzählte sie so sachlich, als säße sie mit einem Journalisten beim Interview. »Pier Paolo Pasolini will den Medea-Mythos für die Leinwand bearbeiten und behauptet, keine andere Frau könne sie so spielen wie ich.«

»Ich habe dir immer gesagt, dass du deine Popularität durch den Film steigern kannst«, erwiderte Onassis, während er grauen Fischrogen auf ein kleines Buchweizenküchlein löffelte. »Wann finden die Dreharbeiten statt?«

»Es soll nächsten Mai in den Studios der Cinecittà in Rom losgehen …«

»Da komme ich mit«, erklärte er mit der größten Selbstverständlichkeit.

Bis eben war sie dankbar für das unverfängliche Thema gewesen. Jetzt starrte sie ihn an. »Wie bitte?«

»Ich sagte, da komme ich mit«, wiederholte er freundlich und strahlte sie durch die getönte Brille, die er wie immer trug, an. »Das Medium Film interessiert mich schon lange, aber es ist eine Welt, mit der ich bislang nichts zu tun hatte.«

»Was würde deine Frau dazu sagen?«, entfuhr es ihr. Sie ärgerte sich, dass sie die Kennedy erwähnte und damit quasi an den Tisch bat. Aber sie hatte nicht an sich halten können.

Aristo zuckte gleichmütig mit den Schultern. »Das weiß ich nicht – es interessiert mich eigentlich auch nicht. Sie ist bereits wieder mit den Kindern nach New York gezogen.«

»Ach?«

»Sie sagte mir, sie möchte nach Hause.« Sein Ton wurde gedämpfter. Obwohl er griechisch mit Maria sprach, was wohl die wenigsten anderen Gäste verstanden, fürchtete er anscheinend Mithörer. »Vor ein paar Monaten bekniete sie mich noch, sie aus den Staaten zu holen. Nach dem Attentat auf Martin Luther King und dem Mord an ihrem Schwager Bobby Kennedy binnen weniger Monate hatte sie Angst um ihre Kinder. Und natürlich fühlte auch sie sich bedroht. Offenbar hat sie ihre Meinung geändert.«

... über den Tisch gezogen ...

Seine Worte von vor vier Wochen hallten durch ihren Kopf.

»Und du?«, fragte sie.

Er grinste. »Ich bin hier. Bei dir.«

»Das meinte ich nicht.«

»Jackie kostet mich ein Vermögen. Sie wird langsam teurer als ein ganzer Öltanker, und ich habe nicht die geringste Ahnung, wofür sie die vielen Kleider, Taschen und Schuhe braucht, die sie kauft. Nun wünscht sie sich noch eine Yacht, die größer ist als die *Christina*. Verrückt, nicht wahr? Mein Geld scheint sie in eine Art Trance zu versetzen.« Sein letzter Satz wurde von einem spöttischen Unterton begleitet, als wolle er deutlich machen, wie überflüssig er die Wünsche seiner Frau fand.

Nachdenklich stocherte Maria mit der speziellen Gabel, die ihr serviert worden war, in den Schnecken herum. Von der Kräuterbutter stieg ein köstlicher Duft auf, doch sie legte das Besteck zur Seite. Sie wollte nicht mit Aristo über sein Privatleben sprechen, aber ihre Unterhaltung geriet in ein Fahrwasser, das es ihr unmöglich machte, seine Ehe zu umschiffen. Außerdem war sie neugierig, wie sie sich nun im Stillen eingestand.

»Du hast mir immer noch nicht geantwortet«, sagte sie schließlich. »Was wirst du tun? Auch nach New York ziehen?«

»Nein. Ich denke nicht daran. Die Suite im The Pierre genügt mir vollkommen. Eigentlich bevorzuge ich ohnehin meine Wohnungen in Europa. Paris, Athen, Skorpios sind mir lieber als Manhattan.« Er griff nach der blütenweißen Stoffserviette, betupfte seine Lippen, dann warf er das Tuch entschlossen neben seinen Teller, als wäre es sein in Leinen gesponnenes Schicksal. »Maria, ich brauche sie nicht.« Er hielt inne, dann fügte er sanft hinzu: »Im Gegensatz zu dir. Dich brauche ich.«

So einfach. So richtig. So wundervoll.

Doch Maria schüttelte den Kopf. Aristo benahm sich wie ein kleiner Junge, dem ein Spielzeug verweigert wurde und der glaubte, es genüge, wenn er mit dem Fuß aufstampfte, um es zu bekommen. Sie dachte an die Wochen nach ihrer Abreise von der Yacht, daran, wie schlecht es ihr gegangen war, als sie vergeblich auf eine Nachricht von ihm gewartet hatte. Das alles ließ sich nicht mit einem einzigen Satz ungeschehen machen. In ihren Träumen hatte sie sich immer wieder ausgemalt, wie sie reagieren würde, wenn er zu ihr zurückkam, doch sie hatte nie ernsthaft daran geglaubt. In einem Libretto ging einem solchen Fall meist eine besondere Verwicklung voraus, die es möglich machte, die Liebenden wieder zusammenzuführen. Aber galt das nur für das Leben auf der Bühne? Oder auch für die Ewigkeit?

Außerdem konnte sie nicht sicher sein, dass er nicht nur einer Laune erlegen war, weil er sich ohne Jackie einsam fühlte. Sie würde es ihm keinesfalls so leicht machen, wie er es sich vorstellte. Wie oft hatte sie denselben Satz ausgesprochen?

»Es ist vorbei, Aristo. Du wolltest es so.«

»Hm«, machte er. Dann: »So leicht wirst du mich nicht los.«

Was sagte er da? Ihr Herz raste, aber sie zwang sich zur Ruhe. »Ich möchte mich wieder auf meine Karriere konzentrieren.«

»Schön. Tu das. Ich habe dich immer für deinen Erfolg bewundert. Damals, als du in Epidauros gesungen hast, war ich sehr stolz auf dich. Ich meine nicht dein kleines Konzert *entre nous*, sondern als du später die Norma vor fünfzehntausend Menschen gegeben hast. Ich habe niemals etwas Schöneres und Erhabeneres erlebt …«

Er plauderte über die Vergangenheit, weckte Erinnerungen. Und Maria hörte ihm zu, ließ sich von seinen Worten zurück in jene Zeit geleiten, die sie zu den glücklichsten Jahren ihres Lebens zählte. Als wolle er sie für den Verlust ihres Kindes entschädigen, umsorgte Aristo sie damals mit all der Zärtlichkeit, Liebe, Fürsorge und Aufmerksamkeit, zu der er fähig war. Und ausgerechnet jetzt rief er die Gefühle von einst mit seinen Geschichten wieder wach. Maria ließ es geschehen, doch das Eintauchen in die Erinnerung konnte die Leere, die sie seit der Trennung von ihm in sich spürte, nicht mit neuem Leben füllen.

KAPITEL 34

Paris

Ein Jahr später, Ende Oktober 1969

Maria arrangierte die Blumen und tat doch nichts anderes, als die Dekoration zu zerstören. Blütenblätter rieselten über ihre zitternden Finger.

»Warum bist du so nervös?«, erkundigte sich Mary.

»Es ist das erste Mal, dass Aristo diese Wohnung wieder betreten wird«, antwortete Maria zögernd. »Ich habe es fast ein Jahr lang geschafft, ihn von hier fernzuhalten. Wir haben uns gelegentlich getroffen, ja, aber es ist doch etwas anderes, mit ihm in einem Restaurant zu essen oder die Dinnerparty gemeinsamer Freunde zu besuchen, als ihn dort zu empfangen, wo er einmal quasi der Hausherr war.«

»Warum hast du für heute Abend keinen Tisch im Maxim's bestellt?«, bohrte Mary weiter. Sie sah sich in dem Esszimmer mit der für acht Personen elegant gedeckten Tafel um.

Maria hatte innerhalb kürzester Zeit die Gäste zusammengetrommelt und ein Menü bestellt. Glücklicherweise befand sich Mary gerade auf Europareise in Paris, so dass sie Marias kurzfristiger Einladung Folge leisten und sie unterstützen konnte.

»Er bestand darauf, zu mir zu kommen.« Seufzend hob Maria zum Zeichen ihrer Resignation die Arme und ließ sie wieder fallen.

»Ich muss dich heute Abend sehen«, hatte Aristo am Telefon verkündet. »Ich bin gerade am Flughafen angekommen und werde nachher zu dir fahren. Bitte bereite eine Kleinigkeit zu essen vor. Ich habe schon jetzt Hunger.«

Bis zu diesem Tag hatte sie es geschafft, seine Annäherungsversuche zu umschiffen wie Odysseus die Meerenge zwischen Charybdis und Skylla. Er war regelmäßig nach Paris gekommen und hatte stets gebeten, sie sehen zu können. Dabei schien es ihm völlig gleichgültig zu sein, ob sich Jackie zur selben Zeit auf Shoppingtour an der Seine befand. Er traf sich ohne Rücksicht mit Maria, versuchte dabei zwar, die Begegnung mit Reportern zu umgehen, mied die Öffentlichkeit aber nicht. Über kurz oder lang erschienen in den Zeitungen Fotos von Maria und Aristo, die wie Kopien alter Aufnahmen wirkten. »Wir sind nur Freunde, darüber hinaus geschäftlich verbunden«, ließ sie die Presse wissen. Und doch war er ihr mit der Zeit wieder so vertraut, kam ihr in seiner unterhaltsamen, charmanten Art so nahe, dass sich Marias Herz für ihn zu öffnen begann. Auch wenn sie noch lange zu verletzt war, um ihm den Zugang ganz zu ermöglichen – oder gar den Weg zu ihrem Bett zu öffnen. Denn dass er dorthin zurückwollte, war ihnen beiden klar.

Und nicht nur in Paris suchte Aristo ihre Nähe. Als sie im

Mai nach Rom flog, um für ihren ersten Spielfilm »Medea« vor die Kamera zu treten, begleitete er sie zwar nicht, rief sie jedoch fast täglich in ihrem Hotel an. Als das Set im Juni und Juli in die Türkei und nach Syrien zog, wurden seine Anrufe seltener, was aber einzig daran lag, dass die Telefonverbindungen im Vorderen Orient schlechter waren. Sobald die Aufnahmen in Norditalien ihrem Ende entgegengingen, erfolgten die Anrufe so häufig wie zuvor.

Diese ungebrochene Präsenz Aristos in ihrem Leben wühlte Maria immer mehr auf, ja versetzte sie beinahe in Panik. Es war eine Sache, mit einem ehemaligen Geliebten auszugehen und dabei unter Leuten zu bleiben. Aber es war eine andere, ihre Erfahrungen in der einst gewohnten Nähe und Vertrautheit mit ihm zu teilen und zu diskutieren, selbst wenn das nur am Telefon geschah. Die Schauspielerei bereitete ihr viel Spaß, und sie hoffte, weitere Filme drehen zu können. Von ihren Hoffnungen für die Zukunft erzählte sie ihm ebenso wie von der Begegnung mit einer Wahrsagerin im Basar von Aleppo, die in Marias Hand einen frühen Tod gelesen hatte. »Aber Sie werden nicht leiden«, hatte die Alte hinzugefügt. Maria war natürlich zutiefst verstört.

»Vergiss es einfach«, riet Aristo, obwohl er wusste, wie abergläubisch sie war. Er fügte jedoch hinzu: »Denk trotzdem daran, dass wir jeden Tag leben sollten, als wäre es unser letzter.«

Womit er wohl meinte, dass sie ihn besser heute erhören sollte als morgen, wie sie sehr wohl verstand.

Mary legte ihren Arm um Maria. »Eine Zeit lang dachte ich, Ari wäre nur auf die Publicity aus. Er hat Jackie Kennedy bekommen, dann wollte er dich zurück. Was ist schon eine berühmte Frau, wenn er derer zwei haben kann, nicht wahr? Aber in deiner Wohnung werden ja keine Journalisten sein, die euch beobachten könnten. Wir müssen wohl befürchten, dass er es ernst meint.«

»Deshalb habe ich meine Freunde eingeladen«, erwiderte Maria. »Ich will nicht mit ihm allein sein.«

»Wovor sollen wir dich schützen? Vor Aris Leidenschaft oder vor deiner Liebe zu ihm?« Die Freundin hauchte Maria einen Kuss auf die Wange. »Komm schon, lächle, meine Liebe. Die Callas hat mit ihrer Schauspielkunst die Opernbühne revolutioniert. Da wird es dir doch wohl gelingen, Aristoteles Onassis zu empfangen und ihm die kalte Schulter zu zeigen.«

»Ja. Natürlich.« Maria lachte, tat unbefangen, aber im Stillen fragte sie sich beklommen, ob sie Aristo überhaupt noch länger abweisen wollte.

Er kam als letzter Gast.

Maria war so nervös, dass sie vor seiner Ankunft mit Belanglosigkeiten auf ihre Freunde einredete, weiter Blumen zerpflückte, Champagnergläser umwarf und mit glühenden Wangen wie ein junges Mädchen auf seinen Verehrer wartete. Wie die anderen anwesenden Damen trug sie ein Cocktailkleid, die Herren waren im Dinnerjacket gekommen. Sie hatte um Abendgarderobe gebeten, um dem Anlass und Aristos Besuch einen formellen Rahmen zu geben. Das war nicht nur privat und verlieh ihr die Möglichkeit, Distanz zu wahren.

»Es ist schön, wieder hier zu sein«, sagte er zur Begrüßung und umarmte Maria.

Sie führte ihn in den Salon, wo die anderen Gäste warteten. »Nimm bitte Platz. Wir sind noch beim Aperitif. Was möchtest du trinken?«

»Einen Whisky, bitte.« Er trat an den Tisch mit der Bar, der dort stand, wo er auch vor eineinhalb Jahren gestanden hatte, als er zum letzten Mal in dieser Wohnung gewesen war. »Mach dir keine Mühe, ich bediene mich selbst.« Er schenkte sich großzügig in ein kristallenes Glas ein und schlenderte dann zu dem Sofa, um sich zu setzen.

Die Gespräche, die für die Begrüßung kurz unterbrochen worden waren, wurden wieder aufgenommen. Maria erzählte von der Endproduktion ihres Films und von der für Ende Dezember geplanten Premiere in Mailand; irgendjemand verkündete, dass der britische Autorennfahrer Jackie Stewart gerade Weltmeister in der Formel 1 geworden war; man diskutierte über die Faszination der Raumfahrt ebenso wie über die Rockgruppe Deep Purple, die kürzlich mit dem Royal Philharmonic Orchestra in London aufgetreten war. Nur die Schrecken des Vietnamkrieges erwähnte keiner von ihnen. Sie alle wussten darum, aber niemand wollte darüber sprechen. Nicht an diesem Abend, beim Aperitif vor einem Dinner unter Freunden.

Aristo zog sich das Sakko aus und lockerte seine rote Krawatte. Dann zündete er sich eine Zigarre an. Während er den

Rauch der Havanna inhalierte, spürte Maria, wie sich seine Hand auf ihren Schenkel legte.

Sie thronte auf der Lehne des Sessels, in dem Mary saß, zufällig der Platz, der dem Sofa am nächsten war.

Die Berührung raubte ihr den Atem. Sprachlos starrte sie auf die Finger, die sich in der schweren Seide ihres Kleids verfingen. Es war eine vertraute Geste – und eine selbstverständliche. Genauso wie er sich seiner Jacke entledigt hatte, ohne sie zu fragen. Es war das Verhalten eines Mannes, der sich sicher war, dass er hierhergehörte. In diesen Salon. An die Seite dieser Frau.

Ihre Freunde unterhielten sich, aber Maria fiel auf, wie so manches Augenpaar zu ihr und Aristo wanderte. Keiner machte eine Bemerkung. Natürlich nicht. Alle warteten auf ihre Reaktion.

Und sie wusste, dies war der Moment, in dem sie sich entscheiden musste. Wie sollte es mit ihr und Aristo weitergehen? Sollte sie ihn in die Schranken weisen? Oder sollte sie diesem ersten Schritt den nächsten folgen lassen? Sie war der Regisseur, der diese Szene umzusetzen hatte.

Aristo fuhr sanft über Marias Bein und lächelte sie an.

Mary kicherte nervös.

Maria zögerte. Aristo hatte es geschafft, dass sie ihn empfing. Nun zwang er sie, Farbe zu bekennen, ob sie ihn noch wollte – oder nicht. Und sie dankte ihm dafür, dass er ihr die Entscheidung überließ.

Es war wahrscheinlich nicht richtig, und vielleicht würde es ihr eines Tages für alle Zeit das Herz brechen, aber was konnte es Schöneres geben, als ihn wieder bei sich zu wissen. Sie gehörten zusammen. Maria und Aristo. Er war ihr Schicksal.

Penelope hatte zehn Jahre auf die Heimkehr von Odysseus gewartet. Maria benötigte nur rund fünfzehn Monate.

»Willkommen zu Hause«, sagte sie.

FUSSNOTE

Aristoteles Onassis starb am 15. März 1975 im Amerikanischen Krankenhaus in Neuilly-sur-Seine bei Paris nach schwerer Krankheit. Seine Scheidung von Jackie Kennedy war zu diesem Zeitpunkt bereits eingeleitet, aber noch nicht ausgesprochen, so dass sie seine Witwe wurde. Während seiner Ehe traf sich das Paar nur selten, dafür wurde Onassis in der Öffentlichkeit schon kurz nach der Hochzeit wieder immer häufiger an der Seite von Maria Callas gesehen. Maria behauptete gegenüber der Presse zwar standhaft, sie und Aristo wären »nur gute Freunde«, aber alle Indizien sprechen für sehr viel mehr Innigkeit, ebenso die Beobachtungen ihrer Freunde, Bekannten und Kollegen und auch Fotos der Paparazzi.

Obwohl fast alle Biographen von Maria Callas und Aristoteles Onassis in späteren Jahren an die Geschichte der Freundschaft glauben, habe ich nach Sicht der umfangreichen Basisliteratur erhebliche Zweifel. Zunächst einmal reden wir hier von Erwachsenen und nicht von Teenagern, das heißt von Menschen, die sich über ihre Gefühle und Bedürfnisse im Klaren sein dürften. Vor allem spricht aber das Verhalten von Jackie Kennedy für einen Fortbestand der Liebesbeziehung zwischen Maria und Aristo. Statt nach ihrer Heirat Souveränität zu demonstrieren, schäumte die Ehefrau sogar öffentlich vor Eifersucht auf die – ja, was? – Freundin, Nebenbuhlerin,

Kameradin, Geliebte oder Seelenverwandte ihres Mannes. So bestand Jackie etwa darauf, dass Onassis mit ihr die Restaurants besuchte, in denen er kurz zuvor mit Maria Callas gegessen hatte. Es genügte ihr nicht, dass er ihr den Schmuck schenkte, den Maria im Sommer 1968 an Bord der *Christina* vergessen hatte – sie kaufte auch die geliehenen Juwelen, mit denen Maria in der Öffentlichkeit geglänzt hatte, etwa die Smaragdohrringe von Harry Winston, die Maria anlässlich der Versöhnung mit Renata Tebaldi trug. Außerdem verweigerte Jackie der Anderen den Zutritt zum Krankenzimmer des sterbenden Onassis. Obwohl sie zu diesem Zeitpunkt selbst in New York war, sorgte sie dafür, dass die in Paris lebende Maria nicht zu ihm gelassen wurde – für eine bloße Freundin ein ziemlich heftiges Verbot. Und dann ist da noch etwas: Ari Onassis wurde in einer Gruft auf der Insel Skorpios beigesetzt – als Maria Callas am 16. September 1977 an einem Herzinfarkt (oder an gebrochenem Herzen) in Paris starb, hinterließ sie den Letzten Willen, dass ihre Asche im Meer vor Skorpios verstreut werden möge – für kameradschaftliche Freunde eine ziemlich große Geste, für Liebende jedoch eine Vereinigung in der Ewigkeit.

Onassis sagte einmal, die Ehe mit Jackie sei der größte Fehler seines Lebens gewesen. Die größte Tragödie seines Lebens war zweifellos der Flugzeugabsturz, der seinen Sohn Alexander mit nicht einmal fünfundzwanzig Jahren das Leben kostete. Schlimmer noch, der Vater musste die Entscheidung treffen, dass die lebenserhaltenden Maßnahmen des Komapatienten am 23. Januar 1973 eingestellt wurden. Darüber kam er niemals hinweg. Auch Tina, die inzwischen in dritter Ehe den Reeder Niarchos geheiratet hatte, soll den Tod ihres Sohnes nicht verkraftet haben. Sie starb aus bis heute ungeklärter Ursache am 10. Oktober 1974 in Paris.

Mit all dem fertigzuwerden, war für Onassis' Tochter Christina eine enorme Belastung. Das um die Liebe seiner Mutter bettelnde, schüchterne kleine Mädchen fiel als Erwachsene in schwerste Depressionen. Sie schenkte die nach ihr benannte Yacht dem griechischen Staat, heiratete drei Mal und wurde ebenso oft geschieden und bekam 1985 eine Tochter, die sie nach ihrer Mutter Athina nannte. Am 19. November 1988 starb sie in Buenos Aires an Medikamentenmissbrauch. Athina, die im Grunde keinen der Protagonisten der größten griechischen Tragödie der Neuzeit wirklich kennengelernt hat, ist eine bekannte Springreiterin und lebt in der Schweiz. Die Insel ihres Großvaters verkaufte sie 2013 an die Tochter eines russischen Oligarchen: Für angeblich 100 Millionen Dollar zog Ekaterina Dimitrewna Rybolowlewa auf Skorpios ein, die ebenfalls Springreiterin ist und die Wirtschaftskraft der Ionischen Inseln stärken will. Das Onassis-Grabmal befindet sich nach wie vor auf Skorpios.

Jackie Kennedy verbrachte den Rest ihres Lebens in New York City, wo sie als Verlagslektorin arbeitete und mit dem belgisch-amerikanischen Diamantenhändler Maurice Tempelsman zusammenlebte. Die Frau, die zur Modeikone der sechziger und siebziger Jahre geworden war, starb am 19. Mai 1994.

Giovanni Battista Meneghini hielt auf die eine oder andere Weise zeit seines Lebens an der Verbindung zu Maria Callas fest. Er sorgte dafür, dass in seiner Villa in Sirmione am Gardasee alles so blieb, wie es war, als sie auszog. Selbst ihr Bademantel blieb an der Tür ihres Schlafzimmers hängen. Er schuf eine Art Mausoleum für seine Ehe. Nach Marias Tod erwarb er auf verschiedenen Auktionen in Paris Möbel, Bilder und Erinnerungsstücke aus ihrem Nachlass. Er starb am 21. Januar 1981. Das Haus in der Nähe des Cortine Palace Hotel befindet sich heute in Privatbesitz und ist nicht zugänglich. Dennoch erinnert an ihrem einstigen Wohnort Sirmione viel an Maria Callas.

Der Spielfilm »Medea« von Pier Paolo Pasolini, mit dem Maria Callas ins Scheinwerferlicht zurückkehrte, wurde von der Kritik gelobt, aber kein Erfolg. Es wurde der erste und letzte Ausflug der Diva auf die Leinwand. Jedenfalls zu ihren Lebzeiten: Denn später brillierte Fanny Ardant in der Rolle der Callas, und eine Spielfilmdokumentation zeigte Auftritte und Interviews mit ihr. Außerdem wurde das Leben von Aristoteles Onassis mehrfach verfilmt.

Von 1971 bis 1972 unterrichtete Maria Callas ausgewählte Meisterklassen an der renommierten Juilliard School in New York, dem wohl besten Konservatorium der USA. Auf Bitte ihres Freundes und früheren Bühnenpartners Giuseppe Di Stefano plante sie für 1973 und 1974 eine Tournee an seiner Seite, die von ihrem Publikum aber lediglich als Abschiedsvorstellung wahrgenommen wurde – die Stimmen beider Sänger hielten nicht mehr für die Lieder von einst. Danach zog sie sich von der Bühne zurück. Geblieben sind unzählige Aufnahmen und eine Opernwelt, die Maria Callas nicht nur mit ihrem hohen C, sondern vor allem mit ihrer Schauspielkunst revolutionierte.

Als ich Ende der siebziger Jahre meine Laufbahn als Zeitungsredakteurin begann, war die Geschichte von Maria Callas und Aristoteles Onassis noch in aller Munde, nicht zuletzt durch die Präsenz der noch Lebenden: Christina Onassis, Jackie Kennedy und Battista Meneghini in ihrem opernreifen Drama. Deshalb bedeutete diese Geschichte für mich eine Rückkehr in meine beruflichen Anfangsjahre, und die Recherche war relativ leicht, denn ich wusste zumindest noch gut, wo ich ansetzen musste. Als Überraschung stellten sich für mich aber dann die Details der Liebesbeziehung zwischen Maria und Aristo heraus, ebenso – und vor allem – der Charakter von Maria Callas, in dem ich mich selbst durchaus wiederfand. Ich bete Gabrielle Coco Chanel und Édith Piaf, die Protagonistinnen meiner vorherigen Romane, an. Aber mit keiner konnte ich mich persönlich so identifizieren wie mit Maria Callas.

Vielleicht liegt das neben manchem Wesenszug daran, dass auch ich erst relativ spät im Leben die große Liebe traf. Maria Callas war sechsunddreißig Jahre alt, als sie mit Onassis zusammenkam; mit zweiundvierzig Jahren lernte ich meinen späteren

Ehemann kennen. Ich meine, dadurch etwas über die Psyche von Frischverliebten gelernt zu haben, die keine jungen Leute mehr sind und über eine gewisse Lebenserfahrung verfügen. Das hat nichts mit Schmetterlingen im Bauch zu tun, sondern mit dem Verhalten der Beteiligten. Deshalb glaube ich zum Beispiel nicht an das, was einige Biographen von Maria Callas und Aristoteles Onassis über die Umstände von deren erster gemeinsamer Nacht schreiben; obwohl das natürlich auch nur Spekulation ist.

Angeblich soll die Liebesbeziehung in einem Beiboot der Yacht *Christina* während der ersten gemeinsamen Kreuzfahrt begonnen haben – und das halte ich für ausgeschlossen. Erst einmal halte ich das für ein wenig zu spektakulär, an Bord eines Schiffes mit immerhin über vierzig Besatzungsmitgliedern, in Anwesenheit der jeweiligen Ehepartner und seiner Kinder – und mit Winston Churchill als Gast. Darüber hinaus hätte es überhaupt keinen Sinn gehabt, dass sich Onassis vom ersten bis zum letzten Tag der Reise darum sorgte, vor seinem großen Mentor ein sittsames Verhalten zu demonstrieren, wenn er andererseits mit seiner Geliebten in ein Beiboot sprang, wo er jederzeit hätte entdeckt werden können. Hinzu kommen Alter und Persönlichkeit des Paares – wir reden hier, wie gesagt, nicht von Vierzehnjährigen, sondern von der damals berühmtesten Frau und einem der mächtigsten und reichsten Männer der Welt. Onassis' Kapitän und auch Anthony Montague Browne hielten die Beibootaffäre in verschiedenen Interviews aus den von mir genannten Bedingungen an Bord für absolut unwahrscheinlich. Deshalb habe ich meine Phantasie bemüht und meine eigene Idee entwickelt.

Aber das ist auch so ziemlich die einzige Freiheit, die ich mir in der vorliegenden Geschichte herausgenommen habe.

DANKSAGUNG

Ohne Hilfe und Unterstützung kann man keinen Roman wie diesen schreiben. Meine fachkundige Ratgeberin, die mich durch die Welt der Oper führte, war die Sopranistin Ilona Nymoen, der ich von ganzem Herzen dankbar bin. Danken möchte ich auch Tanja Stumpf in Kreta für die Einblicke in das griechische Alltagsleben. Sollten sich trotzdem Fehler in meinen Text geschlichen haben, trage ich allein die Verantwortung. Natürlich würde es dieses Buch aber ohne das Team des Aufbau Verlags nicht geben, allen voran meine Lektorin, die Programmleiterin Taschenbuch Stefanie Werk, die die meiste Arbeit mit mir hatte, aber selbstverständlich auch der Verlagsleiter Reinhard Rohn und der Leiter Digital Oliver Pux. Ich danke Euch allen sehr. Und ich möchte ausdrücklich Inka Ihmels und Helena Becker in dieses Dankeschön einbeziehen, die sich unendlich viel Mühe mit den Lizenzverkäufen meiner Romane geben, so dass meine Texte inzwischen in 16 Sprachen übersetzt worden sind. Ohne meine wunderbare Agentin Petra Hermanns wäre das aber alles nie geschehen – und ohne ihre aufmunternden E-Mails vielleicht auch manches Kapitel nicht geschrieben worden. Dir ein großes Dankeschön. Zuletzt umarme ich im Geiste meine Familie, die mich durch die Höhen und Tiefen dieses Romans begleitet hat und die mir Liebe, Sicherheit und Ablenkung von der Arbeit gibt. Ihr steht hier zwar an letzter Stelle, aber Ihr seid die Ersten in meinem Herzen.

LESEPROBE

Kapitel 1

2. JUNI 1940 | Estella Bissette rollte einen Ballen goldene Seide aus und sah, wie der Stoff zu tanzen begann und quer über den Arbeitstisch einen Cancan hinlegte. Fasziniert strich sie mit der Hand über den Stoff, der sich so zart und sinnlich anfühlte wie Rosenblüten und nackte Haut. »*What's your story, morning glory*«, murmelte sie auf Englisch.

Prompt hörte sie ihre Mutter lachen. »Estella, du klingst amerikanischer als jeder Amerikaner.«

Estella lächelte. Ihr Englischlehrer, der letztes Jahr den Unterricht beendet hatte, um sich dem Exodus aus Europa anzuschließen, hatte genau das Gleiche gesagt. Kurz entschlossen klemmte sie den Stoffballen unter den Arm, drapierte die Seide über die Schulter und schwang sich, ohne auf die warnenden »*Attention!*«-Rufe der anderen Frauen zu achten, in einen wilden Tango. Von den Zwischenrufen angestachelt begann sie zu singen, und stimmte spontan, immer wieder von Lachsalven unterbrochen, Josephine Bakers rasantes *I Love Dancing* an.

Nach einer gekonnten Rückbeuge richtete sie sich zu schnell wieder auf, so dass die goldene Seide über den Arbeitstisch der beiden jungen Näherinnen wischte, Nannettes Kopf knapp verpasste, um schließlich auf Maries Schulter zu landen.

»Estella! *Mon Dieu!*«, schimpfte Marie und fasste sich an die Schulter, als wäre sie verletzt.

Estella küsste sie auf die Wange. »Aber sieh nur, er verdient mindestens einen Tango«, erklärte sie und deutete auf den Stoff, der selbst in der alltäglichen Umgebung des Ateliers leuchtete wie der Mond im Sommer und ganz eindeutig für ein Kleid bestimmt war, das nicht bloß für Aufmerksamkeit sorgen, sondern die Blicke schneller auf sich ziehen würde, als Cole Porters Finger im berüchtigten Jazzclub Bricktop's in Montmartre über die Klaviertasten jagten.

»Der Stoff hat vor allem eines verdient – dass du dich mit ihm hinsetzt und endlich anfängst zu arbeiten«, grummelte Marie.

Angelockt von dem Lärm erschien auch Monsieur Aumont an der Tür, warf einen Blick auf die seidendrapierte Estella und meinte lächelnd: »Was hat *ma petite étoile* sich denn jetzt wieder ausgedacht?«

»Mich mit diesem Stoff zu prügeln!«, beklagte sich Marie.

»Ein Glück, dass du gut gepolstert bist und Estellas Späße aushalten kannst«, neckte sie Monsieur Aumont, und Marie nuschelte etwas vor sich hin, das niemand verstand.

»Was machen wir daraus?«, fragte Estella und strich zärtlich über die goldenen Falten.

»Das hier«, antwortete Monsieur Aumont. Mit einer eleganten Verbeugung reichte er ihr eine Skizze.

Es war ein Lanvin-Kleid, eine Überarbeitung der berühmten La-Cavallini-Robe aus den zwanziger Jahren, aber statt mit Tausenden Perlen und Kristallen war die große Schleife hier mit Hunderten winzigen goldenen Rosenknospen verziert.

»Oh!«, hauchte Estella und berührte behutsam die Zeichnung. Sie wusste, dass die zarten Blumenreihen von Weitem aussehen würden wie ein einziger funkelnder Goldstrudel und ihre wahre Komposition – ein geschwungenes Band von Rosen – erst zu erkennen sein würde, wenn man der Trägerin nahe genug kam. Und es gab bei diesem Kleid keine militärischen Schulterklappen, keine umgehängte Gasmaskentasche, genauso wenig wie es in einem der zahlreichen Blautöne gehalten war – Maginot-Blau, Royal-Air-Force-Blau, gedecktes Stahlblau –, die Estella inzwischen allesamt aus tiefstem Herzen hasste. »Wenn meine Entwürfe eines Tages so aussehen«, sagte sie und betrachtete bewundernd Lanvins exquisite Illustration, »werde ich so glücklich sein, dass ich nie wieder einen Liebhaber brauche.«

»Estella!«, wies Marie sie zurecht, als dürfte eine Zweiundzwanzigjährige dieses Wort nicht kennen und schon gar nicht laut aussprechen.

Grinsend schaute Estella zu Jeanne, ihrer Mutter, hinüber.

Diese hatte, wie es ihre Art war, während des ganzen Geschehens unbeirrt weiter winzige Kirschblüten aus Seide geformt. Sie blickte nicht auf, mischte sich nicht ein, aber Estella sah, dass sie sich ein Grinsen verkneifen musste, denn sie wusste, wie viel Spaß es ihrer Tochter machte, die arme Marie zu schockieren.

»Ein Kleid ist doch kein Ersatz für einen Liebhaber«, meinte Monsieur Aumont ernst und deutete auf die Seide. »Du hast zwei Wochen Zeit, um das hier in ein goldenes Bouquet zu verwandeln.«

»Wird es Reste geben?«, fragte Estella, den Stoffballen noch immer fest an sich gedrückt.

»Wir haben vierzig Meter bekommen, aber nach meinen Berechnungen solltest du nur sechsunddreißig brauchen – wenn du sorgfältig arbeitest.«

»Ich werde so exakt arbeiten wie beim Klöppeln von Calais-Spitze«, erwiderte Estella ehrfürchtig.

Die Seide wurde zum Spannen mit Nägeln auf einem Holzrahmen befestigt, dann, um sie fester zu machen, mit einer Zuckerlösung bestrichen, so dass Marie mit den schweren eisernen Stanzformen Kreise herausstechen konnte.

Als Marie fertig war, legte Estella ein sauberes weißes Stück Stoff über einen Schaumstoffblock, erhitzte ihre Modellierkugel auf niedriger Flamme, überprüfte die Temperatur in einer Schüssel mit Wachs, legte eine der runden goldenen Stoffscheiben auf das weiße Tuch und drückte dann die warme Kugel in die Seide, die sich sofort darumschmiegte und zu einem wunderschönen Blütenblatt formte. Estella legte das Blatt zur Seite, wiederholte den Vorgang mit dem nächsten goldenen Seidenkreis, und bis zum Mittag hatte sie bereits zweihundert Rosenblüten zusammengesetzt.

Wie jeden Tag plauderte und lachte sie bei der Arbeit vergnügt mit Nannette, Marie und ihrer Mutter, doch alle wurden ernst, als Nannette leise sagte: »Ich habe gehört, dass inzwischen mehr französische Soldaten aus dem Norden fliehen als belgische oder niederländische Zivilisten.«

»Wenn die Soldaten fliehen, was steht dann noch zwischen uns und den Deutschen?«, fragte Estella. »Sollen wir Paris mit unseren Nähnadeln verteidigen?«

»Der Wille des französischen Volkes steht zwischen uns und den *Boches*. Frankreich wird sich nicht ergeben«, erklärte Jeanne mit Nachdruck, und Estella seufzte.

Die Diskussion war sinnlos. So gern Estella ihre Mutter in Sicherheit gebracht hätte, so sicher wusste sie, dass sie und ihre Mutter niemals weglaufen, sondern weiterhin im Atelier sitzen und Stoffblumen formen würden, als wäre Mode das Wichtigste auf der Welt. Für sie gab es keinen Ausweg. Sie würden sich nicht den nach Süden strömenden Flüchtlingen aus den Niederlanden, Belgien und Nordfrankreich anschließen, denn sie hatten keine Verwandten auf dem Land, bei denen sie Zuflucht finden konnten.

In Paris hatten sie ein Zuhause und Arbeit, jenseits der Stadt hatten sie nichts. Obwohl der Glaube ihrer Mutter, dass die Franzosen der deutschen Armee Widerstand leisten könnten, ihr Sorgen bereitete, wusste Estella keine Erwiderung darauf. Und war es denn so falsch, solange Couturiers wie Lanvin nach goldenen Stoffblumen verlangten, innerhalb der vier Wände ihres Ateliers wenigstens noch ein paar Tage so zu tun, als könnte alles gut gehen?

In der Mittagspause aßen sie in der Küche des Ateliers Kanincheneintopf. Estella saß etwas abseits und zeichnete. Mit Bleistift skizzierte sie ein Kleid mit bodenlangem, schmal geschnittenem Rock, Flügelärmeln, einer schmalen Schärpe aus goldener Seide um die Taille und einem eleganten V-Ausschnitt, den als unerwartetes Detail ein Revers wie auf einem Herrenhemd zierte, was das Kleid modisch und besonders zugleich machte. Obwohl der Rock eng anlag, würde man darin gut tanzen können; kühn und golden, war dies ein Kleid, um das Leben zu feiern. Und alles, was Leben verhieß, war in Paris im Juni 1940 hochwillkommen.

Als Jeanne mit dem Essen fertig war, ging sie, obwohl die Mittagspause erst in fünfzehn Minuten zu Ende wäre, durchs Atelier zu Monsieur Aumonts Büro. Estella beobachtete die Gesichter der beiden, die leise miteinander tuschelten. Monsieur Aumont hatte im Großen Krieg gekämpft und gehörte zu den *gueules cassées* – so nannte man die Männer, deren Gesicht von einem Artilleriegeschoss, einer Kugel oder was auch immer zerstört worden war. Ihm hatte ein Flammensturm die Lippen verformt und von der Nase kaum etwas gelassen. Ein schrecklicher Anblick, der Estella längst nicht mehr auffiel, den Aumont jedoch außerhalb seines Ateliers unter einer Kupfermaske verbarg. Er machte kein Hehl aus seiner tiefen Abneigung gegen die Deutschen, die *Boches*, wie er und Jeanne sie nannten. In letzter Zeit hatte Estella immer wieder mitbekommen, dass Männer im Atelier aus und ein gingen und sich im Treppenhaus mit Aumont trafen. Angeblich lieferten sie Stoff oder Färbemittel, aber ihre Kartons wurden nur von Monsieur Aumont höchstpersönlich ausgepackt.

Jeanne gehörte zu den 700 000 Kriegswitwen aus dem Großen Krieg – ihr Mann war bald nach der Hochzeit gefallen, sie war damals gerade erst fünfzehn gewesen. Hier tuschelten also zwei Menschen ständig miteinander, die allen Grund hatten, die Deutschen zu hassen, und ihre Ernsthaftigkeit wies keinesfalls auf eine heimliche Romanze hin.

Estella beugte sich wieder über ihre Skizze, als ihre Mutter zurückkam.

»*Très, très belle*«, sagte Jeanne mit einem Blick auf den Entwurf ihrer Tochter.

»Das nähe ich mir heute Abend aus den Stoffresten.«

»Und ziehst es an, wenn du ins La Belle Chance gehst?«, fragte ihre Mutter. Das La Belle Chance war ein Jazzclub in Montmartre, den Estella besuchte, obwohl kaum noch Männer in der Stadt waren, seit die französische Armee vergangenes Jahr mobilgemacht hatte und die Briten bei der Schlacht von Dunkerque im Mai geflohen waren. Eigentlich gab es nur noch Männer, die in der Kriegsindustrie arbeiteten und deshalb vom Wehrdienst freigestellt waren.

»*Oui.*« Estella lächelte ihrer Mutter zu.

»Ich gehe nachher zur Gare du Nord.«

»Dann wirst du morgen müde sein.«

»Genau wie du heute«, erwiderte Jeanne.

Gestern war es Estella gewesen, die auf dem Bahnhof gestanden und Suppe an die Flüchtlinge verteilt hatte, die durch Paris zogen. Manche hatten es geschafft, mit dem Zug hierherzukommen, während andere auf der Flucht vor den Deutschen Hunderte von Kilometern zu Fuß zurückgelegt hatten. Sobald sie sich gestärkt hatten, machten die Flüchtlinge sich von Neuem auf den Weg, um Zuflucht bei Verwandten zu suchen, oder sie schleppten sich, so weit die Füße sie trugen, fort von der Front, auf die andere Seite der Loire, wo man angeblich in Sicherheit war.

Der Tag verging, Rosenknospe um Rosenknospe. Um sechs verließen Estella und ihre Mutter gemeinsam das Atelier. Sie gingen die Rue des Petits-Champs hinter dem Palais-Royal entlang, vorbei an der Place des Victoires und an Les Halles, vor denen anstelle der üblichen Lkw nun von Pferden gezogene Wagen warteten, um Lebensmittel anzuliefern. Die Realität, die Estella mit einem Stoffballen wunderschöner goldener Seide zu verdrängen versucht hatte, machte sich hier mit Nachdruck bemerkbar.

Zuallererst war es die gespenstische Ruhe – es war nicht wirklich still, aber um diese Uhrzeit hätte es hier von Näherinnen, Schneidern, Zuschneidern und Models wimmeln sollen, die nach Feierabend auf dem Heimweg waren. Doch kaum jemand eilte an den leeren Ateliers und Läden vorbei. Wo noch vor einem Monat alles voller Leben gewesen war, herrschte trostlose Leere. Als am 10. Mai der *drôle de guerre* – der »seltsame Krieg«, dann als »Sitzkrieg« bezeichnet – vorbei war und Hitlers Armee in Frankreich einmarschierte, hatten viele Menschen Paris auf schnellstem Wege verlassen. Als Erstes die Amerikaner in ihren schicken Limousinen mit Chauffeur, dann die Familien mit älteren Autos, dann diejenigen, denen es wenigstens gelungen war, Pferd und Wagen aufzutreiben.

Es war ein warmer, milder Juniabend, der Flieder duftete, wie mit Perlenketten behangen blühten die Kastanien, hier und dort gab es noch ein offenes Restaurant, ein Kino oder ein Modehaus, dessen Pforten noch nicht geschlossen waren wie bei der Maison Schiaparelli. Irgendwie ging das Leben weiter. Wenn man nur die Katzen hätte ignorieren können, die, von ihren geflüchteten Besitzern zurückgelassen, durch die Straßen streunten. Die abgedeckten Straßenlaternen, die Fenster mit Verdunkelungsvorhängen. Nichts davon erzählte von einem Pariser Sommer der Liebe.

»Ich habe gesehen, wie du mit Monsieur Aumont geredet hast«, begann Estella unvermittelt, als sie die Rue du Temple überquert hatten und der Marais sie mit seinem vertrauten Geruch nach Abfall und Leder empfing.

»Er begleitet mich heute Abend, wie üblich«, erklärte Jeanne.

»Zur Gare du Nord?«, hakte Estella nach. Sie wurde das Gefühl nicht los, dass sich ihre Mutter in letzter Zeit, wenn sie abends wegging, nicht nur um das Verteilen von Suppe kümmerte.

»*Oui*«, antwortete Jeanne und drückte ihren Arm. »An der Gare du Nord fange ich an.«

»Und dann?«

»Bin ich vorsichtig.«

Was Estellas Verdacht bestätigte. »Ich komme mit.«

»Nein. Genieße lieber die Zeit, die noch bleibt.«

Auf einmal begriff Estella, dass das ganze Gerede, Frankreich werde standhaft bleiben, nicht mehr als ein brennender Wunsch war – jedoch kein Irrglaube, nein, ein Wunsch, an dem ihre Mutter ihr zuliebe festhielt. Nicht zum ersten Mal in ihrem Leben überkam Estella tiefe Dankbarkeit. Jeanne hatte sie allein großgezogen, sie in die Schule geschickt, hatte hart gearbeitet, um für Essen, Kleidung und ein Dach über dem Kopf zu sorgen, und obwohl ihr Leben enge Grenzen kannte und sich fast ausschließlich auf das Atelier und ihre Tochter beschränkte, beklagte sie sich nie.

»Ich liebe dich, Maman«, flüsterte Estella und küsste ihre Mutter auf die Wange.

»Das ist das Allerwichtigste«, erwiderte Jeanne und schenkte ihr eines ihrer seltenen, wunderschönen Lächeln, das ihr Gesicht völlig veränderte und sie auf einmal so jung aussehen ließ, wie sie tatsächlich war. Siebenunddreißig, alles andere als alt. Am liebsten hätte Estella diesen Moment festgehalten und für alle Ewigkeit auf den Nachthimmel gestickt.

Sie blickte ihrer Mutter nach, die nun auf der Rue du Temple in Richtung der Gare du Nord weiterging, und machte sich dann selbst auf den Weg zur Passage Saint-Paul, einer kleinen, schmutzigen Gasse, die zu einem versteckten Eingang der wunderschönen Église Saint-Paul-Saint-Louis führte. Hier wohnten sie. Als sie die Haustür öffnete, begrüßte sie der Concierge – Monsieur Montpellier, ein alter, stets betrunkener Mann – mit einem unfreundlichen Knurren und streckte ihr einen Zettel entgegen.

Estella las ihn und fluchte leise. Das passte ihr überhaupt nicht.

»*Putain*«, blaffte der Hausmeister, der sie gehört hatte und dem ihre Wortwahl nicht gefiel.

Estella ignorierte ihn, sie musste sich um etwas anderes kümmern. So schnell sie konnte, rannte sie die Wendeltreppe zu ihrer Wohnung im sechsten Stock hinauf und hüllte sich, obwohl es Juni war, in einen langen Umhang. Dann eilte sie denselben Weg zurück, zur Einkaufszentrale eines der amerikanischen Kaufhäuser in einer Seitenstraße der Rue du Faubourg Saint-Honoré.

Wie üblich war Madame Flynn, eine der wenigen amerikanischen Staatsangehörigen, die sich noch in Paris aufhielten, allein in ihrem Büro. Auf dem Schreibtisch stand ein Stapel Kartons mit der Aufschrift *Schiaparelli*. »Erledigen Sie das so schnell wie möglich«, sagte Madame Flynn, drehte sich weg und tat so, als wüsste sie gar nicht, was sie Estella auftrug. Dabei war natürlich das Gegenteil der Fall.

Estella holte die Kleider aus den Kartons, versteckte sie unter ihrem Umhang und rannte ohne ein weiteres Wort zu Madame Flynn die Treppe hinunter, die Straße entlang und dann eine andere Treppe hinauf zu dem Kopierhaus, in dem Estella, wenn dort Modenschauen stattfanden, ihrer Nebenbeschäftigung nachging. Während der Vorführungen konnten Zeichnerinnen wie sie an einem guten Tag fünfzehn Haute-Couture-Kleider abzeichnen, die sie dann dem Kopierhaus oder den Einkäufern amerikanischer Kaufhäuser verkauften.

Kopien der großen französischen Couturiers – Chanel, Vionnet, Lanvin, Callot Soeurs, Mainbocher – waren in Amerika ebenso gefragt wie in Paris. Estella wusste, dass sie mehr Geld verdient hätte, wenn sie offiziell im Kopierhaus gearbeitet hätte, aber sie wusste auch, dass sie nie die Courage aufbringen würde, etwas Eigenes zu entwerfen, wenn sie Tag für Tag nichts anderes täte, als die Entwürfe anderer Designer zu kopieren – genau genommen zu stehlen.